W9-BER-406

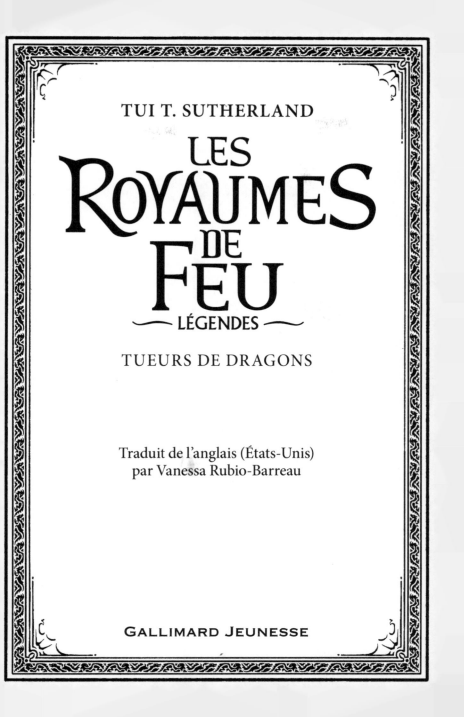

TUI T. SUTHERLAND

LES ROYAUMES DE FEU
⸺ LÉGENDES ⸻

TUEURS DE DRAGONS

Traduit de l'anglais (États-Unis)
par Vanessa Rubio-Barreau

GALLIMARD JEUNESSE

Titre original : *Wings of Fire – Legends: Dragonslayer*

Édition originale publiée aux États-Unis par Scholastic Inc. SCHOLASTIC
et les logos associés sont des marques et/ou des marques déposées de Scholastic Inc.
Tous droits réservés.
Copyright © 2020 Tui T. Sutherland pour le texte
Copyright © 2020 Mike Schley pour la carte
Copyright © 2020 Joy Ang pour les illustrations de dragons
Création graphique : Phil Falco

© Éditions Gallimard Jeunesse, 2024, pour la traduction française

*Pour Kari, qui n'hésiterait pas à chevaucher
un dragon (et qui a sauvé ce roman !).*

Ci-vivent des dragons?

Ci-vivent des dragons

Ci-vivent des dragons

Palais des dragons
du désert

Ci-vivent des dragons

Monstrueux nid
de dragons

Valor

Palais des dragons
des montagnes

Talisman

Ci-vivent
des dragons
marins

Ci-vivent des dragons

Cité
Indestructible

Sanctuaire

Ci-vivent des dragons, probablement ?

Ci-vivent des dragons?

des dragon

GUIDE DES
DRAGONS
À L'USAGE DES SENTINAILES

des dragons

Valor

Monstrueux nid
de dragons

DRAGONS DE LA NUIT

Description : écailles d'un noir violacé constellées d'écailles argentées sous les ailes, tel un ciel étoilé ; langue noire et fourchue.

Aptitudes : ils crachent du feu et se fondent dans l'obscurité.

Habitat : inconnu.

Prendre garde à : ces dragons très rares sont sans doute des mutants ou les derniers spécimens d'une espèce en voie d'extinction ; probablement négligeables.

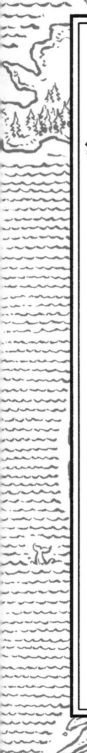

DRAGONS DU DÉSERT

Description : écailles jaune pâle à blanc, comme le sable du désert; langue noire et fourchue.

Aptitudes : ils survivent longtemps sans eau, injectent du venin à leur proie avec un aiguillon tels les scorpions, s'enterrent dans le sable, crachent du feu.

Habitat : le grand désert à l'ouest de la forêt.

Prendre garde à : leur queue venimeuse, leurs dents, leurs griffes, leur feu.

DRAGONS DES MARAIS

Description : écailles épaisses et dures, marron, avec parfois une sous-couche ambrée ou dorée ; tête large et plate surmontée de grosses narines.

Aptitudes : ils crachent du feu, peuvent retenir leur souffle pendant une heure et se camoufler dans de grandes flaques de boue.

Habitat : les marais, marécages et mares boueuses entre les montagnes et la mer.

Prendre garde à : leur don pour se cacher dans la boue et, comme d'habitude, leurs dents, griffes, feu.

DRAGONS
DES MONTAGNES

Description : écailles orange ou rouge mordoré,
ailes immenses.

Aptitudes : doués pour le vol et le combat, crachent du feu.

Habitat : massif montagneux central.

Prendre garde à : leur capacité à surgir brusquement
de nulle part et également leurs dents, griffes, feu.

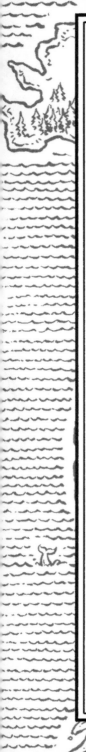

DRAGONS MARINS

Description : écailles bleues, vertes ou turquoise ; pattes palmées ; branchies ; bandes phosphorescentes sur la queue, le museau, le ventre.

Aptitudes : respirent sous l'eau ; créent d'énormes vagues d'un battement de queue.

Habitat : l'océan, mais peut-être aussi les grands lacs et les fleuves.

Prendre garde à : leur capacité à nager dans n'importe quelle étendue d'eau assez profonde… et, bien sûr, leurs dents et leurs griffes (point positif, ils ne crachent pas de feu !).

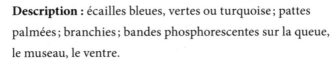

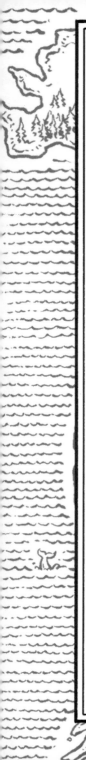

DRAGONS DES GLACES

Description : écailles d'un blanc argenté comme la lune ou bleuté comme la glace ; griffes crantées pour s'accrocher aux surfaces gelées ; langue bleue et fourchue ; queue terminée par un fouet.

Aptitudes : ils peuvent supporter des températures négatives et une luminosité intense ; crachent un souffle glacial mortel.

Habitat : les régions glaciales du nord-est de la péninsule, à ce qu'il semblerait.

Prendre garde à : leur souffle, qui peut congeler un humain sur pied et, bien sûr, leurs dents et leurs griffes.

DRAGONS TROPICAUX

Description : écailles qui peuvent changer de couleur,
généralement dans des tons vifs comme les oiseaux de paradis ;
queue préhensile.

Aptitudes : ils se fondent dans le décor en adoptant la couleur de
leur environnement ; la rumeur veut qu'ils aient
des crochets venimeux.

Habitat : la mystérieuse et impénétrable forêt tropicale
à l'est des montagnes.

Prendre garde à : aucune idée ! Personne n'a survécu
à une rencontre avec cette espèce, qui est sans doute
la plus dangereuse et la plus furtive.

Ce récit se déroule à peu près à la même période
que les livres 1 à 5 des *Royaumes de Feu*.

PROLOGUE

Vingt ans plus tôt...

Il est pratiquement impossible de dérober quoi que ce soit à un dragon.

Tout le monde le sait.

Pratiquement impossible et incroyablement stupide, surtout quand ledit dragon, ou plutôt la dragonne, habite une immense forteresse peuplée de centaines d'autres dragons et qu'on fait la taille de leur en-cas de dix heures.

Pourtant, s'ils tentaient le coup – et réussissaient –, ils seraient de véritables héros. Des héros riches, en outre, avec plus d'or que personne n'en avait jamais vu.

C'était ce que disait Lichen, en tout cas. Caillou, lui, avait du mal à s'imaginer riche. Mais quand son frère et sa sœur avaient une idée en tête... pas moyen de les en dissuader. La seule façon de les protéger était de les accompagner.

Voilà comment il s'était retrouvé là, à faire quelque chose de pratiquement impossible et d'incroyablement stupide.

Le palais de la dragonne se dressait en plein désert, sombre montagne au milieu des sables.

Les trois croissants de lune brillaient dans le ciel comme des griffes de dragon des glaces, jetant une faible lueur sur les dunes.

Lichen et Caillou étaient tapis dans l'ombre de la muraille, frêles créatures dépourvues d'ailes, de griffes et d'écailles. Et aux dents pitoyables.

« Le dîner idéal pour un dragon, pensa Caillou, terrorisé. Livré à la porte du palais, prêt à être dévoré. Aucune autre bestiole de Pyrrhia n'irait à la rencontre des dragons ; il n'y a que les humains pour faire ça. Ils doivent nous considérer comme les proies les plus bêtes de la planète.

Et ils ont sans doute raison, vu qu'on se croit capables de leur voler leur trésor et de s'en tirer sans problème. »

– Qu'est-ce qu'elle fabrique ? murmura-t-il. On n'aurait pas dû la laisser y retourner.

Il leva un sac plein.

– On avait assez d'or comme ça !

Son frère lui jeta un regard méprisant et fouilla dans l'autre sac. Caillou entendit les pépites d'or filer entre ses doigts.

– C'est elle qui a voulu faire un deuxième voyage. Elle a dit qu'il y avait plusieurs salles du trésor ! Les richesses de cette dragonne du désert seront bientôt à nous, Caillou. On vivra comme des rois !

– Être aussi riches que des dragons ne nous rendra pas aussi puissants que des dragons, fit valoir son frère.

– C'est ce qu'on va voir.

Lichen leva les yeux vers la fenêtre, au-dessus de leurs têtes. Elle était bien trop étroite pour qu'un dragon ennemi puisse s'y faufiler, mais ce n'était pas un problème pour une humaine de seize ans comme leur sœur, Rose.

– Je crois que je l'entends, chuchota Caillou.

Deux petites mains apparurent de chaque côté de l'encadrement, puis Rose se hissa sur le rebord. Dans l'obscurité, cela aurait pu être n'importe qui, sauf que personne n'avait une masse de boucles brunes comme la sienne… et personne n'aurait osé pénétrer à deux reprises dans le repaire des dragons comme elle venait de le faire.

Rose lança une corde que ses frères saisirent pour l'aider à sortir son butin. Au bout d'un moment, elle leur fit signe de s'écarter. *Cling! Clang!* firent les sacs en touchant le sable. La corde tomba en sifflant à leurs pieds.

Caillou vit sa sœur descendre en prenant appui dans les fissures et les creux de la pierre. Évidemment, c'était Lichen qui avait échafaudé ce plan, obsédé qu'il était par les dragons qui vivaient au milieu du désert bordant leur forêt. Mais c'était Rose qui avait pris le plus de risques pour s'introduire à l'intérieur du palais et trouver les salles du trésor au milieu de la nuit.

Caillou était chargé du transport. Étant le plus âgé et le plus costaud des trois, il pouvait porter les quatre sacs de butin jusqu'aux chevaux qui les attendaient, cachés dans les dunes – chevaux qu'ils avaient volés à leur père la nuit précédente.

« Bah, s'il s'énerve, je pourrai lui rembourser trois fois

leur prix », pensa Caillou avec fierté. Rose était presque à terre. Ils allaient peut-être réussir à s'en tirer, finalement.

– Caillou, souffla Lichen, fais moins de bruit quand tu respires.

– Je ne fais pas de bruit, protesta l'intéressé. Je respire à peine.

Lichen se tourna vers lui, sourcils froncés, mais soudain son visage se décomposa.

Caillou connaissait cette expression. Il l'avait déjà vue quand son frère avait mis le feu à la forge et failli incendier tout le village. Et quand leur père l'avait surpris en train de voler les provisions destinées aux sentinailes. C'était une expression de pure terreur et Caillou sentit son sang se glacer, sachant exactement ce qu'elle signifiait.

Il pivota et se retrouva face à face avec la dragonne.

Elle était plus grande que tous les arbres du village. Ses ailes immenses masquaient le clair des lunes. Ses yeux noirs d'obsidienne luisaient au sommet de son étroite tête de serpent. Le sable crissait entre ses griffes, et Caillou distinguait la courbe menaçante de son dard caudal, dressé comme celui d'un scorpion prêt à l'attaque. Il avait vu – de loin – ce que ce venin pouvait faire à un dragon. Il n'osait même pas imaginer quelle mort douloureuse il causerait à un humain.

La dragonne poussa un grondement grave et guttural, entrecoupé de sifflements. Elle avisa les sacs de butin et posa son regard menaçant sur Rose qui venait de les rejoindre, plaquée contre la muraille du palais.

– Elle va nous tuer, souffla Caillou.

Il avait une lance accrochée sur le dos mais, le temps qu'il l'attrape, le dragon lui aurait déjà planté son aiguillon venimeux dans le cœur.

– Lichen, murmura Rose, il y a une épée dans le sac qui est à tes pieds.

– Non !

Caillou aurait voulu se retourner pour stopper son frère mais il n'osait pas bouger.

– Ne l'énerve pas plus.

– Ouais, bonne idée, acquiesça Lichen. Sauf que c'est trop tard. Je ne sais pas si tu as remarqué, mais on est en train de lui voler son trésor.

« *Son* trésor ? »

Caillou repéra alors le diadème d'onyx serti de diamants qui enserrait la tête de la dragonne. Ils avaient affaire à la reine en personne.

Bon. Il n'y avait donc pas d'échappatoire. À part la mort. Déjà. À vingt ans seulement, il espérait faire quelque chose de sa vie avant de finir tué par un dragon, inévitablement. « Pourquoi ai-je laissé Caillou nous entraîner là-dedans ? »

C'est alors que son frère se jeta sur le sac. Avec un rugissement furieux, la dragonne donna un coup de queue que Caillou parvint à esquiver en roulant à terre. Il vit le clair de lune se réverbérer sur la lame que Lichen tenta maladroitement de planter dans le ventre de la dragonne. L'acier ricocha bruyamment contre les écailles. Son frère tituba, déstabilisé.

Caillou en profita pour tirer sa lance. Il se jeta sur la reine tout en essayant de se rappeler les points faibles des dragons que les sentinailes leur avaient appris à l'école. Une seule phrase lui revenait en mémoire : « Ils n'en ont aucun. »

La queue de la dragonne s'abattit sur lui à la vitesse de l'éclair. Il l'évita, mais elle heurta la lance et l'onde de choc remonta dans ses bras. Il perdit pied et tomba à la renverse.

– Caillou ! hurla Rose en se précipitant à son secours.

Elle saisit l'un des sacs de butin et le lança sur la dragonne. Il percuta son crâne avec un craquement sinistre. La reine chancela, secoua la tête et se rua sur Rose en rugissant.

– Non ! protesta Caillou qui s'efforçait de se relever et de brandir sa lance, tout en pédalant dans le sable.

Mais il était trop lent, bien trop lent.

La dragonne cracha une gerbe de flammes. Elle battit des ailes, soulevant un nuage de sable. Caillou se jeta sur elle à l'aveuglette. « Pas Rose. Pas Rose. »

Quelque part sur sa gauche, Lichen laissa échapper un cri de rage. Il y eut un autre fracas métallique, acier contre écailles. Se guidant à l'oreille, Caillou brandit sa lance vers la silhouette ailée.

Elle percuta quelque chose, resta fichée dedans et lui échappa des mains.

La dragonne rugit, autant de fureur que de douleur, cette fois.

Dans l'obscurité, du sable plein les yeux, Caillou la vit s'affaler lourdement, ébranlant le sol. Il entendit les pas pressés de Lichen sur sa gauche.

Caillou se couvrit la tête, tentant de se protéger tandis que la dragonne se débattait en hurlant. Son frère apparut soudain auprès de lui, le tirant par le coude pour l'aider à se relever.

– On a réussi ! On a tué un dragon !

Ses bras et sa poitrine étaient couverts de sang et il brandissait un truc dégoulinant et grotesque. Il avait abandonné son épée, plantée dans la queue qu'il venait de couper.

– Filons avant que le boucan réveille les autres.

Il lui fourra un sac de butin entre les mains.

– Rose, protesta Caillou.

Son frère secoua la tête en reculant d'un pas. Ses vêtements étaient calcinés et il avait de larges brûlures sur le bras.

– C'est trop tard pour elle.

Il ramassa un autre sac, y jeta ce qu'il avait à la main et s'engouffra dans l'obscurité.

Caillou le suivit sur quelques mètres puis s'arrêta.

« Je ne peux pas rentrer à la maison comme ça. Si j'arrive chargé d'un butin, mais sans le corps de ma sœur… »

Un concert de battements d'ailes monta du palais, comme une nuée de chauves-souris surgissant d'une grotte. Les dragons du désert décollaient, alertés par les râles d'agonie de leur reine.

« Et quand ils nous attraperont… »

Caillou sentit le courage lui manquer. Sans lâcher le trésor, il fit volte-face et s'enfuit.

PREMIÈRE PARTIE

CHAPITRE 1

MÉSANGE

Un matin, alors que Mésange venait d'avoir sept ans, ses parents la forcèrent à enfiler sa plus belle robe en lainage bleu, domptèrent ses cheveux bouclés et l'emmenèrent dans la montagne pour se faire manger par un dragon.

Évidemment, ils ne lui avaient pas révélé le but de l'expédition. Ils ne lui avaient pas dit : «Devine ce qui va t'arriver aujourd'hui ?», ni : «Dommage, toi qui avais prévu de t'entraîner à grimper aux les arbres demain.» Ils s'étaient contentés de gronder «Arrête de gigoter» et «Gare à toi si tu me mords !».

S'ils lui avaient dit qu'elle allait être mangée par un dragon au petit déjeuner, elle aurait sans doute objecté que, dans ce cas, le dragon se moquerait bien qu'elle soit mal coiffée, alors inutile de gaspiller les dernières minutes de sa vie à la torturer !

Non, au lieu de ça, elle se crut embarquée dans une nouvelle randonnée rasoir en compagnie des dragomanciens pour une leçon édifiante sur le comportement des dragons. En marchant à travers bois, elle se demandait seulement pourquoi ses parents lui broyaient les mains ainsi et pourquoi aucun autre enfant du village n'était venu.

Elle était trop jeune pour se souvenir de l'apprenti sacrifié cinq ans plus tôt, d'autant qu'il était interdit de parler des offrandes aux dragons. De plus, contrairement à ce que s'imaginaient les dragomanciens, Mésange n'avait pas compris tout ce qu'elle avait lu dans les livres qu'elle leur avait volés.

Elle avait bien remarqué les drôles de regards en biais que lui jetaient les villageois, sans cependant deviner le fond de leur pensée : « Ouf, c'est elle qui va se faire dévorer et pas nous ! » Elle supposait que, comme d'habitude, ils la jugeaient : « Tiens, voilà Mésange, la fille au tempérament de dragon ! » Elle adorait leur faire une horrible grimace pour les voir se détourner, l'air réprobateur.

Mais quand même, elle aurait dû se méfier. Elle aurait dû se rendre compte que ses parents étaient bien trop silencieux. C'est juste que… franchement, qui s'attendrait à être jeté en pâture aux dragons ?

Soudain, l'un des dragomanciens pila et leva les bras. Les villageois s'arrêtèrent, les yeux rivés sur Mésange. Sortant des cordes des plis de leur robe, les deux autres dragomanciens l'agrippèrent.

De sa voix hautaine, la grande toute maigre marmonna quelque chose du genre :

– *Nous te saluons, ô féroce Écaille de Feu !*

Et le petit plein de verrues enchaîna :

– *Reçois cette offrande de la part de tes modestes adorateurs.*

Puis leur chef, le gars bouffi d'orgueil qui mangeait toujours tout le fromage de chèvre aux banquets du village, conclut :

– *Merci d'épargner la vie de ceux…*

Mésange ne le laissa pas finir ; elle avait reconnu ce chant, lu dans l'un des livres qu'elle leur avait « empruntés ». L'hymne du Sacrifice aux dragons. C'était donc vrai… sauf que, cette fois, l'offrande, C'ÉTAIT ELLE.

Elle eut beau hurler et se débattre, ils la ligotèrent, sans parvenir toutefois à réciter leur stupide prière. En repartant, l'un des dragomanciens avait le nez en sang, l'autre le bras tout griffé et le troisième boitait. Mésange leur déversa tous les jurons qu'elle connaissait. Les villageois s'éloignèrent à petits pas, évitant de croiser son regard. Ses parents ne se retournèrent même pas.

Ils la laissèrent sur un gros rocher plat surplombant la rivière, exposée à tout vent, où les dragons n'auraient aucun mal à la repérer.

Ils s'attendaient peut-être à ce que la fillette reste assise là sagement en attendant de se faire manger, comme un bon petit sacrifice humain bien élevé.

Mais ça n'allait pas se passer comme ça. Elle avait beau

être petite, Mésange n'était pas du genre sage et bien élevée. Et se faire dévorer pour que tous ces grincheux du village puissent vivre en paix ne la tentait pas du tout. Franchement, c'était la définition même de l'injustice.

Mésange avait des grandes sœurs, elle s'y connaissait donc en matière d'injustice, et se faire dévorer par un dragon alors que Camélia restait à la maison, à jouer avec *ses* poupées, c'était ABSOLUMENT CENT POUR CENT PAS JUSTE.

Mésange avait aussi un frère, Feuille. Il aurait sûrement été de son avis, mais leur oncle l'avait emmené à la chasse ce matin. «Pour éviter qu'il dérange», comprit-elle soudain. Du haut de ses huit ans, il n'aurait sans doute pas pu empêcher le plan diabolique de tout le village, mais au moins il aurait été SUPER FURAX. Il aurait hurlé sur leurs parents. Il aurait juré de la venger et leur aurait gâché la vie, et ça aurait été bien fait pour eux parce qu'ils l'avaient bien mérité!

Au lieu de cela, ils allaient probablement lui raconter que la petite Mésange s'était fait croquer par un dragon, un tragique accident! Il serait triste, mais il s'en remettrait et tout le monde reprendrait tranquillement sa petite vie sans Mésange.

«Par la triple lune! pesta-t-elle en se démenant pour libérer ses mains des cordes. Je parie qu'ils lui diront que c'était ma faute. Que j'ai encore désobéi et que c'est comme ça que j'ai fini dans la gueule d'un dragon.»

Elle était vraiment HORS D'ELLE.

Elle tira sur les liens de ses chevilles et se releva d'un bond. Elle mourait d'envie de rattraper les villageois et les dragomanciens pour les couvrir d'injures. Leur faire savoir qu'ils n'étaient que des idiots bêtes et injustes et qu'elle refusait de se laisser manger par un dragon, et que peu importe s'ils se faisaient tous dévorer parce qu'ils étaient trop méchants.

Mésange fit deux pas dans la forêt avant de s'arrêter net.

« Si je les rejoins, ils vont me ligoter à nouveau, mais plus serré. »

Ils ne l'écouteraient pas. Comme d'habitude. Plus elle criait et tempêtait, moins ils l'écoutaient. C'était un fait. Elle l'avait constaté, mais ça lui donnait envie de hurler encore plus fort.

Sauf que si elle hurlait maintenant, elle risquait d'attirer les dragons. Ou les dragomanciens avec leurs doigts froids et leurs sourcils froncés. Ou pire, les deux. Mésange préférait encore les dragons.

Elle se laissa glisser sur la rive et s'accroupit au bord de l'eau, trempant la main dans le ruisseau glacé. Des gouttelettes l'éclaboussèrent, scintillant au soleil comme des diamants.

« C'est vraiment pas juste, pensa-t-elle en arrachant une algue fichée entre deux cailloux. Pourquoi MOI ? Parmi tous les habitants du village ? Les dragons leur ont envoyé une vision disant qu'ils voulaient me manger moi, spécialement ? »

– Je parie que c'est même pas vrai ! s'écria-t-elle. Que les dragons s'en fichent complètement !

Elle prit un galet au fond de la rivière et le lança sur un buisson de la rive opposée.

– S'ils trouvent un humain ligoté, ils le mangent sans se poser de question. Mais à tout prendre, ils auraient sûrement choisi quelqu'un de plus dodu et de plus appétissant que moi. Comme Camélia ! Elle aurait fait une bien meilleure offrande ! Pourquoi ils ne l'ont pas sacrifiée, elle ?

Tout le monde s'extasiait sur la grande sœur de Mésange : comme elle était douce et sage… « Elle est tellement grasse et sucrée qu'ils se seraient sûrement étouffés avec. »

Mais les dragomanciens appréciaient Camélia – sa façon de les écouter en ouvrant de grands yeux, l'air de dire : « Oh, comme c'est fascinant ! »

Mésange contempla la surface ridée de l'eau.

– Ils n'auraient jamais sacrifié Camélia, affirma-t-elle à haute voix. Ils m'ont choisie, moi, parce qu'ils ne m'aiment pas. Et nos parents les ont laissés faire.

Forcément, ils avaient pris la gamine turbulente qui donnait des coups de pied dans les tibias de maître Truite quand il la grondait. Qui leur volait des livres pour découvrir leurs secrets, même si elle ne comprenait pas tout. Bon débarras.

« Et si ça se trouve, Père et Mère étaient bien contents, eux aussi. »

Personne n'avait tenté de les en empêcher. Pas une seule âme de ce stupide village.

Elle savait que ses parents craignaient les dragons et faisaient tout ce que les dragomanciens leur demandaient en permanence. Mais quand même, ils auraient pu dire : « Vous pourriez vérifier votre vision ? Vous êtes sûrs que c'est bien notre fille que les dragons ont réclamée ? »

« Arrête de pleurer. Les gens sont affreux, on ne peut pas leur faire confiance, et alors ? Ça ne devrait pas te surprendre, Mésange. Ils ne t'ont jamais défendue. Personne n'en a rien à faire de toi et tu n'en as rien à faire d'eux ! »

Mésange se frotta les yeux, furieuse.

« Tout bien réfléchi, je ne vais pas me faire manger, décida-t-elle. Ça leur apprendra ! Pas besoin de village ! Ni de parents ! Ni de personne ! Je suis plus maligne qu'eux et que les dragons, même ! Je servirai de petit déj à personne si j'ai pas envie, na ! »

Sauf que, du coup, elle ne pouvait pas rentrer à la maison. Elle ne mettrait plus jamais un pied à Talisman, puisque les dragomanciens avaient annoncé à tout le monde que son destin était de finir en petit déj pour dragon et que ses parents avaient répondu : « D'accord, ça nous va ! »

Alors qu'elle se levait, secouant la main pour l'égoutter, un mouvement attira son attention sur l'autre rive.

Instantanément, elle se plaqua au sol, le cœur battant et hurlant : « DRAGON ! » Cependant, son cerveau lui indiquait que la créature, quelle qu'elle soit, ne devait pas être plus grosse qu'un lapin.

Mésange prit une profonde inspiration.

«C'est un petit animal. Peut-être bien *mon* petit déjeuner.»

Elle avait beau les fixer, les broussailles ne bougeaient plus. Avec précaution, elle descendit dans l'eau glacée pour traverser. L'autre rive était plus escarpée, avec de gros rochers gris d'où sortaient des buissons d'épines noirs et sans feuilles.

L'animal qu'elle avait aperçu devait être empêtré dedans. Elle s'approcha doucement.

«Un lapin, ce serait bien. Respire, Mésange. Pas de panique. Ça ne peut pas être un dragon.»

Sauf que c'était un dragon.

Ou tout du moins un minuscule dragonnet maigrichon, aux écailles orange délavé. Elle n'avait jamais vu de dragon aussi pâle; ceux des montagnes étaient rouge vif et ceux des marais marron boueux.

Il avait les yeux fermés et gisait immobile dans les ronces, les ailes pendantes.

«Sans doute mort», pensa Mésange, surprise de ressentir un soupçon de pitié. Pour un DRAGON. Non, mais franchement! Avoir pitié d'une créature qui, vivante, n'aurait fait qu'une bouchée d'elle!

Bon, en même temps, il n'aurait pas pu l'avaler tout rond avec sa gueule riquiqui. Il aurait mis des jours à lui grignoter le petit doigt.

Elle s'esclaffa, ce qui fit sursauter le dragonnet.

Il était vivant!

– Salut ! lança-t-elle. Tu fais le mort, bébé dragon ? Pour que je m'approche et que tu puisses me croquer le bout du doigt ?

Le dragonnet ouvrit lentement les yeux et regarda autour de lui. En voyant Mésange, il poussa un cri paniqué.

Elle s'aperçut qu'il tremblait de tous ses membres. De froid ou de peur.

« Un dragon qui a peur de moi ? Je parie que ces imbéciles de dragomanciens n'ont jamais vu ça !

Attends un peu. Ce dragon ne peut pas avoir froid ; c'est un dragon du ciel et ils crachent tous du feu. Il pourrait carboniser ces ronces et décoller s'il le voulait… »

– C'est un piège, pas vrai ? insista-t-elle. Tu veux que je m'apitoie sur ton sort, pauvre bébé, que j'essaie de te libérer… et là, tu vas me rôtir et me dévorer ! Je vois clair dans ton jeu, petit dragon bizarre.

La créature essaya de se tourner d'un côté, de l'autre, mais elle était trop empêtrée dans les ronces pour se dégager. Elle laissa échapper un couinement pitoyable, ouvrant et fermant ses minuscules griffes dans le vide. On aurait dit le chaton que le frère de Mésange avait trouvé dans les bois. Leurs parents avaient refusé de le garder de peur que ses miaulements attirent les dragons des environs. « Ce chaton causera notre mort à tous », avaient-ils prédit d'un ton mélodramatique de grandes personnes.

– *Scouic*, fit le dragonnet. *Screuble. Scouiic !*

– Arrête de faire ton bébé mignon et misérable, répliqua Mésange en croisant les bras. Ça ne marche pas avec moi.

Le bébé soupira, ferma les yeux et cessa de remuer. Ses ailes tombèrent encore plus bas et sa tête roula sur le côté. Il avait visiblement décidé d'arrêter de lutter et de se laisser mourir de faim dans ce buisson.

– Nom d'une patate pourrie ! pesta-t-elle. Très bien, je vais t'aider, mais si tu me croques ne serait-ce que le bout du doigt, je te jette à l'eau et tant pis pour toi.

Elle s'approcha, pataugeant dans l'eau glacée. Comme les branchages la griffaient, elle les cassa afin de ménager un passage pour le dragonnet.

Il rouvrit les yeux et la dévisagea… plein d'espoir ou d'angoisse, elle n'aurait su le dire. Son museau était plus expressif que celui d'un lézard mais moins qu'un visage d'humain.

– Non, mais qu'est-ce que je fabrique ? marmonna Mésange.

Pourtant, elle se faufila entre les broussailles piquantes pour dégager les ailes, la queue et les pattes du petit dragon qui lui tomba dans les mains.

Elle fit un bond en arrière, le tenant à bout de bras. Il tremblait toujours. Elle constata qu'il était glacé. Elle n'avait jamais touché un dragon, bien entendu, mais elle supposait qu'ils étaient en principe beaucoup plus chauds, vu qu'ils crachaient du feu.

Celui-là était vraiment spécial. Il avait les yeux d'un bleu très pâle, comme une flaque d'eau gelée. Il poussa le pouce de Mésange du bout du museau pour l'enfouir dans sa paume.

Elle le serra prudemment contre sa poitrine. Immédiatement, il agrippa sa robe en laine avec ses petites griffes et la regarda par en dessous en poussant un soupir pathétique.

– Qu'est-ce que tu fais là tout seul? Et pourquoi tu es tout froid?

Quand elle passa la main sur son flanc, il gémit. Elle s'était toujours figuré que les dragons étaient rugueux ou visqueux comme des poissons, mais brûlants. Alors que la peau de celui-ci était lisse comme celle d'un lézard, fraîche et un peu bosselée, avec des écailles plus douces sous le menton et les ailes. Lorsqu'elle les effleura délicatement, le dragonnet les déploya dans sa paume.

Elle était convaincue qu'il n'allait pas la manger. Plus qu'un repas, il avait l'air de chercher une maman, ou tout du moins quelque chose de chaud contre lequel se blottir.

« Est-ce que les dragons s'occupent de leurs bébés? se demanda-t-elle. Et si oui, est-ce que sa mère est dans le coin?»

Elle n'en avait aucune idée. On lui avait dit d'éviter les mamans ours avec leurs petits et de ne pas sortir les oisillons de leurs nids. Mais la seule chose qu'elle savait sur les dragons, c'était qu'il fallait les fuir. Se cacher quand ils arrivaient.

– Si tu as une maman quelque part, en tout cas, elle n'a pas pris soin de toi, constata Mésange en lui tapotant la tête. Mais t'en fais pas. La mienne est complètement nulle aussi.

Elle sentit son cœur se serrer, mais enfouit vite sa tristesse sous la colère.

Soudain, un rugissement retentit dans le ciel. Mésange se plaqua au sol et le dragonnet se cramponna à elle, paniqué, essayant de se cacher sous son bras.

– Du calme ! lui souffla-t-elle, s'efforçant de dompter sa peur.

Elle distingua des battements d'ailes qui approchaient. Elle était toujours à découvert, au bord de la rivière.

Serrant le dragonnet contre elle, elle courut à l'abri des arbres. Un cocon vert l'enveloppa lorsqu'elle s'engouffra dans le premier buisson venu et se tapit contre le tronc.

À travers les feuilles en forme d'éventail, elle vit passer dans le ciel un dragon couleur rouille. Elle aperçut ses yeux jaunes luisants tandis qu'il tournait la tête de-ci, de-là, en scrutant le sol. Sa chaleur brouillait l'air autour de lui et des flammèches s'échappaient de ses naseaux.

« Il chasse, pensa Mésange dont le pouls s'accéléra encore. C'est le dragon qui serait en train de me dévorer si j'étais restée ligotée sur le rocher. »

Plissant les yeux, elle remarqua une marque sur son museau. Une étrange brûlure sur sa joue qui fumait encore, comme si elle était récente.

– *GRRRRRRR !* rugit-il. *GRRRROARRR !*

Ses cris semblaient presque humains, ce qui était un peu étrange pour des rugissements de dragon. Mais il y avait dans sa voix une urgence qui rappelait à Mésange celle de sa mère quand elle lui ordonnait de descendre de l'arbre où elle s'était cachée pour bouder. C'était un cri de panique, d'angoisse et de désespoir.

« Ouais, c'est ça, comme si les dragons pouvaient éprouver ce genre de choses. Un rugissement, c'est un rugissement. Ça signifie sûrement "Où est mon dîner ? J'ai faim !", point final. »

Elle se demanda si les dragons étaient attachés à leurs petits. Peut-être faisaient-ils de meilleurs parents que les humains. Peut-être se battaient-ils pour défendre leurs dragonnets, eux !

« Si ma mère m'appelait comme ça… est-ce que je courrais la rejoindre ? Est-ce que je laisserais mes parents me ramener à la maison s'ils revenaient en disant que c'était une erreur ?

Non, décida Mésange. Parce qu'ils risqueraient de changer d'avis demain. Maintenant que je sais qu'ils peuvent me mettre dehors sans raison à tout instant, je ne retournerai jamais chez eux. »

Le bébé dragon laissa échapper un faible gémissement et enroula sa queue autour de son bras. Le museau dans les plis de sa robe, il avait recommencé à grelotter.

– Chut, souffla Mésange. Il ne va pas te faire de mal. Mais s'il nous trouve, il me mangera, ça, c'est sûr.

Un nouveau rugissement ébranla le feuillage. Le dragonnet couina, terrifié.

– À moins que…

Mésange réfléchit un instant.

– Tu connais ce dragon ? chuchota-t-elle. C'est lui qui t'a jeté dans la rivière ?

Le petit ne pouvait pas la comprendre, certes, mais à la manière dont il tremblait, elle supposa que la réponse était oui.

« C'est sa mère ? Elle s'est débarrassée de lui, puis elle a changé d'avis ? Ou alors elle veut s'assurer qu'il est bien mort ? »

Quoi qu'il en soit, le dragonnet en avait peur.

« Au moins, il y a quelqu'un qui te cherche, toi, pensa Mésange en le serrant plus fort contre elle. Mais je ne le laisserai pas te faire de mal. »

Le dragon rouge décrivit un autre cercle dans le ciel pour observer le rivage, puis il poursuivit son vol le long du cours d'eau en direction du sud-est, vers la mer.

Mésange soupira de soulagement et releva la tête du dragonnet pour qu'il la regarde.

– Il est parti. Il ne pourra pas te retrouver, promit-elle. On est en sécurité.

Elle contempla l'immensité du ciel et la nature sauvage de la forêt qui les entourait.

– Enfin, plus ou moins. Autant que peuvent l'être une fille de sept ans et un bébé dragon seuls au milieu des montagnes.

Le dragonnet battit des cils, fixant sur elle ses grands yeux confiants. Il arrêta brusquement de trembler et posa une patte sur sa main. Comme s'il disait : « Oui, je suis en sécurité avec toi. »

Mésange lui sourit. Ce n'était sûrement pas un bon plan de tenter de sauver un bébé dragon qui risquait de la manger dès qu'il serait assez grand, mais elle s'en moquait. Quelqu'un avait décidé de se débarrasser de ce petit dragon comme ses parents et son village s'étaient débarrassés d'elle.

« Les gens sont affreux et méchants, on ne peut pas leur faire confiance. Je préfère être amie avec un dragon. Mon dragon est la meilleure personne que je connaisse, voilà. »

– On n'a pas besoin d'eux, pas vrai, petit dragon ?

Elle lui caressa les oreilles.

– Ils ne veulent pas de nous, tant pis pour eux. On se débrouillera tous les deux, hein ?

Le dragon couina à nouveau. Même s'il ne comprenait pas ce qu'elle disait, au moins, il l'écoutait. C'était déjà mieux que tous les gens du village.

– Je m'appelle Mésange. Tu as un nom ? Un truc du genre Graourglorf, non ?

– *Scouic*, répondit le dragonnet.

– Bon, on peut t'appeler Scouic, si tu veux. Mais quand tu seras assez grand pour me manger, ça t'ira moins bien…

Elle effleura ses écailles toutes lisses de la couleur d'un lever de soleil sur les sommets.

– À mon avis, tu es un dragon des montagnes, même si tu es un peu pâlichon. Tu as la couleur du ciel du matin. Que dirais-tu de Céleste ? Ça me plaît bien, à moi.

Le bébé dragon colla son museau au creux de sa

paume et poussa un petit grognement satisfait. Mésange pouffa.

– Je pense que c'est oui. Alors bonjour, Céleste. Quand tu seras grand, tu pourras incendier mon village ? Surtout les maisons des dragomanciens, ça leur apprendra. Je vais faire ma vie et me débrouiller sans eux, et je reviendrai genre : « Ha ha ! Je ne me suis pas fait dévorer, mais c'est mon dragon apprivoisé qui va vous manger ! Bien fait ! »

Mésange posa Céleste sur son épaule. Il se blottit dans son cou, ferma les yeux et s'endormit paisiblement.

Elle n'avait plus de famille, plus de village, plus personne pour veiller sur elle. Elle ne ferait plus jamais confiance à un humain.

Mais tant pis, ce n'était pas grave. Elle avait un dragon rien qu'à elle, et ils allaient s'en sortir.

Ensemble, Céleste et elle mèneraient la belle vie.

CHAPITRE 2

FEUILLE

On aurait pu dire que Feuille n'aimait pas les dragons, mais il aurait été plus juste de dire qu'il les détestait de tout son cœur.

Il les avait haïs dès l'instant où on lui avait annoncé : « Non, tu ne peux pas jouer dehors aujourd'hui, il y a des dragons dans les parages. »

Toute sa vie était régie par la nécessité d'éviter les dragons, d'apaiser les dragons, de se cacher des dragons, de ne pas énerver les dragons. Il ne pouvait pas faire un pas sans recevoir une dizaine d'avertissements concernant les dragons, et s'il avait cinq minutes de retard parce qu'il était resté jouer dehors avec ses amis à la sortie de l'école, ses parents s'imaginaient instantanément qu'il s'était fait dévorer et piquaient leur crise.

C'était stressant. Et frustrant. Il ne pouvait même pas

répliquer qu'ils exagéraient, parce qu'il ne se passait pas une semaine sans qu'un habitant de Talisman se fasse manger.

Pourtant, il refusait de vivre comme un lapin terrifié. Il n'avait pas envie de ressembler à ces adultes qui reprochent aux enfants de faire du bruit ou de ne pas savoir se cacher. Il ne voulait pas consacrer sa vie à éviter de finir dans l'estomac d'un dragon.

– Suis les règles, lui répétait sa mère. Pour ta sécurité. Fais exactement ce qu'on te dit. Écoute les dragomanciens. Et surtout, ne t'avise pas de désobéir. Jamais. Jamais, jamais, jamais.

– Ce sont les enfants pas sages qui se font manger, renchérissait son père. On est constamment en danger, tu comprends? On vit dans un monde périlleux. Il y a des dragons partout. C'est un miracle qu'on ait survécu aussi longtemps. On risque de mourir calcinés dans nos lits chaque nuit.

Ce à quoi la petite sœur de Feuille répondait en levant les yeux au ciel :

– Et comment on va empêcher ça, alors? Il y a une loi imposant de dormir en pyjama antifeu?

Mésange n'essayait même pas de suivre les règles. Alors que Feuille rentrait directement à la maison après l'école, sa petite sœur s'arrêtait en chemin pour observer un adorable écureuil ou s'enfonçait dans les bois parce qu'elle avait entendu un bruit bizarre («Si tu entends un bruit bizarre, tu ne vas pas voir ce que c'est, tu fuis à toutes jambes ! » s'emportait leur père), ou partait poser une question aux dragomanciens. (« Quelle impertinence ! commentait leur mère, les dents serrées. On n'adresse pas la parole aux dragomanciens comme ça, surtout pas quand on est une petite fouineuse de sept ans. »)

Feuille la trouvait incroyable. Il aurait aimé posséder une once de son courage – ou simplement avoir assez d'imagination pour désobéir autant, ce qui semblait lui venir tout naturellement.

Ses quatre autres sœurs, toutes plus âgées, n'avaient aucun mal à suivre les règles ni aucune envie d'aller embêter les dragomanciens. Seule la plus jeune donnait des brûlures d'estomac à leur père et mettait leur mère dans tous ses états.

– Je ne sais pas ce qui est pire : les dragons ou les dragomanciens, répétait Mésange. Parce que, au moins, les dragons ne sont pas sur notre dos en permanence !

Mais l'été de ses huit ans, Feuille eut la réponse : les dragons étaient pires. Les dragons étaient les pires créatures du monde entier.

Son oncle l'avait emmené à la chasse, ce qu'il adorait, même s'il fallait se cacher sous les buissons tous les trois pas au moindre battement d'ailes dans le ciel. Il rentra tard, épuisé, couvert de terre et de brins d'herbe qui le démangeaient, quand ses parents lui annoncèrent que sa petite sœur avait disparu.

– Disparu ? s'étonna-t-il. Elle a encore fugué ?

Une fois, elle s'était volatilisée pendant une journée

entière puis était réapparue le lendemain matin, le sourire aux lèvres et des brindilles dans les cheveux. En prétendant qu'elle voulait juste voir comment ça faisait de vivre toute seule dans la forêt, sans règles. Pour la punir, on lui avait confisqué ses trois jouets pendant un mois. En secret, Feuille lui avait sculpté un petit escargot en bois pour les remplacer.

– Non, mon chéri, répondit sa mère, encore plus tendue que d'habitude, ce qui n'était pas peu dire. Elle s'est éloignée et s'est fait dévorer par les dragons.

Feuille avait l'impression de débarquer dans une histoire qui n'était pas la sienne. Un drame très triste était arrivé à quelqu'un, mais ça ne pouvait pas être lui, évidemment.

– Non, vous vous trompez. Jamais un dragon n'aurait osé manger Mésange.

Leur père s'esclaffa.

– Tiens, c'est bien le genre de bêtise que ta sœur aurait répondu. Mais comme je te l'ai toujours répété, la mort peut tomber du ciel à tout moment. Nous devons être encore plus prudents. Elle aurait dû être plus prudente, conclut-il.

– C'est entièrement sa faute, souligna leur mère. Tu la connais, toujours à désobéir. Ça lui pendait au nez.

Elle avait les mains jointes, serrées et crispées comme si elle s'efforçait d'écraser ses émotions.

– Mais toi, ça ne risque pas de t'arriver, affirma son père en lui tapotant nerveusement l'épaule. Tu vas être bien sage, comme toujours, suivre les règles, et tout ira bien, d'accord? Tu ne finiras pas comme elle. Toi, tu comprends l'importance d'être constamment terrifié.

Le garçon regarda autour de lui en clignant des yeux. Le petit escargot de sa sœur était posé sur le rebord de la fenêtre. («Tu surveilles les allées et venues des dragons? avait demandé leur père en la voyant perchée là-haut. – Non, j'échafaude un plan d'évasion», avait-elle répondu.) Mais sa poupée préférée était désormais dans le panier à jouets de Camélia. C'est le détail qui rendit la nouvelle réelle. Mésange n'aurait jamais laissé faire ça!

Que ressentait-il? Était-il terrifié comme le lui recommandaient ses parents?

– Non, je n'ai pas peur, lança-t-il en repoussant la main de son père. Je crois plutôt que… je suis en colère. Pourquoi tu n'es pas en colère?

– Contre ta sœur? Si, un peu…

– Non! le coupa Feuille. Contre les dragons qui l'ont mangée!

– Baisse le ton, ordonna sèchement sa mère. On ne crie pas, jamais. Tu sais bien que c'est interdit.

– Tu veux que les dragons nous trouvent et nous dévorent aussi? renchérit son père.

– Eh bien, oui, peut-être. Qu'ils essaient, tiens. Je leur flanquerai un coup sur le museau! s'emporta Feuille.

– Ça ne sert à rien d'en vouloir aux dragons, reprit sa mère de sa voix d'adulte qui sait tout. Ce sont des bêtes sauvages qui se nourrissent en chassant, comme toute autre créature. On ne se met pas en colère contre les ours, les requins ou les ratons laveurs, après tout.

– Parce que les ratons laveurs ne s'abattent pas sur un village pour le réduire en cendres ! protesta Feuille. Si les requins volaient et crachaient du feu, je pense qu'on serait furieux après eux aussi ! La preuve : on n'a pas d'ours-manciens, ni de requinmanciens et encore moins de ratonmanciens, à ce que je sache ! On n'a que des drago-manciens, n'est-ce pas, parce que les dragons sont censés être des créatures intelligentes, mystiques et magiques, non ? Mais à quoi ils servent, ces dragomachins, s'ils ne sont pas capables de protéger notre village ?

Ses parents échangèrent un regard bizarre.

– Si ta sœur les avait écoutés au lieu de leur casser les pieds en permanence…, commença sa mère avant de s'interrompre au prix d'un effort visible.

– Ils nous protègent, s'empressa de corriger son père. C'est grâce à eux qu'on a survécu jusqu'ici. On est encore presque tous là, non ? Eh bien, on peut remercier nos trois dragomanciens.

– Oui, on doit leur en être reconnaissants, ajouta sa mère. Et être obéissants, respectueux. Très respectueux. Ne leur manque jamais de respect, Feuille. Ils font un travail tellement important.

– Mais ils ont échoué ! s'insurgea-t-il. Ils étaient censés nous protéger, et ils n'ont pas réussi. Ce ne sont que des menteurs !

Il pleurait désormais, et se moquait bien que tous les

villageois et tous les dragons de la montagne l'entendent !

– Arrête !

Sa mère lui agrippa le bras et s'accroupit auprès de lui, scrutant les recoins sombres de leur masure comme si les murs avaient des oreilles.

– Ne dis jamais de mal des dragomanciens !

– Si tu travailles dur et que tu écoutes bien les adultes, peut-être que tu deviendras un dragomancien quand tu seras grand, déclara son père. Comme ça, tu sauras encore mieux comment te protéger.

– Je ne veux pas étudier les dragons, protesta Feuille, je veux les embrocher au bout de mon épée, les bombarder de flèches et en tuer un maximum !

Ses parents secouèrent la tête.

– C'est ridicule, décréta sa mère. Tant de violence inutile.

– En plus, là, tu es sûr de te faire dévorer, renchérit son père en passant la main dans ses cheveux clairsemés qui restèrent dressés sur sa tête, comme stupéfiés par les bêtises que racontait Feuille.

– Aucun humain n'a jamais tué de dragon, fit valoir sa mère. C'est impossible. Autant te présenter à l'entrée de leur grotte pour le déjeuner !

– Mais si, c'est possible, opposa l'une des sœurs aînées de Feuille, depuis son hamac dans le grenier.

Le garçon ignorait qu'elle était là, en train d'écouter leur conversation.

– Reste en dehors de ça, Cerise ! menaça leur mère. Tu as eu une longue journée et tu n'es pas dans nos bonnes grâces en ce moment.

La jeune fille roula hors de son hamac et s'allongea à plat ventre sur la mezzanine pour les regarder d'en haut. Son ton était innocent et, en même temps, plein de défi.

– Je pense juste que Feuille devrait être au courant de l'existence du Tueur de dragons, c'est tout.

Le garçon frissonna rien qu'en entendant ce nom. Un tueur de dragons. Voilà ce qu'il voulait devenir. Quelqu'un qui protégeait les bonnes gens de ces affreux monstres, non pas en récitant du charabia et en inventant des visions, mais en agissant.

– Ce n'est qu'un mythe, affirma leur père. Cerise, s'il te plaît, ne t'en mêle pas.

– Non, ce n'est pas un mythe. Mon copain Bosquet dit qu'il existe, insista-t-elle. Il a vécu dans la cité Indestructible, et des voyageurs de passage lui ont raconté qu'ils l'avaient rencontré !

– Un vrai tueur de dragons ? Qui est encore en vie ? Comment il s'appelle ? s'enthousiasma Feuille.

– Cerise, ne va pas lui mettre de pareilles bêtises en tête ! gronda leur mère.

– Ce n'est pas une bêtise, c'est un fait, objecta la jeune fille.

Elle s'assit, les jambes dans le vide au bord de la mezzanine. Elle était un peu décoiffée par son séjour dans le hamac, mais ses yeux brillaient intensément. Feuille n'oublierait jamais cet instant ni l'expression de sa sœur lorsqu'elle lui parla du Tueur de dragons pour la première fois.

– Le Tueur de dragons n'était qu'un tout jeune homme déterminé à libérer son peuple quand il a traversé le désert à cheval, une nuit, commença-t-elle d'une voix envoûtante. Il s'est introduit dans le repaire de la reine des dragons du désert et s'est battu contre elle. Le sang a giclé, les écailles ont volé et, finalement, il lui a coupé la tête et a dérobé son trésor avant de rentrer chez lui, triomphant.

– C'est vrai? souffla Feuille.

– Non, ce ne sont que des histoires! intervint sa mère. Un ramassis de sornettes.

– Il a rapporté chez lui la queue venimeuse de la reine pour prouver qu'il l'avait bien tuée, reprit Cerise, toujours de sa voix mystérieuse. Grâce au trésor, il est devenu l'homme le plus riche du monde. Riche, puissant, dangereux, le Tueur de dragons, notre héros à tous!

– Oui! s'écria Feuille, emporté par le récit. Et il a sauvé tout le monde!

– Arrête d'embrouiller ton frère! hurla leur mère en jetant un torchon à Cerise, rompant le charme. Si ce fameux tueur existait vraiment, les dragons l'auraient retrouvé et dévoré pour reprendre leur trésor!

– Et tu as oublié le passage où il abandonne son acolyte à la merci des dragons. Pas si héroïque que ça, quand même! souligna leur père.

– Ah ah! s'écria Feuille. Alors en fait, tu connais l'histoire. Donc c'est vrai!

Sa mère lança un regard exaspéré à son époux.

– *Non*, lâcha-t-elle, c'est une légende. Un conte de fées qu'on raconte aux enfants dans les familles d'imbéciles.

– Je veux devenir un tueur de dragons, moi aussi! s'exclama Feuille. Je veux être un héros et massacrer des dragons pour sauver les gens, comme lui!

Il prit un bâton dans la cheminée et le brandit à travers la maison, bataillant contre les meubles.

– Ça suffit! ordonna sèchement sa mère. Tuer les dragons est contre le règlement. Les dragomanciens l'ont formellement interdit et je te l'interdis aussi!

– Oh, Cerise, qu'est-ce que tu as fait? gémit leur père, accablé.

– Ça vous apprendra. Vous savez très bien pour quoi, répliqua-t-elle en retournant dans son hamac.

– Tu ne veux pas devenir dragomancien, plutôt, Feuille? supplia son père en tentant de lui arracher le bâton.

Le garçon le coinça sous son bras et fila à l'autre bout de la pièce.

– Un dragomancien savant, sage, respecté... et qui reste loin des dragons, poursuivit son père.

– Ça ne sert à rien de se battre contre les dragons, enchaîna sa mère. Mieux vaut ne pas les énerver et les tenir à distance en suivant les règles des dragomanciens.

– Non, leurs règles idiotes n'ont pas sauvé Mésange! tempêta Feuille. Ce n'est pas juste que les dragons mangent les gens qu'on aime sans qu'on puisse rien y faire.

Il se jucha sur le plus haut tabouret, levant son épée de fortune vers le plafond.

– Moi, je n'ai pas peur d'eux! J'en fais le serment sur cette épée, un jour, toutes les petites sœurs du monde n'auront plus rien à craindre des dragons. Parce que je serai le prochain et le plus grand tueur de dragons du monde!

CHAPITRE 3

LIANE

– Maman, est-ce que papa est célèbre ? À la fête, ce soir, les gens se comportaient comme s'il l'était, j'ai l'impression.

– Oui, il est très célèbre, ma chérie. Sans doute l'homme le plus célèbre de la planète.

– Parce que c'est le chef de tout le monde ? Ou parce qu'il a éternué un dragon il y a très très très longtemps ?

– Il l'a exterminé, Liane. Oui. Parce qu'il est le seigneur de la ville, mais également parce qu'il est le seul homme vivant à avoir tué un dragon. Et ce n'était pas il y a si longtemps que cela.

– Je croyais qu'oncle Caillou l'avait aussi sterminé, le dragon.

– Exterminé, Liane. Non, oncle Caillou n'a pas tué le dragon, mais il était là quand c'est arrivé.

– Ça veut dire quoi, « exterminer » ?

– Ça veut dire que papa a tapé le dragon très fort jusqu'à ce qu'il tombe et qu'il ne bouge plus.

– Mais man-man, ça s'appelle chasser, ça. C'est pareil : on chasse les lapins et les écureuils avec des flèches et après on peut les manger.

– Oui, plus ou moins. Sauf qu'après, papa n'a pas mangé le dragon.

– Pourquoi ?

– Les humains ne mangent pas les dragons, ma puce. Et puis, il a dû filer en hâte pour échapper aux autres dragons.

– Y avait d'autres dragons ? Mais pourquoi papa les a pas xterminés aussi ?

– Ils étaient très nombreux, Liane. Et les dragons, c'est très gros.

– J'aimerais en voir un.

– Non, pas question. On est bien en sécurité ici, loin de tous les dragons. Ton père nous protège.

– Pourquoi oncle Caillou, il était pas content que papa se soit enfui ? Il voulait qu'il les tue tous, les dragons ?

– Non… Ton oncle… il est parfois un peu triste. Il repense à cette nuit-là et ça lui fait de la peine.

– Pourquoi ?

– Je te raconterai quand tu seras plus grande, Liane.

– Man-man !

– Dors, Liane.

– Et les autres dragons, ils en voulaient à papa ? C'est

peut-être pas très gentil de terminer un dragon, quand même. Le dragon, il a pas dû aimer qu'on le tape jusqu'à ce qu'il tombe et qu'il bouge plus.

– C'est un animal, Liane. Il n'éprouve pas de sentiments. Et ton père est un héros. Allez, chut, maintenant.

– Man-man, man-man, man-man ! Tu savais que Jonquille a un petit lapin ? Tu crois que je pourrais avoir un dragon, moi ?

– NON, Liane.

Liane était née dans la cité secrète de Valor, quelques années après que les dragons avaient réduit le village en cendres et pourchassé ses habitants pour les exterminer. Elle avait passé son enfance dans les tunnels et les cavernes exigus que les survivants et les fidèles du Tueur de dragons avaient creusés sous terre – le seul endroit où les dragons ne pourraient pas les trouver.

Bien sûr, dans sa version épique des événements, le père de Liane ne mentionnait jamais le village décimé et les dragons vengeurs. Il préférait parler de l'épée à pommeau d'obsidienne qu'il avait enfoncée dans l'œil de la dragonne. Il imitait ses rugissements furieux, les flammes qu'elle crachait, et il remontait sa manche pour montrer les cicatrices qui couvraient la moitié de son corps. Parfois, si ses admirateurs lui payaient suffisamment à boire, le Tueur de dragons leur parlait du trésor – l'or, les pierres précieuses scintillantes, le poids du Dragon de Lazulite entre ses mains. Son regard s'embrumait lorsqu'il le décrivait – ce trésor, c'était le seul amour de sa vie.

Mais son passage préféré de l'histoire – celui qu'il ne sautait jamais –, c'était quand il se vantait d'avoir coupé l'aiguillon venimeux de la dragonne. Il faisait venir les gens pour le leur montrer, à toute heure, même quand la famille était couchée, même ceux qui l'avaient déjà vu mille fois. Le dard trônait dans une vitrine, au milieu du salon, et hantait les nuits de Liane.

Les élèves de sa classe refusaient de venir chez elle depuis que Violette avait lancé : « Et si, un jour, le dard revient à la vie ? », que Jonquille avait renchéri : « Ou qu'il y a un nouveau dragon qui pousse au bout ? Comme chez les lézards ! », et que Violette avait ajouté : « Et si un somnambule se pique avec et meurt ?! », et toutes les filles avaient fait : « Ooooooh ! »

Liane ne leur donnait pas tort. C'était franchement un bibelot immonde. Il y avait du sang séché d'un côté et un aiguillon luisant de venin de l'autre. Elle ne comprenait pas que les gens veuillent le voir et encore moins que ses parents l'exposent dans une jolie vitrine sur un piédestal recouvert d'une tapisserie pour l'avoir sous les yeux en permanence.

Elle préférait aller dormir chez ses copines. Elle était toujours invitée. Tout le monde voulait être ami avec la fille du Tueur de dragons. C'était pratiquement la princesse de la ville souterraine.

Mais même la fille du seigneur de ces lieux n'avait pas le

droit d'aller dehors. Elle voyait rarement le soleil et devait s'imaginer le bruit du vent.

Tous les soirs, pour l'endormir, on lui racontait la même histoire.

– Il était une fois un brave héros qui s'en fut dans le désert massacrer la reine des dragons.

Sa mère contemplait rêveusement la flamme de la lampe à huile tout en caressant les cheveux de Liane.

– Il l'affronta courageusement toute la nuit jusqu'à ce qu'elle tombe raide morte dans le sable. Puis il rentra chez lui au galop avec le plus grand trésor au monde.

– Il est où le trésor, maintenant? avait demandé Liane quand elle avait quatre, puis cinq ans, et encore plus désormais qu'elle avait six ans. Je peux le voir?

– Chut, soufflait sa mère. Personne ne peut le voir. Il est dans une cachette secrète.

– Mais il est à papa, insistait la fillette. Jonquille a dit que c'était bizarre qu'on ait un beau gros trésor et que je n'aie jamais le droit de le voir. Elle pense que p'têt c'est parce qu'il existe pas ou qu'on l'a perdu ou je ne sais quoi. Elle m'a conseillé de menacer de plus respirer jusqu'à ce qu'on me le montre et j'ai essayé, mais ça m'a donné trop mal à la tête.

– Elle a beaucoup d'idées, cette Jonquille.

– Mais tu l'as vu, toi, le trésor, man-man?

– Bien sûr que oui, répondait sa mère, mais d'un ton tellement vague que Liane n'était pas convaincue.

Iris considérait toujours son époux comme un héros,

même quand il ronflait dans le hamac ou se plaignait de l'odeur qui régnait dans la grotte, alors qu'elle venait d'une paire de vieilles chaussettes qu'il avait fourrée sous le tapis. Elle répétait à qui voulait l'entendre ce qu'il lui disait, pourtant elle devait bien se douter qu'il enjolivait la réalité.

Vers six ans, Liane avait commencé à remarquer les petits détails qui ne collaient pas. C'était assez perturbant, surtout que personne ne relevait jamais.

Comme quand son père avait promis aux Valoriens de creuser un autre tunnel pour se rendre plus facilement au lac souterrain. Et qu'un an plus tard, il avait désigné le tunnel qui existait depuis toujours – celui que sa mère et d'autres mamans avaient creusé quelque temps plus tôt – en prétendant qu'il l'avait élargi et amélioré. Tout le monde s'était extasié et l'avait baptisé le tunnel du Tueur de dragons, alors qu'il n'avait pas bougé d'un pouce.

Les citoyens devaient bien voir qu'il n'y avait aucune différence avec avant, non ? Ils se rappelaient sûrement que c'étaient les femmes qui avaient creusé le tunnel ? Liane se souvenait d'avoir porté des paniers de terre et fait la chaîne avec les autres enfants, alors qu'elle n'avait que quatre ans. Quand sa mère avait proposé d'ouvrir une voie pour pouvoir aller chercher de l'eau sans avoir besoin de sortir, son père avait levé les yeux au ciel en ricanant. Et maintenant, il se vantait d'en avoir eu l'idée, le tunnel allait porter son nom, tout le monde l'acclamait, même maman ?!

Liane ne comprenait pas. Elle en venait à douter d'elle-même : peut-être que quelque chose lui avait échappé ? Elle aurait voulu demander des explications, mais ses questions avaient le don d'agacer ses parents, et ses professeurs répondaient invariablement « Il faut s'en tenir au programme » ou « Tu comprendras quand tu seras plus grande », ou « Va donc faire tes exercices de maths, Liane ».

L'année de ses sept ans, comme elle avait une maîtresse très gentille, Mme Laurier, elle tenta à nouveau sa chance. Elle attendit la récréation, quand on envoyait tous les enfants au lac souterrain chercher un seau d'eau, et s'approcha timidement de sa professeure.

– Madame Laurier, je peux vous poser une question ?

– Bien sûr, Liane.

La maîtresse était assise par terre, s'efforçant de recoudre un livre à la couverture arrachée. Elle lui adressa un sourire las à la lueur des torches et tapota le sol tout près d'elle.

– Vous… Vous avez entendu le discours de mon père hier soir ?

Liane s'assit et ramassa une page qui s'était échappée du livre.

– Dans le grand hall ? Oui, tout le monde était là. C'était une assemblée obligatoire. Tu sais ce que ça veut dire ?

– Que tout le monde doit y assister à part les enfants. Mais ma mère m'y a emmenée quand même.

– Oh…, fit l'enseignante, le front plissé. Oh, misère…

Elle prit la main de la fillette dans la sienne et la serra.

– Ça t'a fait peur, ma puce ?

Liane repensa à la lumière vacillante des torches, aux cris de la foule, au garçon en uniforme vert déchiré, à genoux derrière son père, les mains liées. Elle aurait dû avoir peur ? Sa mère l'emmenait toujours voir quand on bannissait un citoyen. En général, Liane s'endormait sur son épaule, pressée de retrouver son lit.

Cette fois, cependant, elle était restée éveillée et elle avait écouté. Cette fois, elle connaissait plus ou moins le garçon qui avait des ennuis. Il faisait partie des sentinailes. Il était gentil et leur apportait des pêches à l'école en rentrant de patrouille. Jonquille le trouvait mignon et voulait l'épouser quand elle serait grande.

– Ce n'était pas très clair. Je n'ai pas compris ce que disait papa.

– Il disait que Pin était un danger pour la communauté, lui expliqua Mme Laurier d'une voix douce. Pin est retourné à l'ancien village pour fouiller dans les ruines. Si un dragon l'avait repéré, il aurait pu le mener droit à nous.

Liane fronça les sourcils.

– Mais… papa retourne souvent à l'ancien village, avoua-t-elle d'un trait.

Le visage de Mme Laurier se décomposa. C'était étrange. Il n'exprimait plus rien. L'espace d'un instant, on aurait cru un masque.

– Je suis sûre que ça n'est pas vrai, déclara-t-elle finalement.

– Si ! affirma Liane. Et il rapporte des objets. Des cuillères, un fer à cheval, ou une petite balle pour moi, des tas de trucs comme ça.

Mme Laurier lui tapota la tête.

– Alors tu as de la chance d'avoir un père aussi courageux et qui s'occupe bien de toi.

– Mais, madame, si mon père peut aller où il veut, pourquoi Pin est banni de Valor pour toujours alors qu'il n'y est allé qu'une fois ?

– Peut-être que tu n'as pas bien compris où il va, ma puce. Et puis, ton père est le Tueur de dragons et le seigneur de Valor. C'est lui qui fait les lois, alors il ne peut pas les enfreindre.

– Je trouve pas ça juste, répliqua Liane. En plus, c'est lui qui a demandé aux sentinailes de chercher du fer. C'était une bonne idée de fouiller les ruines.

– Mais la loi…

– Je crois que papa a fait cette loi après que Pin est allé là-bas, décréta-t-elle d'un ton ferme.

Mme Laurier se releva en époussetant le livre qu'elle avait réparé.

– C'est idiot, Liane. Tu en apprendras davantage sur les lois et les seigneurs quand tu seras plus grande. Mais pour le moment, tu ferais bien de filer si tu veux avoir le temps de jouer après être allée chercher ton seau d'eau.

Liane soupira. Mme Laurier était comme les autres adultes, tout compte fait.

Tête basse, elle s'en fut dans le tunnel, mais elle n'avait

pas fait trois pas qu'on la saisit pour l'entraîner dans une autre classe.

– Hé ! protesta-t-elle.

– Chut !

Jonquille lui plaqua une main sur la bouche. Comme d'habitude, elle avait deux couettes brunes, nouées de rubans jaunes assortis à sa tunique. Sa mère l'habillait comme la fleur joyeuse et printanière qui lui avait donné son nom, dans l'espoir de faire un peu oublier son « caractère de cochon ».

Liane aperçut Violette dans le fond de la classe vide, assise à l'une des tables taillées dans la pierre, clignant ses grands yeux de chouette.

Violette et Jonquille étaient meilleures amies – quand elles ne se chamaillaient pas. Jonquille débordait d'énergie et Violette d'imagination.

La mère de Liane répétait souvent : « Je n'aime pas leurs manières », mais il n'y avait pas tellement d'autres enfants de l'âge de Liane dans la cité souterraine. Elle ne pouvait donc pas l'empêcher de jouer avec elles.

– On a entendu ta conversation avec Mme Laurier, chuchota Jonquille.

– Enfin, toi, tu as écouté. Pendant ce temps, tu m'as obligée à aller chercher nos seaux d'eau.

Elle désigna d'un revers de main les trois seaux alignés à ses pieds.

– Waouh ! Tu les as tous rapportés d'un coup ?

– Oui, répondit Violette, factuelle. Je suis costaud. Un

jour, je serai tellement grande que je pourrai soulever le toit de la ville, comme ça on ne sera plus enfermés en permanence. On vivra au grand air et à la lumière, et tout le monde s'écriera : « Merci, Violette, tu es géniale ! » Et je répondrai : « Y a pas de quoi, dites-moi si vous avez encore besoin de moi. »

– Non, ils diront : « Merci, Jonquille », parce que c'est moi qui t'ai donné l'idée, objecta son amie, les poings sur les hanches.

– Même pas vrai, c'est mon idée ! rétorqua Violette.

– Non, j'y ai pensé la première. C'est moi qui t'ai dit que tu pourrais soulever le toit, hier ! insista Jonquille.

– Mais moi, j'avais eu l'idée la veille et je ne t'en avais pas encore parlé.

Liane voyait bien que ça allait dégénérer en une de leurs disputes légendaires, qui transformerait la classe en champ de bataille pendant une semaine. Elle se dirigea discrètement vers la porte.

– Bon, je vais…

– Regarde, tu lui fais peur ! s'exclama Jonquille en se jetant sur Liane pour la ramener dans la salle.

– Non, c'est TOI qui lui fais peur ! répliqua Violette.

– Liane, reprit Jonquille, ignorant délibérément Violette, avec Mme Laurier… tu parlais de Pin, c'est ça ?

– Oui, reconnut Liane.

Elle essaya de se rappeler si Jonquille était présente au bannissement. Sans doute pas ; elle aurait remarqué ses nœuds jaune vif dans la foule.

– Il est vraiment parti ? poursuivit Jonquille. Pour toujours ?

– Je pense que oui.

– Mais POURQUOI ? gémit-elle.

Elle se laissa tomber en arrière, cachant son visage au creux de son bras, mélodramatique.

– Ma vie est fichue !

– Ton père a dit qu'il devait se laisser manger par les dragons ? demanda Violette.

– Non ! Il a juste dit que Pin devait partir et ne jamais revenir.

– Mmm, fit Violette. C'est presque la même chose.

– VIOLETTE, TU ES TROP MÉCHANTE ! hurla Jonquille. COMMENT OSES-TU DIRE QUE MON PETIT AMI VA SE FAIRE MANGER PAR LES DRAGONS ?!

– Ce n'est pas ton petit ami, rectifia Violette. Il est trop vieux. Il a au moins dix-sept ans.

– Non, mais on serait sortis ensemble plus tard ! S'il n'avait pas été banni pour toujooours !

– Qu'est-ce qu'il a fait pour être banni ? s'enquit Violette.

– Oui ! s'écria Jonquille en se redressant brusquement. Tu as dit à Mme Laurier que ton père faisait tout le temps la même chose.

– Non, je croyais, mais d'après elle, j'ai dû mal comprendre, se défendit Liane.

– C'est bien le genre de truc que disent les adultes, fit Violette en levant les yeux au ciel.

– Vous étiez au courant que c'était interdit d'aller

dans l'ancien village ? les questionna Liane. C'est la loi, paraît-il.

– Quoi ? Mais non, répliqua Violette.

– Quel ancien village ? s'étonna Jonquille.

– Celui que les dragons ont incendié ! expliqua Violette d'un ton impatient. Là où tout le monde vivait avant !

– Je le savais parfaitement, assura Jonquille. Je voulais dire : comment ça, quelle loi sur l'ancien village ? C'était une bonne question, la ferme !

– Ce n'est pas du tout gentil de me dire ça, affirma Violette en levant le menton. C'est de l'intimidation. T'essayes de m'intimider.

– Non, c'est toi…, commença Jonquille.

Liane s'empressa de la couper :

– Je n'avais jamais entendu parler de cette loi avant.

– Moi non plus, déclara Violette. Mes pères rédigent les lois avec le tien, et ils sont allés dans l'ancien village. Ils m'ont même rapporté une poupée à moitié brûlée en disant que je pourrais la réparer et la rendre jolie, mais je préfère raconter que c'est un fantôme furieux qui hante les ruines et attend de se venger des dragons !

– Génial ! s'écria Jonquille, en fendant l'air avec une épée imaginaire. Arrière, dragons !

– Pourtant, Pin n'a rien fait de plus, reprit Liane.

Elle tenait à aller au bout de cette conversation, même si les deux autres se laissaient facilement distraire et qu'elles auraient oublié tout ça le lendemain. Elle n'avait jamais essayé de parler à d'autres enfants des détails étranges qu'elle avait remarqués, des trucs qui ne collaient pas. Peut-être que ses amies auraient une réaction plus intéressante que les adultes.

– Il a fait quoi, exactement ? demanda Violette.

– Il s'est battu contre un dragon ? intervint Jonquille.

– Non, non, il est juste allé à l'ancien village. C'est pour ça qu'il a été banni. Parce que ce serait interdit par la loi.

Ses amies la dévisagèrent longuement, en silence. Elle s'attendait à ce que Jonquille donne un coup de poing à Violette et s'enfuie en riant, ou que cette dernière lui explique pourquoi elle avait tort.

Mais finalement, elle déclara :

– Ce n'est pas vrai. Il n'y a pas de loi qui l'interdise. Quelqu'un a inventé une raison injuste pour se débarrasser de Pin. C'est un mensonge d'adulte, ce qui est pire qu'un mensonge d'enfant. Je n'aime pas ça.

– Moi non plus, approuva Jonquille. C'est pas bien de mentirrrr, ajouta-t-elle en roulant théâtralement le R.

Liane frissonna, mal à l'aise. Personne n'avait jamais osé dire que le Tueur de dragons mentait. Elle se rendit compte qu'elle avait attendu que quelqu'un le formule à voix haute pour confirmer son intuition, mais maintenant que c'était arrivé, elle se sentait déchirée. C'était de son père qu'on parlait.

– Je peux me tromper, tempéra-t-elle. Il s'agit peut-être d'une nouvelle loi.

– Je vais me renseigner, décida Violette. Je suis très douée pour mener l'enquête.

– Mais tu ne risques pas de t'attirer des ennuis ? s'inquiéta Liane. Mes parents me crient dessus dès que je pose une question.

– Moi, je crie plus fort qu'eux, affirma Jonquille. C'est mon don, tu sais.

– On devrait inviter Liane à rejoindre le club secret, proposa Violette.

– Quoi ?! protesta Jonquille. Tu ne peux pas me demander ça devant elle ! C'est pas poli ! Et si je disais non ?

– Justement, tu ne peux pas dire non. Vu qu'elle est déjà au courant.

Jonquille croisa les bras.

– Elle ne connaît pas son nom.

– Alors tu vas refuser ? s'étonna Violette.

– Non ! Je suis d'accord ! Mais ce n'est pas juste parce que je voulais le lui proposer, sauf que j'attendais qu'elle quitte la grotte pour te consulter parce que c'est ce qu'on fait quand on est POLIE !

– Euh… vous voulez que je sorte ? demanda Liane.

Elle faisait déjà partie de la plupart des « clubs secrets » de l'école. C'était surprenant qu'elle n'ait pas entendu parler de celui de Violette et Jonquille. Il était peut-être tout récent. Mais elle devinait que, comme tous les autres, il ne durerait pas longtemps – sans doute encore moins, vu que Violette et Jonquille n'arrêtaient pas de se chamailler.

En plus, elle avait envie d'être seule un moment pour réfléchir : pourquoi son père mentait, si c'était bien le cas, et pourquoi tous les adultes le laissaient faire alors qu'ils punissaient les enfants, comme Jonquille et Forêt, quand ça leur arrivait ?

– Non, non ! Tu es des nôtres, maintenant. Bienvenue au club ! dit Violette en lui tendant la main.

Jonquille la poussa en hurlant :

– BIENVENUE AU CLUB !

Afin de ne vexer personne, Liane leur serra la main à toutes les deux en même temps.

– C'est un club où on partage des informations, déclara solennellement Violette. On se dit des secrets, alors tu dois promettre de ne pas les répéter, même si certains membres ne sont pas discrets du tout, ajouta-t-elle en lançant un regard appuyé à Jonquille.

– Nous sommes seulement trois pour l'instant, mais le but n'est pas d'exclure les autres, précisa Jonquille, indifférente à ses reproches. À part Pâquerette parce qu'elle est super pénible, je la hais.

Pâquerette, sa sœur aînée, avait neuf ans et, pour autant que Liane puisse en juger, elle était calme et parfaitement adorable.

– Ne dis pas ça, c'est méchant, affirma Violette.

– Très bien, je la DÉTESTE.

– C'est quoi, le nom du club ? s'enquit Liane, soucieuse d'éviter une nouvelle dispute.

– Le club des Chercheuses de Vérité, dit Violette.

Peut-être était-ce son ton posé et grave, ou bien étaient-ce précisément les mots que Liane avait envie d'entendre à ce moment-là, mais ce nom lui sembla juste et bien trouvé. Ce club secret s'annonçait bien plus sérieux que les autres.

«J'espère qu'il va durer un peu plus longtemps», pensa-t-elle. Elle n'avait jamais souhaité cela auparavant. Jusqu'ici, ce n'était qu'un jeu.

– On va découvrir la vérité au sujet de Pin, promit Jonquille en reprenant le ton solennel de Violette. On va découvrir *toute* la vérité.

«Toute la vérité, pensa Liane tandis que les deux autres posaient la main l'une sur l'autre en l'enjoignant à faire de même. La vérité que les autres ignorent.»

Pour quelle raison Pin avait été banni, en réalité? Pourquoi son père cachait la vérité aux Valoriens?

Et s'il avait menti sur ça, combien d'autres mensonges avait-il racontés? Le trésor devait pourtant exister; son père était un seigneur, quand même. Et le dard du dragon était bien réel, pas de doute. Mais avait-il omis certains détails? Y avait-il des inventions dans ses histoires de dragons?

En rentrant de l'école ce jour-là, Liane alla emprunter le *Guide des dragons à l'usage des sentinailes* à la bibliothèque et, le soir, elle étudia les illustrations comme si elle les voyait pour la première fois.

Dragons des marais. Dragons du désert. Dragons des glaces. Leurs écailles étaient peintes de la couleur des pierres précieuses : bleu saphir, orange ambré, blanc diamant. Quant à leur expression… Ils avaient l'air intelligents.

« Papa n'aurait peut-être pas dû exterminer ce dragon », pensa Liane. Mais comment osait-elle douter ? C'était interdit. Le Tueur de dragons était un héros : voilà qui résumait l'histoire de Valor en une seule phrase.

Elle effleura du bout du doigt les ailes scintillantes du dragon tropical. Sur ce dessin, il avait l'air tellement gentil... Bien sûr, c'était bête de penser cela d'une créature qui pouvait la dévorer en deux coups de dents. Pourtant, c'était ce que Liane ressentait en la contemplant.

« Peut-être que l'histoire du Tueur de dragons n'est pas tout à fait vraie non plus, pensa-t-elle, consciente que le simple fait de l'envisager pouvait être considéré comme une trahison. Je me demande ce qu'en diraient les dragons s'ils pouvaient donner leur version. »

CHAPITRE 4
MÉSANGE

Mésange n'aurait jamais admis que quelque chose clochait chez son bébé dragon : il était parfaitement parfait en tout point et elle aurait mordu quiconque oserait dire le contraire.

Elle devait cependant reconnaître qu'il était spécial, comme petit gars.

Pour commencer, il adorait les animaux, c'était même une obsession – les escargots en tête de liste. Dès qu'il en repérait un, il se jetait à plat ventre, ouvrant de grands yeux pour observer ses minuscules cornes qui rentraient et sortaient. Il aurait pu passer la matinée à regarder les escargots ramper dans l'herbe si Mésange ne l'avait pas pressé.

D'ailleurs, c'était le premier mot qu'elle avait appris en dragon. Il le disait si fréquemment qu'elle avait essayé de le répéter, ce qu'il trouvait aussi adorable qu'hilarant.

Quand ils marchaient, il restait assis sur son épaule, montrant de la griffe le moindre oiseau qui passait comme si c'était la plus belle chose au monde. Il frémissait de bonheur dès qu'une coccinelle se posait sur lui et boudait pendant des heures parce qu'un écureuil s'était enfui à son approche.

Ce qui en faisait bien entendu un compagnon de chasse pitoyable. La première fois que Mésange rapporta un lapin abattu au lance-pierre, Céleste le caressa un moment avant de fondre en larmes.

Oui, en larmes ! Elle n'aurait jamais imaginé les dragons capables de pleurer, et encore moins pour un truc à manger !

– Céleste, soupira-t-elle tandis qu'il sanglotait dans sa robe, arrête, gros bêta. Tu dois quand même avoir déjà mangé de la viande. Je croyais que les dragons ne mangeaient que ça.

Il grimpa sur ses genoux, puis sur son épaule, hoquetant toujours, et enfouit son museau morveux dans ses cheveux. Une autre larme roula dans son cou.

– Peut-être qu'on te la servait déjà cuite ? hasarda-t-elle. Alors tu trouves ça bizarre, parce que là, tu vois que ça vient d'un lapin ?

– *Snurlloaf*, renifla le dragonnet.

– Bon, ben, si tu ne veux pas en manger, moi, oui, décréta-t-elle. Mais il faut quand même que tu te nourrisses.

Elle sortit de ses poches les noix et les baies qu'elle avait récoltées tout en chassant. Céleste sauta de son épaule et les engloutit, en commençant par les fruits.

– Quel drôle de petit dragon, commenta-t-elle en lui tirant affectueusement les oreilles.

Il émit un petit bruit, entre ronronnement et grognement.

– Le point positif, c'est que si tu refuses de manger du lapin, je suppose que tu n'envisages pas de me manger non plus, pas vrai ? Je n'ai pas à m'en faire pour mes doigts, alors ?

– *Mrrrooouf*, acquiesça-t-il.

Ou bien c'était juste un rot. Elle ne savait pas encore comment interpréter tous ces bruits.

Elle avait espéré qu'il lui rôtirait son lapin d'un jet de flammes et lui éviterait de faire du feu, mais il n'en avait visiblement pas l'intention. Jamais la plus petite fumée ne s'échappait de ses naseaux, contrairement aux dragons qu'elle avait aperçus dans le ciel. Il n'avait jamais craché de flammèche (et pourtant, il avait beaucoup éternué après son séjour dans la rivière). Son souffle n'était pas chaud, même par les nuits très froides où ils en auraient eu besoin.

Mésange mit cependant un an à se rendre à l'évidence. Elle avait longtemps supposé que c'était par choix, qu'il n'en avait pas envie. Ou bien qu'il était enrhumé et qu'il devait guérir avant que son feu ne revienne. Durant un moment, elle avait cru que les dragonnets naissaient sans feu et développaient cette capacité en grandissant.

Mais finalement, un événement lui fit comprendre que Céleste n'était pas comme les autres dragons.

Durant leur première année ensemble, ils avaient doucement cheminé vers le sud, pour s'éloigner le plus possible du village de Mésange et du palais des dragons des montagnes. Céleste n'avançait pas vite (en raison notamment de ses nombreux arrêts pour observer les escargots) mais Mésange n'était pas pressée, une fois qu'ils furent sortis de la zone de chasse de son village.

Elle espérait que l'hiver serait plus doux en bas des montagnes ; hélas, en suivant la rivière en direction de la mer, ils se retrouvèrent dans une immense zone marécageuse truffée de dragons. Ceux-ci se cachaient dans la moindre flaque. Après avoir réchappé trois fois à des mâchoires surgissant de la boue, ils se réfugièrent dans les collines.

Mésange avait étudié la carte des dragomanciens, même si ce n'était qu'un croquis imprécis avec partout des blancs marqués « ci-vivent des dragons » qui donnaient envie de hurler : « Ah bon ? Je ne m'en serais pas doutée. Merci beaucoup ! »

Elle se rappelait qu'il y avait un désert à l'ouest des montagnes, sans savoir réellement ce que ça signifiait. Elle n'avait jamais vu de désert ni croisé personne qui y était allé. Mais Céleste pensait que ça valait le coup d'aller voir, aussi profitèrent-ils de la période la plus douce de l'année pour traverser la chaîne de montagnes par un col. D'après l'enchaînement des saisons, Mésange supposait qu'elle avait huit ans désormais. Elle ignorait à quelle vitesse grandissaient les dragonnets, mais Céleste devait bien avoir un an, au moins.

Après le passage du col, ils s'engouffrèrent dans un canyon sinueux où ils marchèrent pendant des jours pour déboucher brusquement sur un promontoire rocheux face à l'horizon.

Le désert se révéla être une grande étendue plate et vide, assez angoissante, selon Mésange. Du sable, du sable, du sable à perte de vue, et rien d'autre ou presque.

– *Humpf*, soupira Mésange en le contemplant.

– *Humpf*, acquiesça Céleste.

Il avait commencé à imiter certains de ses bruits, surtout quand elle ronchonnait ; c'était trop mignon. Mais elle ne voulait pas qu'il oublie sa propre langue, car elle souhaitait l'apprendre également. Comme ça, elle serait la seule personne au monde à parler dragon ! En plus, elle reproduisait plus facilement les sons des dragons avec sa bouche que lui les sonorités humaines avec sa gueule.

– Regarde ! Beurk ! s'exclama-t-elle en dragon, désignant l'immensité désertique.

C'était le mieux qu'elle pouvait dire pour : « On ne va pas vivre ici, pas moyen. Quel endroit affreux. Il n'y a nulle part où se cacher, on se ferait probablement rôtir dès le premier jour. »

– Horrible, confirma Céleste en battant furieusement de la queue. Trop grand ! Trop chaud !

Là-dessus, il ajouta quelques gargouillis dragonesques incompréhensibles.

Mésange jeta un coup d'œil vers le nord – des montagnes au loin –, puis vers le sud où elle aperçut une cascade tombant des falaises.

Mais impossible de savoir comment s'y rendre. Et il n'y avait pas de panneau «Endroit parfait où s'installer».

Elle soupira. Ce qui lui manquait le plus dans la vie au village, c'était la lecture. Ses habitants odieux, stupides et fourbes ne lui manquaient pas le moins du monde («Sauf peut-être Feuille… Ne pense pas à lui»), mais elle aurait aimé se plonger dans une histoire, dévorer des textes qui lui auraient appris des choses qu'elle ignorait. Il n'y avait pas beaucoup de livres à l'école; elle les avait tous finis avant d'avoir six ans. C'est pour ça qu'elle avait «emprunté» ceux des dragomanciens, il lui fallait de quoi lire!

Au moins, il y avait de temps à autre de nouveaux livres à Talisman, vendus par les marchands ambulants ou même écrits par un habitant. Mais ici, dans la nature, elle n'avait pas vu un livre depuis une éternité. Ça lui manquait tellement! Elle avait l'impression que la moitié de son cerveau s'était ratatinée dans un coin, attendant d'être nourrie!

En plus, là, ça aurait été bien utile d'avoir un nouveau livre avec une CARTE. Elle savait que la cité Indestructible était au sud-ouest, entre les marais et le grand fleuve, mais au-delà, le plan des dragomanciens était rempli de points d'interrogation, de gribouillis et de notes idiotes du genre « ci-vivent des dragons ? ».

– On devrait peut-être se rendre à la cité Indestructible pour voler une carte, dit-elle à Céleste dans sa langue, qu'elle appelait « l'humain » dans sa tête. Je n'ai pas envie de parler à qui que ce soit, mais si on arrive à entrer et sortir sans se faire repérer…

« Et si je pouvais voler un truc à lire aussi ! »

En même temps, cette ville portait ce nom parce que c'était l'endroit le plus fortifié et le mieux protégé au monde, ce n'était donc peut-être pas idéal pour tenter un cambriolage.

– *Rouarbloup ?* fit Céleste, ce qui devait vouloir dire : « Qu'est-ce que tu racontes ? »

Elle sauta du rocher et dénicha un bâton pour dessiner par terre. Elle esquissa la silhouette du continent, avec un petit palais au nord (elle était presque sûre que Céleste venait de là) et un point pour son village, Talisman, puis elle ajouta les montagnes, la rivière et le grand désert à l'ouest. Elle désigna le tout en disant :

– Carte. Carte ? « Carte » en dragon ?

Il hocha la tête d'un air entendu, produisant un son qu'elle imita encore et encore pour le graver dans sa mémoire. Elle espérait que ça signifiait bien « carte » et pas « dessiner » ni « gribouiller » et encore moins « T'es une drôle de petite humaine, Mésange ». Parfois, elle n'était pas complètement convaincue que Céleste saisissait vraiment ce qu'elle lui demandait. Il était si petit quand elle l'avait trouvé ; il avait dû être abandonné par ses parents avant d'entendre parler de la moindre carte.

Mais il avait toujours l'air très sûr des mots qu'il lui apprenait, alors elle lui faisait confiance. De toute façon, ce n'était pas comme si elle pouvait aller voir un autre dragon pour vérifier.

– Besoin carte, dit-elle en dragon.

Céleste haussa les ailes en lui adressant un grand sourire plein de dents.

– Contents nous, répondit-il.

Elle lui rendit son sourire.

– Oui, contents nous.

Puis elle ajouta dans sa propre langue :

– Mais ce serait bien de savoir où on peut aller sans se faire manger et où s'installer en sécurité. Attention, j'adore découvrir de nouveaux endroits, loin de ma famille et de ces faces de rat de dragomanciens. Mais chaque fois on se met en danger, et je veux te protéger.

– Protéger, répéta Céleste en dragon, hochant la tête.

– Bon, reprit Mésange en contemplant sa carte de fortune, on n'a qu'à partir en direction de la cité Indestructible. Si c'est trop sinistre, on la contournera.

Le soir, ils s'installèrent pour la nuit sur un plateau rocheux. Céleste donna un coup de coude à Mésange en pointant une griffe vers la gauche. Une faible lueur orangée montait de derrière une grosse pierre.

Mésange se plaqua au sol, essayant de se faire aussi petite que possible. Céleste l'imita.

Ils tendirent l'oreille un long moment, s'efforçant de voir si la lueur bougeait. Elle demeurait immobile, mais Mésange crut distinguer des grognements. Elle se tourna vers Céleste et vit qu'il avait entendu également.

– Filons, murmura-t-elle en dragon.

Il secoua la tête.

– Veux voir.

Il la contredisait rarement, surtout quand il s'agissait de choisir la direction à prendre. Alors elle acquiesça et le suivit tandis qu'il s'approchait en silence de la source de lumière.

Elle provenait d'un trou dans la pierre et était surmontée d'une fine volute de fumée. Il devait y avoir une grotte sous la roche, réalisa Mésange, et quelqu'un y avait fait un feu.

Céleste s'allongea au bord du trou pour regarder, malgré la fumée qui lui piquait les yeux. Mésange se mit à plat ventre à côté de lui.

Il y avait des dragons en dessous d'eux.

« Ça pourrait être pire, pensa Mésange, le menton sur les mains. Ça pourrait être des humains. »

Elle compta trois dragonnets qui galopaient dans la grotte et se bousculaient en pépiant et en grognant. Un autre était perché sur un parapet, tenant quelque chose dans ses griffes. Une sorte de papier déroulé qu'il fixait avec la plus grande attention.

« Il est en train de lire, ou quoi ? s'étonna Mésange. Les dragons savent lire ?! »

Céleste était sans doute trop petit lorsqu'elle l'avait trouvé pour avoir appris. Elle se demanda si elle pourrait lui enseigner à déchiffrer sa langue.

« Attends…, se dit-elle. Tous ces dragons sont de couleurs différentes. »

Elle plissa les yeux.

La lueur du feu et la fumée lui brouillaient la vue, mais elle était presque sûre de distinguer cinq teintes d'écailles – jaune, bleu, vert, noir et marron. La seule qu'elle reconnaissait était la nuance terreuse des dragons des marais.

Il n'y avait pas de dragon rouge ni d'orange, comme ceux que Mésange avait l'habitude de croiser. Durant l'année, elle en avait parfois vu voler des blancs, ou d'un jaune très pâle. Mais il n'y en avait pas non plus de semblable dans la grotte.

« Il y a vraiment autant d'espèces de dragons différentes ? Comment parviennent-ils à vivre ensemble sans se massacrer ? »

Elle pensait que les rouges et les marron étaient ennemis, elle avait donc supposé que les dragons se battaient forcément contre ceux qui n'étaient pas comme eux.

« Alors que, finalement, ils sont peut-être amis. »

Les dragonnets de la grotte avaient l'air heureux ensemble – même le noir, qui ne cessait de faire des remarques du haut de son perchoir.

« Ils sont peut-être plus doués pour s'entendre que les humains. »

Ce qui s'accordait parfaitement avec sa nouvelle théorie

sur le monde, selon laquelle les dragons étaient en tout point meilleurs que les humains.

Elle jeta un coup d'œil à Céleste qui affichait une mine tristounette. Elle eut envie de le serrer dans ses bras et de lui offrir une ribambelle d'escargots et de petits lapins.

– Quoi va pas ? chuchota-t-elle en dragon.

Il désigna le plus gros dragonnet, le marron. Il jouait avec les autres, mais s'arrêtait de temps en temps pour souffler sur le feu et s'assurer qu'il ne s'éteigne pas.

La petite dragonne jaune vint à côté de lui pour cracher quelques flammes également. Le marron la bouscula sans le vouloir et eut l'air paniqué lorsqu'elle se jeta sur lui pour le renverser en arrière.

Immédiatement, la dragonnette bleue se joignit à la mêlée et ils roulèrent tous ensemble un moment, en poussant de petits cris joyeux. Un an plus tôt, Mésange les aurait interprétés comme des rugissements furieux et aurait craint qu'ils s'entre-tuent. Mais elle reconnut le bruit que faisait parfois Céleste : les petits dragons riaient aux éclats.

Elle ignorait comment dire « seul » en dragon. Comment demander à Céleste s'il aurait aimé avoir des amis dragons, lui aussi. Ça lui serra le cœur comme si on le broyait dans un étau.

– Tu veux aller les voir ? proposa-t-elle en désignant la grotte.

Elle ne savait pas trop comment procéder. Le trou était trop petit, même pour un bébé dragon. Mais elle pouvait chercher un autre accès si c'était ce qu'il souhaitait. L'entrée de la grotte ne devait pas être bien loin… et si Céleste voulait se faire des amis dragons, elle l'aiderait.

Il la dévisagea, surpris.

– Moi ? En bas ?

– Besoin dragon ? tenta-t-elle. Heureux miam amis ?

« Miam » n'était évidemment pas le bon mot, mais c'était le premier qui lui était venu à l'esprit pour exprimer « quelque chose qui te fait plaisir ».

Céleste fronça le museau et émit un petit reniflement dégoûté.

– Mange dragon non merci.

Elle réessaya :

– Heureux nous. Toi plus heureux avec eux ?

À sa grande surprise, les larmes montèrent aux yeux de Céleste. Il tendit son long cou pour enfouir son museau au creux de son épaule.

– Non, non, non, marmonna-t-il. Plus heureux moi avec toi tous les jours.

Le cœur de Mésange se gonfla de joie. Elle le prit par le cou et l'enlaça.

– Tu es sûr ? murmura-t-elle dans sa propre langue. Tu veux rester avec moi plutôt que rejoindre d'autres dragons comme toi ?

Quoi qu'il ait compris de tout ça, Céleste hocha frénétiquement la tête.

– Heureuse moi, chuchota-t-elle en dragon.

Un grondement plus puissant retentit sous leurs pieds.

Une dragonne rouge de taille adulte surgit alors dans la grotte. Elle écarta les dragonnets d'un revers de patte et leur cria quelque chose tandis qu'ils se plaquaient contre les parois rocheuses. Mésange vit la petite verte se tapir dans une fente, hors de vue de la grosse rouge.

Céleste retint son souffle, paniqué. Il se serra contre elle, sans quitter des yeux la dragonne.

Mésange ne l'aurait jamais reconnue, mais elle sentit qu'il tremblait comme une feuille. Il n'avait plus tremblé ainsi depuis le jour où elle l'avait trouvé au bord de l'eau, et ça, elle ne l'oublierait jamais.

La dragonne rouge, qui scrutait la rivière...

Se pouvait-il que ce soit la même? Mésange attendit qu'elle tourne la tête et... oui, elle repéra la cicatrice qu'elle avait remarquée la première fois, noire sur les écailles rouges.

– Qui est-ce? glissa-t-elle à Céleste.

Tout ce qu'elle put dire en dragon, c'était : « Quoi nom elle? »

Il marmonna quelque chose qu'elle ne comprit pas, mais elle n'avait pas besoin de mots pour savoir qu'il avait peur de cette dragonne.

– Allons-nous-en, dit-elle en s'écartant du trou.

Elle se leva et prit Céleste dans ses bras, même s'il était un peu trop grand et trop gros maintenant.

– Tu es en sécurité avec moi. Nous, protégés.

– Nous, protégés, répéta-t-il.

Mésange marcha une bonne partie de la nuit alors

même que le dragonnet s'était endormi sur son épaule, pour s'éloigner le plus possible de cette mystérieuse grotte pleine de dragons de toutes les couleurs. Quoi qu'ils fabriquent là-dedans, elle ne voulait pas le savoir. Ça ne la concernait pas.

Céleste avait besoin d'elle et elle avait besoin de Céleste, et c'est tout.

Lorsque la ligne dorée du soleil levant apparut à l'est, Mésange revit l'image des dragonnets qui soufflaient sur le feu. Ils étaient bien plus petits que Céleste, pourtant ils crachaient des flammes.

« Il n'est pas comme les autres, comprit-elle. Il n'a pas de feu. Il devrait, mais pour je ne sais quelle raison, il n'en a pas.

Ce n'est pas de voir les dragonnets ensemble qui l'a rendu triste, mais de les voir cracher du feu. Quand lui, il ne peut pas.

Je parie que c'est pour ça que la dragonne rouge l'a abandonné. Le clan des montagnes ne voulait pas d'un dragonnet qui ne crache pas de feu. Elle scrutait sûrement la rivière pour vérifier qu'il s'était bien noyé.

Pauvre petit Céleste. »

– Je t'aime quoi qu'il en soit. Avec ou sans feu, glissat-elle à son museau endormi. Tu es parfait comme tu es. Même si c'est trop bizarre d'adorer à ce point les escargots.

Il ouvrit les yeux et lui adressa un clin d'œil.

– Escargots? répéta-t-il, plein d'espoir.

CHAPITRE 5

FEUILLE

Feuille n'aurait jamais deviné que sa deuxième sœur préférée se révélerait être Cerise. C'était l'aînée et, d'ordinaire, elle jetait à peine un regard à ses cinq – ou plutôt quatre, désormais – petits frère et sœurs, comme s'il s'agissait de fourmis s'affairant à ses pieds. Elle préférait passer son temps avec Bosquet, à chasser, pêcher ou avoir de grandes discussions d'adolescents.

Mais un jour, lorsque Feuille avait neuf ans, alors qu'il lui avait déjà demandé l'histoire du Tueur de dragons mille fois, Cerise l'attendait à la sortie de l'école, un livre sous le bras.

L'enseignante l'observa d'un air soupçonneux.

– Cerise ? Ce n'est pas dans tes habitudes de te promener avec ce genre d'accessoire.

« Ni dans celles d'aucun membre de notre famille, à part Mésange », pensa tristement Feuille.

– Je vais faire travailler Feuille, annonça-t-elle d'une façon qui se voulait innocente mais lui sembla plutôt menaçante.

Cependant, la professeure ne remarqua rien.

– Nos parents pensent qu'il pourrait devenir apprenti dragomancien, alors j'aimerais l'aider à se préparer.

Dans le dos de l'enseignante, le garçon haussa les sourcils, mais sa sœur ne cilla pas.

– Mmm, je ne suis pas sûre que tu lui seras très utile, vu ton niveau, jugea la professeure d'un ton acerbe, mais si tes parents sont d'accord, ce n'est pas mon problème.

Elle se tourna pour dévisager Feuille un instant.

– Bien sûr, si tu es choisi pour devenir dragomancien, mon garçon, j'espère que tu n'oublieras pas celle qui t'a tout appris.

Et sur ces mots, elle s'en alla.

Dès qu'elle fut hors de portée de voix, Cerise explosa de rire.

– Vieille grenouille baveuse, lâcha-t-elle. Je parie qu'elle sera beaucoup plus gentille avec toi dorénavant, au cas où tu deviendrais dragomancien.

– Merci, fit Feuille, impressionné de voir une fille de seize ans manipuler un adulte aussi facilement. Tu vas vraiment m'aider à travailler ?

– Oui, mais pas avec ce truc rasoir.

Elle fourra le livre dans son sac et lui fit signe de la suivre derrière l'école, puis dans les bois, s'enfonçant parmi les arbres jusqu'à ce que les bâtiments du village ne soient plus visibles. Dans une petite clairière, elle jeta son sac au pied d'un arbre avant d'y grimper. Un instant plus tard, deux épées de bois tombèrent avec fracas dans l'herbe.

– Oh! s'exclama Feuille en écarquillant les yeux. Waouh.

Cerise sauta à bas de sa branche et posa les poings sur ses hanches avec un sourire de défi.

– Bah, si tu as l'intention de tuer un dragon un jour, tu as intérêt à t'entraîner un peu avant.

– Tu vas m'apprendre à me battre? s'écria-t-il.

– Je vais faire de toi un grand guerrier, affirma-t-elle, mais d'abord, tu dois me promettre de ne pas en parler aux parents. La version officielle, c'est qu'on te prépare à l'examen d'apprenti dragomancien.

– Mais… du coup, je vais devoir le passer, non?

Sa sœur prit une expression rusée.

– Oui, mais t'inquiète, tu ne seras pas pris. Presque personne ne réussit. Ils n'ont eu que six apprentis en dix ans. Et je ne suis pas sûre qu'ils apprennent quoi que ce soit, à part à servir les dragomanciens et à faire du fromage de chèvre.

Feuille brandit l'une des épées dans les airs.

– Alors que moi, je vais apprendre à me battre comme un grand guerrier! Youhou!

– Règle numéro un, déclara Cerise en le toisant d'un œil sceptique, ne pas crier comme un fou pour prévenir le dragon que tu vas l'attaquer. Non, mais sérieux…

À compter de ce jour, chaque soir après l'école, ils allèrent s'entraîner dans les bois. C'était dur, pas du tout aussi amusant que de suivre Mésange et de l'écouter se plaindre du village et de ses habitants. Mais Feuille avait l'impression d'agir, ou du moins de se préparer à passer à l'action – et sa petite sœur aurait été fière de lui si elle avait été là.

Ainsi, il découvrit que Cerise était bien plus intéressante qu'il ne l'avait imaginé.

Pour commencer, elle savait des tas de trucs sur les dragons.

– Je crois qu'il en existe six ou sept sortes, lui dit-elle un jour en parant son coup.

– Quoi ? s'étonna-t-il, chancelant. Il n'y a pas qu'une seule espèce ? Je pensais qu'ils étaient tous pareils.

– Feuille, enfin ! Ne me dis pas que tu n'as pas remarqué la différence entre les dragons des marais et ceux des montagnes ? Ils n'ont pas la même forme de tête, pas les mêmes couleurs d'écailles. Bosquet m'a expliqué que leurs repaires et leurs palais aussi étaient différents, d'après ce qu'il a appris dans la cité Indestructible.

– Six ou sept sortes ? Quoi d'autre à part ceux des marais et ceux des montagnes ?

– Il y a les dragons du désert, comme celle que le Tueur de dragons a embrochée. Des dragons du froid, qui vivent dans la glace et la neige. Et des dragons marins qui vivent dans l'eau.

Feuille frissonna. Il n'avait aperçu la mer que de loin, du sommet d'une montagne. Imaginer qu'un dragon pouvait rôder sous la surface ne lui plaisait guère. Une menace qui viendrait du haut et des profondeurs en même temps, c'en était trop pour lui !

– Et sans doute une ou deux autres espèces…, poursuivit Cerise en pivotant pour porter un coup qu'il dut parer. Bosquet prétend qu'il a vu un dragon complètement noir, mais je n'en ai jamais entendu parler sinon. Et puis, comme il y a des régions du continent où personne n'est jamais allé, d'autres dragons doivent sûrement y vivre.

– Je me demande si certains sont plus faciles à vaincre… Mais nous sommes près de ceux des montagnes, pas vrai ? Les rouges ou orange. C'est eux que je dois éliminer pour protéger le village, ceux qui ont dévoré Mésange.

Il brandit sa lame en direction de sa sœur qui le désarma facilement.

Il se jeta dans les broussailles pour récupérer son épée. Lorsqu'il se redressa, sa sœur lui tendit une myrtille de la taille de son poing et en garda une autre pour elle.

Feuille s'assit dans l'herbe, la baie entre les mains, se remémorant les cueillettes de myrtilles avec Mésange. Elle le faisait rire en imitant ces vieux schnocks de dragomanciens. Ils jouaient à qui arriverait le premier au sommet d'un arbre et il l'emportait à chaque fois, ce qui la mettait dans une colère monstre. Elle le bombardait de myrtilles en hurlant et il faisait mine de s'excuser, l'énervant encore plus. Mais dix minutes plus tard, ils se baignaient dans le lac en riant à nouveau et, le lendemain, alors que Feuille avait oublié la dispute, il découvrait au

moment de se coucher qu'elle avait rempli son lit de myrtilles écrasées.

Il soupira :

– Mésange me manque.

Cerise le dévisagea d'un œil inquisiteur.

– Tu détesterais autant les dragons s'ils ne nous l'avaient
pas arrachée ? demanda-t-elle. Je veux dire… si, en fait,
c'était la faute de quelqu'un d'autre ?

– Comment ça ? s'étonna Feuille.

Il réfléchit un instant.

– Tu veux dire si, par exemple, on l'avait poussée d'une
falaise et que les dragons l'avaient trouvée et dévorée ?

– Oui, quelque chose du genre, confirma prudemment
sa sœur.

– Eh bien, non, je détesterais plutôt cette personne.
Mais je devrais quand même éliminer les dragons pour
éviter que ça se reproduise, non ?

Il effleura le plat de sa lame du bout du doigt.

– Ne le répète à personne, mais j'en veux aux dragomanciens de ne pas avoir vu venir le dragon ce jour-là.
Ils nous disent sans arrêt de nous cacher dans les abris ou
de contourner la forêt ou de passer la journée à cueillir
tel ou tel fruit pour faire une offrande aux dragons. Ils
ne font que ça : avoir des visions au sujet des dragons. Et
voilà que le jour où on en avait besoin, pour la personne
qui comptait le plus pour nous…

Il s'interrompit pour s'essuyer les yeux.

Cerise lui donna un petit coup de genou dans l'épaule.

C'était le geste le plus affectueux dont elle était capable ; il le savait et ça le consola un peu.

– D'après Père et Mère, ce n'est pas leur faute, continua-t-il. Je suppose qu'ils avaient dit à tout le monde de ne pas s'approcher de la rivière ce matin-là, et que Mésange y est allée quand même.

Désobéir aux dragomanciens, c'était bien le genre de sa sœur, mais… rester au même endroit assez longtemps pour qu'un dragon la repère et l'attrape, ça ne lui ressemblait pas du tout. Vive et futée, elle était toujours en mouvement. Il aurait bien cru ses rugissements furieux capables de mettre un dragon en déroute.

La fureur, c'était sur cette émotion qu'il devait rester. Il n'avait pas le temps d'être triste. Il fallait qu'il s'entraîne pour devenir fort, puissant, et tuer le dragon qui avait mangé sa sœur.

Il finit sa myrtille et se leva d'un bond.

– On reprend ?

Cerise attaqua, mais il esquiva en passant sous son bras. Elle tourna sur elle-même et abattit le plat de sa lame sur son épaule.

– Beau mouvement, mais trop lent. Réessaie.

Ils enchaînèrent attaques et parades durant un moment en silence. Feuille avait mal aux bras et il sentait qu'il aurait le dos couvert de bleus le lendemain. Mais il refusait de se plaindre ou de réclamer une pause. Chaque hématome le rendait plus fort, plus à même de protéger les enfants de Talisman des dragons.

Cerise le désarma à nouveau et, cette fois, il dut grimper dans un arbre pour récupérer son épée. Sa sœur tourna lentement sur elle-même, scrutant la clairière et les bois pour s'assurer qu'ils étaient seuls.

– Tu crois que les dragomanciens nous cachent des choses ? lui demanda-t-elle alors qu'il se laissait tomber à terre.

– Mésange pensait que oui. Selon elle, c'étaient de vieux schnocks qui manipulaient les autres.

– Bosquet est à peu près du même avis, avoua-t-elle. Il se contente de faire des allusions parce qu'il est plus malin que Mésange. Il ne le dit pas ouvertement.

– Il n'est pas plus malin que Mésange ! s'emporta Feuille. Enfin, il est plus vieux, alors il sait plus de choses, mais ce n'est pas pareil.

Soudain, il vit de la pitié dans le regard de Cerise, et il savait bien pourquoi. Il parlait encore de Mésange au présent, si longtemps après l'avoir perdue.

– Tu sais quoi ? En fait, tu devrais vraiment devenir apprenti dragomancien. Je pense qu'ils te prendraient, suggéra-t-elle.

– Pas question ! s'écria-t-il. Je veux continuer à apprendre à tuer des dragons, pas passer mon temps enfermé, entouré de vieux papiers moisis et de gens encore plus vieux et plus moisis qui m'apprendront à faire la révérence et à courber l'échine.

– Ce n'est pas tout ce que tu apprendrais, fit valoir sa sœur. Tu connaîtrais tous leurs secrets.

– Mais je ne veux pas devenir dragomancien ! protesta-t-il.

– Pas besoin d'aller jusque-là. Tu t'introduis parmi eux en faisant profil bas pour découvrir tous leurs secrets, comme ce que sont devenus la plupart de leurs apprentis, comment fonctionnent leurs visions et pourquoi ils ont interdit à tout le monde d'essayer de voler le trésor des dragons. Et ensuite, tu me racontes tout et on se sert de tes connaissances pour tuer tous les dragons !

– OUAIS ! s'exclama Feuille. Euh… attends, non. C'est un piège. On parle de combien de temps d'apprentissage ? Combien d'années à rester coincé avec ces vieux schnocks ? Aaaargh. Pourquoi c'est pas toi qui le fais, plutôt ?

– En fait, j'ai essayé, avoua Cerise les yeux baissés, en flanquant un coup d'épée dans un buisson. L'an dernier. Ils ont dit que j'avais raté l'examen. Mais à mon avis, l'important, ce n'est pas la note, c'est s'ils te font confiance.

– Et pourquoi ils n'auraient pas confiance en toi ?

Sa sœur eut un sourire étrange et impénétrable.

– Peut-être que j'en sais un peu trop, dit-elle. Et ils ont l'air de t'apprécier. Je parie qu'ils te prendraient.

– Beurk ! s'écria Feuille. NON MERCI.

Brusquement, Cerise se raidit. Feuille se figea sur place. Ils tendirent tous les deux l'oreille.

La cloche du village sonnait l'alerte.

Arrivée imminente d'un dragon.

– Vite ! cria Cerise en lui prenant la main pour courir vers Talisman.

Feuille s'aperçut alors qu'ils avaient encore leurs épées à la main. Une arme d'enfant en bois ne servirait sans doute pas à grand-chose contre un dragon, néanmoins elle le rassurait.

Ils foncèrent à travers la forêt, les branches leur fouettant le visage. La cloche sonnait toujours, désespérée. Les tours d'alerte se dressaient un peu plus haut dans la montagne, assez loin pour ne pas attirer les dragons au village. Feuille se figura l'apprenti pendu au bout de la corde, paniqué de devoir rester là au lieu d'aller se cacher comme les autres.

Ce n'était pas étonnant que les apprentis dragomanciens ne durent pas très longtemps.

Non, désolé pour Cerise, mais il n'avait franchement pas envie d'en faire partie.

Il se demandait si celui-ci avait été envoyé sonner la cloche à cause d'une vision ou parce qu'un dragon avait réellement été repéré. Malgré la discussion qu'il venait d'avoir avec sa sœur, malgré ses nombreux doutes, il n'était pas encore prêt à risquer sa vie pour découvrir si les dragomanciens mentaient.

Ils débouchèrent de la forêt près de l'école et virent quelqu'un remonter la rue dans leur direction. Au début, Feuille crut qu'il s'agissait de l'un de leurs parents mais, en approchant, il s'aperçut que c'était Bosquet.

« Ça, c'est bizarre, pensa-t-il. Il s'inquiète de notre… enfin, surtout du sort de Cerise… mais pas Père et Mère. »

Ils s'étaient sûrement rués dans le refuge le plus proche

de la maison. Après tout, ils avaient trois autres enfants à protéger. Ils devaient se dire que Cerise et Feuille sauraient se débrouiller seuls.

Mais quand même.

– Bosquet ! cria Cerise.

Feuille n'avait jamais vu son visage s'illuminer ainsi pour qui que ce soit d'autre.

– Oh, grâce aux lunes, merci, soupira Bosquet, soulagé. Je n'étais pas sûr que vous entendriez la cloche là-bas.

Il s'arrêta devant l'école pour reprendre son souffle.

Cerise ouvrit la trappe qui menait à l'abri où les élèves devaient se rendre chaque fois que l'alarme sonnait pendant les cours. C'était arrivé si souvent l'année dernière que Feuille savait combien de marches comptait l'escalier et où se trouvaient les bougies, même dans l'obscurité.

Il aurait préféré se cacher dans l'école. Elle était invisible du ciel – camouflée par les arbres et recouverte de branchages –, néanmoins un dragon pouvait y mettre le feu.

Le garçon allait suivre Bosquet et Cerise dans l'abri lorsqu'il entendit du bruit à l'intérieur du bâtiment.

– Feuille ! cria sa sœur. Dépêche-toi !

– Attends…, dit-il. J'arrive.

Il lui lança son épée et gravit le perron.

Quelqu'un pleurait, blotti sous un bureau.

Une silhouette aux épaules frêles. Trop petite pour être Mésange – qui plus est, Mésange ne pleurait jamais. Mais l'espace d'un instant, le cœur de Feuille s'emballa.

Il s'accroupit près du bureau et reconnut le petit : c'était

Papillon, le plus jeune fils de leur maîtresse. Il devait avoir quatre ans.

– Hé, fit-il doucement, n'aie pas peur.

– Pas PEUR? s'écria le garçon en levant vers lui son visage trempé de larmes. Alors que les dragons viennent me MANGER?!

– Pff, s'esclaffa Feuille. T'es bien trop maigre. Ils ne voudraient pas de toi. Tu dois avoir autant de goût qu'une cuisse de grenouille.

– Mais non! s'indigna Papillon. Maman dit que je serais un délice pour eux. Ils ont tellement envie de me manger qu'ils viennent sans arrêt dans le coin pour me chercher.

« Non, mais franchement, qui irait raconter des horreurs pareilles à un enfant de quatre ans? » se demanda Feuille, avant de se souvenir que ses parents faisaient exactement la même chose.

– C'est vraiment idiot, affirma-t-il. Tu crois que quand on va chasser dans les bois, on est à la recherche d'un petit lapin super délicieux en particulier?

– Euh…

Papillon cligna des yeux.

– Je sais pas. Peut-être?

– Non! On attrape le lapin qui nous tombe sous la main, enfin! Et c'est pareil pour les dragons. Ils mangent ce qu'ils trouvent. Ils n'en ont pas spécialement après toi.

– Mmm, mouais, enfin… ça fait peur quand même.

– Je comprends, acquiesça Feuille. Mais ça ne sert à rien

d'être complètement terrorisé. Il vaut mieux être intelligemment terrorisé.

– Comment ça ?

– C'est une bonne idée de se cacher, surtout quand on est petit. Mais ici, tu crois que c'est la meilleure cachette ?

– Je sais pas, répéta Papillon en frottant son visage tout barbouillé. Je suis venu chercher maman.

– Eh bien non, la meilleure cachette, c'est un abri, avec un grand guerrier fort comme moi qui garde la porte.

Papillon rit.

– T'es pas si grand et si fort.

– Je suis plus grand que toi, fit valoir Feuille. Je parie que je peux te porter sur mon dos jusqu'à dehors.

– Dehors ? fit Papillon, méfiant.

– Pour aller au refuge. Et en chantant une comptine sur les dragons.

– J'aime les comptines, lança le petit garçon en se levant d'un bond.

Feuille se retourna pour qu'il grimpe sur son dos. Papillon était lourd, mais il réussit à se relever et se dirigea vers la porte.

– *Les dragons sont idiots ! Les dragons sont de gros lourdauds !* entonna-t-il à tue-tête.

Papillon rigola.

– *Moi, ça me rend chèvre qu'ils mangent toutes nos…* chèvres !

– Tu chantes complètement faux, commenta le petit en enfouissant son visage dans le cou de Feuille.

– *Quand je vois un dragon, j'ai envie de crier : « Va-t'en ! » Mais comme je suis obéissant, je vais me cacher bien sagement.*

Le temps que Feuille récite sa comptine ridicule, ils avaient traversé la cour de l'école et atteint le refuge. La cloche sonnait toujours furieusement au loin et le feuillage bruissait sous le vent… ou les battements d'ailes.

Cerise les attendait sur les premières marches. Elle prit Papillon sur le dos de son frère et le descendit dans l'abri. Feuille jeta un coup d'œil en arrière pour vérifier que personne d'autre n'arrivait avant de refermer la trappe. Bosquet alluma une bougie et ils se retrouvèrent dans la pénombre, en sécurité.

Enfin, il fallait l'espérer. Car Feuille avait déjà entendu parler de refuges qui s'étaient écroulés ou qui avaient été enfumés. Mais c'était rare. Ils étaient dans un abri solide, construit par tout le village pour protéger les élèves de l'école. Il y avait des paillasses pour dormir et des réserves d'eau au cas où.

C'était assez spacieux. Trop grand pour quatre personnes. Il brandit son épée dans le vide, mais se figea soudain en lançant un coup d'œil à Bosquet.

– Il est au courant, le rassura Cerise. Ne t'en fais pas. Il trouve que c'est une super idée.

– Ouais, on a besoin de davantage de tueurs de dragons dans le monde ! confirma Bosquet avec son sourire charmeur. Dommage que j'aie du travail, sinon je serais venu m'entraîner avec vous.

Se laissant tomber au pied de l'escalier, il s'adossa au mur crasseux, ses longues jambes croisées devant lui. Papillon grimpa sur ses genoux et s'y blottit, convaincu que ça ne dérangeait pas d'avoir un petit sur les genoux. Bosquet pouffa en lui tapotant le dos.

Feuille comprenait pourquoi sa sœur l'appréciait. Il était différent des autres garçons du village, et c'était ce qu'elle avait toujours recherché. Ses yeux étaient plus rapprochés, ses cheveux longs – sombre tignasse emmêlée, et non coupés à ras –, et il portait des couleurs vives, dangereuses, comme l'orange. Surtout, il avait vécu et vu des choses.

Bosquet était le seul parmi les jeunes à avoir mis les pieds hors de Talisman. Il était arrivé deux ans plus tôt avec son père à la recherche d'un endroit où s'installer, car les dragons avaient réduit leur village en cendres. L'incendie avait laissé des cicatrices sur les mains et le visage du garçon, mais s'ils avaient perdu des membres de leur famille, aucun des deux n'en avait jamais parlé.

Tout ce que Feuille savait, c'était Cerise qui le lui avait raconté, car elle ne laissait pas ses frère et sœurs approcher Bosquet et son père. Selon elle, ils étaient « trop gênants » – il ne voyait pas du tout ce qu'elle entendait par là.

– Hé, Bosquet, c'est vrai que tu es allé à la cité Indestructible ? demanda-t-il.

Cerise poussa un soupir mélodramatique en se laissant glisser le long du mur pour s'asseoir à côté de son copain. Papillon étendit ses jambes sur ses genoux.

– Bien sûr. C'est immense. Jamais le moindre incendie. L'endroit le plus sûr au monde.

– Ah oui ? Mais pourquoi vous n'êtes pas restés là-bas, alors ? s'étonna Feuille.

Bosquet réfléchit un moment, penchant la tête vers Cerise.

– C'est… difficile d'y entrer… et finalement… ce n'est pas aussi sûr que ça… Je veux dire, on n'y craint pas les dragons, mais…

Il laissa sa phrase en suspens.

– Mais quoi ? insista Feuille. C'est quoi le danger, alors ? Des ours ? Des lynx ? Une invasion d'araignées ?

Mésange avait horreur des araignées.

– Non, le détrompa Bosquet en souriant. Le problème, c'est les humains.

Feuille agitait son épée, travaillait son jeu de jambes.

– Ah bon ? La ville a été attaquée ?

– Non, impossible. C'est plutôt les gens à l'intérieur qui posent problème.

– Pas devant les enfants. Tu vas leur faire faire des cauchemars, fit Cerise en bâillant.

– Je ne suis pas un enfant ! protesta Feuille. Je ne ferai pas de cauchemars. Et Papillon dort déjà.

Bosquet jeta un regard à son amie, qui haussa les épaules.

– D'accord, reprit lentement le jeune homme. Tu as entendu parler du seigneur Invincible ?

Feuille secoua la tête.

– Il est à la tête de la cité Indestructible. Comme ses ancêtres avant lui, sauf qu'il est spécial. Il a certaines idées… sur qui est utile à la ville et qui ne l'est pas. Il veut l'étendre, même si c'est dangereux, et il fera tout pour mettre son plan à exécution. Il se sert des gens. À ses yeux, ce ne sont que des pièces interchangeables.

– Il paraît qu'il veut embaucher le Tueur de dragons, intervint Cerise.

– C'est vrai ? s'étonna Feuille, qui se mit à réfléchir.

La force de la cité Indestructible combinée au talent du Tueur de dragons. Ils pourraient éliminer ces monstres pour de bon et sauver le monde !

– D'après les rumeurs, ça fait des années que le seigneur Invincible essaie de faire venir le Tueur dans sa cité, confirma Bosquet. Mais « embaucher » me semble un terme bien poli…

– Pourquoi ?

Le regard de Feuille allait du visage de sa sœur à celui de son copain, mais il ne comprenait pas leur expression.

Bosquet haussa les épaules.

– Si j'étais le Tueur de dragons, je ne lui ferais pas confiance. Et puis, dans cette cité, il y a DES TAS de règles, tu sais. Les gens sont super stricts, ça fait peur. Ce n'est pas mon style. Donc quand mon père a entendu parler de ce village légendaire protégé par la « magie des dragomanciens », il a décidé qu'on y serait mieux.

– Parce qu'il n'y a pas de dragomanciens partout ? s'étonna Feuille tandis que sa sœur manquait de s'étrangler.

– Vous êtes venus pour les dragomanciens ?!

– Non, c'est rare, répondit Bosquet. Il n'y en avait pas dans mon village, ni à la cité Indestructible. Talisman est un village spécial, apparemment.

– J'aurais choisi une cité de pierre protégée par une catapulte antidragons plutôt qu'un bled de montagne gardé par trois vieux zinzins ! s'esclaffa Cerise.

– Non, pas cette cité de pierre. Elle ne t'aurait pas plu non plus, affirma Bosquet.

Il prit son menton entre ses doigts.

– On aura notre endroit à nous. On volera un château aux dragons et on s'y installera.

– Oooh ! souffla Feuille.

– Ze veux un sâteau, marmonna Papillon dans son sommeil.

Cerise pouffa.

– Ce ne serait pas très pratique de vivre dans un château de dragons. À moins qu'on apprenne à voler ou qu'on quadruple de taille.

– Je t'aiderai à le conquérir ! s'enthousiasma Feuille. Quand tu veux. Je vais bientôt être prêt à affronter les dragons, pas vrai, Cerise ?

– Peut-être… si tu passes plus de temps à t'entraîner et moins à inventer des comptines pour les mioches, répondit sa sœur en ôtant les jambes de Papillon de ses genoux.

Bosquet éclata de rire. Cerise se leva pour continuer la leçon d'escrime à la lueur vacillante de la bougie.

Ils plaisantaient peut-être, mais pas Feuille.

« Un jour, les enfants comme Papillon ne vivront plus dans la peur. Un jour, je n'aurai plus besoin de me cacher dans un abri moisi.

Un jour, ce seront les dragons qui se cacheront pour m'échapper », se promit-il.

CHAPITRE 6
LIANE

Entendant sa mère approcher, Liane glissa ses feuilles sous le livre qu'elle faisait semblant de lire. Elle ne risquait pas d'être punie parce qu'elle avait dessiné des dragons, non, mais elle savait que ses parents n'aimaient pas ça.

Sa mère passa la tête dans l'entrebâillement de la porte.

– Ces filles demandent encore à te voir, annonça-t-elle d'un ton réprobateur. Mais je peux leur dire que tu es en train de travailler.

– Non, non ! J'ai fini mes devoirs, répondit Liane, sincère. Elles peuvent rester un peu, s'il te plaît ?

Sa mère soupira et retourna dans le salon, où Liane entendait Jonquille et Violette se disputer. Contre toute attente, le club des Chercheuses de Vérité existait depuis déjà plus d'un an. Malgré leurs chamailleries incessantes, ses deux amies s'étaient montrées d'une loyauté à toute épreuve – l'une envers l'autre, envers leur club secret et envers Liane.

Jonquille s'engouffra la première dans la chambre et se jeta dans le hamac de Liane, qui tangua violemment. Avec ses nœuds jaunes de travers, on aurait dit qu'elle avait couru depuis l'autre bout de Valor – comme d'habitude, en fait.

– Salut ! lui lança-t-elle. Oh misère, je n'ai pas arrêté de la journée, tu ne peux même pas imaginer. Les sentinailes ont une grande réunion ce soir et j'aurais voulu y assister, mais c'est pratiquement mission impossible… Enfin, j'ai trouvé un tunnel secret où j'arriverai à me glisser si je m'enduis de beurre, que je retiens mon souffle et que je ne mange rien de la journée.

– Justement, tu aurais un truc à grignoter ? demanda innocemment Violette en franchissant la porte.

– J'ai des tranches de carotte et de nectarine, annonça Liane en poussant le bol sur la table tandis que son amie s'asseyait en tailleur à côté d'elle.

– Aaaargh, vous êtes trop cruelles ! s'écria Jonquille en se penchant hors du hamac pour prendre un morceau de fruit.

– De toute façon, tu ne peux pas t'introduire en douce dans cette réunion, déclara Violette. Le tunnel est bien trop étroit, et même si tu réussissais, ils remarqueraient sans doute l'odeur de beurre et ta respiration. En plus, la réunion a lieu tard, et tes parents sont très stricts sur l'heure du coucher.

– Et Pâquerette me dénoncerait sûrement si je faisais le mur, grommela Jonquille.

– Et puis, ajouta Liane, si les sentinailes te surprennent en train d'espionner, elles refuseront que tu sois l'une des leurs un jour, et ce serait vraiment dommage.

Violette haussa les sourcils.

– Attends. Tu veux devenir sentinaile ?

Liane baissa les yeux vers la queue de dragon au crayon qui dépassait de sous son livre.

– Peut-être. Elles savent tellement de choses sur les dragons…

Violette tira le dessin pour mieux voir.

– Waouh, cool ! s'exclama-t-elle.

Elle le montra à Jonquille.

– Tu es vraiment de plus en plus douée ! s'écria celle-ci. C'est quelle espèce ?

– Un dragon marin. Mais il a un peu trop une tête de cheval. Les ailes sont toujours amusantes à dessiner, mais les pattes sont TROP dures.

Violette ouvrit le livre pour contempler l'illustration d'origine, puis revint au dessin de Liane.

– Si ça se trouve, c'est le tien qui est plus ressemblant, affirma-t-elle. Ce n'est pas comme si quelqu'un avait déjà étudié un dragon de près, alors comment savoir ? Je préfère le tien.

– Moi aussi ! s'empressa de renchérir Jonquille.

– Tu n'as même pas regardé le dessin du livre, fit remarquer son amie. Tu dis ça juste pour faire comme moi.

– Non ! se défendit Jonquille. Je dis ça parce que j'aime Liane et que je sais que tout ce qu'elle fait est génial, alors voilà !

Violette leva les yeux au ciel.

– Eh bien, moi, je le dis parce que je le pense.

– J'espère avoir la chance d'en voir un en vrai, un jour, intervint précipitamment Liane. Comme ça, je saurai à quoi ils ressemblent vraiment et je pourrai encore mieux les dessiner.

– Tu es littéralement la seule personne que je connaisse qui rêve de voir un dragon, déclara Violette.

– C'est pas vrai ! objecta Jonquille. Moi aussi, j'aimerais voir un dragon !

– Oui, mais juste pour pouvoir raconter à tout le monde que tu l'as vu. Une nouvelle aventure incroyable de Jonquille. Liane veut en voir un parce qu'elle s'y intéresse vraiment.

– Enfin, peu importe, soupira Liane. L'entraînement de sentinaile ne commence pas avant douze ans, de toute façon.

Quatre ans à attendre ! Puis encore un an avant la première mission en extérieur. Bref, cinq ans à patienter pour voir un dragon, alors qu'elle vivait dans un monde qui en était rempli.

– Bon, fit Violette, ça vous dirait de vous lancer dans une nouvelle quête de vérité ?

Jonquille sortit du hamac et jeta un coup d'œil par la porte.

– La voie est libre, murmura-t-elle en restant où elle était pour guetter les oreilles indiscrètes – ou, plus précisément, la mère de Liane.

Violette sortit de son cartable un parchemin qu'elle déroula. Il s'agissait d'une esquisse de carte. Liane s'allongea à plat ventre à côté d'elle pour l'examiner. Elle en avait vu de semblables dans le *Guide des sentinailes*, mais celle-ci comportait quelques détails nouveaux.

– Tu l'as trouvée à l'école ? demanda-t-elle en suivant l'une des rivières du doigt.

À leur âge, elles n'étudiaient pas encore la géographie, réservée aux classes supérieures.

– Je me suis introduite dans la classe pour copier le parchemin du professeur, expliqua Violette. C'est pour ça que c'est un peu brouillon. Alors, combien de temps pensez-vous qu'il faut pour aller d'ici à là ?

Elle désigna un point dans les montagnes, puis un autre plus au nord.

Liane plissa le front.

– Euh… toute la matinée ?

– Enfin ! s'esclaffa Violette en riant. Bien plus que ça ! Des jours et des jours !

Liane haussa les épaules.

– Oh… Mais qu'est-ce que c'est, ce petit gribouillis, là, près du sommet ?

– C'est le palais des dragons des montagnes, l'informa Violette. En tout cas, selon ce cartographe.

Le cœur de Liane fit un bond dans sa poitrine.

– Ils ont un palais ? s'étonna-t-elle. Dans les montagnes ?

– Bien sûr, comme celui des dragons du désert, là où ton père a volé le trésor.

Liane ne pouvait pas vraiment expliquer ce qu'elle ressentait ; c'était tellement frustrant, cette envie de voir quelque chose tout en sachant que c'était impossible. À quoi ressemblait un palais de dragons ? Est-ce que c'était beau ? Y avait-il différentes pièces – une salle à manger, une salle du trône, une bibliothèque ? Si les dragons étaient les bêtes sauvages féroces que son père décrivait, comment parvenaient-ils à vivre ensemble dans un château et à obéir à une reine ? Un animal sauvage ne peut pas construire un palais et encore moins suivre des règles.

Elle aurait aimé interroger son père sur le palais au milieu du désert, mais il se cantonnait toujours au passage le plus sanglant, quand il avait tué la dragonne. Le reste demeurait flou. On ne savait pas comment il s'était introduit dans le palais, comment il en avait sorti le trésor, ni à quoi tout cela ressemblait.

« Peut-être qu'oncle Caillou me raconterait, lui, si j'arrivais à le faire parler de cette nuit-là. »

Le frère de son père ne s'était pas marié. Et alors qu'il était censé être aussi riche que le Tueur de dragons, on ne l'avait jamais vu parader avec le moindre joyau issu du trésor. Il vivait seul dans une grotte minuscule de la cité souterraine. Parfois, il venait dîner chez eux et passait la soirée à fixer tristement sa soupe. Il mettait Liane mal à l'aise; il était trop silencieux, sauf quand il s'emportait contre son père, et là, il hurlait trop fort.

– Au fait… ton père était parti quelques jours, non? fit Violette en dévisageant Liane.

Celle-ci acquiesça. Sa mère avait arpenté les grottes en long et en large, sur les nerfs, pendant toute son absence. Épuisant.

– Il a pris ma jument préférée, dit-elle, j'ai eu peur qu'il ne la ramène pas.

– Tu sais où il est allé? s'enquit Jonquille, toujours près de la porte.

Liane réfléchit un instant, mais il ne lui semblait pas qu'on le lui ait dit.

– Je pensais que c'était le même genre d'expédition que d'habitude… mais cette fois, à son retour, des tas d'hommes étaient rassemblés dans le grand hall et criaient : « Lichen le héros! », ou : « Vive le Tueur de dragons! » Leurs voix résonnaient dans les tunnels.

– Il paraît qu'il est allé au palais, affirma Violette en tapotant le symbole sur la carte. Il est parti trois jours et, quand il est revenu, il a raconté qu'il s'était posté à la porte en défiant les dragons de sortir l'affronter, mais qu'aucun n'avait osé pointer son museau parce qu'ils avaient peur de lui.

– Pourquoi il aurait fait une chose pareille? s'étonna Liane. La dernière fois, il s'est battu contre une seule dragonne. Et si toute la famille était sortie, hein? Il se serait fait dévorer en un clin d'œil.

– Moi, je me demande comment les dragons auraient bien pu le reconnaître, renchérit Jonquille. Vous croyez vraiment qu'ils étaient tous là : « Oh non ! C'est le Tueur de dragons ! Filez vous cacher ! », sérieux ? Parce qu'il aurait fallu que les dragons du désert le décrivent à ceux des montagnes… Ou qu'ils lui fassent un dessin ? En plus, on est des bestioles minuscules pour eux, je ne suis pas sûre qu'ils puissent nous différencier.

– Excellente remarque, commenta Liane.

Son père se comportait comme si le monde entier le connaissait ; elle avait donc supposé que ça incluait les dragons. Mais Jonquille avait raison : les dragons avaient-ils la moindre idée de ce à quoi il ressemblait ?

Le considéraient-ils seulement comme « le Tueur de dragons » ?

– Merci, fit Jonquille, toute contente.

– Non, pas du tout, intervint Violette. Ce n'est pas ça, le problème.

– Ah bon ? Et pourquoi, madame Je-sais-tout ? rugit l'autre.

– C'est quoi, alors, le problème ? voulut savoir Liane.

– Regardez la carte. Il est parti TROIS JOURS, insista Violette. Il n'a pas pu aller là-bas et revenir en seulement trois jours.

Liane contempla la carte, mais elle ne comprenait pas tout. Elle savait que les petits triangles représentaient les montagnes et les lignes qui se tortillaient les rivières. En revanche, elle ignorait à quelle distance se trouvait ce qui était tout en haut de la carte ; elle avait juste une vague idée de la position de Valor : quelque part dans les collines boisées au sud des montagnes.

Mais en entendant la voix insistante de Violette, elle paniqua. Le Tueur de dragons avait-il encore menti ? C'était tellement gros ; les gens avaient dû le remarquer, non ? Et si c'était le cas, pourquoi personne ne réagissait ?

– C'est vraiment impossible ? vérifia-t-elle en posant le petit doigt sur le palais et en tendant le pouce vers Valor. Il a peut-être trouvé un objet magique dans le trésor qui lui permet de se déplacer très vite…

– Ton père n'est pas du genre rapide, s'esclaffa Jonquille.

C'était vrai. Le Tueur de dragons traînait, s'arrêtait pour discuter avec tous ceux qu'il croisait, s'asseyait pour manger un morceau dès que l'occasion se présentait.

– Mais peut-être qu'il avait un truc, insista Liane. Sinon, où est-il passé pendant tout ce temps ?

– Voilà, ça, c'est une bonne question, affirma Violette. Et il faut qu'on trouve la réponse !

– Oui, absolument ! acquiesça Jonquille.

– Attendez…, commença Liane.

– Mais comment on va faire ? demanda Jonquille en regardant Violette.

– On va le suivre ! souffla cette dernière.

– Ouais !

– Oh, misère, non, vous voulez suivre mon père ? Dehors ? Mais on n'a pas le droit !

– On n'a pas le droit non plus de lire les textes de loi

que rédigent mes pères ni de voler les livres de la bibliothèque, fit valoir Violette en jetant un coup d'œil insistant
au *Guide des sentinailes* de Liane. Et pourtant on l'a fait !
Pour la vérité ! Pour la justice !

– Afin d'en savoir plus que les autres ! renchérit l'autre
en levant le poing en l'air.

– Non, objecta Violette, sourcils froncés. Ce n'est pas
une compétition, Jonquille.

– Euh, si, totalement, s'entêta son amie. Tu aimes savoir
plus de choses que les autres. J'ai vu ta tête quand tu as
gagné le concours d'orthographe !

– Au fait, je n'ai pas volé ce livre, intervint Liane. Je vais
le rendre. C'est juste que… je n'ai pas encore fini de le lire.

– Quoi qu'il en soit, j'ai un plan, alors tout le monde se
tait, ordonna Violette.

Et c'est ainsi que, dix jours plus tard, Liane se retrouva
à suivre son père de loin alors qu'il quittait à nouveau les
grottes.

Elle était censée courir chercher Violette et Jonquille
pour qu'elles le prennent en filature toutes ensemble.
Mais elle n'avait pas eu le temps. Il avait quitté la grotte
si précipitamment, et Liane était convaincue que le plus
important, c'était de le suivre. Plus important que de prévenir les autres. Enfin, elle le croyait. Elle espérait que ses
amies ne lui en voudraient pas. Il fallait qu'elle mémorise
chaque détail afin de tout leur raconter, pour compenser
leur absence.

Lichen déambulait dans les tunnels en sifflotant. Il ne prit pas la direction de l'écurie; il ne partait donc pas pour un long voyage – et il n'avait pas non plus fait d'annonce grandiloquente à une foule d'admirateurs avant de partir, donc ce n'était pas l'une de ses quêtes de Tueur de dragons. Il avait dit à son épouse qu'il «sortait», et elle lui avait simplement répondu de faire attention. Cependant, un sac en bandoulière était caché sous sa chemise, et il avait évité la porte d'oncle Caillou. Il mijotait quelque chose, c'était sûr.

Liane était douée pour ne pas se faire remarquer, et son père l'était exceptionnellement pour ne rien remarquer, en particulier tout ce qu'il pensait sans importance, comme les petites filles. Elle se tenait plusieurs pas derrière lui, se plaquant contre le mur chaque fois qu'il s'arrêtait pour discuter avec l'un de ses fidèles.

Elle fut pourtant confrontée à un problème à la sortie de la ville… car son père avait décidé d'emprunter l'une des échelles, où une sentinaile montait la garde.

Liane s'accroupit derrière un banc en pierre, le cœur battant à tout rompre. Elle ne s'était jamais autant approchée de cette sortie – et encore moins sans autorisation. Ici, il flottait une odeur différente. Et ce n'était pas le fruit de son imagination.

– Salut, Hortense! lança gaiement son père en s'approchant du bas de l'échelle.

– Je m'appelle Digitale, messire, répondit la sentinaile.

Liane ne la connaissait pas bien. Elle savait seulement qu'elle avait quitté l'école deux ans plus tôt pour suivre l'entraînement. Elle avait les cheveux rasés, et son uniforme vert forêt était parfaitement repassé.

Mais le plus intéressant chez elle, c'était son expression indéchiffrable. Ce n'était pas le regard admiratif que la plupart des Valoriens réservaient à leur chef. Elle paraissait calme, concentrée… pas le moins du monde impressionnée. Liane grimaça, tentant de l'imiter. Violette et Jonquille seraient épatées si elle arrivait à prendre cet air cool et détaché.

– Tu as vu des dragons aujourd'hui ? la questionna Lichen, ignorant sa remarque.

– Non, messire.

– Dommage, dommage.

Il fit craquer ses articulations.

– J'ai hâte d'enfoncer la pointe de mon amie dans une poitrine pleine d'écailles, affirma-t-il en tapotant l'épée passée à sa ceinture.

Digitale haussa un sourcil mais ne fit aucun commentaire.

– Bon… Je reviens bientôt, assura-t-il, la main déjà sur le dernier barreau de l'échelle.

– Messire, je dois vous demander ce que vous allez faire dehors. Selon votre propre décret, messire.

Lichen lui lança un regard noir.

– Ce décret s'applique aux autres. Je suis le TUEUR DE DRAGONS et le SEIGNEUR DE VALOR.

– Il me semblait pourtant que la loi s'appliquait à tous, messire, insista Digitale.

Liane retint son souffle. Elle connaissait cette expression qu'arborait son père – juste avant qu'il explose de rage.

Mais à la place, il gratifia la sentinaile d'un sourire obséquieux, aussi poisseux que les mains de Liane après la cueillette des olives.

– Très bien, Hortense, dit-il en agitant un doigt sous son nez. J'apprécie que mes sujets respectent mes lois. Sinon, où va-t-on, n'est-ce pas ?

– Je m'appelle Digitale, messire, répéta-t-elle.

– Je sors pour vérifier l'état des vergers, déclara-t-il d'un ton grandiloquent. Voir où en est la cueillette. Des affaires de seigneur ; ça ne te concerne pas.

Digitale hocha imperceptiblement la tête, reculant d'un pas pour le laisser accéder à l'échelle. Il passa sans un mot.

Liane se massa les tempes. Comment déjouer la vigilance de Digitale ? Aucune sentinaile digne de ce nom ne laisserait une fillette de huit ans sortir se balader toute seule. À moins qu'elle demande très très poliment ? Liane abusait de cette technique qui fonctionnait presque toujours, en tout cas avec les adultes.

Sauf que Digitale était une ado. Un mystérieux entre-deux dont les réactions étaient imprévisibles. « Les ados, c'est l'horreur ! » répétait souvent Violette.

Mais Liane n'avait pas le choix : elle devait tenter le coup, et vite, avant que son père soit trop loin.

Elle surgit de derrière le banc et fondit sur Digitale. Ô joie, elle put voir la surprise s'afficher brièvement sur son visage avant d'être remplacée par son air blasé.

– Il faut que je rattrape mon père! haleta Liane. Tu peux me laisser passer? Je devais lui donner un truc avant qu'il parte et j'ai oublié et je vais me faire disputer. Je reviens tout de suite, je le jure.

Elle lui adressa son sourire «Vous êtes mon professeur préféré» qui fonctionnait en général à merveille.

– Pas question, petite, répondit Digitale sans aucune méchanceté. Je ne peux pas te laisser sortir toute seule.

– Je ne serai pas seule, vu que je rattraperai vite mon père. Je suis rapide, promis.

– Qu'est-ce que tu dois lui donner?

– Hum…

Paniquée, Liane fouilla dans ses poches en toute hâte.

– Euh… juste cette patate super importante.

Elle la brandit, dépitée de n'avoir trouvé que ça alors que, d'habitude, ses poches regorgeaient de jolis cailloux et de toutes sortes de trucs géniaux. Mais deux jours plus tôt sa mère avait dû vider les poches pour laver son pantalon et… il ne lui restait plus que la misérable patate qu'elle avait déterrée en cours de jardinage ce matin.

Digitale haussa lentement et élégamment un sourcil.

– C'est très important, affirma la fillette. Cette pomme de terre pourrait tout changer. Je ne peux pas t'en dire plus, car c'est classé secret patate.

– Je vois… Laisse-moi deviner. Tu veux éliminer les dragons à coups de patate?

– Oh, fit Liane, surprise.

Elle n'avait jamais envisagé d'«éliminer les dragons»,

alors même que son père était le célèbre Tueur de dragons. Elle pensait que c'était une activité réservée aux papas, pas quelque chose qu'elle aurait pu faire elle-même.

– N-non… Mais on pourrait se servir des patates pour sympathiser avec eux, au contraire.

Cette fois, l'expression de Digitale changea vraiment. Peut-être même esquissa-t-elle un sourire.

– Tu es déjà sortie ? la questionna-t-elle.

Comme Liane secouait la tête, la sentinaile s'accroupit auprès d'elle.

– Tu sais garder un secret ?

La fillette réfléchit un instant.

– Oui, s'il ne faut pas le dire à papa et maman. Moins s'il ne faut pas le dire à Violette.

– Mmm…, fit Digitale. Et Violette, elle sait garder un secret ?

– Ah oui, elle est super douée pour ça. C'est même SUPER ÉNERVANT.

Digitale pouffa. Elle jeta un coup d'œil aux tunnels déserts, puis au trou à la senteur de ciel qui s'ouvrait au-dessus de leurs têtes.

– Et si on allait… juste voir ce qu'il fabrique ? Toutes les deux ? S'il a l'air trop occupé, on ne le dérangera pas.

– D'accord, souffla Liane, les yeux écarquillés. Ce serait parfait.

– Très bien, alors allons-y, décréta Digitale en pointant un doigt en l'air.

Elle hissa Liane sur l'échelle puis grimpa à sa suite, les bras écartés pour la rattraper au cas où. Même si, évidemment, ça n'arriva pas car Liane était très douée en escalade.

Elle déboucha à l'air libre à flanc de colline, au milieu d'une immense forêt, avec des arbres quatre-vingts fois plus hauts qu'elle (à vue de nez). Ça sentait la pomme et l'herbe. L'air lui chatouillait le visage et le nez au lieu de rester immobile comme celui de la ville souterraine. Il y avait beaucoup de bruit, aussi : ça bourdonnait, ça frou-froutait, ça crépitait… et c'était super LUMINEUX. Franchement, POURQUOI Y AVAIT-IL AUTANT DE LUMIÈRE PARTOUT ? Liane s'assit par terre et ferma les yeux un instant pour écouter le bruit ambiant, sentir le soleil lui chauffer le visage et le vent tenter de l'arracher. C'était fou, il se passait tellement de choses à la fois !

– Digitale, qu'est-ce que tu fais là ? demanda une voix masculine.

– J'emmenais Liane rejoindre son père, répondit l'inté-ressée du ton d'un adulte qui dit un truc mais veut en fait dire autre chose.

Liane entrouvrit un œil pour observer discrètement la scène. Le guetteur avait les bras croisés et la toisait, mais il n'avait pas l'air en colère. Son air de conspirateur lui rappelait beaucoup Violette.

« Hé ! réalisa soudain Liane. Elle connaît mon nom ! Une ado supra cool connaît mon nom ! »

– Mais peut-être qu'on ne va pas le trouver, ajouta Digi-tale. Alors s'il revient sans nous avoir vues, pas la peine de lui en parler.

– D'accord, affirma l'autre sentinaile. J'allais chercher les dragons de l'autre côté, de toute façon.

Il désigna un coin de ciel bleu au-delà des arbres.

« Du ciel bleu ! » pensa Liane.

Elle l'avait parfois aperçu à travers les lucarnes des grottes, mais là, c'était tellement plus grand, tellement plus bleu !

« Va falloir que tu trouves mieux, parce que Jonquille ne va pas se contenter de "plus grand" et "plus bleu". »

– Prête pour la balade ? lui demanda Digitale.

Liane se releva et lui prit la main. Elles dévalèrent la pente, slalomant entre les pins immenses sur un épais tapis d'aiguilles.

Au pied de la colline, Liane aperçut de plus en plus d'arbres fruitiers – des pommiers, des poiriers et des pêchers, entrecoupés de buissons de baies. Elle ralentit pour suivre le rythme prudent et calme de Digitale, puis s'arrêta complètement lorsque celle-ci se figea, serrant sa main dans la sienne.

Un peu plus loin, Lichen déambulait parmi les arbres, tout en grignotant une pomme presque aussi grosse que sa tête. Il jetait des coups d'œil à droite et à gauche, en état d'alerte.

Digitale tira Liane derrière un arbre.

– Où va-t-il ? chuchota-t-elle.

– Je ne sais pas, répondit la fillette.

Il avait un sac, mais il ne s'en servait pas pour ramasser des pommes. Que venait-il chercher d'autre ?

– Il a juste dit qu'il « sortait ».

La sentinaile tendit le cou pour jeter un coup d'œil prudent derrière le tronc.

– Il va en direction de l'ancien village, murmura-t-elle.

– Mais… la loi…, objecta Liane. Je veux dire, Pin… Il ne peut pas…

Elle s'interrompit, surprise de voir Digitale s'assombrir soudain. Elle fixait Lichen d'un regard dur.

– Tu as raison, Liane, dit-elle. Il n'a pas le droit de s'y rendre. Du moins, si la loi est juste et s'applique à tous.

Ses doigts se refermèrent sur le manche de son poignard.

– Donc ce n'est sûrement pas là-bas qu'il va, reprit Liane. Il va peut-être chercher des poires pour maman. Il va revenir bientôt.

Digitale baissa les yeux vers elle et son front se dérida lentement. Elle ouvrit la bouche, sans doute pour la rassurer, mais fut interrompue par un bruit inhumain venu du ciel.

Comme une avalanche, une dizaine de tigres rugissant en même temps, ou un ouragan de la taille du continent. Quelque chose de monstrueux, de terrible, un boucan assourdissant comme Liane n'en avait jamais entendu auparavant. Elle en eut la chair de poule, envie de se rouler en boule comme un hérisson dans un petit coin en sécurité, avec Jonquille et Violette et un tas d'épées pointues.

Digitale marmonna un mot inconnu (« un GROS mot », dirait Violette, scandalisée quand Liane le lui répéterait) et la saisit par la main. Avant que l'écho ait fini de résonner dans les montagnes, elle l'avait hissée sur le pin le plus proche.

« Monte encore », pensait Liane, paniquée. Elle se força à saisir une autre branche, poisseuse de sève, pour grimper plus haut. Digitale posa la main sur sa cheville.

– Ne bouge plus, souffla-t-elle. Reste parfaitement immobile.

Liane n'avait pas besoin de se le faire dire deux fois. Elle s'agrippa à l'arbre, le tronc bien serré entre ses jambes, en s'imaginant qu'elle se fondait dans l'écorce comme un nœud dans le bois. Petit, marron, invisible. Et surtout, pas comestible. Elle était bien contente de porter sa vieille tunique et son pantalon gris, et pas la tenue violette toute neuve que sa mère lui avait cousue.

Le dragon rugit à nouveau, mais elle distinguait un autre bruit, qui venait d'en dessous. Elle risqua un œil sans bouger un muscle et vit son père qui filait entre les arbres. Affolé, il avait lâché sa pomme. Elle ne l'avait jamais vu courir si vite. Il sprintait comme si le dragon était à ses trousses. Elle entendait son souffle paniqué.

Sauf que le dragon n'était pas dans la forêt, il était dans le ciel. Ses battements d'ailes résonnaient au-dessus d'eux.

Liane ne put résister. Avec précaution, tout doucement, elle releva la tête pour regarder entre les branches.

Un éclair d'écailles noires fendit le bleu du ciel – d'immenses ailes, une longue queue, une gerbe de flammes.

« Un dragon, un dragon, un dragon. »

Il décrivit un cercle dans les airs et, cette fois, elle aperçut sa tête. Pas du tout chevaline, mais parfaite, élégante, tout en longueur, percée d'un regard intelligent. Ses écailles n'étaient pas simplement noires ; au soleil, elles prenaient des reflets violets, bleus, verts, et de petits losanges blanc diamant scintillaient sous les ailes.

Le dragon rugit une fois de plus, puis, avec un coup de queue, il fila vers l'ouest et le désert.

Au bout d'un moment, Liane se rendit compte qu'elle avait retenu son souffle pendant tout ce temps. Elle relâcha lentement sa respiration.

– Waouh, chuchota-t-elle.

Elle aurait aimé rester perchée dans l'arbre, pour garder le plus longtemps possible l'image du dragon gravée dans son esprit. Attendre qu'il revienne peut-être, mais Digitale la tira doucement par la cheville.

Elles descendirent sans bruit. Une fois à terre, la sentinaile tendit les bras pour aider Liane à sauter de la dernière branche.

– Bon, eh bien, tu viens de prendre ta première leçon de sentinaile, petite, déclara-t-elle. Si tu entends un dragon, cache-toi. Ne cours pas. Les dragons sont plus rapides que toi, mais ils ne s'embêteront pas à chasser une proie dans un arbre piquant et poisseux comme celui-là. Et si tu ne bouges pas, avec un peu de chance, ils ne te verront même pas.

Elle lança un coup d'œil dans la direction où Lichen s'était enfui.

– Il faut être un lâche ou un imbécile pour prendre ses jambes à son cou à l'approche d'un dragon.

Liane revint brutalement à la réalité. Digitale parlait de son père ? Le Tueur de dragons n'était pas un lâche. Ce n'était pas possible.

Mais c'est vrai qu'il courait drôlement vite, quand même.

– Tu as de la chance, les noirs sont les plus rares, affirma Digitale. Je n'en reviens pas que tu en aies vu un dès ta première sortie ! Qu'est-ce que tu en as pensé ? Tu as eu peur ?

Liane lui sourit.

– Je n'avais jamais rien vu d'aussi extraordinaire. J'ai adoré.

– Adoré ? répéta la sentinaile. Le dragon ? Ou l'excitation de vite devoir se cacher ?

– Le dragon, s'empressa de répondre Liane. J'ai adoré le dragon.

Digitale haussa à nouveau les sourcils.

– Ça alors ! Je n'avais jamais entendu ça. Je croyais être la seule à admirer les dragons en secret.

– C'est vrai ? souffla Liane. Tu en vois tous les jours ?

– Non, pas tous les jours. Mais c'est notre boulot, quand même, répondit Digitale en souriant. Surveiller le ciel pour assurer la sécurité de la cité. Étudier les dragons pour les comprendre le mieux possible. On a perdu beaucoup de livres et la plupart des guetteurs les plus âgés lors de l'incendie du village, alors on essaie de développer nos connaissances.

– J'aimerais tellement devenir sentinaile ! s'écria Liane avec passion.

– J'émettrai un avis positif sur ta candidature, promit Digitale. Enfin, si je ne suis pas bannie d'ici là. Allez, viens, je vais te ramener chez toi. On n'a pas appris grand-chose aujourd'hui, hein ?

Liane n'était pas du tout d'accord, mais elle n'osa pas protester. Elle avait appris qu'il fallait se cacher et ne pas fuir à l'arrivée d'un dragon. Elle avait appris que les dragons étaient encore plus incroyables qu'elle ne les avait imaginés. Elle avait appris que son père fuyait comme un chat avec la queue en feu au moindre battement d'ailes dans le ciel. Et elle avait fait la connaissance de Digitale, une sentinaile qui la comprenait.

Elles reprirent le chemin de Valor, mais Liane trébuchait sur toutes les racines d'arbre car elle marchait le nez en l'air, les yeux rivés sur le ciel, dans l'espoir que le dragon revienne. Ou qu'un autre passe au-dessus de leurs têtes.

Digitale s'arrêta à proximité de l'entrée et passa la première pour s'assurer que Lichen n'était pas dans les parages et ne risquait pas de les voir rentrer ensemble. Liane prit une profonde inspiration, s'efforçant de remplir au maximum ses poumons d'air frais.

– Je n'ai pas envie de retourner sous terre, dit-elle quand Digitale revint la chercher. Je veux voir d'autres dragons. Je veux rester dehors. Pourquoi je ne peux pas devenir sentinaile dès maintenant ?

– Je ne suis pas sûre que les anciens soient prêts à faire confiance à des guetteurs de huit ans, fit la jeune fille en s'accroupissant pour regarder Liane dans les yeux. Mais tu sais quoi? Tu peux revenir quand Écureuil et moi sommes de garde, et je commencerai à t'entraîner. Mais ne le répète à personne à part à Violette.

– C'est vrai?

– Bien sûr, Liane-qui-adore-les-dragons, répondit Digitale. Mais promets-moi de ne jamais sortir sans sentinaile.

– Promis.

Liane rentra chez elle, couvrit cinq petits parchemins (en principe destinés à ses exercices de maths) de croquis de dragons en vol et s'endormit en rêvant d'ailes et d'écailles.

CHAPITRE 7
MÉSANGE

Non loin de la cité Indestructible, Mésange et Céleste découvrirent une vallée abritée, pleine de cachettes et assez difficile à dénicher, où ils seraient en sécurité.

Ou, plus exactement, où Céleste serait en sécurité pendant qu'elle irait en ville.

– Non ! protesta-t-il lorsqu'elle lui exposa son plan. Pas laisser moi !

Il se jeta sur elle, l'air aussi pitoyable qu'un dragonnet plein de dents pointues pouvait l'être.

– Je n'ai pas envie de te laisser, mais c'est beaucoup trop dangereux pour toi, lui expliqua-t-elle en dragon. Aucun dragon là-bas.

Elle n'avait jamais mis les pieds dans aucun autre village en dehors du sien, mais elle était convaincue que personne n'apprécierait de voir une fille déambuler dans les rues avec un prédateur mangeur d'hommes à ses côtés. Ils ne lui laisseraient même pas le temps d'expliquer qu'il était adorable et végétarien… surtout pas dans la cité Indestructible, le seul endroit au monde qui luttait contre les dragons.

– Plus dangereux tout seul, pleurnicha-t-il. Triste Céleste, très très triste.

Il renifla de façon mélodramatique.

– Je ne serai pas partie longtemps, précisa-t-elle dans sa langue en espérant qu'il comprendrait. Je t'assure, je préférerais me passer d'avoir affaire à ces gens, mais je n'ai pas d'écailles pour me protéger et il me faut de nouveaux habits.

La robe bleue qui lui était un peu trop grande ce fameux jour, un an et demi plus tôt, était maintenant bien trop serrée, les manches trop courtes et l'ourlet déchiré. Elle savait récolter de la nourriture dans la forêt, allumer un feu, se cacher des dragons, mais elle ignorait comment fabriquer de nouveaux vêtements, surtout sans un troupeau de moutons sous la main.

– Et j'aimerais aussi une carte si je peux en trouver une, et peut-être un truc à lire.

La réponse de Céleste était entrecoupée de sanglots, mais elle crut comprendre :

– Et si tu ne reviens pas ?

– Je me débrouillerai toujours pour te retrouver, dit-elle aussi férocement que possible, ce qui était assez facile vu que la langue des dragons est essentiellement composée de grognements et de rugissements. Quoi qu'il arrive. Et pendant que je suis partie, tu pourras t'entraîner à voler.

Elle désigna d'un revers de main la prairie fleurie, éparpillant des graines de pissenlit dans les airs.

Ça l'inquiétait un peu que Céleste ne sache pas encore voler. C'était une chose de ne pas cracher de feu, mais il avait des ailes, et elle ignorait comment lui apprendre à s'en servir. C'était une mission pour des parents dragons qu'elle n'était pas en mesure de remplir.

Avant, il battait de temps à autre des ailes, surexcité, surtout quand il apercevait des oiseaux. Mais depuis qu'il s'était aperçu que Mésange ne volait pas, il n'essayait même plus. Il semblait satisfait de marcher à côté d'elle – ou encore mieux, s'il arrivait à la charmer, de se laisser porter. Sauf que, tout adorable qu'il soit, c'était désormais impossible. Chaque matin, il semblait avoir grandi pendant la nuit. Le temps qu'ils parviennent dans la vallée, ses épaules avaient atteint la taille de Mésange et l'envergure de ses ailes était plus large que ses bras écartés.

Céleste marmotta et grommela en faisant les cent pas durant deux jours, mais Mésange finit par le convaincre qu'il ne pouvait pas la suivre dans la cité Indestructible. Il n'avait apparemment jamais réalisé que la plupart des dragons mangeaient des humains et que, du coup, la plupart d'entre eux avaient peur des dragons. Il avait toujours cru que, si Mésange exigeait qu'ils se cachent à l'approche d'un dragon dans le ciel, c'était parce qu'elle craignait qu'il soit à la recherche de Céleste, et non de se faire dévorer. Il fut vraiment outré qu'un des siens puisse envisager de dévorer sa Mésange.

– Je le MORDRAI ! menaça-t-il. Je RUGIRAI !

– Je sais bien, répondit Mésange. Pareil pour moi si un humain te veut du mal. Mais seule contre tous les humains de la cité Indestructible, je crois que je ne ferais pas le poids.

– D'aaaaaacccoooooorrrrd, soupira le dragonnet d'un ton qui lui rappela tellement ses grandes sœurs que Mésange éclata de rire, ce qui le vexa encore plus.

Le lendemain matin, elle vérifia qu'il connaissait bien toutes les meilleures cachettes de la vallée avant de le serrer dans ses bras pour lui dire au revoir. Elle emprunta le passage secret et descendit vers la cité.

À travers les arbres, elle entrevoyait la rivière qui scintillait en contrebas – une autre que celle où elle avait trouvé Céleste. Les feuilles crissaient sous ses pieds et, au-dessus de sa tête, les oiseaux chantaient – ce qui n'était pas le cas lorsqu'elle était accompagnée par un dragon.

Ça lui faisait vraiment bizarre d'être sans Céleste. Ils ne s'étaient presque jamais séparés depuis leur rencontre. Il lui manquait déjà : son fredonnement incessant, son poids contre sa hanche, ses petits cris de joie lorsqu'il apercevait un animal.

Elle espérait atteindre la ville, pénétrer à l'intérieur, prendre ce dont elle avait besoin et regagner la vallée dans la journée. Mais elle avait le pressentiment que ça risquait d'être plus compliqué. Laisserait-on entrer une fillette de neuf (dix?) ans en haillons dans la cité Indestructible?

«C'est une très mauvaise idée, non? On ne peut pas faire confiance aux humains. Et s'ils essaient encore de m'offrir en pâture aux dragons?

Si ça se trouve, il n'y a que dans mon village que les gens sont affreux. Ou alors c'est encore pire ici…»

Elle fronça les sourcils en tirant sur ses manches.

«Je vais juste jeter un coup d'œil. Si ça a l'air trop dangereux, je n'entre pas.»

Mésange avait entendu dire que la cité Indestructible avait été bâtie sur une falaise surplombant la forêt. Elle fut néanmoins surprise lorsque, en arrivant à la lisière, elle la vit qui se dressait si haut qu'on l'aurait crue perchée sur une des lunes.

Elle n'avait pas imaginé cette falaise si immense ni si abrupte. Elle ne s'attendait pas à ce qu'il soit si difficile d'accéder à la porte de la cité – et presque impossible de s'y faufiler sans se faire repérer.

À première vue, la seule façon d'entrer était de monter un escalier interminable creusé à flanc de falaise, rendu dangereusement glissant par des milliers d'allées et venues. Il n'y avait pas de balustrade, rien pour se raccrocher, rien pour empêcher celui ou celle qui trébuchait de basculer dans le vide.

Des gardes étaient postés au bas de l'escalier et en haut, devant la porte. Quelques personnes étaient en train de monter les marches, mais une longue file s'étirait surtout au pied de la falaise, sous le regard des soldats. Mésange distinguait des chariots, des tentes et des tapis étalés par terre; il y avait des familles qui dormaient en tas sur le sol, et elle en vit même qui faisaient la popote sur un feu de camp. Les voyageurs semblaient là depuis un certain temps… comme s'ils avaient établi leur campement, prêts à attendre aussi longtemps que nécessaire pour avoir une chance de gravir l'escalier et de se réfugier à l'abri des murailles.

Mésange grimpa dans un arbre et contempla longuement les environs pour voir s'il y avait d'autres moyens d'accéder à la cité Indestructible. Une cascade plongeait du haut de la falaise, non loin de là. Un engin installé contre le mur extérieur permettait d'en recueillir l'eau. À côté de la roue, une grande plateforme en osier tressé était suspendue à un ensemble de poulies. Mésange l'étudia pendant la moitié de la matinée avant qu'elle bouge enfin, lentement, descendant en grinçant jusqu'au pied de la falaise. Là, un trio de chasseurs vêtus de peaux de bête chargea une chèvre vivante et un tas de carcasses de cerf sur la plateforme. « Oh, réalisa Mésange, c'est pour monter les choses trop lourdes ou encombrantes. »

Un groupe de voyageurs s'approcha alors des chasseurs et entama la conversation. Elle n'entendait pas ce qu'ils disaient, mais ils agitaient les mains et pointaient beaucoup le doigt. Finalement, les voyageurs leur remirent un panier. Mésange devina qu'il contenait de la nourriture, mais en échange de quoi?

Une voyageuse s'avança, soutenant un vieillard à la longue barbe blanche, voûté et boiteux. Elle l'aida à grimper à bord de la plateforme avec la chèvre et les cerfs morts, et il s'installa maladroitement dans le fond.

« Ça ne doit pas être très confortable, pensa Mésange tandis que la plateforme s'élevait dans les airs. Mais c'est mieux que les marches pour le vieil homme, je suppose. » La plateforme tanguait et heurtait la paroi rocheuse. Mésange s'imagina l'emprunter. Avec l'odeur nauséabonde des carcasses, elle aurait sûrement vomi par-dessus bord sur la tête des chasseurs.

À part l'escalier, c'était le seul moyen d'accéder à la ville, gardé et surveillé par des gens qui faisaient payer. Or elle n'avait rien à offrir. Elle devrait monter les marches comme tout le monde si elle voulait entrer dans la cité.

Mais le voulait-elle vraiment ?

Parce que c'étaient également les seuls moyens de sortir – à part sauter de la falaise –, ce qui signifiait qu'elle ne pourrait pas filer en vitesse en cas de besoin. Mésange n'aimait pas ça du tout.

De plus, détail non négligeable, les gens qui montaient lentement les marches vers la ville étaient des proies faciles pour les dragons affamés qui passaient par là. Mésange se demandait combien finissaient dévorés chaque jour. Les dragons devaient sûrement adorer ce grand buffet à ciel ouvert.

Juchée sur sa branche, elle balança un moment ses

jambes dans le vide tout en réfléchissant. Elle avait vraiment besoin de nouveaux vêtements – elle avait encore fait un trou dans sa robe rien qu'en grimpant dans cet arbre. Mais le jeu en valait-il la chandelle ? Devoir parler aux gens et… risquer de rester coincée dans la cité Indestructible ?

Elle étudia la longue queue au pied des marches. Vers l'avant, elle repéra un groupe formé de plusieurs familles et d'une ribambelle d'enfants. Ils avaient rangé leurs affaires comme s'ils espéraient être autorisés à entrer aujourd'hui. Peut-être pourrait-elle se faufiler parmi eux pour éviter toute question ?

Mésange sauta de son perchoir et se dirigea nonchalamment vers la falaise. Personne ne lui prêta vraiment attention tandis qu'elle traversait le campement ; la plupart des gens scrutaient nerveusement le ciel ou échangeaient anecdotes et conseils (comment ils l'avaient échappé belle en se cachant à tel ou tel endroit).

Elle rejoignit le grand groupe alors qu'il arrivait au pied des marches, où deux hommes se tenaient bien droits, ardoise en main et sourcils froncés. Ils portaient une armure de cuir hérissée de pointes acérées. « Ça leur évite de se faire croquer par les dragons, supposa Mésange, mais ils doivent avoir chaud et du mal à bouger, surtout pour monter et descendre l'escalier. En plus, on dirait deux porcs-épics grincheux. » Elle aurait aimé que Céleste puisse les voir.

– But de la visite ? cracha l'un des gardes.

– Nous voudrions nous installer dans la ville, déclara une grande femme avec un bébé sur la hanche. Notre village a été détruit.

– Ça fait trois semaines qu'on fait la queue, ajouta un homme derrière elle.

– Pas de place pour les réfugiés en ce moment, répondit le soldat d'un ton brusque. Ordres du nouveau seigneur.

– Mais nous avons entendu dire qu'il existait un moyen de gagner une place dans la ville. Une quête ? insista la femme.

– Pas pour vous tous, la détrompa-t-il, jetant un regard noir aux deux petits garçons qui n'arrêtaient pas de se chamailler, malgré les remontrances de leur père. Le seigneur Invincible admettra généreusement une famille, composée de six personnes maximum, si elle lui amène le Tueur de dragons.

« Un tueur de dragons ? s'étonna Mésange. C'est-à-dire quelqu'un… qui tue les dragons ? »

Elle était outrée.

« Quelle horreur ! J'espère qu'il va se faire dévorer. »

– Qu'est-ce qu'il lui veut, votre nouveau seigneur, au Tueur de dragons ? demanda une autre femme du groupe.

– Lui proposer une alliance, bien sûr, dit le premier soldat porc-épic.

Mésange n'aimait pas la lueur qui brillait dans ses yeux.

– Si le Tueur de dragons travaillait pour le seigneur Invincible, ils pourraient nous débarrasser définitivement des dragons. Ils pourraient bâtir de nouvelles villes indestructibles. Nous pourrions reprendre le contrôle de notre monde.

– C'est ce que dit le seigneur Invincible, intervint le second soldat. Il dit que ce monde appartient aux humains, pas aux dragons.

Mésange s'esclaffa intérieurement.

– Nous avons envoyé un messager à la recherche du Tueur de dragons pour requérir son aide, reprit la femme au bébé. Mais notre village a brûlé avant qu'il arrive. Et s'il est mort ? Et s'il ne veut pas venir ?

Le premier soldat haussa les épaules, comme un porc-épic qui s'ébroue.

– Ça, c'est votre problème. C'est le principe d'une quête, non ?

– Ou alors vous pouvez rester là en attendant que le seigneur change d'avis, grogna l'autre.

« Ils se moquent bien qu'ils meurent ou vivent, pensa Mésange. Ils ne lèveraient pas le petit doigt si des dragons s'abattaient sur eux pour les dévorer sous leurs yeux. Encore un endroit où les gens qui ont le pouvoir écrasent tous ceux qui sont en dessous d'eux. La cité Indestructible ne vaut pas mieux que Talisman. »

Elle se glissa sans bruit derrière l'un des hommes les plus costauds du petit groupe pour s'approcher furtivement de l'escalier.

– On peut entrer pour faire du commerce, au moins ? voulut savoir la grande femme. On vient de loin et nos enfants ont besoin de remèdes.

Son bébé émit un bruit pitoyable et elle le berça doucement, tenant sa petite tête dans sa grande main.

Mésange se demandait si la femme aurait échangé ce
petit contre un endroit sûr où vivre, ou si elle l'aurait cédé
si les dragomanciens l'avaient exigé.

– Vous pouvez obtenir un passe à la journée pour accéder au marché, répondit le soldat porc-épic d'une voix
blasée. Mais il faut laisser vos enfants ici.

Il désigna un enclos au pied de la falaise où trois petits
étaient blottis, immobiles et silencieux. Le plus vieux
n'avait même pas l'âge de Mésange.

L'autre soldat eut un sourire mauvais.

– Comme ça, on est sûrs que vous reviendrez.

La femme recula d'un pas en serrant son bébé dans ses
bras. Les deux garçonnets belliqueux se turent brusquement, levant les yeux vers le visage inquiet de leur père.

– Les orphelins doivent être marqués et confiés à la ville,
poursuivit le premier garde. On se charge de leur trouver
une place.

– Vous voulez dire pour toujours ? s'étonna la femme.
Vous gardez les orphelins ?

– Ordres du seigneur Invincible, acquiesça le second,
avec un hochement de tête qui fit cliqueter les pics de son
casque. Ils sont plus en sécurité avec nous, de toute façon.

« Non, pensa Mésange. Non non nooooon, merci ! »

Elle passa sous le bras de quelqu'un et recula vers l'arrière du groupe où on commentait à mi-voix les ordres
du nouveau seigneur.

Elle n'avait qu'une envie : filer retrouver Céleste immédiatement, mais elle ne voulait pas attirer l'attention des gardes. Ils ne se lanceraient sûrement pas à sa poursuite dans cet accoutrement, mais elle préférait mettre une bonne distance entre elle et eux avant de s'engouffrer dans la forêt.

Vers la fin de la queue, elle faillit rentrer dans un gros tas de fourrure rousse qui se révéla être un énorme chat dans les bras d'un garçon.

– Par toutes les ailes du ciel ! s'écria-t-elle sous le coup de la surprise.

Elle qui voulait un chaton quand elle était petite... Serait-il devenu aussi gigantesque que cette créature ?

Le chat souffla paresseusement comme s'il avait la flemme de l'effrayer vraiment. Il avait le museau tout plat et merveilleusement renfrogné, le poil long et soyeux. Il était presque aussi gros que Céleste.

– Touche pas à mon chat, gronda le garçon.

– Aucun risque ! répondit Mésange. J'ai pas envie qu'il m'arrache les yeux !

– Il ne griffe pas, mais moi oui si on touche à mon chat !

Il était légèrement plus petit que Mésange, avec des sourcils broussailleux, un visage en forme de lune et un petit dragon argenté pour boucle d'oreille – bien trop beau pour une personne aussi déplaisante.

– J'ai pas l'intention de caresser ton imbécile de tigre, mais quand il grandira et qu'il te bouffera, ne t'étonne pas. Tu l'auras bien mérité.

– Mais… quand tu nous as bousculés, tu nous as grogné dessus !

Oups ! Avait-elle juré en langue dragonne ?

– Non, je ne t'ai pas grogné dessus, c'était un grognement d'agacement général, destiné à personne en particulier.

– Qu'est-ce que tu fais là, tout au bout de la queue ? Tu cherches à fuir tes parents ?

Il l'observa un instant.

– Parce que si c'est le cas, je vais le dire !

– T'as pas intérêt ! menaça Mésange d'un ton féroce. Je connais au moins huit façons de te tuer.

Il la toisa d'un œil sceptique.

– C'est pas vrai ! T'es toute petite !

– T'es plus petit que moi !

– Non, et puis, j'ai un chat.

« Ouais, mais moi, j'ai un dragon », se retint de répliquer Mésange, impressionnée par sa maîtrise d'elle-même.

– Et j'ai des gardes pour me protéger, ajouta-t-il d'un ton blasé. Alors où tu vas comme ça ?

« Des gardes ? Pourquoi ? »

Effectivement, il avait l'air plus soigné et moins désespéré que la plupart des gens aux alentours.

– J'ai finalement décidé de ne pas entrer dans la cité Indestructible, déclara-t-elle en levant le menton. Mais ça ne te regarde pas. Au revoir.

Il ne s'écarta pas, lui bloquant toujours le passage. Le chat la considéra en clignant pensivement des yeux.

– T'as l'air ridicule. Cette robe est trop petite pour toi.

– Oui, bah toi, c'est ton chat qu'est trop grand pour toi. Et ta grosse face de lune aussi, riposta Mésange.

Elle se demandait où étaient ses parents, pourquoi ils le laissaient trimballer un chat de cette taille et s'il avait l'intention de le porter jusqu'en haut de l'escalier.

– Oh, très drôle, commenta-t-il. Tu fais partie de la nouvelle troupe de clowns du château ? C'est pour ça que tu es déguisée ?

– Pourquoi tu m'embêtes ? s'agaça Mésange. J'aime pas les gens. J'ai pas envie de te parler.

– J'aime pas les gens non plus. Seulement les chats. Non, d'ailleurs, seulement *ce* chat. Il s'appelle Dragon.

– T'es trop bizarre, fit-elle. Ça se fait pas de donner à un animal le nom d'un autre animal.

– Ah oui ? répondit-il d'un ton indifférent. Mais Dragon s'en moque. Je m'appelle Invulnérable. Et toi ?

– C'est pas tes oignons, répliqua Mésange. Attends… quoi ? Tu t'appelles comment ?

– Invulnérable. C'est mon prénom.

– C'est encore pire que Dragon pour un chat, décréta-t-elle. Non, tu plaisantes. Invulnérable ! C'est comme si on t'avait collé un écriteau sur le front : « Allez-y, relevez le défi. Tuez-moi ! » Tes parents te détestent, ou quoi ?

Il leva les yeux au ciel.

– Non, ils me trouvent absolument PARFAIT.

– Alors ils auraient dû t'appeler Parfait s'ils tenaient à te donner un nom à coucher dehors.

– Ce n'est pas un nom à coucher dehors. JE SUIS Invulnérable. Et toi, quel nom merveilleux portes-tu, alors?

– Toujours pas tes oignons, affirma Mésange. Bon, faut que j'y aille. Salut.

Il déposa son chat dans le passage pour l'empêcher d'avancer.

– Tu me dis ton nom si je te donne une robe neuve? proposa-t-il.

– Pas question. J'ai pas besoin d'une robe neuve et, surtout, je ne veux rien avoir à faire avec toi.

Elle fit volte-face pour passer par un autre endroit et se retrouva nez à nez avec un gigantesque soldat porc-épic tout hérissé de piquants.

Une découverte assez terrifiante.

– C'est mon garde du corps, expliqua Invulnérable. Donc tu ferais sans doute mieux de ne pas mettre à exécution une de tes huit méthodes pour me tuer.

– Tu habites la cité, comprit alors Mésange.

Elle aurait dû s'en douter en voyant sa boucle d'oreille et ses vêtements neufs et propres – enfin, ce qu'elle en apercevait derrière les poils du chat (qu'elle refusait d'appeler Dragon – Chat, à la limite, si elle n'avait pas le choix). Le prénom idiot du garçon aurait également pu lui mettre la puce à l'oreille. Si ça se trouve, tous les enfants de la cité Indestructible portaient des noms stupidement pompeux, à l'image du seigneur Invincible.

– Qu'est-ce que tu fais là? le questionna-t-elle.

– Je m'ennuyais là-haut. Et Dragon aussi. Je me suis

dit qu'ici j'aurais peut-être une chance de rencontrer des gens intéressants…

« Quelqu'un qui s'ennuie facilement, qui est riche et puissant, c'est généralement quelqu'un de dangereux », pensa Mésange en cherchant le moyen le moins risqué de mettre fin à la conversation.

– Garde, fit Invulnérable, trouvez-moi quelqu'un dans la queue qui ait à troquer une robe à la taille de cette jeune fille.

– NON ! protesta Mésange. Je ne veux pas de robe. Je veux une tunique et un pantalon, et je suis capable de me les dégotter moi-même.

Elle n'avait pas pensé à faire du troc avec quelqu'un dans la file. C'était bien plus simple que de s'introduire dans la ville, même si cela risquait d'attirer l'attention sur elle.

– Contre quoi ? répliqua le garçon en la toisant. Tu n'as rien à échanger.

Mésange glissa les mains dans ses poches et sentit un objet rond et frais.

– J'ai ça, dit-elle en le sortant.

C'était l'une des écailles de bébé de Céleste qu'il avait perdue récemment. Elle scintillait au creux de sa paume telle une petite pierre précieuse ambrée.

Invulnérable étouffa un cri et même son garde du corps écarquilla les yeux.

– C'est une écaille de dragon ? demanda-t-il. Je n'en ai jamais vu de cette couleur.

– Une fois de plus, c'est pas tes oignons, fit Mésange en la rangeant au fond de sa poche avant de tourner les talons pour remonter la queue.

– Attends ! Je la veux. S'il te plaît, donne-la-moi. Je t'offrirai plus que n'importe qui en échange.

– Tu n'as rien qui m'intéresse, lança Mésange d'un ton détaché.

Invulnérable hissa son chat sur son épaule et prit une bourse accrochée à la ceinture de son garde du corps.

– Tiens, dit-il en versant de petits ronds d'argent brillant dans sa paume. Je te donne tout ça.

– À quoi me serviraient ces bouts d'argent ? s'étonna Mésange. Je ne peux pas les manger, ni les porter, ni les lire !

– Quoi ? s'étonna Invulnérable. D'où tu sors ? Il n'y a pas de pièces dans ton village ?

Mésange ne pensait pas avoir vu ses parents utiliser des « pièces », mais elle n'en était pas sûre.

– J'en veux pas, c'est tout.

– Mais si, insista Invulnérable, qui commençait à s'impatienter.

Ils se chamaillèrent encore un moment et, finalement, il remonta la file avec elle pour lui montrer que n'importe qui accepterait les pièces d'argent en échange de tout ce qu'elle voulait. Ça alors, quel étrange phénomène ! Personne à Talisman ne faisait ce genre de troc, des objets contre des bouts de métal inutiles. Mais les voyageurs les couvaient d'un regard avide ; ils devaient donc être utiles ailleurs.

« C'est les dragomanciens qui avaient tout le métal brillant », se souvint-elle brusquement.

Elle en avait vu plein dans le tiroir secret de maître Truite lorsqu'elle avait volé les livres, mais elle n'y avait pas prêté grande attention.

« Ça fait peut-être partie du trésor dont parlaient les livres… Toutes ces pages où étaient notées les possessions de tel ou tel dragomancien. »

Elle avait survolé ce passage, c'était rasoir. Elle se moquait bien que deux bagues en or équivalent à un rubis ou à je ne sais quoi d'autre. Leurs interminables calculs pour tout diviser en quatre parts égales n'avaient aucun intérêt.

Avec l'aide d'Invulnérable, elle dénicha un pantalon vert foncé – trop long, mais elle n'aurait qu'à le retrousser et à le dérouler au fur et à mesure qu'elle grandirait –, une tunique vert mousse, des bottines en daim (bizarre, après un an à marcher pieds nus) et une cape en lainage tout doux de la couleur d'un ciel d'orage.

Elle dégotta également une carte du continent, deux miches de pain aux noix et aux cranberries, une gourde munie d'une lanière, cinq livres qu'elle n'avait jamais lus et, en bonus, la boucle d'oreille d'Invulnérable, parce qu'elle n'avait plus besoin de rien et qu'il affirmait que l'écaille valait davantage.

– D'accord, je te la donne, dit-elle en la laissant tomber dans le creux de la main du garçon.

– Tu l'as eue où ? voulut-il savoir.

Il souffla dessus, la frotta pour la nettoyer puis la leva à la lumière.

– Je parie qu'elle vient d'un bébé dragon, remarqua-t-il en l'examinant. Si on arrivait à le traquer, je pourrais me faire fabriquer une cotte de mailles !

Mésange frissonna, horrifiée par l'image d'Invulnérable en train de pourchasser Céleste pour se faire une armure avec ses écailles.

– Je l'ai trouvée dans les marécages, dit-elle en tendant le bras vers le nord-est, à l'opposé de la vallée secrète où le dragonnet se cachait (Invulnérable n'avait pas l'air du genre à aimer patauger dans les marais). Si j'en vois une autre… je pourrai te l'apporter, si tu veux.

– Oui ! s'écria-t-il, ravi. Bonne idée ! Ne la vends à personne d'autre qu'à moi !

– D'accord, dit-elle. Je reviendrai te voir l'année prochaine. Peut-être même un peu avant si j'ai fini les livres et que j'ai besoin d'un autre truc à lire.

– Dans un an ? gémit-il, abattu. Mais c'est long !

– Je pense que tu survivras, lança-t-elle en enveloppant ses nouvelles acquisitions dans sa cape.

– Je sais bien, répliqua-t-il. Je suis le prince de la cité Indestructible. Toi, en revanche, tu risques de ne pas passer l'année.

– Ah bah, c'est gentil ! s'écria-t-elle en s'efforçant de ne pas laisser paraître sa surprise.

Un prince ! Pas étonnant qu'il soit si bizarre. Mais… ça voulait dire que le seigneur Invincible était son père ?

« Ça doit être une charmante famille… enfin, sans doute pas pire que la mienne. »

– Eh bien, *qui vivra verra*, comme on dit, conclut-elle.

Alors qu'elle s'éloignait, il tapa du pied en lui lançant :

– Je n'aime pas attendre ! C'est extrêmement agaçant.

– Arrête, tu vas me faire pleurer ! railla-t-elle en lui adressant un petit signe.

Mésange ne pouvait pas retourner directement à l'orée de la forêt alors qu'Invulnérable la suivait du regard. À la place, elle prit la direction du sud, suivant la rivière jusqu'à ce que la cité Indestructible, ses gardes porcs-épics et tous ses habitants bizarres soient hors de vue.

Puis elle traversa le cours d'eau à la nage, bifurqua en direction des bois et courut retrouver son dragon.

CHAPITRE 8

FEUILLE

C'est drôle – ou peut-être affreux – de constater qu'on peut passer toute sa vie à s'entraîner dans un seul but pour que, du jour au lendemain, notre entourage décide soudain qu'on est destiné à autre chose.

Bien sûr, les parents de Feuille espéraient probablement qu'il deviendrait dragomancien depuis sa naissance. Alors que lui n'avait jamais souhaité cela ; il ne l'avait même pas envisagé un seul instant. Il avait passé assez distraitement l'examen de dragomancie. Il s'y était présenté uniquement parce que sa sœur était censée le faire réviser depuis des années.

Il trouvait étrange que personne n'ait aucun soupçon. Personne ne se demandait comment le petit maigrichon de dix ans était devenu l'homme le plus fort et le plus rapide du village. Personne ne s'étonnait qu'un gamin qui passait ses journées le nez dans ses bouquins sache aussi marcher sur les mains, escalader n'importe quelle falaise, remonter une rivière à contre-courant et soulever des rochers deux fois plus gros que lui !

Enfin, bref… Il s'était donné tout ce mal pour pouvoir tuer le dragon qui avait dévoré Mésange, et voilà qu'à quatorze ans, on lui imposait une autre vie : officiellement sélectionné pour être apprenti dragomancien, il était coincé entre ses parents aux anges et sa sœur aînée hilare.

Il ne pouvait pas refuser. Même Bosquet le poussait à accepter : « C'est une occasion unique de découvrir ce que cachent les dragomanciens », affirmait-il. Toute la bande d'amis de Cerise, passionnés par la lutte contre les dragons, estimaient qu'il s'agissait d'une chance fantastique.

Mais ce n'étaient pas eux qui devaient traire les chèvres, gratter la cire des bougies sur le sol et courir dans les collines tous les deux jours pour sonner l'alarme. Ce n'étaient pas eux qui dormaient sur une paillasse miteuse dans une pièce exiguë avec un camarade qui passait son temps à ronfler ou à parler des deux derniers apprentis ayant fini dans la gueule d'un dragon.

Feuille était au service du chef des dragomanciens, maître Truite, qui semblait presque aussi mécontent d'avoir un nouvel apprenti que Feuille d'être là, alors que c'était son idée à la base.

« C'est parce qu'il déteste tout et tout le monde, murmura la voix de Mésange dans sa tête. Il aurait dû naître dans la peau d'une tarentule, mais il est devenu (plus ou moins) humain à la place, alors maintenant il doit parler aux gens au lieu de les mordre et, du coup, il est frustré en permanence. »

À présent qu'il passait tout son temps en sa compagnie, Feuille se remémorait les remarques désobligeantes de sa sœur : son menton fuyant lui donnait l'air d'une tortue ; il s'exprimait avec une lenteur exaspérante, considérant les autres incapables de suivre le cours ébouriffant de ses pensées ; loin des regards, il se montrait particulièrement mesquin et cruel envers les enfants ou les gens qui imploraient son aide, et en riait sous cape en pensant être discret.

Feuille se demandait ce que Mésange dirait en le voyant aux ordres de Truite nuit et jour. Le dragomancien ne cessait jamais de parler et l'apprenti était obligé de l'écouter, car sa spécialité était de caser un ordre impérieux au beau milieu d'un discours rasoir, sur le même ton hautain. Et si Feuille n'exécutait pas ses instructions, il était privé de repas ou envoyé sonner l'alarme trois jours de suite.

Il aurait tant aimé que Mésange soit là pour faire descendre maître Truite du piédestal où il jubilait. Elle aurait souligné sa petitesse et sa méchanceté, elle n'aurait pas craint d'affirmer qu'il avait une pierre à la place du cœur. Et elle aurait fait rire son frère, d'un rire libérateur. Au lieu de ça, il se sentait constamment oppressé. Feuille imaginait facilement sa sœur crever cette grosse boule d'angoisse, mais il ne savait pas comment le faire lui-même.

C'était peut-être pour cela qu'il avait commencé à discuter avec elle dans sa tête.

« Tu penses que je devrais m'enfuir ? l'interrogea-t-il une nuit où les ronflements l'empêchaient de dormir. Et devenir tueur de dragons dès maintenant ?

– Bien sûr, répondit Mésange. Jette-toi dans la gueule des dragons, ce sera bien plus amusant que de mourir d'ennui ici.

– Mais pour aller où ? Me présenter au palais des dragons des montagnes ? Tout seul ? Et quand j'aurai tué un dragon, je ferai quoi après ?

– Tu devras d'abord aller à la cité Indestructible, lui conseilla-t-elle. Demande-leur de t'envoyer accomplir une quête ! Et quand tu reviendras couvert de sang de dragon, ils te donneront sûrement de l'or et une maison… Oh ! Ils organiseront peut-être même une parade, et tu pourras exiger qu'ils érigent une statue de moi…

– La cité Indestructible est à l'opposé du palais des dragons, fit-il remarquer, mais je pourrais trouver un village plus près. Un endroit que je libérerais du monstre qui y fait régner la terreur.

– Il y a juste un petit problème, ajouta Mésange. Tu as quatorze ans. Quand tu vas te pointer en disant que tu es un tueur de dragons, les gens vont te rire au nez.

– Mais pas du tout ! Bon, d'accord, peut-être. Moi, en tout cas, je sais que je suis prêt.

– Hum, fit sa petite sœur dans sa tête, tu peux encore

bosser le maniement de l'épée de la main gauche. Quoique… je parie que l'odeur de tes aisselles tuerait le dragon…

– Merci pour tes encouragements, sœurette ! Allez, laisse-moi dormir en paix ! »

Il rêvait toutes les nuits qu'il affrontait des dragons.

La seule chose qui lui permettait de tenir, à part ses conversations imaginaires avec Mésange, c'était son jour libre hebdomadaire qu'il passait à s'entraîner dans la forêt avec sa sœur aînée et ses amis. Bosquet et Cerise avaient réussi à réunir une petite bande qui était convaincue qu'on pouvait lutter contre les dragons et changer le monde.

Entre autres, Cranberry, la meilleure amie de Cerise. Elle était coiffée d'un tas de petites nattes au bout teint en rouge foncé, en référence à son nom, et possédait les dents les plus parfaites que Feuille ait jamais vues. Elle avait fait partie d'une troupe de saltimbanques dont elle avait été séparée par une attaque de dragon. Feuille avait douze ans lorsqu'elle était arrivée à Talisman dans l'espoir que le reste de la troupe la rejoindrait. En attendant, elle avait enseigné à Feuille tous ses mouvements acrobatiques : roue, saut de main et autres saltos.

Il y avait également deux frères – Thym et Champignon. Tout le monde adorait le premier et devait du coup supporter l'autre. Thym était petit et charmeur. Il ne prenait pas vraiment l'entraînement au sérieux, mais adorait imaginer les palais des dragons et tous les trésors qu'ils ne manqueraient pas d'y trouver. Son jumeau était un peu plus grand, avec la mâchoire plus carrée, beaucoup plus grincheux, et se plaignait dès qu'il était fatigué, qu'il pleuvait ou que son frère avait mieux réussi que lui – ce qui arrivait fréquemment. Feuille l'avait souvent vu jeter un regard noir dans le dos de Thym, surtout quand Cranberry était auprès de lui.

Feuille se moquait bien de toutes leurs histoires ou des trésors dont ils parlaient tant. Ils le faisaient rire et l'entraînaient mais, surtout, ils l'aidaient à rester concentré sur son objectif : devenir tueur de dragons. Tous ensemble, ils allaient trouver les dragons et s'en débarrasser. Même si Thym, Champignon ou Cranberry ne faisaient ça que pour mettre la main sur un trésor, le résultat serait le même : une vie plus sûre, un monde plus sûr.

– Alors, tu as trouvé quelque chose chez ce vieux Truite ? lui demanda un jour Bosquet, six mois après le début de son apprentissage. Des secrets ?

Il avait lancé ça d'un ton détaché, en souriant, comme s'il plaisantait. Mais son sourire était insistant. Deux jours plus tôt, les dragomanciens avaient eu une vision les avertissant que le père de Bosquet avait étendu sa petite ferme trop loin, au point d'attirer l'attention des dragons. Ils lui avaient ordonné de couper ses tournesols, d'arracher la moitié de ses légumes et de tout livrer plus deux chèvres au « village » – ce qui, selon Bosquet, signifiait que cela irait droit dans la poche des dragomanciens.

Bosquet avait protesté et tenu tête à maître Truite

devant tout le monde, à l'assemblée du village. Il lui avait demandé de procéder à un vote pour déterminer comment la nourriture serait redistribuée – certaines familles en avaient vraiment besoin. Mais maître Truite avait refusé, décrétant que c'était à lui de décider et que Bosquet n'était qu'un étranger qui ferait mieux de se rasseoir et d'écouter ses aînés.

Aucun fermier ne s'était levé pour soutenir Bosquet et son père. Les autres évitaient de croiser leur regard et leur chemin, de peur de s'attirer les foudres des dragomanciens.

Feuille se doutait donc que Bosquet avait une idée précise en tête en posant la question.

– Il ferme son bureau à clé et on n'a pas le droit d'entrer, répondit-il. Parfois, il sort un livre et nous fait la leçon sur les rois dragons ou sur ce qu'ils mangent, puis il retourne le ranger à l'intérieur et reverrouille la porte.

Il lança son couteau en l'air et le rattrapa.

– Si les dragomanciens ont des secrets, ils doivent être cachés dans cette pièce. Mais je doute qu'on trouve ce que tu espères, Bosquet. Je ne vois pas Truite écrire un truc du genre : «On a encore inventé un super mensonge pour la vision du jour! *Miam miam*, à nous les tournesols et les chèvres!»

– Peut-être pas, dit Bosquet en attrapant le couteau au vol alors que Feuille le lançait à nouveau. Mais il doit bien y avoir quelque chose de suspect dans ce bureau, sinon pourquoi le verrouillerait-il?

– Ils ne racontent pas que des mensonges, intervint Cranberry, perchée dans un arbre voisin. J'ai vérifié : quand leurs visions annoncent un dragon survolant le village, c'est exact plus d'une fois sur deux. J'aimerais connaître leur secret.

– Heureuse coïncidence, affirma Bosquet avec mépris.

Feuille lui reprit le couteau des mains, mais il était tellement énervé qu'il ne le remarqua même pas.

– Il y a sans arrêt des dragons qui passent au-dessus de nous ; ils ne risquent pas de se tromper. Je pense qu'ils nous racontent un tissu de mensonges, mais il nous en faudrait la preuve. Tu devrais entrer par effraction dans le bureau la prochaine fois que Truite partira, Feuille.

– C'est trop dangereux de lui demander ça, intervint Cerise. Il est à la merci de maître Truite. S'ils le surprennent en train de les espionner, qui sait ce que les dragomanciens pourraient lui faire ?

Elle lança à Bosquet un regard plein de sous-entendus que Feuille ne parvint pas à déchiffrer.

– Tu as raison. Je vais le faire, décida son copain. Préviens-moi simplement la prochaine fois qu'il s'absentera un moment, et je trouverai un moyen d'entrer.

L'opportunité se présenta six jours plus tard, lorsque maître Truite s'en fut à une séance de vision avec ses deux collègues dragomanciens tandis que l'autre apprenti était en congé ; Feuille était donc seul dans la maison. Bosquet se faufila à travers le jardin, évitant les chèvres, et Feuille le fit entrer par la porte arrière.

– Son bureau est par là, dit-il en le conduisant à l'étage.

Son cœur battait à tout rompre, mais plus d'excitation que de peur. Si maître Truite revenait et les surprenait… Feuille serait probablement banni du village, mais au moins son calvaire d'apprenti prendrait fin.

Bosquet trifouilla la serrure pendant un moment – un long moment, assez long pour rendre Feuille un peu nerveux. Mais finalement, quelque chose cliqueta dans le mécanisme et la porte s'ouvrit.

– Son repaire secret, murmura Bosquet.

Feuille repensa aux tarentules.

– Tu n'es pas obligé d'entrer. Va te promener, assure-toi que quelqu'un te voie. Comme ça, on aura un alibi.

Le garçon secoua la tête.

– Je veux aussi voir ce qu'il cache.

La pièce était sombre, l'unique fenêtre étant masquée par un épais rideau, et toutes les lampes éteintes. Cela sentait le moisi saupoudré de cannelle, une odeur piquante et agréable sur fond de puanteur, d'humidité et de pourriture. Un mouvement au niveau du bureau fit bondir le cœur de Feuille, puis il réalisa qu'il s'agissait d'un terrarium avec un serpent à l'intérieur.

– Flippant, commenta Bosquet.

Il se dirigea vers le bureau et étudia un moment la paperasse sans y toucher.

Feuille alla plutôt vers les étagères. Elles couvraient deux murs, mais les livres n'en occupaient qu'un quart environ. Le reste de l'espace était empli d'étranges objets surdimensionnés, scintillant de pierres précieuses. Un sablier incrusté de diamants aussi grand que Feuille. Un gros anneau en métal qu'il prit d'abord pour une ceinture, mais serti d'un rubis, comme une bague. Une tasse en cuivre dans laquelle il aurait pu prendre un bain, gravée de flammes.

« Tout ça appartenait aux dragons », comprit-il.

Quelques années plus tôt, quelqu'un avait, paraît-il, trouvé une cuillère en argent format dragon dans les bois, mais les dragomanciens l'avaient confisquée et avaient étouffé l'affaire.

« Ils doivent récupérer tous les objets perdus par les dragons. Maître Truite les collectionne. Mais il y en a tellement… Les dragons ont-ils vraiment laissé tomber tout ça ? »

Feuille supposait que les dragomanciens vivaient là depuis la fondation du village, trente ou quarante ans auparavant. Peut-être que, sur une si longue période, c'était possible.

Mais il se demanda ce qu'il y avait dans le grand coffre-fort protégé par un triple cadenas, derrière le bureau.

Il fit un bond en arrière en voyant le lourd presse-papiers doré en forme d'œil qui le fixait, et sentit quelque chose sous ses pieds nus. Lorsqu'il s'accroupit pour regarder de plus près, il découvrit une profonde rayure dans le parquet. Comme si l'étagère avait été déplacée plusieurs fois. Feuille la tira, et elle glissa facilement le long de la rainure.

Sur le mur, derrière l'étagère, était accroché un gigantesque morceau de parchemin, plus grand que Feuille, dont les bords s'enroulaient sur eux-mêmes. Une sorte de carte ou de plan.

– Bosquet, souffla Feuille, qu'est-ce que c'est que ça?

Son compagnon se posta à côté de lui et ils la fixèrent longuement.

– On dirait… un palais, dit finalement Bosquet.

– Un palais de dragons, acquiesça Feuille. Dans les montagnes. C'est là qu'habite la reine des dragons rouges et orange, n'est-ce pas? Je dois y aller. Celui qui a tué Mésange s'y trouve.

« Mais… que fait maître Truite avec ce plan? »

Il était couvert de petites notes et de commentaires : « bon endroit pour grimper », « passage de patrouilles » et « danger : jets de flammes ». Certains étaient rédigés dans un alphabet que Feuille ne connaissait pas, mais la plupart étaient lisibles, et quelques-uns étaient écrits de la main de maître Truite. Feuille reconnaissait son écriture désormais.

– Donc Truite est allé au palais des dragons, s'étonna-t-il. Sinon, comment saurait-il tout cela?

– Et où a-t-il eu ce plan à la base? renchérit Bosquet. Tu crois qu'il l'a dessiné lui-même?

– Non, il ne sait même pas tracer un simple trait. Son croquis pour le jardin était lamentable.

Il tendit la main et suivit du doigt les étranges symboles figurant dans chaque pièce.

– Alors… tu crois que c'est les dragons qui ont dessiné ce plan ? fit Bosquet d'une voix étouffée. Et ça, c'est la langue des dragons…

– Impossible, murmura Feuille. Les dragons ne savent pas écrire. Et ils ne sont sûrement pas capables de créer des œuvres d'art ou des plans aussi détaillés.

Il jeta un coup d'œil aux flammes gravées sur l'immense coupe en cuivre. C'était une sorte d'art… Et maintenant qu'il y regardait de plus près, il distinguait de petits motifs tout autour qui correspondaient à certains symboles de la carte.

Il frissonna. Il avait toujours pensé que tuer des dragons serait du même ordre qu'éliminer une nuée d'insectes mortels ou que combattre un requin assoiffé de sang. Mais si les dragons étaient capables de dessiner des cartes et d'écrire, cela changeait la donne. Ils n'étaient pas humains, mais pas aussi bêtement sauvages qu'il le croyait non plus.

La voix de Mésange interrompit le fil de ses pensées :

« Hé, mais s'ils sont si intelligents, instruits et talentueux, ils devraient savoir que c'est mal de dévorer des enfants de sept ans tout aussi intelligents, instruits et talentueux ! »

– Oui, c'est ça, affirma Bosquet, les dragons ont dessiné le plan de leur palais et Truite le leur a volé – il y a longtemps, à en juger par le nombre de notes qu'il a ajoutées depuis.

Feuille n'arrivait pas à y croire. Il ne voyait pas maître

Truite s'introduire dans le palais et en sortir sans se faire
dévorer… ni même seulement marcher jusque-là !

Il effleura les bords jaunis du parchemin.

– Peut-être qu'il a envoyé quelqu'un d'autre en mission
à sa place… Cela lui ressemblerait davantage. Ce plan a
l'air tellement vieux… Peut-être qu'un apprenti y est allé
avant même notre naissance.

– C'est peut-être même pour cela que Talisman est situé
à cet endroit, fit Bosquet, pensif. J'ai toujours trouvé ça
bizarre d'avoir construit un village aussi près du territoire
des dragons des montagnes. Si ça se trouve, au début,
c'était un repaire de contrebandiers, puis les contrebandiers ont vieilli et sont devenus des dragomanciens.
Un autre genre de bandits, mais qui volent toujours des
trésors.

– Tu crois que c'est ça, leur grand secret ? fit Feuille.
Qu'ils volaient le trésor des dragons ?

Bosquet se gratta le crâne.

– J'ai l'impression qu'il y a autre chose… Ça doit faire
partie d'un plan encore plus grand…

Feuille fixait le palais des dragons en essayant d'imaginer Truite, Pie et Gorge en jeunes contrebandiers.

Si la théorie de Bosquet était exacte, c'était encore plus
hypocrite de la part des dragomanciens d'avoir interdit à
quiconque de se rendre au palais.

« Ce serait bien le genre de Truite, grommela Mésange
dans sa tête. De s'accaparer un trésor et d'interdire aux
autres de s'en approcher.

– Eh bien, je vais y aller, répliqua intérieurement son frère. Qu'ils essaient un peu de m'en empêcher ! »

– Il nous faut ce plan, déclara-t-il en le tapotant. C'est exactement ce dont nous avons besoin.

– Mais on ne peut pas le prendre. Tu peux le copier ?

– Si j'avais un an devant moi, peut-être, soupira Feuille.

– Commence dès maintenant, alors, le pressa Bosquet.

Il prit un parchemin sur une pile, par terre. D'un côté, maître Truite avait rédigé les premières lignes d'un cours et les avait ensuite raturées. Le verso était vierge. Bosquet le fourra entre les mains de Feuille avec un fusain.

– Mais… tous ces détails, protesta-t-il, impuissant.

Par où devait-il commencer ? Qu'est-ce qui était important et que pouvait-il laisser de côté ? C'était trop. Il ne pouvait pas faire ça seul.

– Fais de ton mieux, l'encouragea Bosquet. Je vais te montrer comment crocheter la serrure, comme ça tu pourras venir travailler dessus dès que tu en auras l'occasion.

– J'aimerais tellement que Mésange soit là, soupira Feuille.

Il baissa les yeux vers le sol. Il n'avait pas prononcé son nom à voix haute depuis des années.

« Moi aussi, répondit sa sœur dans sa tête. Je serais douée pour copier cette carte, découvrir les secrets de Truite et pénétrer par effraction dans le palais des dragons. »

– Imagine qu'elle est à tes côtés, lui conseilla Bosquet en lui posant la main sur l'épaule. Qu'elle te regarde et te donne des conseils. Elle serait surexcitée, n'est-ce pas ? Je me souviens qu'elle était toujours soit en colère, soit excitée par quelque chose.

« C'est vrai, confirma Mésange. Voler un truc aussi incroyable à ces vieux schnocks de dragomanciens ? Faut foncer. Vas-y, fais-le pour moi. »

Feuille s'assit et se mit à dessiner.

CHAPITRE 9

LIANE

– Ça y est ! C'est le grand jour !

Liane tourbillonnait au milieu de la chambre de Violette, les bras écartés.

– On va enfin devenir des sentinailes ! Je n'arrive pas à y croire !

– Et moi, je n'arrive pas à croire que tu nous aies convaincues de te suivre, soupira Violette depuis son hamac en tournant une page de son livre. Moi qui voulais faire partie du conseil des lois.

– Rasoir ! commenta Jonquille.

Elle prit Liane par la main pour la faire tournoyer.

– On va voir des dragons, observer des dragons et chevaucher des dragons !

– Voir et observer, c'est la même chose, remarqua Violette. Et tu ne monteras certainement pas sur leur dos, espèce de folle.

Liane rêvait de ce jour depuis si longtemps… Jamais elle n'aurait cru que tout cela se produirait réellement – qu'elle serait toujours la meilleure amie de Violette et de Jonquille quand elles auraient treize ans, qu'elles se parleraient encore, qu'elles commenceraient toutes ensemble l'entraînement de sentinaile.

– Allons-y maintenant, suggéra-t-elle. Comme ça, on sera en avance !

– Ce sera une telle nouveauté pour Jonquille… Je ne suis pas sûre que son cœur tiendra le choc, déclara Violette.

– Je suis arrivée en avance à l'école une fois l'année dernière, affirma fièrement Jonquille.

Son visage s'assombrit.

– Parce que Pâquerette m'avait menti sur l'heure qu'il était. Mais ça n'a fonctionné qu'une fois. Je ne me ferai plus avoir !

Maintenant qu'elles avaient treize ans, Jonquille avait opté pour une queue-de-cheval et parvenait en général à « perdre » le ruban jaune que sa mère lui nouait dans les cheveux avant l'heure du déjeuner. Des trois, elle était la plus enthousiaste à l'idée de revêtir l'uniforme des sentinailes, car ça signifiait qu'elle allait enfin pouvoir porter une couleur sombre.

Violette était la plus grande et obtenait les meilleures notes, sauf lorsque leurs professeurs lui ôtaient des points parce qu'elle posait trop de questions ou chipotait sur les détails. Elle s'était coupé les cheveux au carré et avait convaincu Liane de leur dessiner à toutes les trois des ailes de dragon sur le dos de la main. Tout le monde pensait que c'était en référence à leur nouveau statut de sentinaile, alors qu'en réalité c'était l'emblème du club des Chercheuses de Vérité.

Liane avait aussi envisagé de se couper les cheveux, mais elle savait que ça bouleverserait sa mère. Elle n'était déjà pas convaincue par son projet de devenir une sentinaile, alors Liane ne voulait pas la contrarier davantage.

La cérémonie d'accueil des nouvelles recrues se déroulait dans l'une des plus grandes grottes, non loin de la sortie par laquelle Liane s'était faufilée avec Digitale durant ces cinq dernières années. Deux sentinailes étaient déjà là à leur arrivée : Écureuil et la commandante, Rivière.

La plupart des sentinailes commençaient leur entraînement à treize ans, étaient postées à la sortie des tunnels dès quinze, envoyées en mission à l'extérieur à partir de seize et, si elles avaient survécu, prenaient leur retraite pour occuper un poste à l'intérieur des grottes de Valor entre vingt-deux et vingt-cinq ans. Rivière était l'une des seules qui avaient continué plus longtemps. Elle devait avoir la quarantaine, remportait tous les concours de force de la ville et aimait par-dessus tout recruter les nouvelles sentinailes.

– Mes bébés ! s'exclama-t-elle avec entrain en voyant arriver Liane, Violette et Jonquille. Tellement avides de savoir ! J'adore !

Elle courut à leur rencontre pour leur serrer la main, radieuse.

– Et moi ? fit Forêt en trottinant sur ses talons, un peu vexé.

– Tu es mon fiston préféré, bien entendu. Ces trois-là sont mes nouvelles recrues préférées, précisa-t-elle.

Forêt n'avait pas l'air convaincu par cette explication, sans doute parce qu'il était le fils unique de Rivière. Liane n'aurait jamais deviné, cinq ans plus tôt, qu'il voudrait devenir sentinaile comme sa mère. Elle se demandait comment il allait faire pour tenir sa langue pendant les patrouilles, ne pas faire semblant de péter, éclater de rire, tomber d'un arbre ou mettre le feu à un truc. Violette était persuadée qu'il avait été admis grâce à la position de sa mère, même si, comme elle l'avait fait remarquer :

– Bon, en même temps, ils ont aussi pris Jonquille, donc ils ne doivent pas être trop regardants.

Du coup, l'intéressé lui avait volé tous ses crayons, ce qui était une véritable torture pour Violette.

– Liane, fit Rivière, tu as des nouvelles de ton oncle ?

La jeune fille secoua la tête. Caillou avait quitté Valor sans prévenir un an plus tôt et on ne l'avait pas revu depuis. Mais on lui gardait sa grotte au cas où.

– Navrée de l'apprendre.

La commandante soupira :

– Il ne s'est jamais vraiment remis de ce qui s'est passé dans le désert…

– Comment ça ? Qu'est-ce qui s'est passé ? la questionna Violette, intriguée.

Mais Rivière s'éloigna sans répondre pour accueillir d'autres nouvelles recrues.

– Mmm, fit Jonquille en lançant un regard en coulisse à son amie.

– Ouais, acquiesça celle-ci, y a du secret là-dessous. Tu sais ce qu'elle a voulu dire, Liane ?

Cette dernière secoua la tête, mais elle se rappelait vaguement avoir demandé à sa mère pourquoi son oncle était toujours triste et avoir eu l'impression qu'elle était trop jeune pour qu'on le lui explique.

La grotte se remplissait petit à petit – les sentinaires déjà en poste, les trois autres nouvelles recrues et leur famille… Pâquerette, la sœur de Jonquille, lui fit signe depuis le buffet, mais Jonquille entraîna Liane avant qu'elle ait pu la saluer. Les pères de Violette les félicitèrent chaudement, mais sans paraître bien comprendre pourquoi leur fille s'engageait là-dedans.

Enfin, Digitale vint à leur rencontre, tout sourire.

– Je t'ai apporté quelque chose, murmura timidement Liane en lui donnant un papier plié en deux.

C'était l'un de ses plus beaux dessins d'un dragon en plein vol – le noir qu'elles avaient aperçu ensemble le premier jour. Ses ailes immenses occupaient toute la page. Dans le coin, elle avait écrit : « Merci pour tout. »

– Oooh ! s'extasia Digitale. Tu sais que je n'ai pas eu à intervenir pour que tu sois prise. Rivière a voulu te recruter dès qu'elle a vu le premier dessin de ton portfolio. On n'a pas eu d'artiste aussi doué dans nos rangs depuis des années.

Elle fit un clin d'œil à Liane en fourrant le dessin dans sa poche.

– Il serait peut-être temps qu'on mette à jour notre *Guide des sentinailes*.

– OUI ! s'écria Violette. Je pourrais m'occuper des textes ? J'ai plein d'idées.

– Moi aussi ! renchérit Jonquille.

Son amie lui jeta un regard réprobateur.

– Moi, j'ai des idées et j'écris bien, contrairement à certaines personnes.

– Moi aussi ! J'ai eu la moyenne en orthographe. J'écris très bien, madame Je-sais-tout.

– Liane, de nous deux, qui écrit le mieux ?

– Ouh là ! Pas moyen que je réponde à cette question !

– Parce que c'est moi, affirma Violette en toisant Jonquille d'un air supérieur, et qu'elle ne veut pas que tu piques ta crise.

– Non, parce que c'est MOI ! Et qu'elle sait que tu feras la tête pendant un an si elle l'avoue !

– Personne ne va écrire un nouveau guide pour l'instant, intervint Liane en s'efforçant de les calmer. On doit d'abord faire des recherches et rassembler des informations…

Alors que Jonquille fronçait le nez, Violette soupira d'aise :

– Des recherches !

– Et pour ça, on va partir en expédition dans les montagnes, peut-être même dans le désert ! précisa Liane.

– Ooooh ! s'écria Jonquille, les yeux brillants.

– C'est joli, ces ailes, commenta Digitale en désignant les mains de Violette.

– Oui, c'est Liane qui les a dessinées, expliqua-t-elle. Tu as l'intention de prendre ta retraite bientôt, Digitale ?

La sentinaile parut surprise. Elle avait déjà rencontré les amies de Liane et les avait même emmenées en balade dehors quelques fois, mais elle n'avait pas l'habitude d'être sous le feu des questions de Violette.

– Euh non, je ne pense pas, répondit-elle.

Elle jeta un regard autour d'elle.

– La plupart d'entre nous ont l'intention de rester encore un bout de temps.

– J'avais bien remarqué, reprit Violette. Aucune sentinaile de la promo de Pin n'a pris sa retraite alors que vous auriez pu.

Digitale pencha la tête, la dévisageant pensivement.

– On ne parle presque jamais de Pin, en fait.

– Parce que, en général, on ne parle que de la dernière personne à avoir été bannie, déduisit Violette. Mais je parie que vous le mentionnez encore entre vous. Lui et les trois autres sentinailes qui ont été bannies depuis.

– Parce que c'est un sujet dangereux, murmura Digitale en reculant d'un pas. Si tu as des questions, je te propose qu'on en discute plus tard… dans un cadre plus tranquille. Oh, tiens, Écureuil a besoin d'aide pour servir les fraises. Excusez-moi.

Et elle s'engouffra dans la foule.

– Tu es aussi subtile qu'un grizzli, commenta Jonquille.

– On est toutes des sentinailes, désormais, non ? répliqua Violette avec un sourire éclatant. Je veux juste savoir à quoi s'intéressent les autres, quels sont leurs sujets de conversation… et s'il y a une conspiration secrète en marche.

– Quoi ? s'étonna Liane.

– Je t'ai dit que non, chuchota Jonquille, et c'est vraiment malpoli d'en parler devant Liane.

– Hé ! protesta-t-elle. Vous êtes sérieuses ? Vous me faites des cachotteries ?

– Je ne voulais pas, se défendit Violette. C'est Jonquille qui m'a forcée.

Celle-ci écarta les mains, exaspérée.

– Et alors, pour une fois, tu ne peux pas garder le secret ?

– Je pense qu'il faut le lui dire, fit Violette à voix basse. Elle risque d'en entendre parler maintenant qu'on est là en permanence.

– Me dire quoi ? Quelle conspiration ? Vous avez des preuves ?

– Je crois qu'une révolution se prépare, chuchota Violette d'un ton mélodramatique. Au sein des sentinailes. Le groupe n'est pas d'accord avec la façon dont est gérée Valor. J'ai des tas de preuves.

– C'est vrai ?

– Et c'est pour ça que Violette a accepté de devenir sentinaile en réalité, affirma Jonquille, les bras croisés. Parce que si conspiration il y a, elle ne supporterait pas de rater ça !

– Oh, fit Liane, je pensais que c'était parce qu'on adorait les dragons.

Violette lui passa un bras autour des épaules en jetant un regard noir à Jonquille.

– C'est aussi parce qu'on est contentes de faire ça toutes ensemble. Arrête, Jonquille, tu lui gâches sa joie.

– Non, c'est toi ! protesta l'intéressée. À enquêter sur des conspirations fantômes pour renverser son père !

– Oh, bon sang, murmura Liane en réalisant la portée de ces révélations.

Ce n'était pas possible. Si ?

Les sentinailes étaient incroyables ; elles ne pouvaient pas avoir de mauvaises intentions. Elle aurait suivi la commandante Rivière et Digitale sur les lunes si elles le lui avaient demandé.

Mais si elles étaient en train de fomenter une révolution... ça signifiait qu'elles voulaient renverser le gouvernement de Valor... c'est-à-dire son propre père, qui venait justement de faire son entrée dans la grotte en se pavanant.

– Bonjour, sentinailes ! lança-t-il. C'est le grand jour ! Recrues, en rang pour l'inspection.

Liane se retrouva à sa place habituelle entre ses deux amies (leur évitant de se donner des coups de coude, de se chamailler ou de se tirer les cheveux), avec Forêt à la gauche de Jonquille et Mite à la droite de Violette.

Secouée par les insinuations de ses camarades, Liane s'efforçait de reprendre ses esprits. Violette voyait des secrets et des conspirations partout. La plupart du temps, elle avait raison, mais il lui arrivait aussi de se tromper. C'était forcément le cas.

Le Tueur de dragons remonta la rangée à pas lents avec son air de circonstance, qu'il adoptait lors des cérémonies publiques.

– Ça alors ! fit-il en s'arrêtant au niveau de Liane. Bravo, les sentinailes ! Comment avez-vous fait pour recruter la fille la plus futée de Valor ? J'espère que tu n'as pas l'intention de te jeter dans la gueule des dragons comme ton paternel, jeune fille.

– Non, messire, répondit-elle sans toutefois pouvoir se retenir de sourire.

Il plaisantait, et sa blague n'était pas très fine – Liane n'était pas la fille la plus intelligente de Valor (puisque c'était Violette), mais ça lui faisait toujours chaud au cœur quand son père s'intéressait à elle.

– J'irai leur chercher des noises si besoin, affirma-t-il en tapotant son épée d'une main tout en lui posant l'autre sur l'épaule.

– Nous évitons en général de leur chercher des noises, messire, fit remarquer la commandante Rivière d'un ton poli mais néanmoins réprobateur.

Lichen lui jeta un regard mauvais.

– Très bien, répliqua-t-il. Mais c'est le job du Tueur de dragons, n'est-ce pas ? Vous, occupez-vous bien de ma petite fille.

– Papa ! fit Liane, gênée.

Là, c'était trop. Elle ne voulait pas de traitement de

faveur. Elle crut surprendre les regards qu'échangeaient les autres comme si son père était un nid de guêpes suspendu au-dessus de leurs têtes. Comme s'ils se demandaient s'ils pourraient lui faire confiance.

– Les sentinailes sont parmi les citoyens les plus importants de Valor! déclara Lichen en reculant pour toiser le groupe. Nous avons besoin de jeunes gens courageux comme vous pour surveiller les cieux, guetter nos ennemis. Vous nous protégez tous. Vous êtes en première ligne d'alerte et de défense. Tant que nous aurons des sentinailes, les dragons ne nous trouveront pas. Et si par malheur ça arrivait, je les tuerais tous pour nous sauver. Mais votre mission est importante aussi. Merci de vous dévouer pour nous! Portons un toast à votre bravoure et à vos yeux de lynx!

Liane leva le verre de cidre qu'on lui avait tendu. Elle ne pouvait chasser de son esprit l'image de son père fuyant à travers bois, paniqué par un simple battement d'ailes. Ce n'était pas la définition même du courage.

« Et si… s'il n'avait plus rien à faire à la tête de Valor? » Elle frissonna d'avoir osé formuler cette pensée.

À la fin de la cérémonie, quand tout le monde eut bien bu, mangé, discuté, alors que les gens commençaient à partir, Digitale la rejoignit et la serra dans ses bras.

– Tu as réussi, dit-elle. La petite canaille que j'ai connue il y a cinq ans est enfin une sentinaile.

– Il faut encore que je suive l'entraînement, répondit Liane.

– Pff!

Digitale balaya son objection d'un revers de main.

– Tu en sais déjà plus que certains de tes profs. D'ailleurs, surtout, n'écoute pas Rongeur. Il fait en sorte de toujours partir en mission la nuit et n'a jamais vu un seul dragon de sa vie.

– Quand va-t-on voir des dragons? questionna Liane. Demain? On peut partir en mission de surveillance demain?

Il fallait pour ça quitter la cité et grimper dans un arbre, ou s'installer dans un des rares endroits de Valor d'où on voyait le ciel. Liane serait ravie de fixer la grande étendue bleue toute la journée, à l'affût des dragons.

Avec Digitale, elle avait déjà vu dix dragons du désert, neuf des montagnes, deux des marais et un d'un violet surnaturel, sûrement dû au soleil qu'elles avaient dans les yeux. Elles n'avaient pas revu de dragon noir depuis leur rencontre, mais Liane les aimait tous.

«Et Digitale? Elle fait partie de la conspiration?» se demanda-t-elle soudain.

Brusquement, tout devint flou autour d'elle.

«C'est peut-être pour ça qu'elle est si gentille avec moi depuis le début? Pour se servir de moi afin d'espionner mon père?»

Ce fameux jour où elles l'avaient suivi ensemble prenait soudain un tout nouveau sens dans son esprit.

«Non, impossible. Elle m'apprécie pour ce que je suis. Je le sais.»

Liane aurait aimé retrouver son enthousiasme et son impatience du matin.

– On verra, Liane-qui-adore-les-dragons, lui répondit Digitale en souriant.

Elle hésita puis s'accroupit auprès d'elle.

– Écoute, il vaut mieux que la commandante ne sache pas que tu aimes les dragons, d'accord ? Elle a perdu beaucoup de proches dans l'incendie du village.

– Oh, fit Liane avec un soudain pincement de culpabilité, bien sûr. Je ferai attention. Désolée, je ne savais pas.

Elle n'avait même pas réalisé que Rivière était assez vieille pour avoir vécu au sein de l'ancien village. Ce qui signifiait également qu'elle avait connu Lichen avant qu'il devienne le Tueur de dragons.

Liane jeta un coup d'œil à la commandante, qui était coincée à écouter un des discours de son père.

Elle était très douée pour demeurer impassible, mais Liane était très douée pour sentir quand les gens sont en colère. Elle avait repéré la manière dont Rivière serrait son gobelet de cidre et les petites rides de tension au coin de ses yeux.

Que pensait-elle réellement du Tueur de dragons ?

Si Violette avait vu juste et que les sentinailes fomentaient une révolution, Rivière était-elle au courant ?

Était-elle à la tête du mouvement ?

« Je suis une sentinaile désormais, se dit-elle. Rivière est ma commandante. Mais papa… c'est mon papa. »

Il avait commis beaucoup d'erreurs, raconté beaucoup

de mensonges, mais il aimait sa fille à sa façon, et sa mère l'aimait et Liane l'aimait aussi, en tout cas la partie de lui qui était son père.

Si Violette et Jonquille obtenaient la preuve qu'une conspiration était en marche, que ferait-elle?

«Devrai-je choisir entre mes amies, mon rêve et les dragons… et ma famille?»

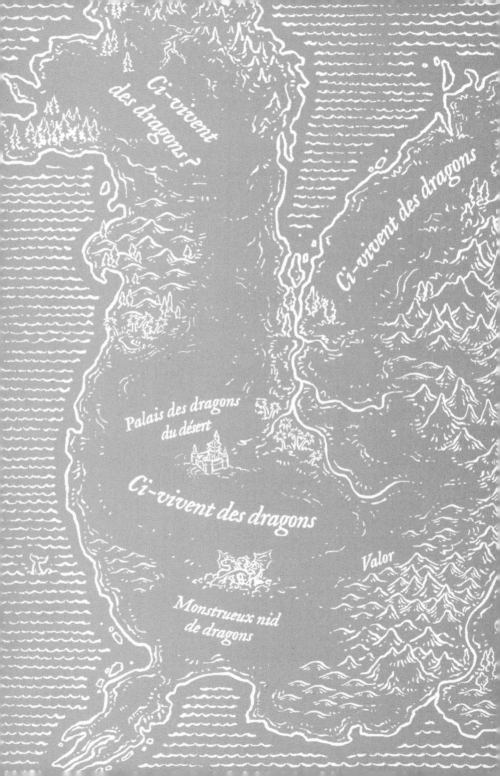

Ci-vivent
des dragons?

Ci-vivent des dragons

Palais des dragons
du désert

Ci-vivent des dragons

Valor

Monstrueux nid
de dragons

DEUXIÈME PARTIE

CHAPITRE 10

MÉSANGE

Après sept ans passés à voyager en compagnie de son dragon, Mésange pensait en savoir plus sur la géographie du monde que n'importe quel autre humain. Elle avait finalement abandonné les cartes inutiles que possédaient la plupart des gens pour élaborer la sienne. Elle était magnifique et extraordinairement détaillée. Cela n'aurait pas été possible sans Céleste qui survolait les environs pour lui décrire le littoral et lui donner des points de repère.

Après sa rencontre avec Invulnérable, ils avaient traversé les montagnes, en contournant à bonne distance Talisman et le palais des dragons. Ils étaient montés jusqu'au point le plus au nord de la péninsule et avaient découvert des villages cachés, où on vivait dans une relative sécurité, du moins comparé à ceux situés directement sous les ailes des dragons.

Cependant, ces villages humains n'intéressaient pas Mésange, sauf pour échanger ses vieux livres contre de nouveaux. Elle ne faisait pas confiance aux gens, surtout à ceux qui, en gloussant, lui demandaient où étaient ses parents et l'invitaient à manger. Elle ne restait pas plus d'une nuit à proximité et ne pénétrait jamais dans leurs habitations pour quelque raison que ce soit.

Une fois, à l'extrême nord du continent, ils avaient obliqué vers le sud et longé la côte, face à la grande baie et aux îles lointaines. Céleste adorait courir sur la plage, puis revenir au galop et s'ébrouer pour l'asperger de sable. Il aimait les bernard-l'ermite presque autant que les escargots et, quand il croisa son premier bébé tortue, il faillit s'évanouir de joie.

– Peut-être parce que tu aimerais avoir une carapace pour te cacher, toi aussi? suggéra Mésange.

Ils avaient développé une sorte de langage hybride humain-dragon, alternant entre les deux en fonction des mots qu'ils connaissaient dans chaque langue.

– ELLE EST TROOOP MIGNONNE, gazouilla Céleste, au bord des larmes.

Il s'allongea à côté de la tortue, le menton en appui sur ses pattes avant.

– Je craaaaaaaaaaque. Regarde sa minuscule tête, Mésange. Regarde ses papattes! C'est le petit animal le plus adorable et le plus chou de tout l'univers.

– Ne répète pas ça devant un escargot, le taquina Mésange. Il pourrait être jaloux.

Ils campèrent sur cette plage pendant des jours le temps que Céleste s'assure que le bébé tortue parvienne à l'océan, survive et ait une merveilleuse vie devant lui. Mésange avait gentiment décidé de ne pas lui apprendre que les dragons marins mangeaient les tortues, espérant que celle-ci leur échapperait.

Au loin, ils voyaient des dragons bleus ou verts surgir de l'eau ou plonger dans les vagues. À deux reprises, Mésange en aperçut un portant entre ses serres un requin qui se débattait. Du coup, elle resta plus près des arbres bordant la plage. Les dragons marins ne semblaient pas s'intéresser aux animaux terrestres, mais elle préférait pouvoir se cacher vite fait au cas où ils changeraient brusquement d'avis.

Comme le delta du fleuve et ses marécages étaient peu praticables et potentiellement remplis de dragons cachés dans la boue, Mésange suggéra de retourner dans les montagnes. Mais Céleste eut une idée géniale.

– Tu pourrais monter sur mon dos, proposa-t-il. Et je volerais AU-DESSUS des marais !

Mésange le dévisagea d'un air dubitatif. Ils traversaient une mangrove et, comme elle détestait ne pas voir ce qui rôdait dans l'eau, elle s'était assise sur une racine pour décider de ce qu'ils allaient faire. Céleste s'était perché dans un arbre à côté d'elle. Il était encore petit, comparé à tous les dragons qu'ils avaient vus, mais il faisait désormais plus de deux fois la taille de Mésange, et l'arbre penchait dangereusement sous son poids.

– Ce serait génial, répondit-elle, mais je ne suis pas sûre que tu sois assez grand.

Ce qui était une manière polie d'éviter de répondre : « Et tu es un piètre pilote. »

Toujours enjoué, Céleste avait très peu le sens de l'orientation et se laissait facilement distraire par les mouettes. Il avait tendance à oublier de battre des ailes et à tomber brutalement comme une pierre. Mésange craignait qu'il fonce dans un arbre alors qu'elle était sur son dos.

– Allez, grimpe ! proposa Céleste, plein d'entrain. On n'a qu'à essayer.

Il se rapprocha un peu, vacillant tandis que le tronc ployait de plus en plus.

– Bon… d'accord, soupira-t-elle.

Elle rêvait de ce moment depuis que Céleste avait réussi pour la première fois à sauter d'un rocher et à monter au lieu de descendre. Quand même, ce serait un comble d'avoir un dragon comme ami et de ne jamais voler sur son dos !

Elle se hissa prudemment sur Céleste, les jambes repliées au-dessus de ses ailes et les bras autour de son cou.

– C'est bizarre, commenta-t-elle. Avant, c'était l'inverse.

– Accroche-toi ! s'écria-t-il joyeusement avant de s'élancer dans les airs.

Cinq minutes plus tard, ils s'écrasaient dans les vagues. Mésange retourna sur la plage à la nage, en riant.

– Désolé ! gémit Céleste en s'ébrouant sur le sable. Désolé ! On réessaie ?

– Oui, oui, mais quand tu seras un peu plus grand.

Elle le serra fort dans ses bras.

– C'était incroyable.

Ils retournèrent donc dans les montagnes. Mais l'année suivante, Céleste avait beaucoup grandi et ils purent survoler les marécages pour découvrir la péninsule et les îles tout au bout du continent. Ils aperçurent également une autre ville humaine, aussi grande que la cité Indestructible et tout aussi susceptible de tirer des projectiles enflammés sur les dragons, si bien qu'ils filèrent sans demander leur reste.

Plus tard, ils suivirent la rivière de la cité Indestructible jusqu'à la côte sud et volèrent vers l'est, le long de la forêt tropicale, tandis que Mésange prenait des notes pour enrichir sa carte.

La forêt tropicale les intriguait, mais il s'en échappait des bruits étranges, et elle était si dense qu'ils auraient eu du mal à y pénétrer en volant. Alors finalement, Mésange coloria toute cette zone en vert foncé, marqua « ARBRES » et en resta là.

À force d'entraînement, Céleste était devenu un excellent pilote, selon Mésange, et il était toujours extrêmement prudent lorsqu'elle était sur son dos. La seule partie du continent qu'ils n'avaient pas encore explorée était le désert et la toundra arctique, plus au nord. Mais la simple vue des dunes de sable angoissait Mésange. Elle n'aimait pas l'idée d'être si exposée, de n'avoir nulle part où se cacher pour échapper aux autres… dragons ou humains.

Chaque fois qu'elle était à court de lectures ou avait besoin de nouveaux vêtements, ils retournaient dans leur vallée cachée et Céleste l'attendait pendant qu'elle s'aventurait vers la cité Indestructible. Là, Mésange grimpait à un arbre et surveillait la queue au pied de la falaise, plusieurs jours si nécessaire – jamais plus de deux –, jusqu'à ce que le prince Invulnérable apparaisse. Ensuite, elle descendait de son perchoir, lui donnait une nouvelle écaille de dragon et récupérait en échange tout ce dont elle avait besoin.

Un jour (Mésange estimait qu'elle devait avoir douze ans), Invulnérable l'invita à monter en ville pour visiter son château.

– Il est gigantesque, affirma-t-il, tout fier.

– *Miaou*, acquiesça Chat.

Même si Invulnérable dépassait légèrement Mésange désormais (ce qui ne lui plaisait pas du tout), son chat était encore beaucoup trop gros pour lui, mais il le portait toujours dans ses bras. Et Mésange refusait toujours de l'appeler Dragon.

– Tu vas être super impressionnée, ajouta-t-il en rejetant ses cheveux en arrière, dans un geste qu'il jugeait sûrement très sophistiqué.

Il les avait laissés pousser, s'était taillé les sourcils et portait une des écailles de Céleste sertie dans un gros anneau d'argent. Sa tunique était orange pâle, sans doute assortie à la bague.

– Bah, fit Mésange en haussant les épaules.

Elle prit un autre livre. Dans la file d'attente, ils avaient trouvé une famille possédant au moins dix livres qu'elle n'avait jamais vus auparavant ; comme elle ne pouvait pas tous les emporter, elle avait du mal à choisir.

– Une maison, c'est une maison. Juste un tas de murs.

– Mais des murs très HAUTS ! s'emporta-t-il. Sûrement bien plus que chez toi.

– Et donc ? fit-elle. Il y a bien trop de murs pour moi dans votre ville. J'ai le sentiment que si j'y montais, je ne pourrais jamais redescendre.

Elle pensa : « Et Céleste essaierait de venir me sauver, et ils lui tireraient dessus. »

– C'est idiot, répliqua le prince. Tu ne voudras plus repartir de toute façon, une fois que tu auras vu comme c'est grand et fantastique…

– Ah bon ? Et je serai adoptée par une grande famille riche ? Et j'aurai peut-être un collier pour que tout le monde sache que je leur appartiens ?

– Tu pourrais faire venir ta propre famille, dit-il, d'un ton qu'il voulait rusé, espérant lui soutirer des informations. Vous êtes combien ? Je pourrais dire à papa de te trouver une maison. Vous seriez heureux, non ? Tout le monde aimerait vivre ici et rares sont les élus, mais il m'écouterait. Oh, tu pourrais habiter à côté de chez moi ! Quoi qu'il en soit, je n'aime pas nos voisins ; ça ne me dérangerait pas de les faire expulser.

– Je ne veux pas vivre dans la cité Indestructible, décréta Mésange d'un ton ferme.

– Mais tu pourrais me voir tous les jours, fit-il valoir.

Elle haussa un sourcil.

– Qu'est-ce qui te fait penser que ce serait sympa ?

– Bah… parce que… je suis le… Tout le monde veut être ami avec moi ! lâcha-t-il.

– Si j'habitais à côté de chez toi, fit remarquer Mésange, je ne pourrais pas t'apporter d'écailles de dragon. Réfléchis : tu préfères avoir une amie qui a du mal à te supporter, ou récupérer encore plus d'écailles de dragon ?

– Tu ne comprends rien à rien, grogna-t-il.

– Je vais en prendre cinq, dit Mésange à la femme qui vendait les livres.

Elle se tourna vers Invulnérable.

– Achète les cinq autres, et tu me les apporteras quand je reviendrai.

– Quoi ? Tu veux que je les trimballe tous les jours au cas où tu débarquerais ? s'indigna-t-il.

– On sait tous les deux que tu ne passes pas par l'escalier, s'esclaffa Mésange. Tu as un joli petit panier. Je l'ai vu.

Une nacelle pour le transport de personnes avait été installée à côté de la plateforme de chargement de marchandises. Elle se demandait combien de gens l'utilisaient en dehors du prince – et s'il descendait souvent dans l'espoir de la trouver au pied de la falaise.

Alors qu'elle mettait ses nouveaux livres dans le sac à dos qu'elle venait d'acquérir, l'air détaché, elle fut contente de voir Invulnérable acheter les cinq autres et les confier à son garde du corps.

– Alors, quand est-ce que tu reviens ? la questionna-t-il en la suivant tandis qu'elle remontait la file d'attente.

– Je ne sais pas, répondit-elle, comme toujours. Mais nous survivrons tous les deux d'ici là.

– Y a intérêt, murmura-t-il.

Mésange se tourna vers la rivière et fut extrêmement surprise lorsqu'il la prit par la main. Elle lui lança un regard qui suffit à le convaincre de la lâcher immédiatement.

– Je voulais juste te dire, débita-t-il d'un seul trait, que je suis très fâché que tu ne viennes pas voir mon château. Mais… Mais j'espère que tu reviendras bientôt parce que, avec toi, on ne s'ennuie pas. Ne pars pas une année entière cette fois.

– Il s'est écoulé un an depuis la dernière fois ? s'étonna Mésange. Bon, bah… on verra.

Comme Invulnérable avait l'air un peu peiné, elle ajouta :

– Tu es plutôt intéressant, toi aussi. Sans doute le deuxième ami le plus intéressant que j'aie.

La remarque sembla lui remonter le moral, aussi se garda-t-elle de préciser qu'elle n'avait que deux amis et qu'il avait peiné à entrer dans cette catégorie.

Elle regretta cependant de lui avoir dit cela lorsque, deux ans plus tard, il la demanda en mariage.

CHAPITRE 11

FEUILLE

Feuille étala le plan sur la table et Cranberry se pencha dessus en étouffant un petit cri, impressionnée.

– Tu as réussi, Feuille ! s'exclama Bosquet. C'est incroyable.

– Tu as un sacré cran, gamin, commenta Thym.

Il lui avait fallu des mois pour copier le plan et dessiner soigneusement tous les détails alors que son cœur battait à tout rompre et que le moindre bruit le faisait tressaillir, craignant le retour de maître Truite.

– C'est vraiment le palais des dragons des montagnes ? fit Champignon, pas convaincu. Comment tu le sais ? C'est quoi, ce truc ?

Il désigna une tache dans le coin supérieur gauche.

– Et ça ? « Prison » ? On ne dirait pas une prison. Plutôt une rangée de colonnes.

– Je viens de le copier, répliqua Feuille. Reste à espérer

que celui qui a réalisé le plan à la base – et ceux qui y ont ajouté des détails – savaient ce qu'ils faisaient.

Tout le monde hocha la tête, sauf Champignon qui renifla, sceptique.

– Ça change la donne, Feuille, déclara Cerise. C'était risqué, mais désormais notre plan pourrait réellement fonctionner.

Il lui sourit. Il avait beau être grand pour ses quinze ans, elle était toujours plus grande que lui.

– Je l'ai fait pour Mésange, affirma-t-il.

Les yeux de sa sœur brillèrent d'un mélange de tristesse et d'autre chose, et elle les détourna rapidement.

– Je ne sais pas, grommela Champignon. Si ce croquis est exact, ne serait-ce que vaguement, ça signifie que notre plan est complètement idiot. Regardez tous les niveaux ! Où est le trésor ?

– D'après les notes, la majeure partie se trouve ici, expliqua Feuille en désignant deux pièces proches du centre du palais. Mais on ignore de quand date le plan ; les dragons ont pu le déplacer.

Champignon leva les yeux au ciel.

– Super… Nous allons donc nous introduire dans un palais rempli de dragons en nous basant sur la copie gribouillée par un gamin d'un plan antique et peu fiable qui pourrait être un fantasme total.

– Bon sang, ouais ! Moi, je vais le faire. Je n'ai pas peur, annonça Thym en lançant un clin d'œil effronté à son frère, ce qui n'était pas une bonne idée, bien évidemment.

Champignon fronça les sourcils et sortit de la pièce en marmonnant entre ses dents.

– Merci, Feuille, dit Bosquet en lui posant la main sur l'épaule. Retourne chez Truite. On va étudier tout ça avant de prendre notre décision.

Deux jours plus tard, Cerise se présenta au portail du jardin de maître Truite en milieu de journée, ce qui n'arrivait jamais. Et Feuille n'avait jamais vu non plus cette expression sur son visage – comme si elle s'efforçait de ne pas paniquer, et qu'en même temps elle mourait d'envie de poignarder quelqu'un.

– Euh, fit-il en lançant un regard à l'autre apprenti, qui était hors de portée de voix (il l'espérait), en train d'entretenir les parterres de fleurs à l'entrée de la maison. Salut ?

– Feuille, murmura Cerise en saisissant les montants du portail avant de s'accroupir pour lui parler entre les planches, on a un problème.

Son frère fit exprès de renverser son panier de haricots près de la clôture et s'agenouilla pour les ramasser.

– Qu'est-ce qui ne va pas ? chuchota-t-il.

Maître Truite était à l'intérieur, mais il pouvait les espionner à travers les rideaux poussiéreux.

Cerise se tordit nerveusement les mains.

– Le plan… Le croquis, peu importe. C'est fichu…

Pour le coup, Feuille renversa vraiment son panier.

– Quoi ? Qu'est-ce que tu veux dire ? Tu l'as déchiré ? On ne peut pas le recoller ?

– Non, c'est vraiment fichu, insista-t-elle. Je veux dire…
il a disparu. Genre… il a été volé.

Feuille se glaça, comme si on avait plaqué des écailles
de poisson sur sa peau.

– Par qui ? Les dragomanciens ? Ils ont découvert ce que
j'ai fait ?

Cerise secoua la tête.

– Non, il était bien caché. C'est forcément l'un d'entre
nous.

Elle hésita.

– Et le seul qui manque… c'est Champignon.

– Comment ça ?

Quelque chose de grave était arrivé, mais Feuille ne
comprenait pas quoi. Pourquoi Champignon aurait-il
volé une carte qu'ils devaient utiliser tous ensemble ? Où
était-il passé ?

– On pense qu'il est parti au palais des dragons, déclara
Cerise. Pour voler le trésor et le garder pour lui.

– Champignon ? s'étonna Feuille. Mais il va tout faire
rater ! Surtout tout seul !

– Je sais ! soupira sa sœur.

– Qu'est-ce qu'on fait ? À quelle distance se trouve le
palais des dragons ? Il a une bonne longueur d'avance…
Tu crois qu'on peut le rattraper ?

Une voix nasillarde les interrompit :

– Rattraper qui ?

Cerise grimaça, puis jeta un regard par-dessus son
épaule tandis que Feuille se relevait lentement. Deux

dragomanciens les avaient rejoints sans bruit et se tenaient maintenant sur le chemin, derrière elle.

La femme, Pie, était grande et maigre. Ses cheveux gris se dressaient sur sa tête en forme de champignon véné- neux et de profondes rides réprobatrices encadraient sa bouche. Elle parlait d'un ton péremptoire comme si seule son opinion comptait et concluait chaque phrase en répé- tant plus fort ses derniers mots, pour mieux les imprimer dans l'esprit de ses interlocuteurs.

Quant à Gorge, un homme au visage de lézard, à la peau répugnante et aux cheveux gras, il était incapable ne serait-ce que d'esquisser un sourire. Il arborait une expression à la fois sournoise, méfiante et malveillante, comme s'il savait très bien que les autres avaient envie de le frapper mais se retenaient à cause de sa position de dragomancien.

– Oui, les enfants, fit-il, de qui parliez-vous ?

– De personne…, répondit Feuille alors que Cerise déclarait :

– D'un ami… Il est parti à la chasse, s'empressa-t-elle d'ajouter. Tout seul. Et comme il est assez maladroit, on s'inquiète un peu pour lui. Mais rien de grave.

– Ce n'est pas une bonne idée de mentir à un drago- mancien, affirma Pie. C'est même une TRÈS MAUVAISE idée. Je suis sûre que tu ne commettrais pas cette erreur, apprenti, fit-elle en fixant Feuille. Et pendant que tu te demandes ce que tu vas nous raconter, je vais généreuse- ment préciser que nous avons saisi les mots « palais des dragons ». Je te conseille donc de ne pas omettre ce détail dans ton récit.

Feuille savait qu'elle leur laissait une chance et qu'un nouveau mensonge aurait de terribles conséquences. Mais il ignorait ce qu'ils avaient entendu d'autre. Étaient-ils au courant pour le plan ? Il fallait bien qu'il donne une version plausible… mais sans dévoiler toute la vérité.

– Nous pensons que notre ami Champignon est parti au palais des dragons, avoua-t-il d'un ton hésitant. Il… Il parlait depuis longtemps de leur voler leur trésor, donc il veut sans doute passer à l'action.

– Alors même que nous l'avons formellement interdit ? s'étonna Gorge. Quel idiot.

Pie fronça les sourcils avec un claquement de langue.

– Cela risque d'être un désastre, siffla-t-elle.

– Je sais, acquiesça Cerise. Il va probablement se faire dévorer…

– Bien pire que ça ! Si les dragons l'attrapent, ils peuvent décider de punir tout le village. Et demain à cette heure, nous aurons tous péri dans les FLAMMES !

– Mais peut-être, hasarda Gorge d'un ton rusé, que quelqu'un pourrait intervenir…

– On peut l'arrêter, affirma Cerise. Partir maintenant et l'intercepter avant qu'il atteigne le palais.

Feuille se demanda ce que sa sœur pensait réellement sous son air déterminé et serviable. Que feraient-ils s'ils parvenaient à stopper Champignon et à reprendre la carte ? Il avait l'intuition que Cerise, Bosquet et Thym voudraient quand même tenter de s'introduire dans le palais. Mais les conséquences pour le village seraient-elles aussi terribles que Pie le prédisait ?

« Pas si je tue les dragons d'abord ! » lui souffla son cœur.

– Ça fait bien longtemps qu'on n'a pas récupéré un peu du trésor des dragons, remarqua Gorge de sa voix de vipère, en se frottant les mains. Avec tous ces apprentis faiblards et empotés qui se sont fait manger avant d'avoir atteint leur but.

Dans la tête de Feuille, Mésange murmura d'un ton méprisant : « Des trafiquants de trésor, voilà ce qu'ils sont. Ils veulent plus de richesses, plus de pouvoir. Ils se moquent bien du village.

– Ils auraient envoyé les anciens apprentis en quête de trésors ? réfléchit Feuille. Ce serait pour cela qu'aucun d'eux n'a survécu assez longtemps pour rejoindre les rangs des dragomanciens ? »

– C'est vrai, déclara Pie. Ce serait très enrichissant pour tout le monde si certains revenaient avec de l'or et des joyaux et les partageaient avec les bonnes personnes. Mais si l'expédition se soldait par un échec, ce serait dommage… tellement dommage.

– Certes, approuva Gorge. Si nos intrépides explorateurs pénétraient dans le palais mais ne revenaient pas nous rapporter de trésor…

– J'imagine que les dragons réclameraient un sacrifice, enchaîna Pie. Un gros sacrifice.

– Attendez ! les interrompit Feuille. Vous voulez

vraiment qu'on vole leur trésor, alors que vous nous l'avez interdit?

« Des dragomanciens hypocrites? commenta Mésange. Comme c'est étonnant. Je suis choquée! »

– Du calme, fit Pie. C'est votre ami qui a eu l'idée. Tout est sa faute. On en subit tous les conséquences. Je ne vois qu'une seule issue heureuse possible...

– On peut rattraper Champignon si vous nous laissez partir tout de suite, s'empressa de proposer Cerise. Avant même qu'il atteigne le palais.

Gorge secoua la tête.

– Non, non, non! Si vous faites tout le chemin, autant en profiter pour pénétrer dans le palais, voler quelque chose et nous le rapporter. Sinon, je crains qu'un terrible malheur n'arrive.

– Oui, ils veulent un étranger, cette fois, fit Pie d'une voix lointaine.

Elle avait les yeux dans le vide, comme si elle voyait une autre réalité que le monde qui entourait Cerise et Feuille.

– Oui, ils veulent l'étranger qui a mis le village en danger. Quelqu'un qui pose trop de questions. Cette personne a suscité le courroux des dragons... oui, leur COURROUX!

« Elle fait référence à Bosquet, réalisa Feuille. Mais elle ne veut quand même pas... Ce n'est pas possible. »

– Qu'est-ce que vous entendez par « sacrifice »? demanda-t-il. Vous voulez qu'il tue une de ses chèvres?

– C'était quand la dernière fois? murmura la dragomancienne en effleurant d'un doigt squelettique la joue du jeune apprenti qui se raidit, horrifié. Je m'en souviens comme si c'était hier… et toi aussi, n'est-ce pas, ma chérie ? ajouta-t-elle en se tournant vers Cerise.

– On va rattraper Champignon, répéta celle-ci, couvrant ses derniers mots. Et vous rapporter tous les trésors que vous voulez. Partons sur-le-champ !

– Mmm, fit Gorge. Mieux vaudrait qu'on ait notre sacrifice sous la main, au cas où.

Il fit signe à l'autre apprenti qui observait la scène depuis son massif de fleurs, l'air de rien. Têtard s'approcha avec méfiance.

– Va chercher le jeune Bosquet et enferme-le au grand conseil de dragomancie. Prends quelques hommes de la garde du village si tu penses avoir besoin d'aide. On te rejoint bientôt.

– Oui, messire, acquiesça Têtard avec force courbettes avant de filer.

– Non, vous n'avez pas à faire ça ! gémit Cerise, au désespoir.

– Si, à cause de l'avidité du jeune Champignon, c'est maintenant une obligation, la corrigea Pie. Bosquet va rester avec nous pendant que vous partirez sur les traces de votre ami. Vous n'avez qu'à revenir avec de jolis trésors et… tout rentrera dans l'ordre.

Tandis que les deux dragomanciens tournaient les talons, Cerise demeura pétrifiée, comme prise dans une toile d'araignée.

Puis elle se secoua.

– Il faut qu'on parte tout de suite. Tu as besoin de prendre des affaires ? demanda-t-elle en désignant la maison de maître Truite du menton.

Feuille aurait aimé se ruer à l'intérieur, arracher le plan du mur et filer, mais c'était impossible.

– Non, rien, dit-il avant d'enjamber la clôture. Donne-moi une épée et je suis prêt.

Il n'avait pas l'intention de remettre les pieds chez maître Truite. Quoi qu'il arrive au palais, qu'il tue dix dragons ou un seul, il ne reprendrait pas sa misérable existence d'apprenti dragomancien. Sa vie de tueur de dragons allait commencer !

Ils firent un détour par les bois pour éviter de croiser des habitants. En arrivant devant l'école, ils virent Cranberry et Thym, l'air complètement désemparés.

– Cerise ! s'écria Cranberry. Un groupe de villageois vient d'emmener Bosquet… On ne sait pas pourquoi. Attends… tu es au courant ? Qu'est-ce qui s'est passé ? questionna-t-elle en voyant la tête de son amie.

– Pie et Gorge ont appris que Champignon était parti en quête du trésor des dragons, expliqua Cerise. On doit le suivre et revenir avec des richesses… sinon ils sacrifie-ront Bosquet.

Feuille en resta interdit. Il essayait de se persuader depuis tout à l'heure qu'il avait mal compris, que ce n'était pas possible, que Pie et Gorge voulaient juste tuer des chèvres.

– Tu crois vraiment que c'est ce qu'ils ont voulu dire ?

s'écria-t-il. Mais personne ne les laissera passer à l'acte ! On ne fait pas de sacrifices humains !

– Non, bien sûr que non, s'empressa de répondre Cranberry.

Mais Cerise était livide, comme si elle était convaincue que les dragomanciens en seraient bien capables.

– Je sais juste qu'ils détiennent Bosquet et qu'il ne sera sorti d'affaire que quand on reviendra les payer.

– Alors, allons-y ! décréta Feuille.

Quel que soit le projet des dragomanciens, il fallait tout de même rattraper Champignon et récupérer la carte.

– Cranberry, il me faut une épée !

La jeune femme le conduisit à leur réserve secrète d'armes et lui tendit une épée dans son fourreau, qu'il attacha sur son dos. Il glissa deux poignards dans ses bottes puis, prenant la tête du groupe, il s'engagea dans la forêt.

Il savait que les autres le suivraient même s'il avait dix ans de moins qu'eux. L'avantage d'avoir risqué sa vie pour copier le plan, c'était que celui-ci était désormais gravé dans son esprit. Il n'aimait pas beaucoup devoir se fier à ses souvenirs, pourtant il était assez confiant ; tout était frais dans sa mémoire : chaque ligne, chaque mot, chaque symbole péniblement retracé. Il savait que le palais des dragons se situait au nord du village, près de la source de la rivière. Le plus simple serait donc d'en remonter le cours. Mais il n'était pas sûr que Champignon y penserait. Agir de façon logique et raisonnable n'était visiblement pas son fort.

Ils montèrent vers le nord toute la journée et la moitié de la nuit pour ne s'arrêter que lorsque Thym s'écroula, en déclarant qu'il n'irait pas plus loin sans dormir. Feuille proposa de prendre le premier tour de garde. Il en profita pour escalader arbres et rochers afin de scruter les environs et de repérer un feu de camp qui signalerait la présence de Champignon. Mais rien, aucune trace de lui nulle part.

Il en fut de même le deuxième jour et le troisième. Ils longèrent la crête des montagnes, gardant la rivière en vue, avec au-dessus d'eux les sommets pointés vers le ciel telles des griffes. Des dragons couleur de flammes survolaient les environs jour et nuit : ils surgissaient des nuages ou fondaient soudainement sur un pic, les forçant à se mettre à couvert.

Ils trouvèrent un filet de pêche abandonné. Et plusieurs feux de camp éteints, mais aucun ne semblait assez récent pour avoir été allumé par Champignon. Il était introuvable.

Le quatrième jour, ils débouchèrent de la forêt sur un promontoire rocheux et l'aperçurent enfin : le palais des dragons des montagnes.

Pendant tout le trajet, Feuille était plein d'énergie, mû par l'adrénaline. Mais en se retrouvant là, à plat ventre sur la pierre, à contempler le palais, il eut peur pour la première fois.

Ce bâtiment était tellement immense… Il s'en doutait, il avait vu l'échelle du plan, mais il n'en avait pas pleinement pris conscience auparavant. Comme tombé du ciel, le palais occupait la majeure partie du versant montagneux. Ses tours semblaient jaillir de la pierre gris-noir ; chaque parapet rocheux était une entrée vers des grottes creusées à flanc de montagne. Même de là où ils étaient, ils percevaient la chaleur qui s'en échappait et sentaient la fumée qui flottait en volutes nuageuses.

Mais surtout, il y avait un détail qu'il n'avait pas anticipé : le palais grouillait de dragons.

Jamais Feuille n'aurait imaginé qu'il en existait autant dans le monde. De son point d'observation, il en comptait davantage qu'il n'y avait d'habitants dans tout Talisman. C'était plus qu'un village, c'était une ville de dragons.

Ils s'affairaient ici et là, construisant de nouvelles ailes au palais ou réparant des tours effondrées. Ils volaient de parapet en parapet ; ils fendaient le ciel à tire-d'aile pour laisser tomber les corps d'autres dragons dans le ravin fumant bordant les bâtiments. Ils étaient perchés en haut des murailles, leurs ailes déployées au soleil.

Comment pouvait-il y avoir autant de dragons réunis ?

Malgré ses années d'entraînement, Feuille se sentait aussi petit qu'une fourmi. Une fourmi qui rêvait de tuer toute une ville de dragons. Il repéra la prison qui figurait sur le plan : ses hautes colonnes se dressaient sur le côté, autour d'une sorte d'arène. Il distinguait des dragons de différentes couleurs scintillant au sommet de chaque colonne, reliés par une sorte de chaîne. Il ignorait comment une prison de ce genre pouvait retenir des dragons – mais il n'avait pas vraiment envie de le savoir.

– Ah ouaaais, quand même, souffla Thym à sa droite.

– Ouaip, murmura Cranberry à sa gauche. Genre, vous ne pourriez pas être un peu plus impressionnants, les dragons?

Cerise laissa échapper un rire nerveux.

– Tu te rappelles où se trouvent les entrées, Feuille?

Il prit une profonde inspiration, se remémorant le plan. Il n'y avait pas d'ouvertures au niveau du sol, car les dragons arrivaient généralement du ciel. Le petit groupe devrait donc gravir la moitié du versant – avec des dragons volant tout autour d'eux – pour atteindre le point d'accès le plus bas, c'est-à-dire une descente de vide-ordures – qui sur le plan portait la mention : «Pas la meilleure option.»

Il serait peut-être plus facile (et moins éprouvant pour leur odorat) de passer par l'arène de la prison, dont l'entrée était assez basse… mais à la vue de tous les dragons prisonniers et de leurs gardes.

Feuille étudia le palais pour le faire coïncider avec le plan qu'il avait en tête. Si la prison était là et que ces deux tours étaient là, alors le vide-ordures devrait être…

Il tendit la main par-dessus Cranberry pour saisir le bras de Cerise.

– Regarde! souffla-t-il, surexcité.

Elle se redressa sur un coude, une main en visière.

Non loin de la trappe du vide-ordures, une petite silhouette grimpait le flanc de la montagne. Ses vêtements gris se fondaient avec les rochers et la fumée, et elle progressait à pas lents, rampant dans l'ombre. Feuille ne savait pas si c'était parce que la personne était prudente, ou bien lente et fatiguée.

– Oh non, murmura Thym. Champignon…

– Il a dû voler la carte bien avant qu'on s'en rende compte, supposa Cranberry. Il avait plus d'avance qu'on ne le pensait.

– Qu'est-ce qu'on fait maintenant ? demanda Feuille. Il est trop tard pour l'arrêter, n'est-ce pas ?

Cerise ne répondit pas. Ils regardèrent en silence la silhouette grimper de plus en plus haut, puis finalement, avec une lenteur atroce, se hisser dans le vide-ordures et disparaître à l'intérieur du palais.

– Bon ben, on n'a plus qu'à attendre, soupira finalement Cerise. Soit il s'en sort vivant, soit non…

– Et dans ce cas, il pourrait avoir besoin de notre aide pour s'enfuir, compléta Thym.

Feuille ne le dit pas, mais tout le monde devait penser la même chose : il n'y avait aucune chance pour qu'un humain entre dans ce palais et en ressorte vivant. Le plan l'aiderait, néanmoins les dragons possédaient un avantage indéniable.

Cela ne signifiait pas pour autant que Feuille ne voulait pas essayer. Il aurait aimé avoir son plan, mais il entrerait dans ce palais, d'une manière ou d'une autre. Il le fallait.

Il tuerait au moins un dragon pour venger Mésange, même si ça le condamnait à une mort certaine.

CHAPITRE 12

LIANE

– Tout ce que vous avez à faire, c'est scruter le ciel, répéta Digitale pour la centième fois. Vous restez ici, vous ne bougez pas. Si vous voyez un dragon, efforcez-vous de mémoriser un maximum de détails pour nous faire votre rapport plus tard, quand on reviendra vous chercher. Surtout ne quittez pas cet arbre toutes seules !

– C'est bon ! On a compris ! s'esclaffa Jonquille. On ne bouge pas.

– Promis, ajouta Liane en s'accrochant à la branche du dessus.

– Violette ? fit Digitale d'un ton sévère.

– Promis !

Violette leva les yeux au ciel et grimpa un peu plus haut.

– Si vous faites la moindre bêtise, la commandante Rivière ne laissera plus jamais les recrues de quatorze ans sortir seules. L'avenir des prochains ados pénibles est entre vos mains, déclara la sentinaile.

– Nous en sommes bien conscientes, affirma Jonquille d'un ton sirupeux.

– On sera là où tu nous as laissées quand tu reviendras, assura Liane.

Digitale émit un « mmm » méfiant avant de redescendre. Écureuil et deux autres camarades l'attendaient au pied de l'arbre pour escorter une équipe de cueillette. Les sentinailes guettaient les dragons pendant que les habitants ramassaient les fruits, les aidaient à se cacher si nécessaire puis les raccompagnaient dans les grottes sains et saufs.

« C'est la mission des sentinailes, se dit Liane en les regardant s'éloigner. Protéger et étudier. Pas faire la révolution. Malgré ce que Violette s'imagine. »

Durant leur première année d'entraînement, elle n'avait rien remarqué qui lui fasse soupçonner qu'une conspiration secrète était à l'œuvre. Mais il faut dire qu'elle était bien la dernière à qui l'on confierait ce genre d'information.

Aujourd'hui, Liane, Violette et Jonquille étaient en mission de surveillance. Officiellement, c'était la troisième fois, mais la première qu'elles resteraient seules. Liane s'était beaucoup entraînée avec Digitale mais la plupart des sentinailes l'ignoraient, elle devait donc faire comme si c'était une expérience nouvelle et palpitante.

Enfin, elle n'avait pas à beaucoup se forcer parce qu'elle trouvait toujours cela palpitant. Elle laissait derrière elle tous les soucis de sa vie souterraine quand elle guettait les dragons.

Violette avait aperçu un dragon du désert, une fois, lors d'une sortie secrète en compagnie de Liane et de Digitale, mais Jonquille n'en avait encore jamais vu, ce qui l'agaçait grandement.

Liane s'adossa au tronc pour contempler le ciel bleu.

– Bon, fit Violette dès que les adultes furent hors de portée de voix, je n'ai rien appris de nouveau. Et vous ?

– Non plus, admit Jonquille. J'avoue, j'avais un peu oublié qu'on était censées enquêter.

Violette poussa un soupir appuyé.

– Liane ?

– J'ai de nouveau interrogé ma mère au sujet de mon oncle Caillou. Mais elle m'a encore répondu que j'étais trop jeune pour comprendre.

– Par tous les dragons ! s'écria Violette. Ce doit être un secret sacrément terrible pour qu'elle ne puisse pas le confier à une fille de quatorze ans.

– Je ne crois pas que ce soit une question d'âge, avança Jonquille. Selon moi, c'est parce que c'est Liane et que sa mère tient à ce qu'elle reste dans l'ignorance.

Liane n'avait rien à répondre à cela. Sans Violette et Jonquille pour tout lui expliquer, elle ignorerait encore tant de choses…

– Je n'ai pas… hum… essayé de creuser l'autre secret. Personne ne voudra aborder le sujet devant moi, de toute façon.

« Et peut-être que je préfère ça. »

– Personne ne devrait aborder le sujet, point, affirma Jonquille. C'est trop dangereux !

– C'est toi qui étais complètement désespérée quand Pin a été banni, lui rappela Violette. Je fais ça pour toi.

– Tu ne comprends rien à l'amour, Violette, protesta son amie. Et tu ne fais pas ça pour moi du tout, tu le fais parce que tu es curieuse et que tu ne supportes pas que quoi que ce soit t'échappe.

– Quoi que ce soit d'important, précisa Violette. Pourtant, j'aurais cru que ça te tenterait, cette histoire de révolution. Vu ta fascination pour le chaos.

– Je ne suis pas fascinée par le chaos ni par les révolutions. Je suis fascinée par ta bêtise ! Tu n'as aucune certitude que toutes les sentinailes fassent partie de ce prétendu complot. Si tu dis un mot de travers à la mauvaise personne, tu risques d'être accusée de trahison et bannie. Bon, en même temps, ce serait plus calme, on serait tranquilles, alors vas-y, continue à fouiner.

Liane se mit à rire. Dehors, avec le vent dans ses cheveux, les feuilles qui bruissaient autour d'elle, les dragons dans le ciel, et même avec ses amies qui se chamaillaient à propos d'une terrible conspiration, elle était aux anges.

Ça lui faisait toujours bizarre de voir Jonquille sans une touche de jaune dans sa tenue et Violette courir à travers bois en sautant par-dessus les troncs couchés, et non le nez dans un livre. Mais bizarre dans un sens positif. Liane était tellement heureuse de se retrouver dehors, dans ce merveilleux monde ensoleillé, avec elles.

Et même si elles discutaient d'un complot contre son père, aujourd'hui... ça lui semblait si irréel! Difficile de croire que les gens se haïssaient à ce point sous ce ciel bleu, entourée par tous ces arbres, avec ces nuages bordés d'or au-dessus de la tête.

Et justement, au milieu de ces nuages...

– Hé, souffla-t-elle. Vous avez vu?

Il était tellement haut qu'elle n'était même pas sûre que ce soit un dragon... sauf que ça ne pouvait être que ça. Les plumes des oiseaux n'étincelaient pas ainsi, il n'y en avait pas d'aussi gros, ni de la couleur d'un diamant...

Jonquille inspira profondément et vint s'installer sur la branche à côté de Liane, posant sa tête sur son épaule pour regarder dans la même direction.

– Jonquille! la houspilla Violette. On n'est pas censées bouger quand on est en mission de surveillance!

– Violette! répliqua-t-elle sur le même ton. On n'est pas censées RÂLER EN PERMANENCE quand on est en mission de surveillance!

Violette renifla d'agacement avant de mettre sa main en visière pour étudier la silhouette au loin.

– C'est vrai, t'as pas le droit de bouger en principe, glissa Liane à l'oreille de Jonquille.

– Chut! souffla-t-elle en serrant fort sa main dans la sienne. Mon premier dragon!

Liane comprenait ce qu'elle ressentait. Ça lui arrivait

encore, ce frisson d'exaltation, chaque fois qu'elle en voyait un.

Le dragon décrivit un cercle dans les airs, descendant de plus en plus bas. Il volait bizarrement, par à-coups. Il tanguait brusquement et battait frénétiquement des ailes pour se rétablir. Il n'arrêtait pas de s'ébrouer comme un gros chien mouillé qui veut se sécher.

– Ça alors, je les imaginais un peu plus gracieux, marmonna Jonquille.

– Je pense qu'il a un problème, chuchota Liane.

– Arrêtez de discuter sans moi! siffla Violette, perchée plus haut.

– Silence, la coupa Jonquille d'un air hautain.

À mesure que le dragon approchait, Liane sentit l'excitation la gagner. C'était la première fois qu'elle en voyait un de ce genre.

Il avait les écailles d'un blanc pur comme la neige des hauts sommets, scintillantes comme du verre pilé. Une tête fine et le dos hérissé de longs pics acérés, qui ornaient également l'extrémité de sa queue en un bouquet mortel.

– Par toutes les étoiles, souffla Liane en se rappelant l'illustration du *Guide*, je crois bien que c'est un dragon des glaces.

– Il brille tellement, murmura Jonquille.

– Mais pourquoi il vole bizarrement? s'étonna Violette. Il veut se poser?

Le dragon des glaces s'ébroua à nouveau puis plongea vers la forêt, chutant comme une comète qui s'abat sur la terre. Jonquille agrippa le bras de Liane et celle-ci se cramponna à sa branche, s'efforçant de rester aussi immobile que possible. Le *Guide des sentinailes* précisait que les dragons des glaces avaient une vue encore plus perçante que leurs congénères. Même blessé, celui-là était sans doute encore capable de les arracher de leur arbre pour les dévorer s'il les apercevait.

Il s'écrasa dans la forêt à quelques centaines de mètres d'elles, emportant les branches sur son passage et disparaissant hors de leur vue.

– Misère, chuchota Jonquille.

– On va voir comment il va ? suggéra son amie.

– Violette ! s'emporta Liane. Digitale nous a ordonné de ne pas bouger de cet arbre. Elle n'a jamais parlé d'aller secourir un dragon blessé !

– Oui, mais réfléchis, si tu t'approchais tout près, tu pourrais mieux le dessiner !

– Violette a raison, allons-y ! renchérit Jonquille.

– Comment se fait-il que, pour une fois que vous êtes d'accord toutes les deux, ce soit sur la pire idée du siècle ? gémit Liane. Non. On a promis à Digitale. J'ai envie de le voir de près moi aussi, mais on ne peut pas désobéir, sinon ils nous enfermeront pour les deux prochaines années. Peut-être même plus !

Alors qu'elle commençait à être à court d'arguments, elle fut sauvée par des pas résonnant dans la forêt. Les trois filles se figèrent, tendant l'oreille, et virent Écureuil se poster au pied de l'arbre.

– Ah, ouf! s'exclama-t-il en les voyant. On a vu un dragon se poser dans le coin, alors Digitale m'a envoyé vérifier que vous alliez bien.

– Ou plutôt s'assurer qu'on n'avait pas bougé, non? répliqua Violette.

– Les deux, avoua-t-il en souriant.

– On n'avait pas l'intention d'aller où que ce soit, assura Jonquille d'un air innocent.

– On n'aurait pas osé, renchérit Violette.

– Liane voulait mais on a refusé, ajouta Jonquille.

Liane lui flanqua une tape avant d'exploser de rire.

– Je vais rester là pour vous tenir compagnie, annonça Écureuil. Pas parce qu'on ne vous fait pas confiance, mais parce qu'on a été de jeunes sentinailes, nous aussi.

Violette soupira.

– Il doit être blessé, supposa Liane. Il volait bizarrement et il a atterri précipitamment.

– Digitale va, en restant très prudente, aller jeter un coup d'œil, l'informa le garçon. Elle nous tiendra au courant.

– Attendez! s'écria Violette en se penchant en avant. Vous avez entendu?

Ils se turent tous un instant.

Des craquements, un souffle haletant… en provenance de l'endroit où le dragon s'était écrasé. Pas assez fort pour que ce soit un dragon, certes… mais le boucan venait dans leur direction.

Furtivement, Écureuil se hissa dans l'arbre. Il s'installa

sur la branche juste en dessous de celle de Liane, scrutant la forêt en direction du bruit.

Quelque chose fonçait à travers les buissons, cassant des branches sur son passage et ébranlant les feuillages. Quelque chose qui déboucha en titubant dans la clairière, respirant bruyamment. Ce quelque chose s'arrêta et s'affala par terre, l'herbe s'écrasant sous son poids.

Sauf qu'ils ne pouvaient pas voir ce que c'était. Ils distinguaient juste la végétation qui bougeait tout autour, dessinant les contours d'une lourde silhouette en dessous d'eux. Ils l'entendaient haleter, peinant à reprendre son souffle. Comme l'aurait fait un humain.

Mais pourquoi donc ne pouvaient-ils pas le voir ?

Jonquille détacha délicatement une pomme de pin d'une branche voisine. Et avant que Liane comprenne ce qu'elle avait l'intention de faire, son amie se pencha en avant et lança son projectile pile au milieu du carré d'herbe aplatie.

Le quelque chose laissa échapper un cri – un cri très humain –, puis il y eut d'autres craquements-bruissements.

– Oh, grâce aux lunes ! s'écria une voix on ne peut plus humaine. Des sentinailes !

La silhouette sembla s'affaler à nouveau dans l'herbe.

– Halte ! ordonna sèchement Écureuil. Qui va là ?

– Vous ne…

Il y eut un silence.

– Oh ! Oh, oui… j'avais oublié.

L'oncle de Liane apparut soudainement sous leurs

yeux ébahis. Dépenaillé, échevelé, contusionné et plus maigre qu'avant, mais il s'agissait indiscutablement de Caillou.

Jonquille émit un couinement de surprise.

– Oncle Caillou! s'exclama Liane.

Elle rejoignit Écureuil sur la branche du dessous.

– Permission de descendre accordée, chef? demanda-t-elle.

– Je… C'est une situation inhabituelle… euh… D'accord, bafouilla le jeune homme.

Liane sauta à terre et sourit à son oncle. Elle n'eut pas besoin de lever autant la tête que la dernière fois qu'elle l'avait vu… près de deux ans auparavant, non?

Il la dévisagea comme s'il se retrouvait face à un fantôme.

– Ça va? s'inquiéta-t-elle.

Il se frotta un instant les yeux comme pour chasser une image ancienne, puis la considéra à nouveau en clignant des paupières.

– Tu es ma nièce… Liane…

Il avait la voix enrouée; sans doute n'avait-il pas parlé depuis un moment.

– Oui, c'est bien moi. Où étais-tu passé?

– Comment avez-vous fait? s'étonna Violette. Pour surgir de nulle part, comme ça?

Caillou regarda en l'air.

– Vous êtes combien, perchés dans cet arbre?

– Tu devrais monter aussi, lui conseilla Liane en lui

tendant la main. On vient de voir un dragon se poser pas très loin.

– Oui, je sais… je… j'étais sur son dos. Enfin, j'essayais tout du moins.

– Quoi ? hurla Jonquille.

– Chut ! Baisse d'un ton ! fit Écureuil en lui lançant un regard noir.

– Sur le dos d'un dragon ? s'étonna Liane.

– Il fallait que je rentre, et ça m'a semblé le moyen le plus rapide, expliqua Caillou. Sauf que j'aurais dû choisir un dragon moins piquant.

Il désigna ses vêtements déchirés et son visage, ses genoux et ses bras en sang.

– Mais… il avait accepté de t'aider ? demanda Liane.

Son oncle fronça les sourcils.

– Non, bien sûr que non. Il ne savait pas que j'étais à bord. Enfin, il a bien senti qu'il avait quelque chose sur le dos mais il ignorait quoi.

– Comment est-ce possible ? interrogea Violette.

– Et tu as réussi à le diriger quand même ? fit Liane.

– Bah… pas très bien, non. Je pense qu'il allait dans cette direction de toute façon.

– Le don d'invisibilité ! s'écria soudain Violette.

– CHUUUUT ! gronda à nouveau Écureuil.

– Vous pouvez vous rendre invisible, c'est ça ? insista-t-elle, tellement penchée en avant qu'elle risquait de tomber.

Caillou soupira.

– Ne le répétez à personne, je vous en prie.

Il ouvrit le poing, révélant une longue chaîne en argent noirci.

– Je l'ai trouvée dans le trésor de la reine des dragons du désert. Lichen me l'a laissée parce qu'il ignorait son pouvoir.

Dès qu'il la passa autour de son cou, il disparut instantanément.

– Par toutes les étoiles! souffla Jonquille. De la magie. Pour de vrai!

Caillou réapparut en ôtant la chaîne de son cou. Il la laissa tomber au creux de sa paume puis la fourra dans sa poche.

– C'est comme ça que j'ai survécu là-bas, dit-il.

– Où ça? voulut savoir Violette. Où étiez-vous parti et pour quoi faire?

Caillou contempla Liane avec les mêmes yeux tristes qu'à ce fameux dîner en famille.

– J'ai rêvé que Rose était toujours vivante, alors j'ai voulu aller la chercher. Mais j'ai failli mourir en traversant le désert et j'ai atterri dans une ville de dragons dont j'ai mis un temps infini à m'échapper. Cette expédition était un vrai désastre, je ne sais pas ce qui m'a pris. Elle est morte depuis presque vingt ans. Elle n'aurait jamais pu survivre une journée parmi les dragons, toute seule.

Liane échangea un regard avec Violette puis avec Jonquille. Elles se tournèrent toutes les trois vers Caillou d'un même mouvement.

– Hum… c'est qui, Rose? demanda Liane.

CHAPITRE 13
MÉSANGE

À quatorze ans à peine, Mésange n'avait pas de temps à perdre avec les idées farfelues d'Invulnérable.

Elle aurait dû se méfier lorsqu'elle l'avait surpris en train d'acheter des bijoux... Il avait l'air si content de la voir ; ça aurait dû lui mettre la puce à l'oreille.

– Mésange ! s'écria-t-il.

Elle avait fini par lui divulguer son nom à leur troisième rencontre, supposant qu'il ne pourrait pas en faire grand-chose.

– J'ai eu une idée géniale.

– Tant mieux pour toi, fit-elle. Je ne peux pas rester longtemps aujourd'hui.

Elle avait promis à Céleste de rentrer avant la tombée de la nuit. Il avait récemment découvert qu'il avait un don pour le chant – ce qui n'était pas exactement vrai – et lui avait composé une chanson.

– Voilà une nouvelle écaille. Il me faut…

– Stop, stop, stop, l'arrêta Invulnérable. Écoute, je suis sûr que tu en possèdes tout un tas et que tu ne m'en apportes qu'une à la fois. Je sais également que tu n'as pas de famille parce que tu n'achètes jamais rien pour personne d'autre et, comme tu as peur d'entrer dans la cité, je suppose que tu es orpheline.

Mésange posa ses poings sur ses hanches et le toisa d'un œil noir.

– Tu crois savoir beaucoup de choses qui ne te regardent absolument pas.

– Mais maintenant, tu n'auras plus à t'inquiéter, affirma-t-il, grâce à mon idée géniale, justement. Tu vas m'épouser !

Mésange écarquilla les yeux puis jeta un coup d'œil par-dessus son épaule, croyant qu'il s'adressait peut-être à quelqu'un d'autre. Mais il n'y avait que le garde du corps porc-épic, qui était d'ailleurs un peu trop près à son goût. Elle dut donc admettre que c'était bien elle qu'Invulnérable venait de demander en mariage.

– Non, répondit-elle. Jamais, que ce soit bien clair.

Le visage du garçon s'assombrit.

– Quoi ?

– J'ai une famille, contrairement à ce que tu crois.

« Elle se réduit à un dragon, mais tu n'as pas besoin de le savoir. »

– Et je n'ai aucune envie de me marier ni de vivre en ville. Pour quelqu'un qui veut m'épouser, tu me connais mal.

Invulnérable leva les bras en l'air.

– Parce que tu PARS toujours trop vite, se plaignit-il. Si je t'épouse, tu seras obligée de rester. Je t'achèterai plein de choses. Tu pourras rapporter toute ta réserve d'écailles de dragon, comme ça, on sera super riches tous les deux. Et tu deviendras la princesse de la cité. Un vrai rêve, non ?

– Invulnérable, je ne le répéterai pas, je suis on ne peut plus sérieuse : BEURK !

– Mais pourquoi ? gémit-il.

– Parce que je ne veux pas posséder plein de choses, je déteste les villes et les gens, et je veux seulement être amie avec toi, répondit Mésange.

« Plus ou moins amie, corrigea-t-elle dans sa tête. Du genre on se voit une fois par an, et voilà. »

– J'ai vraiment pas de chaaaance, pleurnicha Invulnérable en s'asseyant par terre.

Chat se roula en boule sur ses genoux, lorgnant Mésange d'un œil mauvais.

– Ma vie est trop nulle…

– Peut-être, sauf que ce n'est pas à moi de tout arranger en comblant tes désirs, fit remarquer Mésange. Je ne suis pas une précieuse écaille de dragon à ajouter à ta collection. Je suis une personne. Tu ne peux pas me posséder comme un objet.

– Quand je te vois, tu m'énerves, dit-il. Mais je m'ennuie tellement quand tu n'es pas là.

– Invulnérable ! C'est à toi de trouver une solution.

– Argh, marmonna-t-il en enfouissant son visage dans le poil de Chat.

– Tu devrais essayer de lire, suggéra Mésange. C'est beaucoup plus amusant que de se marier.

Invulnérable releva la tête pour voir si elle plaisantait, mais visiblement, non. Elle trouvait que c'était une excellente idée. En plus, il devait avoir accès à un tas de livres.

Il plissa les yeux et échangea avec son garde du corps un regard qui ne lui disait rien qui vaille. C'était un enfant gâté, pleurnichard et capricieux. Il chouinait toujours quand elle partait mais, jusque-là, il n'avait rien fait pour l'en empêcher.

– Tu as repéré de nouveaux livres aujourd'hui ? le questionna-t-elle pour changer de sujet.

Il lui sembla qu'il y avait moins de monde que d'habitude dans la file d'attente. Elle se demanda où les voyageurs étaient tous passés. Pas dans la cité, en tout cas, supposa-t-elle.

– Tu pourrais au moins me promettre de m'épouser un jour, insista Invulnérable.

Mésange rangea son écaille dans sa poche.

– Commence par lire le dictionnaire et chercher la définition du mot « jamais ». Et arrête de considérer les gens comme des objets que tu peux acheter !

Elle s'empressa de filer vers la rivière, en proie à un sentiment de trahison. Son seul ami humain était finalement aussi nul que les autres !

Elle n'avait pas fait dix pas que, dans la queue, quelqu'un cria, le doigt tendu vers le ciel.

En se retournant, Mésange vit un dragon fondre sur la foule massée au pied de la cité. Les gens tentaient de fuir en hurlant, pendant que ceux qui étaient déjà en train de monter les marches se plaquaient contre la falaise.

C'était un dragon du désert, énorme et scintillant à la lueur du soleil levant. Il montrait les dents en un hideux sourire, dressant sa queue venimeuse d'un air menaçant.

Mésange remarqua qu'on s'agitait à l'intérieur de la ville. Il y avait du mouvement en haut de la falaise, on sortait les armes. Elle s'efforçait de prendre du recul pour mieux voir lorsque le garde du corps d'Invulnérable lui rentra dedans. Elle tomba à la renverse, non sans lui avoir décoché un coup de pied dans le ventre. Il roula à terre en grognant tandis qu'elle se relevait. Au-dessus de leurs têtes, le dragon décrivait des cercles.

– J'essayais juste… de vous protéger, haleta le garde.

Mésange s'aperçut alors que, sous son casque et son armure de porc-épic, c'était une femme.

– Ordre du prince.

Mésange jeta un regard autour d'elle. Absorbée par l'observation des défenses de la ville, elle avait complètement oublié l'existence d'Invulnérable.

– Où est-il passé ? demanda-t-elle. Ce n'est pas lui que vous êtes censée protéger, plutôt ?

La garde désigna une crevasse dans le flanc de la falaise, non loin de l'escalier. Caché dans la faille, Invulnérable lui fit signe de le rejoindre. Il avait l'air effrayé, certes, mais pas aussi paniqué que les autres humains alentour. Il vivait dans une cité qui avait développé des moyens de défense contre les dragons alors que ces gens avaient sans doute perdu un proche ou même leur village entier sous les flammes et les crocs.

Mésange se releva d'un bond et le rejoignit en courant. Il lui tendit la main mais, en chemin, elle ramassa un gamin qui sanglotait tout seul au milieu du chaos. Invulnérable eut l'air abasourdi lorsqu'elle le lui fourra dans les bras.

Elle se retourna et attrapa un autre gamin apeuré. Il avait l'air plus jeune qu'elle quand Talisman l'avait abandonnée. Elle le poussa dans la faille avec Invulnérable et le tout-petit.

– Attends…, protesta le prince, mais elle avait repéré une fillette coincée derrière le portail, au pied de l'escalier.

Elle le secouait en pleurant. Mésange l'aida à passer par-dessus et l'emmena dans la cachette d'Invulnérable.

– Ça commence à faire beauc…

La crevasse n'était pas très grande, et il se retrouvait tassé au fond avec trois enfants en larmes autour de lui.

– Il y a encore une petite place, je pense, le coupa Mésange avant de détaler.

– Oui, pour toi ! cria le prince.

Elle trouva un autre enfant laissé pour compte et le lui ramena. Pendant ce temps, le dragon tournait en rond au-dessus de la ville, esquivant les projectiles en riant.

– Ça fait trop de gamins poisseux, grogna Invulnérable

lorsqu'elle casa le dernier dans la faille. Et il n'y a plus de place pour toi !

– Ça va aller, assura-t-elle.

Elle pencha la tête pour regarder le dragon du désert.

– Ce dragon n'a même pas l'air affamé. Il fait ça juste pour vous embêter.

Effectivement, il était en train de crier :

– HA HA, MISÉRABLES CHAROGNARDS ! VOUS N'ARRIVEREZ JAMAIS À M'AVOIR ! JE SUIS LE PLUS GRAND GUERRIER DE TOUS LES AILES DE SABLE ! HA HA HA !

– Trop bizarre, commenta Mésange, les poings sur les hanches. Il est complètement fou.

– C'est la cinquième fois que ce dragon vient nous attaquer en quelques mois, lui confia Invulnérable en tentant de se faufiler entre les enfants pour la rejoindre, en vain car ils s'agrippaient à lui. On pensait pourtant les avoir tous découragés de nous approcher de trop près. Pourtant, celui-ci revient sans arrêt. Il n'a peut-être pas faim, même si je ne vois pas bien comment tu pourrais savoir ça, mais il a déjà emporté trois personnes.

– HA HA HA ! hurla à nouveau le dragon. ATTENDEZ DE VOIR, SALES CAFARDS ! LA REINE SAIT QUE VOUS CACHEZ SON TRÉSOR ! BIENTÔT, JE REVIENDRAI VOUS MASSACRER AVEC TOUTE MON ARMÉE !

Ah, ce n'était pas une bonne nouvelle.

Mésange n'aurait rien eu contre le fait qu'un dragon veuille réduire Talisman en cendres. À choisir, elle préférait les dragons aux humains. Sauf que là, il s'agissait d'une ville entière, pleine de gens – sans doute odieux, mais qui ne l'avaient pas offerte en sacrifice aux dragons – dont beaucoup d'enfants, du coup, Mésange n'avait pas spécialement envie que le dragon la détruise.

Celui-ci fit demi-tour dans les airs et s'en fut vers le désert en ricanant toujours.

– Il n'avait pas l'intention d'attaquer aujourd'hui, expliqua Mésange à Invulnérable une fois qu'il fut hors de vue. Il a juste repéré vos défenses pour revenir avec des renforts plus tard.

Elle tapota la tête d'un des enfants.

– C'est bon, vous pouvez ressortir maintenant.

– C'est impossible, affirma le prince alors que les petits se dispersaient.

Il s'extirpa de la faille, tout poussiéreux, courbatu et grincheux. Deux mèches s'échappaient de ses cheveux autrement parfaitement plaqués et retombaient sur son front.

– Les dragons n'échafaudent pas de plans. Ils sont mus par l'instinct et la faim. Ils ne passent pas des mois à préparer une attaque et ne coordonnent pas leurs actions.

– Tu es tellement ridicule que je n'ose même pas te regarder ! répliqua Mésange. Les dragons conduisent des armées entières. Qui se font la guerre entre elles. Bien sûr qu'ils peuvent avoir des projets, élaborer des stratégies et unir leurs forces.

Invulnérable épousseta sa tunique en la fixant, les yeux plissés.

– D'où tu sors tout ça ?

Il n'était pas question qu'elle lui confie qu'elle parlait dragon, ni aucun détail qui risquerait de le mener à Céleste.

– Je suis attentive, et le prince d'une certaine cité ferait bien de m'imiter. Préviens ton père qu'il va devoir faire face à une attaque de grande ampleur prochainement.

Elle se souvint alors qu'elle était fâchée contre lui et lui tourna le dos.

– Je lui dirai ! cria Invulnérable. Hé, Mésange ! Je suis désolé. Sincèrement ! Tu reviens bientôt ?

– J'sais pas, répondit-elle sans se retourner.

Elle avait hâte de retrouver Céleste, de filer loin de ces gens qui attendaient quelque chose d'elle, loin des dragons et des humains qui se voulaient du mal. Loin de cette cité hérissée d'armes qui ne protégeait pas les enfants qu'elle considérait comme étrangers.

Quand elle arriva dans la vallée, Céleste sautillait sur place, surexcité. Le soleil était couché depuis longtemps et Mésange était trop fatiguée pour faire du feu, mais elle distinguait son museau radieux au clair des trois lunes.

– Devine ce que j'ai trouvé ! explosa-t-il. Enfin… je crois. Je volais très très haut et il me semble avoir aperçu un truc génial mais je ne voulais pas m'approcher sans toi. On peut y aller ?

– Maintenant ?

– C'est un truc à voir dans le noir, affirma-t-il, puis à

étudier de plus près à la lumière du jour. Viens, tu n'as qu'à faire un somme sur mon dos si tu es trop fatiguée.

– Hé, depuis quand tu me donnes des ordres comme ça ? fit-elle d'un ton de reproche affectueux en grimpant sur sa patte tendue.

Il la hissa à sa place habituelle dans le creux entre son cou et son aile, cramponnée à un de ses pics dorsaux. Ils décollèrent et, à sa grande surprise, prirent la direction du nord-ouest. Vers le désert et les montagnes. Céleste volait de plus en plus haut et bien plus loin qu'elle ne s'y attendait.

– Tu es venu jusqu'ici tout seul ? s'étonna-t-elle.

Il pencha la tête pour la regarder.

– Oui, pourquoi ? Tu étais bien partie toute seule de ton côté, non ?

« Mais moi, je suis raisonnable, pensa-t-elle. Je peux me défendre, alors que tu es mon adorable bébé dragon. »

D'accord, c'était un peu idiot de le couver comme ça alors qu'il faisait plus de trois fois sa taille, mais il ne crachait pas de feu et ne savait pas se battre.

Que se passerait-il s'il se retrouvait face à un dragon agressif ou à des gens qui en avaient après ses écailles, par exemple ?

« Au moins, à cette altitude, on ne risque pas de croiser d'humains », se dit-elle.

– J'ai vu un dragon qui avait l'air dangereux aujourd'hui, lui dit-elle. Un très gros dragon du désert. Préviens-moi si tu l'aperçois.

– D'accord, répondit distraitement Céleste. Regarde ! On y est !

Il tendit une griffe, les ailes frémissant d'excitation.

La nuit était claire, les trois lunes brillaient dans un ciel sans nuages.

– Qu'est-ce que c'est que ça ? s'étonna-t-elle.

– Je crois que c'est une ville. On peut s'approcher.

– Oui, mais avec précaution.

Ils s'enfoncèrent dans le désert plus loin qu'ils n'étaient jamais allés. Mésange distingua le ruban sombre d'une rivière qui serpentait dans le sable. Quelques lumières étincelaient sur ses bords, de plus en plus nombreuses à mesure qu'on approchait de la mer.

– Waouh ! siffla-t-elle à mi-voix. Je crois que tu as raison, Céleste. Ça m'a tout l'air d'une grande ville… une ville de dragons.

– C'est fou, hein ? fit-il en volant un instant sur place. On pourrait dormir dans le coin pour aller la visiter demain ? S'il te plaît ?

– La visiter ? s'étonna-t-elle. C'est beaucoup trop dangereux.

– Toi, tu es allée dans ta ville humaine, fit-il valoir. J'aimerais aller dans une ville de dragons.

Mésange sentit sa vieille crainte refaire surface. Qu'un jour, Céleste préfère aller vivre avec d'autres dragons plutôt qu'avec elle. Qu'un jour, il la quitte parce qu'il aurait trouvé mieux.

Mais elle ne pouvait pas refuser alors qu'il ne demandait

jamais rien et qu'il était si gentil. S'il avait envie de passer une journée parmi les dragons, elle n'avait pas le droit de se montrer égoïste.

De plus, ça ne signifiait pas qu'il voulait s'en aller. Juste qu'il était curieux.

– OK, on trouve un endroit pour la nuit, dit-elle, et demain matin, on ira jeter un œil à cette ville de dragons.

CHAPITRE 14

FEUILLE

Un rugissement furieux fendit le ciel et ébranla les rochers, réveillant Feuille en sursaut. Il s'assit d'un bond et se cogna la tête contre le parapet en pierre sous lequel il dormait.

À côté de lui, les autres émergeaient de leurs tas de végétation en clignant des yeux.

– Ça venait de beaucoup plus près, cette fois, constata Cranberry, nerveuse.

Ils avaient eu du mal à s'endormir aussi près du palais, sous les rugissements, les grognements et les battements d'ailes qui résonnaient dans la nuit, surtout après être restés immobiles toute la journée. À un moment donné, en fin d'après-midi, Feuille s'était enfoncé dans la forêt pour se détendre. Il avait enchaîné ses exercices d'entraînement, puis était grimpé sur le plus grand arbre qu'il avait pu trouver. D'en haut, il avait repéré à l'est la ligne bleue et floue de l'océan.

Au sud, vers Talisman, il avait cru distinguer une silhouette à travers les nuages – un énorme dragon aux écailles aussi noires que la nuit. Il se demanda si c'était la distance qui lui jouait des tours ou s'il s'agissait vraiment de l'un des rares dragons noirs, comme celui que Bosquet prétendait avoir aperçu.

Maintenant, c'était le matin, et il avait réussi à fermer l'œil environ une heure avant que le rugissement du dragon ne le réveille. Il rampa hors de son lit de fortune en se frottant le crâne, les yeux rivés sur le palais.

C'était encore plus animé et bondé que la veille. Des nuées de dragons surgissaient des profondeurs du palais, envahissant le ciel tel un essaim d'abeilles. Ils se répartirent en plusieurs formations et filèrent, certains vers le nord, d'autres vers l'est, d'autres encore vers l'ouest. Les dragons restants se massèrent en un nuage rouge orangé qui plana sur place, fixant la direction du sud.

Un dragon orange drapé de volutes de fumée passa soudain juste au-dessus de lui, lui plaquant les cheveux au passage, et émit un rugissement comparable à celui qui les avait réveillés. Il rejoignit d'un coup d'ailes le bataillon qui l'attendait en donnant visiblement des ordres.

Feuille roula précipitamment à l'abri du parapet en pierre.

– Ils ont l'air énervés, constata-t-il. Peut-être que Champignon a réussi.

– J'en ai bien peur, soupira Cerise.

Elle désigna la vallée en contrebas. Un humain slalomait

entre les arbres aussi vite qu'il le pouvait, avec une épée dans une main et un sac dans l'autre.

– Champignon ! s'écria Thym.

Il se leva d'un bond pour courir le rejoindre.

– Champignon !!!

– Très mauvaise idée, soupira Cranberry.

– Oui, mais c'est trop tard maintenant, fit Cerise en dégainant son épée.

Ils s'élancèrent sur les talons de Thym. Feuille surveillait toujours le ciel du coin de l'œil, où le dragon orangé s'égosillait après ses troupes. Soit il leur donnait des ordres, soit il leur faisait des reproches.

Champignon vit son frère quelques instants avant que leurs chemins se croisent. Il s'arrêta brusquement, les yeux écarquillés, hors d'haleine.

– Champignon ! cria Thym. Tu es vivant, je n'y crois pas ! Espèce d'idiot ! Je me suis fait un sang d'encre !

– Arrière ! gronda l'autre en brandissant son épée.

Thym se figea aussitôt, manquant de dévaler le reste de la pente. Feuille faillit même lui rentrer dedans.

– C'est bon, frérot, on va s'assurer que tu rentres au village sain et sauf. On est là pour te donner un coup de main.

– Me voler mon trésor, plutôt, cracha Champignon. Mais il est à moi ! Vous n'aurez rien.

– Non, on n'en veut pas ! répliqua Thym.

– Si ! intervint Cerise. Pie et Gorge ont deviné ce que tu manigançais. Si on ne leur rapporte rien, ils sacrifieront Bosquet aux dragons. Il faut le tirer de là.

– Ha! s'esclaffa Champignon. Il y a plein d'or dans le palais. Allez chercher le vôtre!

Dans le ciel, les dragons se dispersaient en différentes patrouilles de recherche.

– Je t'en prie, Champignon, supplia Cranberry, viens avec nous. On n'est pas obligés de tout donner aux dragomanciens. Ils ne sauront pas ce que tu as gardé. On te protégera et on pourra sauver Bosquet.

– Je m'en fiche de lui! hurla Champignon. Vous vous moquez tous de moi depuis des années. Eh bien, maintenant, c'est moi qui ai le pouvoir. Je vais fonder mon propre village, comme les dragomanciens, vous verrez. Tout le monde m'obéira et sera à mon service.

– Et selon toi, c'est plus important que de sauver la vie de Bosquet? s'indigna Cerise.

– Champignooon! hurla Thym. Attention!

Il se rua sur son frère tandis qu'un dragon écarlate surgi d'on ne sait où fondait sur lui.

En un mouvement fluide, Champignon recula d'un bond, sortit quelque chose de son butin et le jeta à Thym.

Il s'agissait d'un objet rond et plat en métal doré, couvert de petits miroirs qui étincelaient comme de minuscules soleils. C'était comme s'il criait : « Hé ho! Je suis un objet volé! Regardez! On m'a chapardé! Je suis si BEAU, BRILLANT et SANS DÉFENSE. AU SECOURS! »

Il heurta Thym en pleine poitrine et celui-ci le rattrapa, éberlué.

Champignon profita de sa surprise pour dévaler la

pente et s'enfoncer dans le ravin, ne laissant qu'un nuage de poussière derrière lui pour défendre son frère.

Feuille n'eut même pas le temps de s'énerver contre lui. Le dragon rouge s'abattit tout près de Thym, attiré par l'or et les miroirs étincelants. Sifflant furieusement, il renversa le garçon d'un coup de patte.

C'était le moment. Le dragon se dressait devant Feuille, tout en écailles, griffes et fumée. Avec ses ailes grandes comme une maison de dragomancien et ses dents cauchemardesques.

Il rejeta la tête en arrière pour rugir, et ses congénères en vol lui répondirent.

Feuille jeta un coup d'œil sur le côté et constata que Cerise était également pétrifiée, les yeux rivés sur l'énorme reptile.

« VAS-Y. MAINTENANT. AVANT QUE LES AUTRES RAP-PLIQUENT. »

Il pensa à Mésange. Il la revit qui lui tirait la langue en criant : « Tu ne peux pas m'attraper ! Je suis la plus rapide du monde ! »

Alors il s'élança, son épée brandie. Il la fit tournoyer dans les airs et visa droit le cœur du dragon, plongeant la lame dans sa poitrine.

Sauf qu'elle n'y pénétra pas.

La lame rebondit contre les écailles et l'envoya rouler à terre. Il atterrit en vrac aux pieds de Thym, qui avait lâché l'objet doré et tenait son bras droit replié.

Feuille demeura un instant au sol, le souffle coupé, à moitié assommé.

« Si nos épées ne peuvent pas les blesser, comment je vais faire pour les tuer ? Je me suis entraîné pour rien, alors ? »

Cerise et Cranberry s'interposèrent entre les deux garçons et le dragon, brandissant elles aussi leurs armes. Elles avaient les mains qui tremblaient, mais Cerise gronda :

– Laissez-nous tranquilles. C'est pas nous ! On ne vous a pas volé votre trésor.

BOUM. BOUM. BOUM.

La terre trembla tandis que les dragons se posaient tout autour d'eux. Feuille se força à se relever, agitant à nouveau son épée.

Il constata que le dragon orange portait une sorte de couronne ainsi qu'une cotte de mailles et en déduisit qu'il devait s'agir de la reine. Elle s'empara du disque doré en rugissant quelque chose, d'abord à l'adresse des humains, puis des autres dragons. Certains échangèrent des regards et haussèrent les ailes. Oui, oui, comme les humains haussent les épaules. Feuille n'en revenait pas de les voir faire un geste aussi familier. Alors, l'un d'eux désigna de la griffe le ravin où Champignon avait disparu.

La reine pointa la queue vers Feuille et ses compagnons en aboyant un ordre. Puis elle prit son envol, se lançant à la poursuite de Champignon.

– Elle veut récupérer le reste du trésor, devina Cranberry.

– Elle va le tuer, constata Thym d'une voix blanche.

– Tant mieux ! cracha Cerise. J'espère qu'elle va lui arracher la tête.

– Il t'a jeté entre ses griffes pour sauver sa peau, renchérit Cranberry. Ton propre frère !

– Je… Je sais, bégaya Thym. Je n'en reviens pas.

L'un des dragons s'approcha d'eux. Feuille roula entre ses pattes pour lui planter son épée dans le flanc – tout du moins, il essaya à nouveau, mais la lame ne parvint pas, une fois de plus, à pénétrer les épaisses écailles. Le dragon baissa les yeux vers lui, sourcils froncés, avec une expression d'agacement très humaine. Il lui prit l'épée des mains et referma ses énormes serres sur lui.

Cerise hurla mais Feuille ne pouvait pas émettre un son, ni bouger ni même respirer. Les griffes lui écrasaient les côtes, lui comprimaient les poumons ; il manquait d'air. Puis soudain, il sentit qu'il décollait. L'estomac retourné, il vit le sol s'éloigner et aperçut la cime des arbres tout près, le palais au loin, les autres dragons qui s'emparaient de Cranberry, Cerise et Thym en dessous de lui.

« Ils nous ont attrapés. Sans effort. Je n'ai pas pu en tuer un seul et Champignon nous a trahis à deux reprises. On n'a même pas pu essayer d'entrer dans le palais, et maintenant les dragons vont nous manger, alors que je n'ai vengé ni protégé personne. »

Puis, succombant au manque d'oxygène, il perdit connaissance.

CHAPITRE 15

LIANE

Liane n'était jamais entrée dans la grotte de son oncle. C'était tout petit, meublé de bric et de broc, et truffé de toiles d'araignées.

Elle s'assit sur le banc le moins poussiéreux. Violette s'installa à côté d'elle mais Jonquille se baladait dans la pièce, examinant les rares objets qu'elle pouvait tripoter.

Une fois le dragon des glaces envolé, Écureuil les avait raccompagnés à l'entrée de Valor la plus proche avant de partir retrouver Digitale. Liane pensait que Caillou irait directement voir le Tueur de dragons en arrivant mais, à la place, il les avait fait venir chez lui.

– Je vous proposerais bien un thé, fit-il en se passant la main dans les cheveux, mais je crois bien qu'il ne me reste plus rien.

– Comme tu es parti assez longtemps, maman est

venue récupérer toute la nourriture pour éviter qu'elle se gâte.

– Ah, fit-il en hochant distraitement la tête, d'accord.

Il jeta un regard agacé à Jonquille, qui venait de soulever le couvercle d'un pot pour scruter l'intérieur.

– Et donc, Rose ? reprit Violette.

– Ah, répéta-t-il. Oui…

Caillou s'approcha d'une étagère, prit un livre et en tira un papier jauni et corné.

– Rose était notre sœur.

– Votre sœur ? J'ai une tante ? s'étonna Liane.

Il lui tendit le papier et elle découvrit le portrait d'une adolescente, les yeux noirs et rieurs, un sourire malicieux, les cheveux en bataille.

– Elle te ressemble, remarqua Violette en lui donnant un coup de coude. Sauf qu'elle a l'air de chercher les ennuis, et toi, jamais.

À l'autre bout de la pièce, Jonquille pouffa :

– C'est vrai, toi, tu ne t'attires jamais d'ennuis, ce n'est pas du tout ton genre. C'est nous qui t'entraînons sur la mauvaise pente.

– Rose avait fait son autoportrait. Il est très ressemblant. Elle avait exactement cette tête quand elle échafaudait des plans délirants avec Lichen.

– C'était une artiste, comme toi, Liane, souligna Violette.

– Mais… elle est morte, non ? Qu'est-ce qui s'est passé ? voulut savoir Liane.

– Elle est venue avec nous au palais des dragons, dans le désert…

Caillou se laissa tomber lourdement sur sa paillasse, soulevant un nuage de poussière.

– C'est elle qui s'y est introduite pour voler le trésor. Elle était à peine plus âgée que toi. Téméraire et futée, toujours en train de faire des bêtises, le plus souvent parce que Lichen lui avait lancé un défi ou lui avait promis quelque chose.

– Oh non, gémit Liane.

Elle avait toujours pensé avoir beaucoup de chance, car aucun de ses proches ne s'était fait dévorer par un dragon. Sans doute parce qu'elle vivait sous terre. Elle savait, bien évidemment, que sa famille avait habité dans l'ancien village – des grands-parents trop tôt disparus, sûrement… –, mais ses parents n'en parlaient jamais. Ils évitaient soigneusement de mentionner l'attaque des dragons.

Sauf que la Rose qui souriait sur ce croquis semblait tellement réelle… et elle était morte bien avant que Liane soit née.

– Je n'ai pas vu ce qui lui est arrivé, reprit Caillou en s'essuyant les yeux. Lichen affirme que lui, si, mais il ne m'a donné aucun détail. On était trop occupés à fuir. C'est pour ça que, quand j'ai fait ce rêve, j'ai cru qu'il s'était peut-être trompé. Qu'elle avait survécu, si ça se trouve. Je suis tellement bête, courir après une fille morte depuis des années, foncer droit dans une ville de dragons !

Il secoua la tête et se tut.

– Où est le reste du trésor? s'enquit Jonquille.

– JONQUILLE! protesta Violette. Tu ne vois pas que c'est un «moment émotion»?

– Il y avait un blanc dans la conversation, se justifia son amie. Je voulais détendre un peu l'atmosphère…

– Je n'ai rien pris, l'informa Caillou. Je ne pouvais pas supporter de voir tout ça après ce qui était arrivé à Rose. Je n'ai gardé que la chaîne, j'ai laissé le reste à Lichen. Alors vous pouvez fouiner tant que vous voulez.

– D'accord! s'écria gaiement Jonquille en ouvrant un coffre.

– Waouh, souffla Violette.

Elle jeta un regard à Liane.

– Tu savais que ton père avait gardé la totalité du trésor?

La jeune fille l'ignorait. Elle avait cru que Caillou avait eu sa part parce que, la nuit de son départ, son père était allé fouiller sa grotte du sol au plafond. En rentrant, il s'en était pris à sa mère parce qu'il n'avait rien trouvé. Dans son lit, Liane avait tendu l'oreille en se disant : «Laisse-la tranquille, ce n'est pas sa faute! Et pourquoi tu veux sa part du trésor? La tienne ne te suffit pas?» Il devait chercher la chaîne – la seule chose qu'il ne possédait pas déjà. Un comble!

Elle ne mentionna cependant pas cet épisode. Elle n'avait jamais parlé à personne des crises de colère de son père, pas même à Violette ni à Jonquille. Parfois, elle arrivait à le calmer quand il était hors de lui, ou à réconcilier ses parents après leurs disputes. Quand ce n'était pas le cas, elle avait appris à l'éviter, et elle était très douée à ce jeu-là.

– Je n'en reviens pas que personne ne m'ait jamais parlé de tante Rose, soupira-t-elle. Pourtant, j'ai entendu l'histoire du Tueur de dragons des centaines de fois… mais on n'a jamais prononcé son nom.

– C'est dingue, acquiesça Violette.

– Ça ne colle pas trop avec le «tout est bien qui finit bien» du grand héros, pas vrai? commenta Caillou.

Il se releva, tira le collier magique de sa poche et se mit à le tripoter distraitement.

– Et le pire, c'est que j'ai participé à ça, je l'ai aidé.

– C'est pas la fin du monde, affirma Jonquille. Je veux dire, on est toujours là. Il y a des montagnes, des arbres, des rivières…

– Mais on n'en profite pas beaucoup, souligna Violette.

– Il y a des animaux, des gens, des villes souterraines…

– Des villes souterraines! s'esclaffa Caillou. Des gens qui vivent parqués dans leurs grottes comme des lapins apeurés parce qu'ils ne peuvent plus mettre le nez dehors. Les dragons nous en veulent encore, vingt ans après. Ils tuent le moindre humain qu'ils croisent pour nous punir de ce qu'a fait Lichen.

Prise de vertige, Liane avait l'impression que la pièce tanguait. Violette posa une main sur son épaule.

– On ne peut pas tout mettre sur le dos du Tueur de dragons, quand même, tempéra-t-elle. Les dragons mangent des humains et brûlent leurs villages depuis la nuit des temps. C'est dans leur nature.

– Non, non, la détrompa Caillou. Je me rappelle comment c'était avant. Et quand je commence à oublier, je relis les vieilles histoires, celles que vous n'étudiez plus à l'école de nos jours. Autrefois, les gens vivaient là-haut, dans des villes ordinaires, sur tout le continent. De temps à autre, un humain se faisait manger, d'accord, mais les dragons ne réduisaient jamais des villages entiers en cendres. Pas avant qu'on vole leur trésor, qu'on tue leur reine et qu'on leur fournisse une vraie raison de nous en vouloir.

– Pourtant… tout le monde considère le Tueur de dragons comme un héros, avança Jonquille.

– Ici, oui, c'est sûr. Si on veut vivre à Valor, on est bien obligé.

« C'est vrai, dans la ville du Tueur de dragons, il suffit d'exprimer ne serait-ce qu'un doute sur son histoire héroïque pour être banni. Jeté dehors sans la moindre protection. »

Liane repensa aux bannissements auxquels elle avait assisté au fil des années, aux mensonges suspects, aux raisons bancales invoquées pour exclure ces pauvres gens. Était-ce en réalité parce qu'ils avaient remis en question la légende ? Parce qu'ils avaient évoqué Rose ou l'époque où les humains vivaient en surface ?

Avaient-ils été chassés simplement parce que son père voulait protéger son image ?

Elle se pencha en avant, les bras croisés, recroquevillée sur elle-même. Jonquille vint s'asseoir à côté d'elle et elle sentit ses amies poser la main sur son dos, formant comme un bouclier invisible autour d'elle.

– Mon père est un menteur, déclara-t-elle tout bas. Il a laissé sa sœur mourir. Et tous les gens qu'il a bannis… et les centaines d'habitants des villages que les dragons ont détruits… tout ça, c'est sa faute.

– Peut-être, mais ce n'est pas la tienne, corrigea Violette en la secouant légèrement. Tu es toujours notre merveilleuse Liane. Tu n'as pas à t'en vouloir pour ce qu'il a fait.

– Oui, on t'aime quand même, affirma Jonquille. Ton père est un monstre, et alors ? Ma sœur est odieuse, ça ne m'empêche pas d'être géniale.

Liane laissa échapper un hoquet, moitié rire, moitié sanglot, en l'entendant comparer Lichen à Pâquerette.

– Et puis, n'oublie pas qu'il n'a pas fait exprès, lui rappela Violette. Il n'avait pas prévu de tuer ce dragon, pas vrai ?

Elle se tourna vers Caillou, qui confirma d'un signe de tête.

– Ils voulaient juste lui voler son trésor, comme les humains tentent de le faire depuis des siècles. C'est une des bases des relations humains-dragons : ils possèdent des trésors que des idiots essaient de leur dérober. C'est vraiment un hasard – ou pas – que, cette fois-ci, l'idiot en question ait réussi à tuer un dragon, qui plus est une dragonne importante, pas vrai ?

Violette quémanda à nouveau l'approbation de Caillou, mais celui-ci avait sans y penser passé la chaîne autour de ses poignets et disparu. Il réapparut un instant plus tard, face au mur.

« Mais ensuite, cet idiot a pris les commandes d'une ville entière, pensa Liane, et il l'a dirigée à coups de mensonges et de punitions injustes, équivalant à des exécutions. Même s'il n'a pas fait exprès de tuer cette dragonne, on ne peut pas en dire autant du reste de ses actions. »

– On va surmonter ça, Liane, promit Violette. Ensemble. On est là pour toi.

– On pourrait même tout arranger ! s'exclama soudain Jonquille.

Violette la foudroya du regard en demandant d'un ton sec :

– Arranger quoi ?

– Faire en sorte que les dragons ne nous en veuillent plus.

Jonquille ôta la chaîne des mains de Caillou, d'un geste si vif que ses doigts continuèrent à remuer un moment dans le vide. Il la toisa d'un œil noir.

– Et comment tu comptes t'y prendre ? la questionna Violette, moqueuse. Tu vas leur envoyer une lettre d'excuses ?

– Ce serait une bonne idée si on parlait dragon, poursuivit Jonquille. Mais nous avons un langage en commun : nous aimons les trésors.

Elle agita victorieusement la chaîne au-dessus de sa tête comme une bannière.

– Ha ha ! Alors tu suggères d'écrire « Désolés d'avoir tué votre reine » en pièces d'or ?

– Tais-toi et laisse-moi finir ! s'emporta son amie. Et si on rendait aux dragons le trésor que Lichen leur a volé ?

Un silence stupéfait accueillit sa proposition.

– Oui ! s'exclama Liane en se levant d'un bond. Oui ! On pourrait faire ça. Ça ne nous rendra pas les disparus, mais ça montrera aux dragons qu'on regrette. Et peut-être qu'ils arrêteront de s'en prendre aux humains.

– Non, protesta Violette. Non, non, non. Vous avez perdu la tête, toutes les deux. Réfléchissez deux secondes : comment s'y prendre ? Vous comptez débarquer au palais du désert avec un butin et faire signe aux gardes ? « Tenez, voilà votre trésor accompagné par deux délicieux en-cas ! » Vous m'expliquez comment on s'en tire vivantes ?

– Peu importe, répliqua Jonquille.

– Euh… bah si, c'est quand même un peu important, insista Violette.

– On trouvera bien, affirma Liane. Mais d'abord, il faut récupérer le trésor.

D'un ton sinistre, Caillou annonça :

– C'est là que votre merveilleux plan s'effondre.

– S'il n'y avait que là…, marmonna Violette.

– Lichen ne renoncera jamais à son trésor, déclara Caillou. Pour rien au monde. Ni pour sauver des vies, ni même pour sauver l'humanité tout entière. Il l'aime plus que tout.

Les deux amies jetèrent un regard à Liane, mais elle le

savait déjà et plus rien ne pouvait l'atteindre. Elle avait passé sa vie à tenter de réconcilier des gens furieux. Que l'un des camps en présence soit constitué de lézards géants mangeurs d'humains ne changerait pas grand-chose à l'affaire.

– On ne lui demandera pas son avis. On va trouver son trésor volé nous-mêmes… et le lui reprendre.

CHAPITRE 16
MÉSANGE

Selon Invulnérable, les habitants de la cité Indestructible étaient fiers de vivre dans la ville la plus évoluée, la plus incroyable, la plus extraordinaire au monde.

Mésange aurait vraiment aimé pouvoir leur montrer cette ville de dragons, juste pour voir leurs têtes.

Elle rajusta sa position sur sa branche, protégeant ses yeux du soleil. Elle avait été soulagée de trouver au moins quelques arbres dans les parages, près de la rivière et de la côte, même s'ils n'étaient pas assez nombreux à son goût. Cela suffisait pour se cacher, mais si Céleste et elle devaient fuir en vitesse, ils se retrouveraient à découvert, car le désert s'étendait dans toutes les directions.

Sauf au sud, où se dressait la gigantesque cité des dragons. Le soleil était à peine levé, mais déjà une foule d'habitants s'affairaient dans les rues. Il y avait de nombreux bâtiments, plusieurs marchés, des ponts pour traverser la rivière, des lavoirs au bord de l'eau, des arbres fruitiers en pot dans les cours. Certains murs étaient couverts d'un motif d'écailles rouge vif et jaune pâle. D'autres étaient ornés de portraits de dragon dans des poses majestueuses et déployaient une intéressante gamme de couleurs.

Au cours de leurs voyages, Mésange et Céleste avaient vu plusieurs palais entourés de communautés de dragons : le palais des marais, de loin ; celui des montagnes, d'encore plus loin. Ils avaient également aperçu d'étranges structures en boue séchée, sans doute les villages des dragons des marais. Mais jamais rien d'aussi étendu.

Le plus étonnant, c'est que, contrairement à ce que Mésange aurait cru, n'y vivaient pas que des dragons du désert. Elle avait compté sur cet argument comme prétexte : « Oh, désolée, Céleste, mais il n'y a que des dragons du désert, c'est sûrement dangereux pour les autres. » Mais parmi les écailles jaune pâle, ils en apercevaient également des rouges, des orangées, et même pas mal de dragons marron. Quelle que soit la raison qui avait réuni ces trois sortes de dragons dans cette ville, ils semblaient cohabiter en paix.

« Mais ça ne veut pas dire que Céleste ne risque rien », pensa Mésange.

Bizarrement, cet endroit lui rappelait la cité Indestructible, et ça ne lui disait rien qui vaille.

– Qu'est-ce que tu en penses ? lui lança Céleste resté au pied de l'arbre.

Elle lui fit signe de se taire avant de le rejoindre. Il était assis entre les racines, en train d'observer un escargot qui remontait lentement le long de sa queue.

– C'est… très animé, commenta-t-elle.

Son adorable dragonnet distrait risquait de se faire marcher sur les pattes dans cette ville survoltée.

– Justement, c'est excitant, non ? fit-il, les yeux brillants. Il y a peut-être des livres pour les dragons ! Je ne sais pas lire le dragon, mais on pourrait apprendre ensemble ?

Ah, il savait la prendre par les sentiments. Voilà qui lui donnait envie de visiter la ville, finalement.

– Oui… mais ça me stresse, Céleste, répondit-elle en lui posant la main sur la patte. On ne connaît pas ces dragons. Tu es un dragon des montagnes, pourtant tu ne leur ressembles pas tellement.

D'après ce qu'elle avait pu voir, aucun autre dragon au monde ne présentait d'écailles orange pâle comme les siennes.

– Et tu n'as pas de feu pour te défendre, ajouta-t-elle.

« Tu n'as rien pour te protéger… à part moi, et je ne peux pas venir avec toi. »

– Tu n'es pas comme les autres humains non plus, pas vrai ? remarqua-t-il.

– Tu as raison… Enfin, c'est quand même moins visible. Mais c'est pour ça que je n'entre pas dans l'enceinte de la cité Indestructible. Je ne leur fais pas confiance. Je suis très très prudente.

– Moi aussi, je serai très très prudent. Promis.

– Tu ne laisseras pas échapper un mot humain? lui rappela-t-elle. Promets-moi qu'au moindre regard de travers, tu fileras illico.

Il appuya son museau contre son front.

– Je vais juste jeter un coup d'œil. Je n'adresserai la parole à personne. Peut-être qu'ils vendent des animaux du désert trop mignons?

Mésange pouffa.

– Pitié, ne reviens pas avec un chameau apprivoisé. Et ne fais pas ami-ami avec les scorpions. Ni avec les serpents. Les serpents, c'est méchant, n'oublie pas!

– Chameau pas beau, Mésange préfère un cobra rigolo, récita Céleste.

Il fit un bond en arrière quand elle voulut lui donner une tape.

– Ne parle à personne sauf si c'est strictement nécessaire. S'ils te posent une question, réponds normalement. Je ne sais pas trop de quoi discutent les dragons, mais évite de parler d'escargots. Ne révèle à personne que tu ne manges pas de viande, je suis sûre qu'ils trouveraient ça bizarre.

– Ah oui? s'étonna Céleste. Mais ils ont déjà vu des petits lapinous?

– Voilà, surtout ne répète pas ce genre de truc! s'esclaffa Mésange. Ne donne pas d'informations précises. Si on te pose la question, tu peux dire que tu viens de l'avant-poste des dragons des montagnes qu'on a vu dans le Nord. Si ça se trouve, ta mère est une soldate postée là-bas. Ne dis pas que tu viens du palais pour ne pas qu'on te demande de détails.

– Mésange, je suis sûr que personne ne va m'adresser la parole.

Il se redressa de toute sa taille et prit une expression féroce.

– Parce que j'inspire la terreur à quiconque pose les yeux sur moi !

– Pas vraiment, gloussa-t-elle. Tu es trop mignon.

– Non, c'est toi qui es trop mignonne. Tu es le plus adorable animal de compagnie qu'un dragon puisse avoir.

– ARRÊTE ! protesta Mésange en lui donnant une tape sur le museau.

C'était la nouvelle blague préférée de Céleste. Il trouvait ça hilarant.

– Tu sais bien que c'est toi, mon animal de compagnie, rétorqua-t-elle.

Il posa une patte sur sa tête.

– Non, question mignonitude, tu me bats largement, donc c'est toi l'animal de compagnie.

– Bon, eh bien, sache que si tu n'es pas revenu d'ici midi, je file me trouver un autre maître, déclara-t-elle. Mets-toi bien ça dans la tête !

– D'accord ! fit-il en lui donnant un nouveau petit coup de museau.

Il glissa délicatement une griffe sous l'escargot pour le déposer dans un buisson voisin.

– Sois sage, Mésange ! lui lança-t-il. Reste bien cachée ! Je reviens bientôt.

Le cœur serré, elle le regarda dévaler la colline en direction de la ville. Les autres dragons marchaient-ils d'un pas aussi sautillant que lui ? Et s'il avait pris d'autres habitudes humaines qui rendraient les dragons soupçonneux ?

Elle remonta vite dans son arbre et trouva le perchoir le plus haut surplombant la ville. De là, elle vit Céleste passer devant une ferme en trottinant gaiement – un dragon couleur clémentine occupé à ramasser des légumes lui jeta un regard méfiant. Puis il traversa la rivière pour rejoindre un petit marché.

Céleste se balada entre les stands, contemplant les tapis, les poteries, les cactus et plantes grasses biscornues. Il devait tout observer avec les yeux écarquillés, du genre : « Bah ça alors, jamais vu un truc pareil ! » Il paraissait tellement petit comparé aux dragons adultes.

Mésange le suivit du regard tant qu'elle le put. Puis quand il s'engouffra dans une ruelle, hors de sa vue, elle resta à fixer ce point jusqu'à ce que le soleil soit haut dans le ciel.

« Ça va aller, se répétait-elle. C'est un dragon dans une ville de dragons. Ce n'est pas comme s'ils allaient le manger. Il doit bien s'amuser. »

Elle se demandait si Céleste s'inquiétait autant chaque

fois qu'elle partait pour la cité Indestructible. Elle espérait que non, parce que c'était affreux.

Elle se força à descendre manger un morceau, mais remonta vite dans son perchoir. Si seulement elle avait un nouveau livre à lire, au moins. La faute à cet imbécile d'Invulnérable qui avait tout gâché! L'angoisse terrible qui l'étreignait, comme des araignées qui couraient sous sa peau, c'était entièrement sa faute. Si elle avait eu un livre, elle aurait pu se détendre!

Ça la réconforta un peu de rejeter la faute sur quelqu'un.

«Céleste va revenir bientôt. Il me racontera toutes ses aventures et je me sentirai bête.»

Le soleil montait de plus en plus haut. Puis il commença à redescendre lentement vers l'ouest.

Midi était passé. Et Céleste n'était pas revenu.

«Il a dû se laisser distraire par un animal incroyable ou une super invention dragonesque.

Ou alors, il a oublié de regarder le soleil. Il va rappliquer en courant et s'excuser de m'avoir fait peur.»

Le soleil baissait de plus en plus. Le ciel prit une teinte orange, rose et doré, vira progressivement au violacé, puis le soleil disparut.

Dans la ville, les dragons allumaient des torches et continuaient à s'affairer. Ils remballaient leurs marchandises ou discutaient sur les balcons, se promenaient au bord de la rivière ou rentraient coucher leurs dragonnets. Une journée de dragon ordinaire s'achevait.

Il faisait nuit désormais. Céleste avait beau être distrait, il avait dû remarquer l'obscurité.

Il aurait dû être rentré, à moins que…

« Il lui est arrivé quelque chose. »

Mésange s'essuya les yeux et se frotta le visage.

« Il n'a pas de feu. Il n'a que moi.

Ville des dragons, me voilà ! Je viens chercher mon ami. »

CHAPITRE 17

FEUILLE

Feuille se réveilla en sursaut car quelque chose était en train de lui lécher le cou.

La chose en question n'était pas assez grosse pour une langue de dragon (pensait-il, ou plutôt espérait-il), mais il ne s'agissait pas non plus d'une petite langue d'adorable chaton. Et cette créature avait une haleine monstrueuse… à croire qu'elle avait dévoré un tas d'ordures.

Il ouvrit les yeux avec un mouvement de recul. La chèvre penchée sur lui le dévisagea d'un air calculateur. Elle hésitait visiblement à le plaquer au sol pour lui brouter les cheveux.

– Ha! Super! Vous êtes tous en vie! s'écria une voix. Waouh! Vous êtes arrivés pile au bon moment. Elle doit avoir un banquet prévu prochainement, elle nous garde pour plus tard.

Feuille battit des paupières et regarda autour de lui, paniqué. Il se trouvait dans une pièce sans porte ni fenêtre. La seule issue était une trappe gigantesque au plafond. On aurait dit plutôt une fosse ou une boîte qu'une véritable pièce, mais immense – une sorte de garde-manger pour dragon. Plein de petits en-cas vivants à grignoter. Il régnait une atmosphère chaude et enfumée, une odeur putride, comme dans une ferme mal entretenue, ce qui n'était pas étonnant vu le nombre d'animaux qui allaient et venaient.

Enfin, pas que des animaux – des humains également.

«On n'est pas les seuls prisonniers», remarqua Feuille tandis que Cerise se penchait sur lui.

Un grand barbu adossé au mur l'observait et un autre gémissait, allongé, la tête dans le bras. Un troisième homme dormait, couché sur le dos de l'une des vaches, qui errait sans but en flairant le sol de pierre d'un air méfiant. Peut-être était-il plus sûr de dormir ainsi plutôt que par terre, où la vache risquait de lui marcher dessus.

Vaches. Chèvres. Poules. Deux renards, un castor, quelques écureuils dépenaillés. Il y avait aussi un cerf paniqué et un véritable lynx, recroquevillé dans un coin, en train de grogner. Feuille se demanda s'il se sentait un peu dépassé, entouré de toutes ces proies, ou si ce prédateur avait conscience de faire désormais partie de la catégorie des proies.

«Tout comme toi», lui rappela Mésange dans sa tête.

– Je suis contente que tu sois sain et sauf, petit frère,

lui dit Cerise en lui donnant une bourrade dans l'épaule. Je sais que tu veux devenir tueur de dragons, mais je ne pensais pas t'avoir appris à foncer droit sur le premier venu, espèce d'idiot !

– Tu as vu ce qui s'est passé ? la questionna Feuille.

– Quand on s'est fait capturer par ceux qui vont bientôt nous manger ? fit-elle. Oui, oui, j'ai vu.

– Non, avec mon épée ! J'ai frappé le dragon deux fois mais mon épée a ricoché ! La lame ne pénètre pas leurs écailles !

Cerise fronça les sourcils.

– Oh non… c'est terrible.

– Comment le Tueur de dragons s'y est-il pris, alors ? Pour réussir à en tuer un ? On ne m'a jamais dit que nos épées ne servaient à rien. Ce n'est précisé nulle part.

– Il avait une épée, affirma Cerise. J'en suis sûre à quatre-vingt-cinq pour cent. Mais je ne sais pas exactement comment il a procédé.

– Une épée magique ? suggéra Cranberry, assise contre le mur à côté de Thym qui, roulé en boule, fixait distraitement le lynx. Ou alors, c'était une épée faite par les dragons, donc assez tranchante ?

– Arrrgh ! grogna Feuille en se prenant la tête entre les mains.

Il s'était tellement entraîné… tout ça pour rien. Il se retrouvait enfin dans le repaire des dragons, pourtant il se sentait plus impuissant que jamais.

– Peu importe, reprit le barbu.

Feuille reconnut la voix qu'il avait entendue en revenant à lui.

– Ils vous ont pris vos armes. On vous en redonnera peut-être si vous devez vous battre dans l'arène, mais vous n'avez aucune chance.

– L'arène ? s'étonna Cerise en repoussant la vache qui reniflait ses bottes.

– La reine aime organiser des combats, dit-il. Surtout entre dragons, mais parfois elle y envoie des humains.

– Comment le savez-vous ? s'enquit Feuille.

– Oui, si vous êtes ici depuis assez longtemps pour avoir assisté à tout ça, comment se fait-il que vous ne soyez pas mort ?

Cerise croisa les bras et le considéra en levant un sourcil. L'homme eut un petit rire amer.

– Je suis là depuis cinq jours. Le deuxième jour, ils ont réparti les humains. Trois pour les cuisines, trois pour l'arène, il me semble. Nous n'avons pas revu les trois premiers et je suis le seul à avoir survécu à l'arène.

– En affrontant un dragon ? s'écria Feuille.

– Ha ! Non, en faisant le mort jusqu'à ce qu'ils me sortent de là. Mais ce n'est pas l'idéal non plus. Un autre gars a tenté le même coup, mais il s'est fait piétiner et il a succombé à ses blessures.

– Vous êtes doué pour les histoires d'épouvante, commenta Cerise.

– Je m'appelle Cardinal. Mais ne vous attachez pas trop.

– Vous, vous pouvez vous attacher à nous, répliqua

Cranberry d'un air de défi. Parce que nous n'avons pas l'intention de mourir.

Cardinal haussa les épaules, refusant de perdre son temps à la détromper vu que la réalité allait s'en charger.

– Tu crois qu'on peut grimper là-haut ? demanda Cerise à Cranberry en désignant la trappe au-dessus de leurs têtes. Ou te lancer pour que tu l'atteignes ?

Feuille et Cranberry avaient l'habitude de se lancer l'un l'autre dans les airs à bonne distance, mais la grille était clairement trop haute (environ trois dragons empilés l'un sur l'autre). Cependant, ils essayèrent quand même. Malgré les protestations des vaches, Cranberry grimpa sur les épaules de Cerise, et Feuille se percha tout en haut. En vain.

Les dragons allaient et venaient au-dessus d'eux, ébranlant la grille au passage. À un moment, l'un d'eux se pencha pour leur jeter de la nourriture mais, la mêlée qui s'ensuivit lui paraissant aussi dangereuse que les dragons, Feuille préféra rester contre le mur.

Encore plus tard, un dragon couleur mandarine ouvrit la trappe et descendit dans le trou, lâchant un mouton bêlant et un autre cerf avant de remonter à tire-d'aile.

Feuille interrogea Cardinal :

– Comment les dragons vous ont-ils attrapé ? Vous ne venez pas de Talisman, pourtant je croyais qu'il n'y avait pas d'autre village humain aux environs du palais.

– Beaucoup de gens se retrouvent à errer à travers le continent quand leur village est incendié, expliqua

Cardinal. Les dragons peuvent aller bien plus loin que chez vous. L'autre jour, ils ont rapporté un gars qui venait de la côte. Et puis, il y a aussi les crétins qui s'aventurent ici pour voler leur trésor.

Cerise et Cranberry échangèrent un regard penaud.

– Ouais, c'est bien ce que je me disais, s'esclaffa Cardinal.

Il désigna du menton l'homme assoupi sur le dos de la vache – un certain Arbutus, qui se révéla sinistre et morose.

– Nous aussi, c'est ce qu'on avait prévu. Je parie que ça amuse beaucoup les dragons qu'on vienne s'offrir en pâture sans qu'ils aient rien demandé.

– Ce n'est pas le trésor qui m'intéresse, répliqua Feuille avec véhémence. Je suis venu pour tuer un dragon.

Cardinal éclata de rire.

– Ça, c'est encore plus bête ! Mais si tu atterris dans l'arène, tu pourras tenter le coup. Ça promet d'être divertissant.

Pouvoir tenter le coup. C'était exactement ce que Feuille voulait.

– Et si je gagne, ils nous libéreront ? s'enquit-il.

Cardinal le dévisagea, les yeux plissés.

– Non, ils vous mangeront quand même. Ce sont des DRA-GONS, articula-t-il avec insistance. On ne peut pas les raisonner ni négocier avec eux. Ce sont d'énormes monstres sans cervelle assoiffés de sang !

C'était bien ce que Feuille pensait, pourtant l'image des « monstres sans cervelle » ne collait pas avec les combats dans l'arène, ce palais raffiné, le plan soigneusement dessiné et les projets de buffet.

Mais bon, en effet, il se doutait bien que les dragons ne les relâcheraient pas. Ils avaient jeté les humains dans la fosse avec leurs autres proies. Même s'ils s'amusaient un peu avec eux avant, ils avaient l'intention de tous les manger.

Or, il n'était pas question qu'il meure sans entraîner un dragon avec lui dans la tombe.

« C'est ça ! l'encouragea la voix de Mésange dans sa tête. Tu dois me venger d'abord. Dans le SANG !

– Mais comment ? Quel est leur point faible ?

– Faut leur flanquer un coup sur leur vilain museau », affirma Mésange qui, dans son esprit, parlait encore comme une gamine de sept ans.

Mais elle avait probablement raison. La gueule, sans doute. Les yeux. Et les ailes, peut-être.

C'était logique, mais pas évident. Le museau des dragons n'était pas exactement à la portée des humains.

Feuille réfléchit à tout ça des jours durant. Au-dessus de la grille, il y avait une fenêtre par laquelle on apercevait un coin de ciel bleu, lui permettant de compter les nuits. Il regrettait de ne pas être allé plus souvent contempler le lever du soleil avec Mésange. C'était son moment préféré, mais à l'époque il préférait dormir.

Les dragons passaient régulièrement prendre ou ajouter des proies et les nourrir. Ils n'avaient pas l'air très au courant de ce que mangeaient les différentes espèces d'animaux : il y avait surtout des tas de poissons crus et de grandes brassées d'herbe.

Le quatrième jour, les dragons emportèrent le type qui pleurnichait lorsque Feuille avait repris conscience. Ce fut un soulagement car il hurlait dans son sommeil, en proie à de terribles cauchemars. Il refusait d'adresser la parole à quiconque ; ils ignoraient donc son nom, d'où il venait et ce qu'il faisait là. Cardinal ne sut pas dire s'il allait finir dans l'arène ou dans les cuisines.

« Et si Cranberry me jetait à la tête d'un dragon ? » se demanda Feuille. Aurait-il le temps de lui enfoncer son épée dans l'œil ? Le souci, c'était qu'on risquait de l'envoyer dans l'arène tout seul. Il exposa le problème aux autres.

– Tu pourrais escalader la patte d'un dragon pour atteindre sa tête, suggéra Cranberry.

– Faudrait qu'il soit endormi ou vraiment pas agressif, répondit Cerise.

– Moi, je ne m'y risquerais pas. Je préfère détaler à toutes jambes, affirma Thym.

– Ils adorent ça, indiqua Cardinal. C'est beaucoup plus amusant pour eux de pourchasser leur proie.

– Vous n'en savez rien ! le coupa Cerise. Ce ne sont pas des chats !

Il haussa les épaules.

– Bah, ça vaut sûrement aussi pour les dragons.

– Vous êtes sûr qu'on ne peut pas communiquer avec eux ? vérifia Thym. Essayer de les convaincre de nous relâcher ?

Cette suggestion provoqua l'hilarité de Cardinal.

Les dragons débarquèrent finalement le cinquième soir.

Dans le carré de ciel de la fenêtre, la lueur rouge du soleil couchant cédait peu à peu la place au violet du crépuscule. Toute la journée, les dragons s'étaient affairés, passant et repassant chargés de plats, rugissant dans un fracas de marmites alors que flottait un fumet de viande rôtie. Feuille se demandait ce qui se passait, car on les sentait stressés.

Trois dragons ouvrirent la trappe à la volée pour plonger dans la fosse. Feuille se releva d'un bond, prenant un air féroce afin d'être sélectionné pour l'arène.

« Choisissez-moi ! Je vous promets un combat mémorable ! Donnez-moi une épée, que j'embroche un de vos congénères ! »

Le plus gros des trois, une femelle, était rouge vif, de la couleur du sang frais, avec en travers du museau une balafre qui lui avait coûté un œil. Ses cornes et son cou étaient ornés d'une fine chaîne en or ; Feuille supposa donc qu'elle était aux commandes – tout du moins des cuisines ou des réserves. Elle aboyait sur les deux autres, tendant une griffe vers la meute paniquée des proies.

Un dragon orange à qui il manquait quelques griffes fondit sur un mouton et s'en fut avec. Le dernier, rouge plus foncé aux yeux jaunes, emporta l'un des cerfs.

« C'est tout ? s'étonna Feuille. Ils préparent juste le dîner de la reine. »

Les dragons repassèrent chercher une chèvre et un

castor, puis un renard et le lynx. Ils revinrent encore et encore jusqu'à ce qu'il n'y ait presque plus d'animaux dans la fosse.

– Je vous l'avais dit, se vanta Cardinal, avachi contre le mur, ils nous ont gardés pour un buffet. C'est peut-être son anniversaire.

Il ricana.

– Ouais, c'est ça, fit son acolyte d'un ton sinistre, comme si les dragons connaissaient leur date de naissance. Ha !

Arbutus était un homme dégingandé au visage anguleux, avec une queue-de-cheval brune qui lui arrivait à la taille. Il semblait résigné à finir dans l'estomac d'un dragon. Et à force de dormir sur le dos des vaches, il sentait encore plus mauvais que les autres.

– Si ça se trouve, elle reçoit des invités, supposa Cerise. J'ai vu un dragon d'une couleur différente passer devant la fenêtre.

– Oui, jaune pâle, renchérit Thym. Je l'ai vu aussi.

– Sûrement un dragon du désert, confia Cerise à Feuille.

« Comme celui que le Tueur de dragons a massacré. Je me demande s'ils sont plus vulnérables, songea-t-il.

– Ooh, intéressant ! s'écria Mésange avec enthousiasme dans sa tête. Faudrait essayer ton épée sur tous les dragons, puis faire un tableau en les classant du plus douillet à celui où ça fait *CLANG OUILLE GRR !* et où il te bouffe. »

Feuille jeta un coup d'œil au dragon rouge qui tournoyait encore au-dessus d'eux. Il venait sûrement de choisir le dîner, comme Cardinal l'avait deviné. Les dragons n'allaient pas regarder un renard affronter un lynx dans une arène en pleine nuit. Il n'y aurait sans doute pas de combat ce soir. Et comme il ne leur restait que six humains, ils n'avaient pas prévu d'en manger au buffet. Peut-être qu'ils se retrouveraient tous dans l'arène demain.

Mais les dragons revinrent. Leur responsable leur aboya à nouveau dessus, cette fois en désignant Thym. Avant que quiconque ait pu réagir, le dragon orange s'abattit sur lui, le saisit entre ses griffes et s'en fut en quelques secondes, comme pour le mouton.

– THYM! hurla Cranberry. Non, pas Thym! Laissez-le! LAISSEZ-LE!

Feuille était tellement abasourdi qu'il ne pouvait articuler un son. Il fixait l'endroit où s'était trouvé son ami une minute plus tôt.

«Il ne peut pas disparaître comme ça. Il ne peut pas finir au menu d'un banquet. Je suis venu ici pour sauver des gens, pas pour jeter mes proches dans la gueule des dragons!»

Perdu dans ses pensées, il ne perçut même pas les grognements au-dessus de sa tête. Ce n'est qu'en entendant Cerise crier son nom et en sentant des griffes se refermer sur lui qu'il s'aperçut que la dragonne borgne était revenue.

Pour prendre un autre humain destiné au banquet.

Et c'était lui qu'elle avait choisi.

CHAPITRE 18

LIANE

Le problème avec le trésor que le père de Liane avait volé aux dragons, c'est que personne n'en avait jamais vu la couleur.

Ils le comprirent petit à petit. Violette rendit visite aux commerçants de Valor et leur demanda de l'air le plus détaché qu'elle put (c'est-à-dire assez peu) si le Tueur de dragons payait en or, en bijoux ou autre.

Et tous marmonnèrent nerveusement et l'envoyèrent au diable. L'idée générale était que, en tant que seigneur de Valor, le Tueur de dragons n'avait pas à payer ses achats comme un vulgaire villageois. Il était aussi riche que la reine des dragons ! On pouvait lui faire crédit les yeux fermés.

– Attendez, mais alors, quand vous a-t-il payés pour la dernière fois ? interrogea Violette.

Et ils marmonnèrent à nouveau, encore plus nerveux, et la chassèrent de leur échoppe sans lui donner plus de détails.

Visiblement, un système informel de faveurs s'était mis en place. Si, par exemple, Lichen appréciait les tenues d'un certain tailleur, il le faisait savoir et, bientôt, c'était le tailleur le plus couru de Valor. Si une fabricante de bougies créait une senteur spéciale Tueur de dragons, elle se voyait attribuer l'une des plus grandes grottes du marché souterrain.

– D'après ce que j'ai pu constater, il paie en influence et en renommée plutôt qu'avec de l'argent, expliqua Violette.

– Mmm, fit Liane. Mais alors, où est son argent? Qu'est-ce qu'il en fait s'il ne s'en sert pas pour acheter des choses?

– Peut-être qu'il l'entasse au fond d'une grotte pour se rouler dedans, suggéra Jonquille. Si j'avais une montagne de pièces d'or, ça ne me viendrait pas à l'idée, bien sûr, mais…

Liane avait espéré apercevoir d'où il sortait son or la prochaine fois qu'il aurait une grosse dépense à faire, mais ses admirateurs ne semblaient rien lui refuser.

Pendant que Violette interrogeait les commerçants, Jonquille était chargée de discuter avec sa grand-mère, la doyenne des Valoriens. Mais la conversation ne se passa pas comme elle l'espérait.

– Elle a voulu savoir où étaient passés mes rubans

jaunes! s'indigna Jonquille. Elle a décrété que mon uniforme était terne et ne m'allait pas au teint. Elle m'a répété mille fois de me tenir droite, puis demandé pourquoi je m'intéressais tant à cette attaque de dragons. Et non, elle n'avait jamais vu le trésor du Tueur de dragons, ce n'était pas une fouineuse, sauf quand il est revenu du désert sur son fidèle destrier et qu'il a annoncé son héroïque victoire sur la place du village.

– Et alors? Tu as réclamé des détails?

– J'ai essayé, se défendit Jonquille. Elle a dit que c'était incroyable, qu'on avait sonné les cloches, que tout le monde l'acclamait et se pressait pour voir l'aiguillon venimeux. Et *CRAC, BOUM, GRRR, SWISH!* Tout avait pris feu. Tante Pétale avait mis grand-mère à l'abri, et elle était vraiment formidable, et aucun autre de ses enfants ne lui arrivait à la cheville…

– Elle n'a pas dit ça, quand même? intervint Liane.

– Bien sûr que si, soutint Jonquille. Et devant ma mère, en plus! Je te jure! Pétale a l'air aussi pénible que Pâquerette! Enfin bref, j'ai eu beau essayer, je n'ai pas réussi à la faire parler du trésor et, comme elle commençait à radoter, je suis partie.

– Bah bravo, bien joué, commenta ironiquement Violette.

– Merci, fit Jonquille, ignorant le sarcasme.

La mission de Liane était bien entendu de chercher chez elle. Elle était souvent toute seule à la maison, elle n'eut donc pas de mal à trouver un moment tranquille. Elle débuta par la chambre de ses parents, puis le bureau de son père, puis la salle à manger où se tenaient les réunions du conseil et les fêtes. Elle fouilla dans tous les recoins, passant la grotte au peigne fin, la moindre faille dans les murs de pierre, le moindre repli des hamacs. Elle feuilleta tous les livres des étagères, vida les placards à la recherche d'un double fond.

Ça la mettait mal à l'aise de fureter ainsi dans le dos de son père pour découvrir ses secrets. Elle avait l'impression d'être devenue une autre – une fille plus audacieuse mais aussi plus fouineuse, dont le père n'était pas digne de confiance. Elle se rappelait pourtant l'adorable papa, drôle et charmeur, qu'elle croyait avoir autrefois. Désormais, elle ne voyait hélas plus que ses zones d'ombre, les fantômes qu'il ignorait, ce sourire prouvant qu'il s'en moquait ou qu'il estimait n'avoir rien fait de mal.

Son cœur battait à tout rompre. Et s'il la surprenait, que dirait-elle ? Serait-elle capable de l'amadouer, de mentir… ou était-il un tel maître dans l'art du mensonge qu'il verrait clair en elle ?

Profitant de l'absence de ses parents pour toute la soirée, elle retourna la maison de fond en comble. Ils possédaient de nombreuses statuettes, des bijoux et des vases décorés à la feuille d'or, mais tous réalisés par la main humaine. Il n'y avait pas un seul objet dragonesque.

– C'est dingue, commenta Jonquille, perchée dans un hamac, quand Liane leur annonça qu'elle était bredouille.

Elles avaient décidé de se retrouver chez Violette plutôt

que chez Liane car, à force de remuer ces vieilles histoires, Jonquille avait à nouveau fait des cauchemars à propos du dard de dragon et ne voulait pas s'en approcher. Et puis, Violette se méfiait également de la mère de Liane, et elle n'avait sans doute pas tort.

Les pères de Violette participant à toutes les réunions, aux jugements et aux arbitrages, elles étaient tranquilles chez elle, loin des oreilles indiscrètes.

– Lichen l'a vraiment bien caché, alors, pour que tu ne trouves rien, soupira-t-elle.

– Ou alors il n'est pas dans notre grotte, suggéra Liane. Peut-être qu'il l'a planqué ailleurs de peur qu'on le lui vole.

– Mais où ? demanda Jonquille. Quel endroit serait plus sûr que sa propre grotte ?

Elles demeurèrent un moment silencieuses. Violette était allongée dans sa « position de réflexion ». Liane était assise à son bureau, essayant de dessiner le dragon des glaces qui avait transporté Caillou. Ce n'était pas évident avec tous ces piquants, mais ça l'aidait à se concentrer au lieu de ruminer. Où son père aurait-il pu cacher ce trésor avec la certitude que personne ne pourrait y accéder à part lui ?

– Oh ! s'écria-t-elle en laissant tomber sa plume. Mais bien sûr ! Où avais-je la tête ? À l'ancien village, les filles !

Violette se redressa vivement et Jonquille faillit tomber du hamac.

– C'est certainement pour cela qu'il a adopté cette loi

interdisant d'y aller ! compléta Liane. Pin a pu s'approcher trop près de sa cachette. En plus, une fois, j'ai vu papa sortir avec un sac caché sous sa chemise – il allait peut-être récupérer une partie du trésor. Je parie que c'est ça ! Il est caché dans l'ancien village !

– Tu es un génie, Liane ! la félicita Violette.

– Non, pas vraiment, se défendit-elle. J'aurais dû y penser plus tôt.

– Allons vite voir ! décida Jonquille. Tout de suite !

– On ne peut pas.

Liane se passa la main dans les cheveux.

– Je veux dire, c'est carrément impossible. Primo, on ne sait pas où se trouve le village. Deuzio, on n'a pas le droit de quitter Valor seules – même les sentinailes pensent qu'on n'est pas prêtes. Et surtout, c'est interdit. Papa n'irait sûrement pas jusqu'à me bannir, mais il pourrait vous chasser toutes les deux, et je… Ce serait… Ce serait affreux.

Elle ne pouvait pas imaginer la vie sans Violette et Jonquille. Elle ne pouvait pas imaginer que son père les expulse par sa faute. Jamais elle ne lui pardonnerait.

– J'ai la solution, affirma Violette. Digitale va nous conduire à l'ancien village et Écureuil veillera à ce qu'on ne se fasse pas prendre.

– Violette !

Liane lui lança une boulette de papier.

– C'est pire ! Digitale et Écureuil pourraient aussi être bannis !

– Bah… ce sont les personnes que je préfère à Valor. Si on est tous bannis ensemble, ça me va.

– On bannit Forêt aussi, alors ! s'écria Jonquille.

– Jonquille, arrête ! protesta son amie. Non. Pas Forêt, par pitié ! Je t'interdis de tomber amoureuse de lui !

– Mais non, je le trouve juste drôle !

– Tu te trompes. Il est horrible, décréta Violette.

Liane tendit un bol de graines de courge à la première pour l'empêcher de sauter du hamac et d'étrangler l'autre.

– Il n'est pas horrible. Il a un humour un peu puéril, d'accord, mais s'il fait rire Jonquille, alors tant mieux. Mais surtout, personne ne sera banni car personne d'autre n'ira à l'ancien village. J'y vais seule.

– Un plan calamiteux, commenta Jonquille.

– Il n'en est pas question ! fit Violette en même temps.

Liane s'efforça de les convaincre, mais elle n'avait aucune chance contre ses deux amies réunies.

Elle espérait en rediscuter avec elles mais, trois jours plus tard, alors que Digitale les avait convoquées pour une nouvelle mission de surveillance du ciel, elle trouva Écureuil qui les attendait à la sortie du tunnel, sac sur le dos et sourire aux lèvres.

Liane jeta un coup d'œil à ses amies.

– Oh oh… Vous n'avez pas…

– Bien sûr que si ! s'exclama Jonquille avec entrain. Et ils sont RAVIS de nous aider.

– Euh, il ne faut pas exagérer, tempéra Digitale. On nous a légèrement forcé la main…

Elle se tourna vers Violette en haussant un sourcil, mais celle-ci n'avait pas l'air de se sentir coupable.

Le ciel était chargé de lourds nuages gris et de violentes rafales secouaient les arbres. Au nord, on distinguait un rideau de pluie tombant sur les sommets.

« S'il y avait des dragons dans les nuages, est-ce qu'on les distinguerait ? Est-ce qu'on entendrait leurs battements d'ailes malgré le vent ? »

– Comment tu as fait ? demanda Liane à son amie.

– Je leur ai dit qu'on avait besoin d'un guide pour aller à l'ancien village, répondit tranquillement Violette, et que s'ils nous aidaient, j'arrêterais d'essayer de déchiffrer le code secret des sentinailes.

– Je n'ai jamais confirmé qu'elles avaient un code secret, intervint sèchement Digitale. Mais ce serait bien que tu arrêtes de fouiner dans les affaires des autres.

Elle commença à descendre la colline d'un pas furieux et Liane n'eut d'autre choix que de la suivre. Le vent lui ébouriffait les cheveux, lui plaquant des mèches sur la figure. Elle se fit la réflexion que ce devait être difficile de voler par un temps pareil.

– C'est trop dangereux, haleta-t-elle. Je ne veux pas que quiconque soit banni.

– Moi non plus, dit Digitale. Mais Violette a sûrement raison : ton père cache quelque chose dans l'ancien village et, avec toi, on va peut-être enfin trouver quoi.

– « Avec moi »… « enfin » ? répéta Liane. Attends, tu veux dire que vous avez déjà fouillé là-bas ?

Digitale sourit.

– Fais-moi confiance. Ce n'est pas la première fois que j'y vais. Et ce n'est pas aujourd'hui que je me ferai prendre.

Jonquille dévalait la pente devant eux, sautant de rocher en rocher comme un cabri qui vient d'échapper aux trolls. Violette suivait, plus lentement, tout en discutant avec Écureuil. Liane jeta un coup d'œil par-dessus son épaule et vit trois autres sentinailes sortir de la ville souterraine. Elle les connaissait – elles étaient toutes de la même année que Digitale.

– On a un protocole d'alerte, l'informa celle-ci en remarquant son expression perplexe. Si quelqu'un d'autre sort, ils enverront un signal pour qu'on ait le temps de se cacher. T'inquiète.

« C'est tout un système », pensa Liane alors qu'ils marchaient à travers bois. Des moineaux voltigeaient entre les arbres, se cramponnaient aux branches ébranlées par le vent. Où étaient postées de nombreuses sentinailes. « Violette a vu juste : elles ont des secrets. Digitale est déjà allée à l'ancien village en douce et elle ne m'en a jamais parlé.

Parce qu'elle ne pouvait pas me faire confiance ? Elle craignait que je le répète à mon père, c'est ça ? Est-ce que je l'aurais prévenu avant d'être au courant pour Rose et tout ce que Caillou nous a raconté ?

En tout cas, maintenant, elle n'a pas l'air inquiète. »

Liane jeta un coup d'œil à Digitale, mais elle arborait toujours cette expression indéchiffrable qu'elle n'arrivait pas à imiter même après tant d'années. Cependant, elle ne semblait pas en colère. Liane espérait que Violette ne lui avait pas vraiment fait du chantage… et que Digitale ne leur en voulait pas.

Dans leur dos, elle repéra deux sentinailes qui les suivaient à distance, puis, au bout d'un moment, une seule. Elle devina qu'elles se postaient le long du chemin afin de pouvoir transmettre leurs signaux rapidement. Avec un peu de chance, ils seraient ainsi à l'abri des dragons, de son père, de tout.

– On se dirige vers le désert. À l'ouest, nota Violette en observant le ciel.

– Le village est à la lisière de la forêt, l'informa Digitale. Je vois que tu prends des notes dans ta tête, Violette. N'oublie pas que tu as promis de ne jamais y aller seule.

– Oui, oui, c'est bien ce que j'ai promis, la rassura Violette.

Digitale plissa les yeux en ajoutant :

– Y aller avec Liane et Jonquille, c'est comme y aller seule. Arrêtez d'essayer de contourner les règles.

– Je n'ai rien dit ! se défendit Violette. Je n'avais même rien prévu ! Je me cultive, c'est tout. Comme une apprentie sentinaile assidue. Une bonne élève avide d'apprendre.

– C'est ça, marmonna Digitale. Jonquille ! Reviens par là !

Celle-ci se retourna docilement et rappliqua en courant. Digitale leur fit signe de se taire. Ils se tapirent, blottis les uns contre les autres.

– Ça risque d'être dur pour vous, les prévint-elle. Vous êtes prêtes, sûr ?

– Complètement, confirma Jonquille.

– Évidemment, affirma Violette.

Liane se contenta de hocher la tête. Elle n'avait aucune certitude, ne sachant pas à quoi s'attendre. Mais elle ne pouvait pas reculer maintenant.

Digitale siffla doucement, tendit l'oreille, puis leur fit signe de la suivre. Écureuil resta en arrière, perché dans un arbre.

Liane aperçut une trouée entre les troncs, un endroit mieux éclairé même par cette journée grise. En approchant, elle sentit comme une odeur de brûlé.

Elles débouchèrent hors de la forêt pour pénétrer dans un paysage de désolation, entièrement calciné.

Les silhouettes noires et biscornues se révélèrent être des troncs, des murs éboulés, des tours écroulées. Liane distinguait les ruelles qui couraient jadis entre les bâtiments, les endroits où poussaient fleurs et arbres autrefois, avant que les flammes des dragons réduisent tout en cendres.

Digitale les guida entre les vestiges des maisons en pierre jusqu'à une sorte de place où toutes les rues se rejoignaient – à l'image du hall central de Valor. Un clocher effondré se dressait en son centre. Liane ne pouvait détacher les yeux de la vieille cloche en métal, rouillée et fendillée, qui émergeait des gravats. Son père avait-il été le dernier à la sonner ? Était-il fier de lui ? Qu'avait-il ressenti en voyant les dragons attaquer ?

– Bien, fit Digitale, les mains sur les hanches. Qu'est-ce

qu'on fait maintenant, petite maligne ? demanda-t-elle en regardant Violette.

– On se sépare pour les recherches ? suggéra cette dernière.

– C'est grand et on n'a pas beaucoup de temps. Quelqu'un a une idée plus précise ?

Violette tourna sur elle-même, examinant les lieux. Liane devait admettre que ce n'était pas très engageant. Où son père aurait-il pu cacher un trésor dans un endroit pareil ?

Et… cela ne lui faisait-il pas de la peine ? Chaque fois qu'il revenait ici, il devait se rappeler tout ce que la communauté avait perdu à cause de lui… Ne se sentait-il pas écrasé par la culpabilité en contemplant ce désastre ?

Elle oui, en tout cas, pourtant elle n'était même pas née quand c'était arrivé. Elle n'avait jamais vu le village animé, plein de vie. Si un drame pareil s'était produit par sa faute, elle n'aurait jamais pu revenir sur place.

Sauf qu'il ne s'agissait pas d'elle, mais du Tueur de dragons, et il ne pensait pas comme elle. Là où elle voyait des ruines, il voyait une cachette astucieuse. Où aurait-il estimé que son trésor serait en sécurité ?

– L'ancienne maison de mon père, dit-elle soudain. Là où il habitait, on devrait commencer par là.

– Bonne idée, fit Digitale. C'est où ?

Liane n'en avait aucune idée. Elle survola les ruines du regard, sourcils froncés, à la recherche d'un indice. Son père aimait les demeures spacieuses, le luxe… Mais quand il était petit, sa famille n'en avait pas les moyens. C'était bien pour ça qu'il avait voulu voler le trésor des dragons, non ? Parce qu'il voulait devenir riche, qu'il désirait ce qu'il n'avait pas.

Ce n'était donc sûrement pas l'une des grandes bâtisses bordant la place.

– Devinez quoi ? s'écria soudain Jonquille. DEVINEZ QUOI ?

– Quoi ? fit Violette d'un ton exagérément blasé.

– Il y a des EMPREINTES ! dit l'autre en désignant une zone boueuse derrière la cloche. Qui mènent par là. ET SI C'ÉTAIENT LES PAS DU TUEUR DE DRAGONS ? Ils nous conduiraient droit à sa cachette !

Violette s'accroupit pour les étudier, sceptique.

– Il y a deux types de traces, donc ça ne peut pas être le Tueur de dragons, car il vient toujours tout seul.

– Suivons-les quand même, décida Jonquille. Quelqu'un est déjà venu par ici, c'est clair. Si ça se trouve, cette personne a déniché la planque ; ça peut nous faire gagner un max de temps, non ?

– Oui, quelqu'un est déjà venu par là. Oui, cette personne a cherché le trésor, mais non, elle ne l'a pas trouvé. Et surtout, elle ferait bien de mieux couvrir ses traces, dit Digitale en appuyant sur ces derniers mots.

Elle fixa les trois filles.

– Je peux vous confier un secret ? Un vrai secret. À ne répéter à personne.

– Oui, souffla Jonquille. Promis.

– Moi aussi, renchérit Violette. Je ne trahirai jamais ta confiance, Digitale. Garder un secret est une affaire d'honneur.

– Liane ? fit la sentinaile avant qu'elle ait pu acquiescer. C'est surtout toi qui dois promettre de ne rien dire. Ça risque de se révéler très difficile. C'est beaucoup te demander.

– Oui, je te le promets, répondit Liane, un peu vexée. Ce n'est pas beaucoup me demander. Je peux garder un secret, tu le sais bien.

– C'est vrai, abonda Jonquille en prenant la main de son amie dans la sienne.

Digitale grimpa sur la marche la plus haute, vestige de l'escalier du clocher, et agita les bras. Une ombre se détacha d'une embrasure de porte chancelante et vint vers eux. Une autre surgit de derrière un muret et suivit la première.

En voyant approcher les deux jeunes gens, Liane fut surprise de les voir porter des uniformes de sentinaile, usés jusqu'à la corde mais encore reconnaissables. L'un d'eux avait une cicatrice dans le cou et l'autre n'arrêtait pas de jeter des coups d'œil nerveux vers le ciel.

– Oh, WAOUH ! siffla Jonquille.

Elle serra encore plus fort la main de Liane dans la sienne.

– LIANE, fit-elle dans son célèbre cri murmuré, c'est PIN !

– Et Azalée, compléta Violette. Ils ont tous deux été bannis de Valor.

Jonquille joignit les mains sous son menton.

– Tu es toujours vivant, Pin! Je n'en reviens pas. Tu te souviens de moi? Miss Couettes aux rubans jaunes?

Il avait effectivement l'air de la remettre.

– Mais oui! On était à l'école ensemble. Tu adorais les pêches!

– Oui, confirma-t-elle. C'est ça, j'aime trop… les pêches. Exact. Au fait, je m'appelle Jonquille.

– Qu'est-ce que vous faites là, Digitale? demanda l'autre sentinaile bannie.

Azalée avait les cheveux courts, en bataille comme si elle les avait coupés au couteau, sans miroir.

Liane se rappelait vaguement qu'elle s'était battue contre les gardes le jour de son bannissement.

– On en a parlé cent fois. On était pourtant d'accord que c'est trop dangereux de l'amener ici, dit-elle en désignant Liane du menton. Tu te souviens?

– C'est différent cette fois, se justifia Digitale. C'est elle qui a voulu venir nous aider…

Azalée leva les sourcils et dévisagea Liane, incrédule.

– À trouver le trésor, s'empressa d'ajouter Digitale. Qu'on cherche depuis des années. Elles pensent aussi qu'il doit être ici, toutes les trois.

– Et qu'est-ce que tu lui veux à ce trésor, princesse? interrogea Azalée.

Il y eut un silence. Liane s'aperçut qu'elle attendait que Violette ou Jonquille réponde à sa place. Mais Azalée avait les yeux rivés sur elle.

– On veut le rendre aux dragons, expliqua Liane, pour qu'ils arrêtent d'incendier des villages.

Azalée pencha la tête sur le côté et fit un pas en arrière. Elle se tourna vers Pin qui haussa les épaules, un sourire amusé aux lèvres.

– C'est pas une mauvaise idée, affirma-t-il.

– Je ne suis pas d'accord, mais on s'en moque, dit Violette. Vous vivez ici depuis tout ce temps ? Depuis que vous avez été bannis ?

– Nos amis nous ont aidés à survivre, expliqua Pin. Aster est partie tenter sa chance à la cité Indestructible et n'est jamais revenue. Les dragons ont chopé Racine il y a deux ans.

– Et les autres citoyens bannis ? s'enquit Liane. Ceux qui ne faisaient pas partie des sentinailes.

– On sait où ils se trouvent pour la plupart, annonça Pin.

– Mais on ne te le dira pas, intervint Azalée. Ne te vexe pas. Simple précaution.

– C'est incroyable, murmura Violette en dévisageant Pin. Tu as été chassé parce que tu étais venu ici… et finalement tu te retrouves à y vivre ! Et maintenant, tu peux passer tes journées à chercher le trésor du Tueur de dragons, raison pour laquelle il t'a sûrement chassé à la base.

– Personne n'a jamais dit que Lichen était malin, répliqua Azalée sur un ton indifférent. Sans vouloir te vexer, Liane.

Bien sûr, Azalée ne disait pas cela pour la vexer… Elle était en colère et avait bien l'intention de le rester, quoi que Liane puisse dire. Mais cette dernière ne lui en voulait pas. Au contraire, elle était inquiète de les savoir là, tout seuls dans un village réduit en cendres avec une poignée de sentinailes pour les aider.

– Mais vous n'avez rien trouvé? demanda Violette. Vous savez où vivait le Tueur de dragons, au moins?

Pin écarta les mains.

– Même pas. En fin de compte, je ne suis pas sûr que son trésor soit ici.

– Pourquoi t'aurait-il banni, sinon? Juste pour avoir mis les pieds dans ce village? fit valoir Digitale.

– Peut-être que je l'ai offensé d'une autre manière, dit-il.

– Tu te souviens de ce que tu as fait quand tu es venu ici pour la première fois? le questionna Violette. Où t'a-t-il surpris?

– On avait fouillé toute la zone, mais je vais vous montrer où il m'a trouvé.

Ils se frayèrent un chemin à travers les décombres, tous les six, Digitale prenant soin d'effacer leurs traces. Pin s'arrêta dans un coin du village similaire à celui qu'ils venaient de quitter, sauf que les habitations en ruine étaient plus petites que les grandes bâtisses du centre.

– Je farfouillais dans la cheminée à la recherche de métal. Il a surgi des bois et m'a demandé ce que je fabriquais là. Quand je le lui ai dit, il a pris un air grave et décrété qu'on ferait mieux de rentrer à Valor. Ce n'est qu'une fois là-bas, quand il a ordonné à ses gardes de m'arrêter, que j'ai compris que j'étais dans le pétrin.

Liane arpentait la ruelle, étudiant chaque maison avec attention.

« C'était une famille de cinq – les parents et trois adolescents. Ils ne vivaient donc sûrement pas dans une pièce unique telle que celle-ci… Ils avaient dû construire au moins une chambre supplémentaire, comme là. »

Elle s'arrêta devant une maison au bout de la rue. Le bâtiment voisin avait presque complètement disparu, néanmoins on distinguait le coin d'une enclume à moitié enfouie dans la cendre. Et derrière, les restes de ce qui avait dû être une écurie.

Elle se tourna vers Violette.

– Ils avaient des chevaux, hein ? Ils sont bien allés au palais des dragons à cheval ? Ou alors leur père était maréchal-ferrant et ils ont emprunté des bêtes qui étaient là pour être ferrées…

– C'est une théorie qui se tient, approuva Violette.

Elle désigna la maison jouxtant la forge.

– On n'a qu'à commencer par là.

Digitale resta dehors pour faire le guet pendant qu'ils fouillaient. À cinq, ils ne mirent pas longtemps à quadriller les lieux. Il n'y avait pas beaucoup de cachettes à moins de creuser mais, selon Liane, son père n'avait pas enterré son trésor. Il n'aimait pas se salir et n'avait pas de pelle lorsqu'elle l'avait vu quitter la ville souterraine.

Liane avait du mal à imaginer Lichen et Caillou adolescents. En revanche, elle se figurait assez bien Rose qui sautait à cloche-pied, allait et venait, embêtait son père qui ferrait les chevaux à côté, fuyait sa mère pour éviter les corvées.

– Mmm, fit Jonquille en se tapotant le nez d'un air inspiré. Il t'a surpris en train de fouiller la cheminée. Quelqu'un a regardé à l'intérieur ?

– Oui, j'ai glissé ma main dans le conduit, le plus loin possible, expliqua Violette. Mais il est instable, j'avais peur que ça s'écroule.

– Ce n'est peut-être pas la bonne maison, hasarda Liane.

– Essayons de penser comme Lichen, suggéra Violette. Pourquoi serait-il revenu ici ?

– Parce que… il avait déjà une cachette ? supposa Liane. Un endroit où il dissimulait des choses quand il était petit. Comme la fissure dans le mur où Jonquille range ses poèmes d'amour – euh enfin, non non non, y a pas de poèmes d'amour, se reprit-elle en voyant la tête de sa copine. Juste ses secrets, quoi !

– Non, mais LIANE, SÉRIEUX ! fit Jonquille, outrée.

– Voyons s'il y a des fissures dans les murs, suggéra Violette. Pin, tu es le plus grand, vérifie à nouveau la cheminée.

Liane passa la main le long de la paroi en pierre. Elle s'imaginait à la place de Rose, qui venait là en douce pendant que ses frères étaient dehors, pour jouer avec leurs affaires. Si Liane n'avait pas de frères et sœurs, elle suivait en direct les démêlés de Jonquille et Pâquerette.

Son amie était experte pour dénicher la cachette du

journal de sa sœur et prenait un malin plaisir à leur raconter à quel point c'était sans intérêt.

– Elle note TOUT CE QU'ELLE MANGE ! s'était-elle plainte plus d'une fois. Pas un seul mot sur les garçons. Ni de potins croustillants. Comment peut-elle être AUSSI MALÉFIQUE et AUSSI ENNUYEUSE en même temps ? À moins qu'elle ait écrit un deuxième journal factice exprès pour m'embrouiller. Je parie que c'est ça ! Un jour, je trouverai son VRAI JOURNAL pour montrer au monde SON VRAI VISAGE !

– Jonquille, fit Liane, à ton avis, où Pâquerette cacherait-elle son journal si elle vivait ici ?

Debout au milieu de la pièce, son amie jeta un regard circulaire autour d'elle, les yeux plissés.

– Elle ne l'aurait pas mis ici, pas dans une pièce commune. Elle l'aurait laissé dans un endroit où je ne mets jamais les pieds. Peut-être que Rose était allergique aux chevaux ? Ou qu'elle avait interdiction d'entrer dans la forge parce qu'elle avait déjà brûlé des trucs ?

– Qu'est-ce qui te fait penser ça ? s'étonna Violette.

Jonquille haussa les épaules.

– Je ne sais pas. J'ai l'impression qu'elle m'aurait plu, c'est tout.

– Allons voir dans la forge, décida Violette.

Ils escaladèrent ce qui restait du mur, puis Liane s'approcha de l'enclume. C'était si lourd ; elle comprenait pourquoi personne n'avait encore réussi à la rapporter à Valor. Quiconque essaierait de la transporter serait une proie facile pour les dragons.

Jonquille passa la tête dans le conduit de cheminée et la ressortit aussitôt en toussant.

– Beurk! Pin! Viens par ici, toi qui es grand!

Pin et Azalée franchirent également le mur mais, alors qu'ils traversaient la forge, ils entendirent soudain un cri perçant dans le ciel.

Azalée n'eut pas un instant d'hésitation. Elle plongea sous un tas de feuilles et de cendre et disparut en un clin d'œil. Digitale arriva en courant, agrippa Liane et Jonquille pour les entraîner dans l'âtre. Violette et Pin étaient déjà passés de l'autre côté du mur et trouvaient refuge dans les ruines de la maison.

– Il va nous repérer! haleta Jonquille en essayant de s'enfoncer plus profondément dans la cheminée.

Digitale s'accroupit et prit Liane sur ses épaules; un instant plus tard, celle-ci avait la tête dans la cheminée et Jonquille se serrait contre la sentinaile, juste en dessous.

Ils étaient tous pétrifiés comme des lapins apeurés pris dans la lueur de torches. Liane posa délicatement les mains sur les parois, priant pour que rien ne s'effondre. Elle apercevait un petit triangle de ciel gris au bout du conduit. Le dragon était invisible – sans doute était-il trop haut, caché dans les nuages, ou bien un peu plus loin. Elle se demandait de quelle espèce il s'agissait. Était-ce un dragon du désert, revenu admirer ce qu'ils avaient fait du village? Elle l'entendit crier encore une fois, puis de nouveau une minute plus tard, à distance.

Le silence revint, mais personne ne bougea pendant un long moment. Peut-être qu'ils n'auraient jamais osé remuer s'il ne s'était pas mis à pleuvoir. De grosses gouttes tombèrent dans la cheminée pour s'écraser sur le visage de Liane. Elle se pencha pour les éviter et sentit une pierre qui bougeait sur un côté du conduit, au niveau de ses genoux.

– Oh ! souffla-t-elle. Digitale, tâte avec ta main.

La sentinaile leva le bras et effleura la pierre.

– Oui ! Laisse-moi te descendre, je vais vérifier.

Liane et Jonquille attendirent près de l'enclume, frissonnant sous la pluie, tandis que Digitale ôtait la pierre branlante et la posait soigneusement à côté de la cheminée.

– Il y a un grand espace derrière, annonça-t-elle. Ça pourrait être sa cachette !

Quand elle se hissa dans le conduit, Liane retint son souffle : avaient-elles vraiment trouvé le trésor ?

Combien de temps son père mettrait-il à remarquer sa disparition ? Pourraient-elles le rendre aux dragons avant qu'il s'en aperçoive – avant qu'il bannisse celui ou celle qu'il déciderait de blâmer ?

Digitale demeura longuement dans le conduit. Azalée, Pin et Violette les rejoignirent, mais personne ne dit un mot. La pluie tombait plus dru, leur plaquant les cheveux sur le crâne et trempant leurs tuniques vertes. La tension dans l'air était presque insupportable. Liane se demandait comment réagirait Azalée lorsque Digitale ressortirait avec le trésor. Ça l'inquiétait beaucoup.

Finalement, la sentinaile sauta à terre et leur fit face, clairement dépitée. L'excitation retomba.

– Je pense qu'on a trouvé sa cachette, dit-elle. Mais Lichen a dû la vider quelque temps après t'avoir surpris dans les ruines, Pin.

– Elle est vide ? cria Azalée en se ruant vers la cheminée.

Elle se hissa à l'intérieur et remonta le conduit en crabe pour vérifier par elle-même.

– Il n'y a plus rien ? fit Pin, abattu.

– Presque, soupira Digitale.

Elle brandit un objet qui scintillait dans la pénombre.

– La seule chose qui restait dans le trou, c'était ça.

Au creux de sa paume brillait un saphir bleu en forme d'étoile.

CHAPITRE 19
MÉSANGE

Une poignée de dragons noctambules arpentaient encore les rues de la ville au clair des lunes, mais Mésange avait attendu aussi longtemps que possible, et elle pensait… elle *espérait* que la plupart dormaient.

Elle quitta l'abri des arbres et dévala la colline dans l'obscurité, passa devant la ferme, suivant le même chemin que Céleste plus tôt dans la journée. Une chèvre poussa un bêlement sonore qui faillit lui causer une crise cardiaque. Cependant, il n'y avait pas un dragon dehors; ceux qui vivaient à la périphérie semblaient du genre couche-tôt.

Le pont était désert, mais il y avait deux dragons assis au pied d'une statue sur la place du marché, en train de se disputer. Mésange franchit la rivière pliée en deux, dans l'ombre de la balustrade du pont. Puis elle fila jusqu'au premier étal du marché, désormais couvert pour la nuit, sans que les dragons querelleurs la remarquent.

– Ne sois pas bête, grognait l'un. Reste avec Fournaise. Elle va gagner ! C'est évident.

– Je ne sais pas, disait l'autre. Ça a l'air bien, le… (truc du scorpion) maintenant que (machin bidule griffe) commande.

Le premier laissa échapper un chapelet d'insultes que Mésange ne comprit pas tout à fait. Dommage, elle aurait bien aimé les resservir à Invulnérable un jour. Elle traversa la place sur la pointe des pieds, cachée derrière les étals, et s'engouffra dans la rue où Céleste avait disparu.

Elle déboucha dans un vrai dédale de ruelles, puis sur une autre place surmontée de balcons aux grandes fenêtres pour permettre aux dragons d'entrer dans leurs maisons.

Mésange ignorait où Céleste avait pu aller. Elle se sentait toute petite, une minuscule humaine dans une immense ville de dragons.

« Mais je vais le retrouver. »

Elle s'efforçait de penser comme lui. S'était-il aventuré dans cette rue parce qu'elle était bordée de jardinières fleuries ? S'était-il arrêté pour s'amuser à l'aire de jeux pour dragonnets même s'il était un peu trop grand ?

Difficile de se concentrer alors qu'à tout instant, un dragon pouvait surgir du ciel, l'obligeant à se rencogner dans l'embrasure d'une porte ou à se tapir sous une charrette de légumes. Elle dut plus d'une fois bifurquer abruptement dans une ruelle perpendiculaire parce qu'elle entendait une bande de dragons bruyants venir dans sa direction.

Mais aux alentours de minuit, elle découvrit quelque chose qui avait forcément dû attirer l'attention de Céleste : une cour intérieure pleine de cages. La plupart étaient couvertes pour la nuit mais Mésange entendait pépier, remuer et même parfois grogner. Ce devait être une boutique d'animaux de compagnie pour dragons – exactement ce que Céleste espérait trouver, supposa-t-elle. Elle souleva quelques-uns des tissus et aperçut surtout des oiseaux, aussi beaux qu'étranges. Celui qu'elle vit le mieux à la lueur de la torche avait le plumage vert vif, bleu et jaune, ainsi qu'un gros bec recourbé. Il pencha la tête vers elle, intrigué. Il y avait également une sorte de souris du désert, avec de grandes oreilles et une longue queue.

Dans le coin de la cour gisaient trois cages vides, non couvertes. Mésange allait passer devant sans s'arrêter quand une porte de guingois attira son regard. Elle l'examina de plus près et constata qu'elle avait été forcée !

« Oh, oh ! Céleste n'aurait quand même pas décidé de libérer ces animaux ? Tout seul ?

Je parie que le propriétaire de la boutique n'a pas apprécié. »

Elle jeta un coup d'œil circulaire autour d'elle, cherchant des indices pour comprendre ce qui s'était passé. Céleste avait sans doute eu pitié d'un animal adorable… et il s'était mis à ouvrir les cages…

Et ensuite… le propriétaire s'en était-il pris à lui ? Ou bien avait-il fait intervenir des gardes pour l'arrêter ?

À Talisman, les dragomanciens faisaient arrêter les gens par des hommes de main armés de piques, puis leur réservaient le châtiment de leur choix. Dans la cité Indestructible, c'était le seigneur et ses soldats porcs-épics. Existait-il un système similaire dans la ville des dragons ? Y avait-il quelqu'un qui décidait de tout ?

Repérant quelque chose par terre, Mésange se pencha pour mieux voir. À la lumière de la torche, la trace paraissait noire, mais elle était convaincue qu'il s'agissait d'une goutte de sang.

« J'espère bien que ce n'est pas le sang de Céleste, sinon la nouvelle Tueuse de dragons, ce sera moi ! »

Elle scruta un à un les pavés des rues voisines et découvrit encore une goutte, puis une autre. Elle suivit la piste quelque temps avant de la perdre non loin de l'animalerie, dans une rue tranquille et résidentielle. Ici, la lueur rougeoyante d'un feu de cheminée brillait derrière les rideaux et elle entendait des dragons murmurer, alors que régnaient l'obscurité et le silence.

Mésange inspecta les environs de la dernière goutte de sang, étudiant les maisons qui se dressaient tout autour. Céleste s'y trouvait-il ? Retenu contre son gré ? Était-il blessé ? Aucun de ces bâtiments n'avait l'apparence d'une prison, c'était déjà ça.

Elle était là depuis un moment, essayant de jeter un œil par une fenêtre, lorsqu'elle entendit des pas approcher. Elle escalada en vitesse la façade d'une maison et se cacha dans le feuillage de la plante grimpante surplombant la porte.

Une dragonne descendait la rue, bâillant à s'en décrocher la mâchoire. Elle s'arrêta devant la maison voisine, renifla plusieurs fois et regarda autour d'elle, perplexe.

Mésange adressa une supplication aux trois lunes haut dans le ciel. «Faites qu'elle n'ait pas senti une odeur d'humaine. Pitié!»

– *Grumpf*, grogna finalement la dragonne avant de pousser la porte et d'entrer.

– Il est tard! cria une voix à l'intérieur. Qu'est-ce que tu fabriquais?

– J'avais de la paperasse à remplir, grommela la dragonne. Quelle plaie. Enfin… on va pouvoir manger le…

Elle prononça un mot que Mésange ne connaissait pas.

– Tu aurais dû envoyer quelqu'un nettoyer le sang, ça sent dans toute la rue.

Elle tendit l'aile en direction du dehors puis referma la porte derrière elle.

– Il faisait trop noir, se justifia l'autre dragon, dont la voix était désormais étouffée.

Mésange avait envie de casser un truc. Elle s'était donné tant de mal pour suivre cette piste, alors qu'il ne s'agissait même pas du sang de Céleste… Elle allait sauter de son perchoir lorsque la seconde voix demanda :

– Et le dragon, qu'est-ce qu'il est devenu? Il a remboursé les animaux perdus?

Mésange se figea. Elle avait du mal à comprendre avec la

porte fermée, et elle n'était pas sûre de tout bien traduire étant donné que le vocabulaire appris avec Céleste n'était pas des plus fiables.

– Non.

La dragonne marmotta quelques mots entre ses dents puis reprit plus haut :

– … bizarre, quand même. Quelqu'un a proposé de me l'acheter !

Mésange se cramponna au mur pour s'approcher à pas de loup sur l'appui de fenêtre du premier étage afin de mieux entendre.

– Pour couvrir les frais ? fit le second dragon.

– Plus qu'assez. Je ne sais pas ce qu'il lui voulait. Bizarre, maigrichon… et visiblement, un fauteur de troubles !

Mésange ne comprit pas la réponse, à part le mot « bizarre » à nouveau.

– Oooh, peut-être ! s'écria la première.

Il y eut un bref silence puis un fracas de vaisselle.

– Il m'a fait un peu pitié, en réalité, reprit finalement la dragonne.

« Quoi ? paniqua Mésange. Mais où est-il passé ? Que lui est-il arrivé ? »

– Peut-être que le (machin truc) le relâchera, répondit l'autre.

– On le saura en les voyant décoller pour retourner au palais demain.

La dragonne avait employé un mot qui n'était pas tout à fait « palais », mais semblait proche.

– On verra s'il est avec eux ou pas.

– Je serai bien content quand ils seront partis, ajouta le dragon avec entrain. J'en ai assez de les voir parader dans la ville, tout renverser sur leur passage avec leurs armes et donner des ordres à qui mieux mieux. Il faudrait leur expliquer qu'ils peuvent rudoyer les Ailes de Sable tant qu'ils veulent mais que nous, on n'a pas à leur obéir !

– Ha ! fit la dragonne, je ne m'y risquerais pas.

Pour rire, ils essayèrent d'imaginer qui parmi leurs amis en serait capable, mais Mésange n'avait pas besoin d'en entendre davantage. D'après ce qu'elle avait compris, Céleste était détenu par des soldats dragons du désert stationnés non loin. Et si elle ne le libérait pas, il devrait partir demain avec eux au palais de la reine, allez savoir pourquoi.

Elle se laissa tomber à terre sans bruit et fila à travers la ville. Elle supposait que l'armée devait camper à la périphérie, dans le désert. Mais le meilleur moyen de le vérifier était encore de prendre de l'altitude.

Elle suivit son instinct, empruntant les rues qui montaient jusqu'à une tour dominant la ville. Il s'agissait visiblement d'une station d'accueil pour les dragons arrivant en ville.

Évidemment, il n'y avait ni escalier ni porte, rien pour aider une petite humaine sans ailes. Mais les murs étaient composés de pierres calcaires, et elle grimpait aux arbres depuis sa naissance ou presque. Elle vit deux petits lézards se pourchasser entre les blocs. Alors si des lézards pouvaient y arriver, pourquoi pas elle?

C'était bien plus difficile que d'escalader un arbre avec de belles branches bien pratiques et ça lui prit beaucoup plus de temps qu'elle l'aurait voulu, mais elle finit par se hisser, hors d'haleine, au sommet de la tour. Il était protégé par un petit toit posé sur des colonnes et orné de motif d'ailes de dragon. Il y avait – incroyable! – un plan de la ville gravé dans une plaque de bois lisse. Mésange se posta devant et prit ses repères dans la cité.

Le plan était malheureusement légendé en langue des dragons, forcément – des symboles semblables à des griffes, des lunes et des flammes. «Ce serait vraiment utile d'apprendre à lire le dragon», pensa-t-elle. Car sans ça, le plan ne lui servait pas à grand-chose. Elle s'agrippa à une colonne et se pencha tout au bord de la plateforme, scrutant la nuit.

Grâce aux trois lunes qui brillaient dans le ciel, elle voyait assez loin dans toutes les directions. Elle repéra vite des tentes regroupées autour d'une petite oasis sur la rive ouest de la rivière, là où la ville cédait la place aux cultures.

Hélas, il lui fallut bien plus longtemps pour redescendre de la tour et rejoindre le campement. Elle n'aimait pas la teinte bleu-gris que prenait le ciel, et elle avait envie d'étrangler les oiseaux qui commençaient à pépier.

Mais finalement, elle arriva en vue du camp et constata, la gorge serrée, que la plupart des soldats étaient réveillés.

Ils s'affairaient à replier les tentes, ranger le matériel, les armes, et à d'autres activités de soldat. Mieux valait ne pas s'aventurer là-dedans.

Mais Céleste était-il vraiment parmi eux ? Comment le retrouver ?

Elle s'approcha le plus possible et se cacha derrière un tas de bois. Au fur et à mesure que les dragons démontaient les tentes, elle regardait si par hasard l'une d'elles abritait un prisonnier.

Et enfin, elle le repéra.

Céleste était assis devant les restes d'un feu de camp, les ailes basses. Il était enchaîné à la dragonne du désert costaude installée juste à côté de lui. Elle portait une armure et souriait de toutes ses dents pointues.

« Oh, Céleste ! gémit intérieurement Mésange, le cœur brisé. Je suis là. Ne t'en fais pas. Je vais te libérer ! »

Restait à trouver comment.

Une voix tonitruante monta de l'une des plus grandes tentes. Tous les soldats se redressèrent.

– COMMENT ÇA VA, CE MATIN ? brailla le dragon qui sortit en déployant ses ailes dans la lueur de l'aube. HA HA HA ! C'EST UNE BELLE JOURNÉE POUR ALLER MASSACRER DE L'AILE DE GLACE AVANT DE RENTRER À LA MAISON, PAS VRAI ?

– OUI, CHEF ! répondirent les soldats en chœur.

« Oh non ! » pensa Mésange en voyant le museau du chef.

Elle le reconnaissait. C'était celui qui avait tournoyé

autour de la cité Indestructible. Voilà donc l'armée avec laquelle il prévoyait de l'attaquer.

Après avoir combattu des dragons des glaces, apparemment, et amené Céleste à sa reine, peut-être.

– ALORS ON Y VA ! beugla-t-il en prenant son envol.

« Hein ? Quoi ? s'affola Mésange. Déjà ? »

Un nuage de sable l'enveloppa tandis que les soldats décollaient dans le sillage de leur chef. Elle aperçut néanmoins, à travers la tempête, la gardienne de Céleste tirer sur sa chaîne pour l'entraîner à sa suite.

Les battements d'ailes, les cris et le vent emplirent tout l'espace sonore durant un long moment. Mésange dut s'abriter sous sa cape, les mains plaquées sur les oreilles.

Finalement, la clameur retomba. Mésange se releva, s'ébroua et s'épousseta, puis contempla le campement désert en clignant des yeux.

Le général et son armée étaient partis, et ils avaient emmené Céleste avec eux.

CHAPITRE 20

FEUILLE

Cerise se rua au secours de Feuille, se cramponnant à ses jambes pour le tirer vers le bas. La dragonne rouge claqua la langue avec impatience, et secoua sa proie comme si l'humaine n'était qu'une agaçante fourmi. Comme celle-ci s'agrippait encore plus fort, elle la repoussa avec ses deux autres pattes en sifflant rageusement.

– Cerise ! cria Feuille en tendant le cou pour sortir la tête des griffes de la dragonne. Quand tu seras dans l'arène, tue un dragon pour moi !

– Non, t'as pas le droit de mourir, Feuille ! rétorqua-t-elle. T'as pas intérêt à te faire manger, toi aussi !

Puis Feuille vit la grille se rapprocher de plus en plus et la dragonne ressortit par la trappe. Ils survolèrent d'immenses cuisines où s'affairait une horde de dragons déchaînés. Des dragons qui coupaient des fruits, des dragons qui touillaient des chaudrons de soupe, des dragons qui dressaient des entrées élaborées sur des assiettes.

Un peu comme lorsqu'on préparait un festin à Talisman, sauf qu'ici l'ambiance était beaucoup plus tendue, du genre : « Si c'est raté, on va se faire tuer. » Feuille ignorait ce qui lui donnait cette impression – peut-être la façon dont les dragons se bousculaient les uns les autres pour saisir leurs ustensiles, les ailes plaquées dans le dos, passant de poste en poste avec un museau fermé.

En fait, cette scène avait un aspect étrangement humain. C'était sans doute le fruit de son imagination – il projetait ses émotions sur les dragons, comme sa sœur Jacinthe qui pensait que le moindre papillon était son ami et l'aimait vraiment.

Soudain, le monde tangua et Feuille se retrouva tête en bas, tandis que la dragonne franchissait une porte et s'enfonçait dans le palais. Il avait dû s'y reprendre à plusieurs fois pour recopier cette zone-là du plan, parce que c'était compliqué et qu'il se trompait constamment. Ils entraient dans une immense salle centrale, entourée de plusieurs niveaux de balcons avec de grandes fenêtres ouvertes sur le ciel nocturne, et surmontée par un énorme trou dans le plafond. On avait allumé des feux un peu partout et une inquiétante odeur de brûlé flottait dans le bâtiment.

En vol, Feuille sentait le vent souffler à ses oreilles et le vrombissement des ailes des dragons qui allaient et venaient d'un niveau à l'autre. Celle qui le portait s'énerva contre un mâle chargé de bois de chauffage qui avait failli leur rentrer dedans.

Brusquement, elle pivota sur la gauche, lui causant un vertige, puis s'engouffra dans un tunnel et prit à droite une grande porte qui menait à l'extérieur.

Après cinq jours enfermé, Feuille aurait pensé être soulagé de se retrouver dehors. Hélas, il était difficile d'apprécier l'air frais en présence de ces milliers de dragons venus pour le déguster.

Ils étaient arrivés sur un plateau rocheux dominé par des falaises abruptes qui montaient d'un côté et bordé de falaises qui tombaient à pic de l'autre. Des dragons se pressaient sur cette terrasse pour un genre de fête, l'air aussi mal à l'aise que les villageois de Talisman lors de la cérémonie d'hommage aux dragomanciens.

Des globes de feu flottants éclairaient leurs écailles rouges et orange en majorité, mais aussi jaune pâle. Cerise avait raison. Il y avait là une autre espèce de dragons, au museau de forme différente. D'où venaient-ils? Pourquoi étaient-ils rassemblés ici?

Tout à coup, la dragonne le largua sans ménagement au milieu de la fête avant de filer à tire-d'aile.

Presque immédiatement, une énorme griffe de dragon s'abattit sur lui, le ratant de peu. Il se releva d'un bond et s'enfuit, slalomant dans une mer de queues, de griffes et d'autres proies. Il faillit foncer droit sur le lynx, qui était acculé à une statue et feulait, le poil hérissé.

Reculant en toute hâte, Feuille constata que la sculpture de marbre blanc et lisse représentait une dragonne portant une couronne et levant une griffe comme si elle faisait un discours. À quelques pas de là se trouvait une sculpture en pierre noire figurant une autre dragonne – ou la même, peut-être ? – coiffée d'une couronne identique avec des rubis scintillants pour les yeux et les ailes déployées.

Il y avait des trésors partout. Au moins la moitié des convives portaient des bijoux en or sertis de joyaux ; des pierres précieuses étaient incrustées dans la décoration de la terrasse. Cette reine voulait clairement que tout le monde sache à quel point elle était riche.

Feuille supposa que des voleurs pourraient facilement subtiliser quelques bijoux sans même que les dragons s'en aperçoivent. Sans doute les dragomanciens s'étaient-ils autrefois enrichis grâce à la contrebande de ce type de trésor.

La décoration la plus étrange était une sorte de cage à oiseau suspendue au-dessus de la terrasse. À l'intérieur était enfermée une petite dragonne d'une couleur différente des autres – presque dorée –, mais avec un museau similaire à celui des jaune pâle. Il avait un instant cru qu'il s'agissait d'une statue, mais quand un des invités avait jeté quelque chose sur sa cage, elle s'était vite éloignée des barreaux.

« Une prisonnière de guerre ? »

Les dragons faisaient-ils seulement des prisonniers ?

Celle-ci était trop petite pour constituer une menace et semblait aussi triste que les humains dans la fosse des cuisines.

« Tu recommences, observa la voix de Mésange dans sa tête, tu prêtes des sentiments humains à une dragonnette aux ailes voûtées ! »

Tout contre la falaise qui bordait la terrasse se dressait un immense trône doré, où siégeait la reine orange qui avait pourchassé Champignon dans le ravin. Feuille se demanda si elle l'avait attrapé.

« Thym doit être dans les parages, se souvint-il. Peut-être qu'ensemble, nous pourrions trouver un moyen de tuer un de ces dragons… »

Lorsqu'une autre paire de pattes s'écrasa à côté de lui, couvertes d'écailles chaudes sous lesquelles ondulaient les muscles, il détala à toutes jambes.

« J'ai une suggestion à te faire, intervint Mésange. Efforce-toi déjà de rester en vie avant de penser à tuer un dragon. »

Feuille zigzaguait entre les animaux et les pattes des dragons, cherchant Thym dans la foule. Le tunnel donnant accès au palais était bloqué par une haute barrière et deux gardes grincheux.

Quand il s'accroupit derrière une autre statue – en or avec une couronne sertie de diamants –, il vit les gardes lever le museau d'un seul mouvement, puis le tourner dans la même direction.

Avaient-ils entendu quelque chose ?

Les dragons qui se tenaient près d'eux interrompirent leur conversation et tendirent l'oreille également. Leur attitude attira l'attention de leurs voisins, qui les imitèrent et, petit à petit, le silence se fit.

Enfin, ce fut assez calme pour que Feuille puisse également percevoir ce qui ressemblait à… de la musique ?!

Elle provenait sans doute d'une autre partie du palais. Tous les dragons levèrent la tête vers le ciel tandis que le clair des lunes projetait des ombres argentées sur les sommets. C'était bien de la musique. L'écho de nombreuses voix chantant en chœur… sauf qu'elles chantaient dans la langue des dragons, grondant bien au-delà des tonalités des humains.

« Ça alors ! Les dragons CHANTENT ? s'étonna Feuille, abasourdi. Mais… je croyais que la musique était un truc spécifiquement humain ? Il faut avoir… une âme pour faire de la musique, non ? »

Surtout une musique aussi belle. Feuille n'aurait su dire pourquoi, mais ça lui fit penser à Mésange, toujours prête à se battre pour défendre ce à quoi elle tenait. Il frissonna, étrangement ému.

Au pied de la falaise, la reine laissa échapper un sifflement agacé, bondissant de son trône. Elle traversa la fête à grands pas, battant de la queue pour faire signe à la grosse dragonne du désert assise à côté d'elle de lui emboîter le pas. Cette dernière se leva clairement à contrecœur et la suivit à l'intérieur du palais, avec une poignée de gardes orange et rouges.

Dans le silence qui s'ensuivit, Feuille repéra Thym au bord de la terrasse, contemplant les rochers en contre-bas. Il attendit que le chant cesse et que les dragons se remettent à discuter. Puis il sprinta pour rejoindre son ami.

– Ne te plaque pas au sol comme ça, lui conseilla-t-il. Tu leur facilites la tâche pour t'attraper, tu ne pourras pas t'enfuir.

Thym s'accroupit et posa la main sur son épaule.

– Oh, Feuille, tu es là aussi ! Je suis navré pour toi !

– On va essayer de se sortir de là tous les deux. On n'a qu'à profiter de l'absence de la reine.

Il jeta un coup d'œil vers la falaise qui s'élevait derrière lui, puis en bas, vers l'à-pic. Il vit le clair des lunes se refléter dans une cascade, non loin de là.

– Je crois qu'on peut essayer de fuir par le haut, ce sera plus facile que de descendre.

– Les deux m'ont l'air tout aussi impossibles, soupira Thym.

Il avait sans doute raison. Feuille pourrait certainement se hisser là-haut, sur le parapet rocheux, mais Thym n'avait pas autant d'entraînement que lui.

Il soupira en lui adressant un sourire las.

– Mais vas-y, toi ! Si tu restes pour me tenir compagnie et que tu te fais dévorer, Cerise ne me le pardonnera jamais.

– Je me demande ce qu'ils font des animaux qui ne sont pas mangés pendant la fête, dit Feuille. Il suffit peut-être de se cacher jusqu'à la fin de la soirée, pour qu'ils nous remettent dans la fosse avec les autres.

– Tu crois ? fit Thym.

C'était leur seul espoir. Feuille jeta un nouveau regard aux alentours, cherchant un abri.

– Je sais ! Sous le buffet.

Il y avait plusieurs longues tables chargées de plats et, surtout, couvertes de nappes tombant jusqu'au sol.

– Tu n'as qu'à te cacher là.

– Mmm, murmura Thym. Se cacher sous le buffet pour ne pas finir dessus… bonne idée.

Feuille étudia la falaise qui se dressait derrière le trône et menait sans doute au dernier niveau du palais. En passant par là, il y avait peut-être moyen de rejoindre le grand hall et les cuisines. Parce qu'il n'était pas question qu'il quitte les lieux sans Cerise et Cranberry.

– Tu vas vraiment escalader ? Tu n'as pas peur que les dragons te remarquent ?

– Je vais croiser les doigts. Ils sont bien occupés. Et je pense que c'est la meilleure façon de rejoindre les autres.

Thym lui prit le bras un instant en soufflant :

– Bonne chance.

– À toi aussi.

Feuille ignorait combien de temps il lui restait avant le retour de la reine. À quatre pattes sous le buffet, il remonta jusqu'au fond de la terrasse, puis se faufila derrière le trône. L'abrupte paroi de pierre paraissait beaucoup plus haute et plus impressionnante vue de près.

« Je vais y arriver. Ça ne doit pas être aussi dur que de tuer un dragon. Et c'est le seul moyen de sauver Cerise et les autres. »

Il prit une profonde inspiration, tendit la main vers la première prise qu'il put trouver et commença son ascension.

Le début se passa plutôt bien. Il grimpait, grimpait, se reposant quand un endroit adéquat se présentait, se figeant lorsqu'il entendait des dragons décoller en contrebas. Il progressa rapidement afin de dépasser les globes de feu. Une fois dans la pénombre, il se sentit plus en sécurité. Mais c'était aussi plus difficile d'escalader désormais, car il ne voyait pas bien où il mettait les mains et les pieds.

« Le premier arrivé en haut de la falaise ! lui lança Mésange d'un ton de défi. Non, je plaisante. J'aurais gagné de toute façon. Hé, à ton avis, lequel de ces dragons m'a mangée ? La reine, j'espère. Attention, la roche a l'air un peu friable par ici. Allez, Feuille, tu vas y arriver. Imagine-moi en haut qui te taquine parce que tu lambines. Puis qui t'acclame quand tu atteins ENFIN le sommet. Puis qui te tends une épée et brandis la mienne pour affronter les dragons ! On aurait fait une bonne équipe, pas vrai ? J'aurais pu t'aider à protéger le village. Et pour commencer, j'aurais ligoté tous les dragomanciens dans une cave pleine de patates pourries. »

Feuille essaya à nouveau d'imaginer les dragomanciens plus jeunes, s'introduisant dans le palais pour voler le trésor avant de filer dans les montagnes. C'était peut-être plus simple dans le temps, la reine de l'époque était peut-être moins féroce, quelque chose comme ça. Car il n'imaginait certes pas maître Truite en train d'escalader une falaise pareille.

Dans sa tête, Mésange pouffa.

Vers le milieu de la nuit, Feuille remarqua que ses mains tremblaient d'épuisement. En bas, la terrasse se vidait petit à petit. Chaque fois qu'un invité décollait pour rentrer chez lui, il percevait un courant d'air. Jetant un coup d'œil, il vit des dragons qui nettoyaient les vestiges de la fête. Ils rassemblèrent les quelques animaux qui avaient survécu et les ramenèrent dans le palais, mais Feuille ne put voir si Thym se trouvait parmi eux.

Il sentait l'air frais sur sa nuque et le bout de ses doigts commençait à s'engourdir. Il avait du mal à saisir les prises dans la roche.

« Il faut que je m'arrête pour me reposer », réalisa-t-il.

Levant les yeux, il constata qu'il avait presque atteint l'étroite corniche rocheuse qu'il avait aperçue d'en bas. Elle n'était pas très facile d'accès mais, s'il y parvenait, peut-être pourrait-il s'allonger et dormir un instant.

Feuille serra les dents et se força à continuer. Ce creux-ci, cette prise-là... Il peinait à s'accrocher aux fissures... Plus haut, encore un peu plus haut. Il avait le bout des doigts tout endolori, des crampes dans les mains. Allez... Il prit appui sur sa jambe gauche, saisit le bord de la corniche, puis se hissa dessus avec ses toutes dernières forces.

Le parapet était à peine assez large pour que deux personnes s'y allongent côte à côte, parallèlement à la falaise.

Un petit buisson maigrichon sortait d'une crevasse, fixant Feuille d'un air qui lui rappela sa sœur, du genre : « Hé ! C'est MON refuge ! Trouve-t'en un autre ! »

Il s'affala à plat ventre sur la pierre. Il avait mal partout, surtout aux épaules. Non, aux doigts. Ou alors aux genoux, qui frottaient sans arrêt contre la paroi rugueuse.

« Bah, rien qu'un bon somme ne puisse arranger », pensa-t-il en fermant les yeux.

Il sombra dans un sommeil profond et sans rêves, dont il fut brusquement tiré par les hurlements de centaines de dragons.

Il se releva d'un bond et faillit tomber de la corniche. Vite, il s'accroupit, cramponné aux branches épineuses du buisson, le cœur battant.

Le ciel était rempli de dragons terrifiés. Des dragons qui braillaient, des dragons qui rugissaient, des dragons qui se bousculaient, complètement affolés, filant à tire-d'aile aussi loin que possible.

« Que se passe-t-il ? Qu'est-ce qui leur a fait peur ? »

Il tendit le cou vers l'arène-prison, d'où les dragons jaillissaient comme d'un volcan en éruption dans une gerbe d'écailles et de fumée.

« Les dragons du désert ont attaqué ceux des montagnes ? Ou bien ces derniers leur ont-ils tendu un piège ? Lequel des deux clans a trahi l'autre ?

Les dragons ont-ils seulement les notions de piège et de trahison ? »

Il n'avait aucune idée de ce qui avait pu déclencher cette pagaille, mais soudain il y avait des dragons partout. On était en plein milieu de la journée, et il devait tirer Cerise de là au plus vite.

Il se tourna face à la falaise et recommença à grimper.

« Je vais y arriver, Mésange, murmura-t-il. Je vais atteindre le sommet, trouver le chemin du palais et sortir Cerise et les autres de cette fosse. C'est un plan parfait qui va se réaliser sans aucun problème. »

Quelques minutes plus tard, il n'avait presque pas avancé, il avait les épaules tétanisées de douleur et se rendait compte que grimper de jour était bien plus terrifiant que de grimper de nuit. Il y avait tellement de dragons partout, et même si la plupart d'entre eux filaient, paniqués, l'un d'eux allait bien finir par se dire : « ARGH ! AU SECOURS ! C'EST LA CATA… Oh, tiens, un petit en-cas », avant de l'avaler tout rond.

Il en était là de ses réflexions lorsqu'un dragon le frôla de si près qu'il sentit la chaleur de ses écailles cuivrées. En entendant de nouveaux battements d'ailes, il se plaqua contre la falaise. Un deuxième passa sous ses yeux ébahis et il le suivit du regard tandis qu'il disparaissait au sommet de la falaise.

Il était bleu.

« Bleu ! Tu as vu, Mésange ? Un dragon marin, peut-être ? Alors ce sont eux qui auraient attaqué ? C'est pour ça qu'ils paniquent tous ?

Un dragon marin serait-il plus facile à poignarder ? »

Le puissant courant d'air déclenché par le passage d'un autre dragon l'obligea à fermer les yeux.

«Continue, l'encouragea Mésange dans sa tête. Il ne te reste plus qu'une dizaine de mètres.»

Feuille s'agrippa à un bloc de pierre saillant et, ce faisant, vit le dernier dragon décrire un demi-tour lent et paresseux dans le ciel… pour fondre sur lui.

Il le fixait.

Il tendit la patte…

Ses serres se refermèrent sur lui, et Feuille fut à nouveau emporté dans les airs.

CHAPITRE 21

LIANE

– Oui, je m'en souviens.

Dans sa grotte, Caillou fit tourner le saphir entre ses doigts. Il était si gros que Liane avait du mal à croire qu'il n'était pas en toc.

Derrière elle, Violette et Jonquille étaient assises sur un banc, emmitouflées dans des couvertures grises et rêches, frissonnant toujours après avoir dû regagner Valor à pied sous la pluie. Azalée n'avait pas envie de leur laisser le saphir, mais Digitale et Pin avaient voulu le montrer à Caillou pour s'assurer qu'il faisait bien partie du trésor des dragons avant de prendre une décision.

Près de la porte, Digitale se balançait d'un pied sur l'autre, les bras croisés, mal à l'aise.

– Lichen ne l'a jamais aimé, déclara Caillou en le passant à Liane, qui fut surprise par son poids au creux de sa paume. D'après lui, il lui faisait faire d'étranges cauchemars hantés par les dragons qui ont incendié notre village. Si réels qu'il avait l'impression qu'ils le voyaient vraiment. C'est le seul objet qui lui rappelait l'attaque, c'est probablement pour ça qu'il l'a laissé là-bas.

Ce saphir était effectivement étrange, mais Liane n'en avait pas peur. Il en émanait une sorte de vibration silencieuse, comme s'il établissait une connexion avec un autre niveau de l'univers. Elle le manipula pour contempler ses facettes.

– Bon, alors, s'il a déplacé le trésor, où on peut chercher ? soupira Violette.

Caillou haussa les épaules.

– Je n'en ai aucune idée. Désolé.

– Si quelque chose vous revient, prévenez-nous, fit Digitale.

Les deux amies se levèrent et Violette plia les couvertures pour les rendre à Caillou.

C'est alors qu'on frappa un coup sec à la porte et que, sans attendre de réponse, le Tueur de dragons pénétra dans la pièce.

Violette jeta aussitôt les couvertures à Liane, qui enfouit vite le saphir dans les plis, le cœur battant à tout rompre.

« J'espère qu'il ne l'a pas vu. »

– Qu'est-ce qui se passe ici ? s'étonna son père en souriant. Une petite fête de sentinailes ? Chez mon frère ? Pourquoi n'ai-je pas été invité ?

– Salut, papa, fit Liane en serrant les couvertures contre sa poitrine. On est juste passées dire bonjour à oncle Caillou.

Lichen avisa le visage innocent de Violette, les yeux écarquillés de Jonquille, l'expression impassible de Digitale.

– Ah oui ? Mais pourquoi êtes-vous toutes… mouillées ?

– Parce qu'il pleut, répondit Violette.

– Nous avons été surprises par une averse lors d'une mission de surveillance du ciel, expliqua Digitale. Nous nous sommes ruées vers l'entrée la plus proche. Liane nous a dit que son oncle habitait à proximité et nous a proposé de venir nous sécher ici.

Lichen haussa les sourcils.

– Vous n'avez pas beaucoup séché, observa-t-il.

– Je m'inquiétais surtout pour nos jeunes recrues, affirma Digitale. J'ai déjà survécu à un orage, moi. Ça va aller.

– Hortense, c'est ça ? dit-il en la désignant.

– Digitale, messire, corrigea-t-elle, toujours aussi poliment.

– Mmm, fit-il. Liane, essuie-toi donc les cheveux avec la couverture. Tu mets de l'eau partout dans la grotte de ton oncle. Et ensuite, rentre à la maison. J'ai à parler à mon frère.

Liane fit un pas vers la porte, nerveuse. Caillou se tenait debout, les mains dans les poches, résigné à devoir discuter avec Lichen, trop renfrogné pour intervenir.

– On va les laver et vous les rapporter, monsieur l'oncle de Liane, promit Jonquille en tapotant la pile de couvertures. Merci beaucoup !

– Oui, merci ! renchérit Liane, soulagée.

Et elle se précipita vers la porte.

– Digitale, fit le Tueur de dragons.

Liane frissonna. Elle sentait la colère poindre sous le ton badin de son père, même si elle était bien enfouie.

– Sans doute serait-il plus sage pour les jeunes recrues – et pour toi – de rester dans les tunnels prochainement. Si vous autres sentinailes ne savez pas prévoir l'arrivée d'un orage alors que vous passez votre temps à regarder le ciel, peut-être avez-vous toutes besoin de plus d'entraînement.

Il s'approcha de Liane et replaça une mèche mouillée derrière son oreille.

– Il ne faudrait pas que la fille du Tueur de dragons tombe malade, tout de même.

– Oui, messire, acquiesça Digitale.

Elle tint la porte aux trois filles, adressa un signe de tête au Tueur de dragons et les suivit dehors.

– Oh là là ! gémit Jonquille lorsqu'elles furent assez loin. J'ai bien cru qu'on était cuites ! Je me demandais même si j'aurais le temps de faire mes valises avant d'être chassée de Valor !

– Je suis désolée, gémit Liane, ignorant comment protéger ses amies de la colère de son père.

– Ce n'est pas ta faute, la rassura Digitale en lui passant un bras autour des épaules. On en a appris beaucoup. Et on a même trouvé quelque chose.

Elle prit la pile de couvertures avec le saphir caché à l'intérieur.

– Je vais lui trouver une cachette. Et ensuite… bah, je

vais laver ces couvertures. Jonquille, puisque tu t'es portée volontaire, si tu veux venir m'aider demain, j'apprécierai.

– D'accord ! acquiesça-t-elle.

Elles quittèrent Digitale au carrefour suivant et retournèrent vers chez Liane. Violette n'avait toujours pas prononcé un mot depuis la grotte de Caillou.

– Violette, ça va ? s'inquiéta Liane.

– Oui, oui, je réfléchissais, c'est tout. Était-il vraiment en colère parce que tu étais un peu mouillée ? Pourquoi veut-il qu'on reste sous terre ?

Violette avait donc également remarqué la réaction étrange de son père.

– Tu penses qu'il a des soupçons ? murmura Liane. S'il avait vu le saphir, il nous l'aurait confisqué, non ?

– Il n'a pas fait le rapprochement avec le trésor, à mon avis, estima son amie, pensive. Il n'a pas dû apprécier de voir des sentinailes en compagnie de Caillou. Il craint peut-être que son frère lui vole sa place de seigneur de Valor.

– Ça ne risque pas. Tu as vu comment est Caillou, ça ne l'intéresse pas du tout.

– N'empêche… Lichen se sent menacé, affirma Violette. Je vais dire aux sentinailes d'être encore plus prudentes que d'habitude. Même si elles se contentent de lever les yeux au ciel en disant : « Personne ne complote quoi que ce soit, Violette. Dégage ! », comme d'habitude.

– Et nous, on doit faire attention aussi ? demanda Jonquille avec un soupir mélodramatique. J'ai horreur de ça.

– Je ne crois pas que tu aies essayé même une seule fois dans ta vie, répliqua Violette.

– Et notre plan ? intervint Liane. Pour tout arranger ? On continue ou pas ?

Elle n'avait pas envie d'abandonner, surtout maintenant qu'elle était allée sur les lieux. Elle était déterminée à récupérer le trésor pour le rendre aux dragons afin qu'ils ne brûlent plus d'autres villages.

– Eh bien… S'il a eu peur en voyant Pin là-bas et qu'il a changé le trésor de place, on peut penser qu'il l'a caché plus près de lui, raisonna Violette. Pour garder un œil dessus en permanence.

Elle désigna les tunnels et les grottes autour d'elles.

– Par ici, quoi.

– Alors on va poursuivre nos recherches, décida Jonquille. Ne t'en fais pas, Liane. On va mettre la main dessus.

Il s'écoula plusieurs jours avant que Liane se retrouve à nouveau seule chez elle. Son père rôdait dans les parages encore plus que d'habitude, lui jetant des regards soupçonneux ou inquiets. Il n'avait aucune patience avec sa femme et râlait pour à peu près tout – le ragoût de poisson, la température de la grotte, les pleurnichards qui se plaignaient de la pénurie de légumes et des tunnels qui s'écroulaient, comme si c'était sa faute si les architectes et les jardiniers ne faisaient pas correctement leur travail !

Liane remarqua qu'il avait recruté plusieurs gardes du corps supplémentaires, tous costauds, revêches et dévoués au Tueur de dragons. Voyant passer quelques sentinailes convoquées individuellement dans son bureau, elle se demanda si ça signifiait qu'elles lui étaient loyales ou au contraire qu'il les soupçonnait de fomenter une rébellion.

Un matin, au petit déjeuner, son père annonça qu'il allait inspecter les vergers.

– Il paraît qu'il y a de la vermine qui dévore les fruits, marmonna-t-il. Je ne vois pas ce que je peux y faire, mais bon !

Il souffla en regardant son épouse.

– Une patrouille de sentinailes nous accompagne, il n'y aura donc pas d'entraînement aujourd'hui. Reste à la maison avec Liane, Iris.

Cette dernière le dévisagea, stupéfaite.

– Mais… j'ai rendez-vous avec les jardiniers. On cherche une solution aux problèmes d'éclairage.

– Eh bien, tu vas devoir annuler, décréta-t-il en se levant.

– Liane peut rester à la maison toute seule, chéri. Elle a quatorze ans. Elle sera bientôt une sentinaile opération-nelle !

– Oui, je sais, répondit-il, sourcils froncés. Mais je serai plus rassuré si vous restez ici toutes les deux, aujourd'hui.

– Je pourrais aller chez Jonquille pendant que maman va à son rendez-vous, proposa Liane.

– Non, non, tu passes déjà assez de temps comme ça avec ces filles. Vous restez toutes les deux ici, point. Et ne mettez pas un pied dehors tant que je ne suis pas rentré.

– Lichen ! protesta Iris.

Mais il était déjà à la porte. Elle le toisa un instant, proprement abasourdie. Liane s'aperçut alors que sa mère n'avait plus la même expression qu'autrefois.

« Cet air rêveur, ce regard admiratif qu'elle portait toujours sur lui, son héros, comme la plupart des Valoriens… Ça fait un moment qu'elle ne le regarde plus comme ça.

Quand cela a-t-il changé ? »

Elle essaya de se remémorer quand sa mère avait cessé de lui raconter des histoires le soir, ou à quand remontait la dernière grosse dispute de ses parents. Avait-elle remarqué que son père mentait, elle aussi ? Avait-elle réalisé qu'il n'était pas le héros qu'elle croyait ?

Iris adorait mener des projets pour améliorer Valor. Maintenant que Liane y repensait, elle semblait y consacrer de plus en plus de temps… comme si elle préférait éviter de côtoyer Lichen au maximum.

« Il vaut sans doute mieux qu'elle voie son vrai visage, pensa Liane. Mais… ce sont mes parents, quand même. Je n'ai pas envie qu'elle cesse de l'aimer.

Non, ce que je voudrais, c'est que mon père soit ce héros pour lequel on l'a pris si longtemps, maman et moi. »

Sa mère fixait encore la porte, l'air sonnée.

– Maman ? Pourquoi papa est aussi bizarre ? la questionna Liane.

– Il… a beaucoup à penser, prétexta Iris en baissant les yeux vers la table.

Elle entreprit de la débarrasser et Liane se leva pour l'aider.

– Mais toi aussi, fit-elle valoir, c'est important ce que tu fais pour améliorer les jardins.

– Je sais bien !

Sa mère s'interrompit pour prendre une profonde inspiration.

– Mais ton père a peur qu'il nous arrive quelque chose. Il y a un homme… un homme très puissant qui essaie de le convaincre de venir travailler pour lui depuis des années.

– Ah oui ? s'étonna Liane. C'est qui ? Et qu'est-ce qu'il veut que papa fasse ?

– Qu'il tue des dragons, bien sûr, répondit Iris d'un air contrit. C'est le seigneur de la cité Indestructible.

« Oh, waouh ! »

Liane avait entendu parler de cette ville, mais pas de son seigneur. Et s'ils partaient tous là-bas pour que son père travaille comme tueur de dragons professionnel ? Devrait-il prendre la tête de l'armée de la cité pour les attaquer ?

« Papa ne voudra jamais travailler pour quelqu'un d'autre. Il aime trop être le seigneur. Et il ne veut plus affronter les dragons, il préfère prendre la fuite ! »

– Enfin, bref, ses derniers messages se sont faits plus… pressants que les précédents. Ton père craint qu'il lui fasse du chantage en nous kidnappant, par exemple…

Liane se demandait si c'était vrai ou si c'était l'interprétation de sa mère.

« À mon avis, il a plus peur que le kidnappeur réclame

son trésor comme rançon. Est-ce qu'il serait prêt à s'en séparer pour nous récupérer ? »

– Sans parler de tout ce qui se passe à Valor, soupira Iris. Les gens s'énervent, ils comptent sur ton père pour tout arranger.

« Bah, ce serait pas mal qu'au moins il essaie d'arranger les choses, oui », pensa Liane.

Elle jeta un regard en coulisse à sa mère en lavant la vaisselle.

– Tu devrais aller à ton rendez-vous, maman. Sinon, les jardiniers en voudront encore plus à papa. Toi, tu peux améliorer la situation. Je te promets de rester à la maison avec la porte fermée à clé.

Sa mère repoussa ses cheveux en arrière, laissant une trace mouillée sur son front. Elle fixa l'entrée d'un œil inquiet.

– Je ne serai pas partie longtemps. C'est important… Si j'y vais, on peut garder ça pour nous ?

– Bien sûr, maman, assura Liane en la serrant dans ses bras. Va sauver les légumes !

– Bon, d'accord, alors. Je file. Merci, Liane.

Sa mère lui sourit et courut se changer.

Liane finit de ranger en se demandant si c'était la première fois qu'Iris désobéissait à son mari ou si ça s'était déjà produit sans qu'elle soit au courant. Elle espérait que ce n'était pas une terrible erreur de l'encourager à aller à sa réunion. Pourvu que Lichen ne s'en aperçoive pas, sinon il serait furieux. Mais ce n'était pas juste que sa mère rate un rendez-vous important simplement parce qu'il était paranoïaque, alors que Liane pouvait très bien se débrouiller seule.

Iris venait de partir quand on frappa à la porte. Liane colla son œil au judas, mais elle savait déjà que c'étaient ses deux meilleures amies.

– Justement, je me demandais comment vous envoyer un message, dit-elle en ouvrant la porte.

– Pas la peine, répliqua Jonquille en faisant une entrée théâtrale. On fait le guet depuis une éternité ! On attendait qu'ils soient partis tous les deux.

Violette les rappela à l'ordre.

– Hé, on se concentre, les filles !

Elle s'était attaché les cheveux avec un ruban violet et portait une tenue grise au lieu de son uniforme de sentinaile, cependant elle semblait toujours prête à prendre la place de la commandante Rivière dès que le poste serait libre.

– On va fouiller cette grotte de fond en comble, et vite !

– J'ai déjà regardé partout ! protesta Liane. Je t'assure !

– Eh bien, on va recommencer, affirma Violette en se dirigeant d'un pas décidé vers le bureau du Tueur de dragons.

Elle n'eut pas besoin d'ajouter : « Et comme il faut, cette fois », mais c'était clairement sous-entendu.

– Il faut d'abord que je mange un morceau, annonça Jonquille. On te rejoint.

Violette leva les yeux au ciel et s'engouffra dans la pièce voisine.

– Devine quoi, chuchota Jonquille en entraînant Liane dans la cuisine, Forêt m'a demandé d'être sa cavalière au bal des sentinailes !

– Oh… waouh, souffla Liane.

Elle avait complètement oublié cette histoire de bal.

– Super ! ajouta-t-elle. Enfin, t'es contente, hein ? C'est chouette ?

– Oui, confirma son amie, sauf que Violette va me casser les pieds, j'en suis sûre.

Elle prit une pomme du tonneau de fruits dans le coin et la coupa en quartiers.

– Tu ne lui as pas encore dit ?

– Je vais le faire, répondit Jonquille, mais je préfère attendre la dernière minute pour ne pas l'entendre répéter que les garçons sont immondes et lui encore pire que les autres, que je mérite mieux et blablabla.

Alors qu'elle emportait son assiette, elle s'arrêta soudain sur le seuil du salon.

– En parlant de truc immonde, dit-elle en désignant l'aiguillon venimeux dans sa vitrine, comment peux-tu vivre avec ça en permanence sous les yeux ?

– Je l'évite, avoua Liane. Je fais le tour par l'autre côté pour ne pas passer devant.

Jonquille se figea.

– Attends… donc quand tu as fouillé toute la maison, tu as laissé ce coin-là aussi ?

Liane étouffa un cri. Mais oui, évidemment. Elle n'y avait même pas pensé. Elle évitait instinctivement de s'en approcher. Elle n'avait jamais soulevé la tapisserie drapée sur le piédestal pour voir ce qu'il y avait en dessous.

– Violette ! hurla Jonquille.

Quelques instants plus tard, elles avaient replié la tapisserie sur la vitrine et son aiguillon venimeux, découvrant le meuble en bois qui constituait le piédestal. C'était un placard muni d'une porte… mais sans poignée ni serrure. À la place, une série de molettes gravées de lettres était encastrée dans le bois.

– C'est un verrou à combinaison, annonça Violette. Il faut qu'on aligne les lettres formant le bon mot de passe pour l'ouvrir.

– Attends, fit Liane alors que Jonquille tendait la main vers la première molette, il faut mémoriser sa position actuelle pour qu'on puisse le remettre comme il était avant le retour de papa.

Elle contempla les lettres, le cœur battant.

– Qu'est-ce que ça pourrait être ? murmura Violette. Quatre lettres… Peut-être un nom, un objet de son quotidien…

– Essaie « IRIS », suggéra Liane. C'est le prénom de ma mère.

Jonquille tourna les molettes pour composer le mot, mais rien ne se produisit.

– « TUER » ? proposa Violette. « ÉPÉE » ?

Elles essayèrent les deux. En vain.

– Et un truc auquel personne ne penserait, comme « LOVE » ou « AMIS » ?

Violette émit un petit reniflement méprisant mais tenta quand même le coup.

– Eh non ! s'écria-t-elle. Comme c'est étonnant.

– J'essaie de faire preuve d'imagination, se défendit son amie.

– « AILE » ? « YEUX » ? lança Liane. « DARD » ?

Elles essayèrent tous les mots en rapport avec les dragons qu'elles purent trouver, sans succès.

– Non, tout ça, c'est trop commun. Il faut un truc vraiment personnel, non ? affirma Violette.

– Oh, souffla Liane. Je sais ! Essaie « ROSE ».

Elle retint son souffle tandis que Jonquille alignait les lettres R-O-S-E. La sœur disparue qu'il se remémorait sans doute chaque fois qu'il voyait son trésor. Il devait se demander si ça valait la peine de l'avoir perdue… pour ça.

Jonquille tira sur la porte. Elle ne s'ouvrit pas.

– Bah, ça alors, je pensais vraiment que ce serait bon. C'était le mot de passe parfait. Nouvelle preuve que ton père n'a pas d'âme.

– Hé, c'est pas vrai ! protesta Liane. Parfois, il est drôle ou gentil avec maman. Il n'est quand même pas complètement machiavélique. Il doit s'en vouloir de sa mort.

– Essaie « MORT », suggéra Violette.

– Violette ! s'écria Liane en levant les yeux au ciel.

Mais en réalité, elle fut soulagée que ce mot ne fonctionne pas non plus.

– Peut-être « LIAN »… Liane sans E, proposa Violette. Parce qu'un jour, ce trésor sera à elle.

Ça ne marcha pas non plus. Liane aurait été très surprise que ce soit le cas, car son père ne pensait sans doute pas beaucoup à elle.

De plus, il ne considérait sûrement pas son trésor comme un héritage à transmettre. La manière dont il en parlait, avec une telle passion… Il n'avait pas l'intention de le partager avec quiconque. Jamais.

– Essaie peut-être « À MOI ».

« Genre, tout ça est À MOI et à personne d'autre. »

Une fois les lettres alignées, la porte du meuble s'ouvrit en cliquetant.

– OK… Je ne voudrais pas porter de jugement… mais c'est quand même un drôle de choix de mot de passe, commenta Violette.

– Par toutes les lunes ! s'écria Jonquille en jetant un coup d'œil à l'intérieur.

Liane s'accroupit à côté d'elle et vit qu'il était rempli à ras bord de pièces d'or, de joyaux, et contenait même une statuette de dragon en pierre bleue aux yeux en émeraude.

– On a trouvé, constata-t-elle. Referme vite.

– Je peux toucher ? demanda Jonquille avec envie.

– Non, Liane a raison, il vaut mieux tout laisser en place, affirma Violette.

– Avant de prendre le trésor, il faut qu'on soit sûres de la suite du plan, reprit Liane. Comment on va le rendre aux dragons…

– Sans se faire dévorer, compléta Violette.

CHAPITRE 22

FEUILLE

Feuille se débattit en hurlant, rouant de coups de poing les pattes du dragon, mais ce dernier se contenta de baisser les yeux vers lui en émettant une sorte de gloussement.

Waouh. Il avait un museau complètement différent de celui des autres, assez carré et plat. Et il était marron – couleur écorce, comme les yeux de Mésange. Il avait les yeux également marron et un regard plus humain que les autres dragons croisés jusque-là.

Si le garçon n'avait pas eu peur du ridicule, il aurait même dit que celui-là le considérait avec bienveillance.

Et puis, si les deux derniers dragons l'avaient serré entre leurs griffes comme une agaçante carotte qui gigote, lui le portait dans ses pattes en coupe, comme Mésange lorsqu'elle allait cacher les petits lapins pour qu'aucun chasseur ne les trouve.

– Quel genre de dragon es-tu ? cria Feuille. Je n'ai pas peur de toi. Si tu me manges, je te briserai les dents à coups de pied, je ferai du trampoline dans ton estomac, je te rendrai la vie impossible. Je vais devenir tueur de dragons, tu m'entends ? C'est mon destin. Donc tu ne peux pas me manger, parce que ce n'est pas ce qui est prévu, alors…

Le dragon marron, qui avait atteint le sommet de la falaise, se posa maladroitement sur ses deux pattes arrière.

Les jambes de Feuille faillirent se dérober sous lui. Il leva la tête vers le dragon, clignant des yeux, abasourdi.

On aurait dit… On aurait dit qu'il *souriait*.

– *Grouar graouble glouarg grrrrroui fffflerg*, fit-il.

« IL EST EN TRAIN DE ME PARLER. »

Le dragon désigna les montagnes et poussa délicatement Feuille du bout de la griffe, puis il fit volte-face et regagna le palais par l'ouverture du grand hall central.

Feuille fut obligé de s'asseoir.

Il enfouit sa tête entre ses mains pour réfléchir.

« Ce dragon… il m'a aidé, non ?

Pourquoi il ne m'a pas mangé ?

Qu'est-ce qu'il essayait de me dire ? On aurait cru qu'il savait que je m'étais échappé… qu'il voulait me donner un coup de main.

POURQUOI UN DRAGON M'AIDERAIT-IL À FUIR ? »

Il ne comprenait pas. Quelle raison avait pu pousser ce dragon à le capturer pour le relâcher aussitôt ? À croire qu'il l'avait vu escalader la falaise et que, comprenant qu'il avait besoin d'aide, il avait décidé de le déposer au sommet.

N'importe quel autre dragon l'aurait sûrement dévoré ou laissé s'écraser sans se poser de question.

« Est-ce que celui-là est… bizarre ? Différent des autres ? Ou bien y a-t-il plein de dragons sympathiques dans le monde ? Qui vivent côte à côte avec leurs congénères meurtriers et assoiffés de sang ? »

Il était assis là depuis un moment, à essayer de comprendre tout en se remettant de ses efforts et du choc, lorsque quatre dragons jaillirent de l'ouverture du grand hall. Il lui sembla les reconnaître – le cuivré plein de fumée, le bleu grincheux et le gentil marron, accompagnés d'une dragonne, plus grosse et rouge, avec une cicatrice de brûlure sur le museau.

Feuille se cacha derrière un rocher tandis qu'ils prenaient de l'altitude et s'éloignaient dans les airs.

« Le "gentil marron", non, mais sérieux ? Il a dû trop manger hier soir et il est patraque, c'est tout. Ça expliquerait sa drôle d'expression que j'ai prise pour un sourire. En fait, il avait mal au ventre, c'est pour ça qu'il m'a relâché.

Les dragons ne peuvent pas être gentils.

Ils sont incapables d'empathie et d'entraide. Ils nous considèrent comme des proies, rien d'autre.

Pas vrai ?

Hein, Mésange ? »

Bizarrement, elle ne lui répondit pas, comme si même la voix imaginaire qu'il entendait dans sa tête était perplexe, incapable d'interpréter ce qui venait de se produire.

Peut-être que les dragons marron n'étaient pas comme les autres ? Qu'ils étaient végétariens ou ne mangeaient que des crocodiles, ou un truc du genre ?

– Je vais demander à Cerise, chuchota-t-il à l'intention de Mésange. C'est une bonne idée, non ?

Au moins, après avoir pris cette décision, il cessa de ruminer en boucle et se leva pour aller rejoindre sa grande sœur.

Par chance pour ses épaules endolories, il était beaucoup plus simple de redescendre dans le palais que d'en sortir. Il n'eut qu'à se laisser glisser le long d'une colonne supportant le toit du balcon supérieur pour s'y poser en douceur.

Cet étage semblait désert. Il entendait des dragons gronder et marmonner dans les niveaux du dessous, mais ici, toutes les salles étaient vides, comme si leurs occupants avaient filé précipitamment.

C'était assez perturbant de se retrouver sur un balcon sans balustrade, aussi loin du sol. Feuille jeta un coup d'œil en contrebas et crut voir un dragon mort gisant sur le sol, mais il y en avait tant d'autres qui s'affairaient aux alentours qu'il n'était pas bien sûr.

Il entreprit le long trajet dans les tunnels qui descendaient en spirale vers les étages inférieurs.

– C'est trop bizarre, Mésange, murmura-t-il. J'ai passé tant de temps à dessiner ces couloirs… Je me rappelle avoir noté la salle du trône, ici…

Il se figea à quelques pas de la porte. Il y avait une créature à l'intérieur. Une créature qui se débattait, se cognait, titubait mi-grognant mi-rugissant, poussant un cri de douleur et de rage mêlées.

Feuille s'approcha sur la pointe des pieds pour glisser un coup d'œil dans la pièce.

La reine dragonne était toute seule, affalée sur son trône, la respiration sifflante. Son museau avait un problème, visiblement. Même à contre-jour, il voyait bien qu'il n'avait plus la bonne forme.

Le plan qu'il avait recopié ne précisait pas à quel point la salle du trône était chargée de dorures. Il y en avait sur les murs, le sol, le trône, comme si quelqu'un en avait étalé partout à coups de pinceau maladroits. Feuille trouvait ça affreux, mais il savait que Cerise, Bosquet et Thym auraient adoré.

La reine grogna à nouveau avant de s'écrouler par terre au pied de son trône.

« Quelqu'un l'a attaquée, supposa-t-il. Bien fait pour elle. Mais avec quoi, je me le demande… »

Il pouvait sûrement l'achever, maintenant qu'elle était inconsciente et blessée.

« Ouais, vas-y, plante-lui ton épée dans le museau ! l'encouragea Mésange avec un enthousiasme malsain.

– Oh, tiens, te revoilà, toi ! répliqua-t-il. Désolé, mais je n'ai pas d'épée. Et ce ne serait pas très loyal de tuer un dragon inconscient. »

Dans sa tête, il vit sa sœur lever les yeux au ciel.

« Parce que tu crois que les dragons se soucient de ça ? Espèce d'élan moisi, va.

– Certains dragons sont sans doute loyaux, si, répondit-il en pensant au dragon marron. Chut ! J'essaie de ne pas me faire repérer. »

Feuille voulait traverser la pièce pour gagner la porte opposée quand il vit une horde descendre du ciel. Il se tapit au sol, pétrifié, tandis que cinq dragons du désert se posaient dans la salle du trône – et, parmi eux, l'énorme dragonne qu'il avait vue en compagnie de la reine la veille.

Tendant une griffe vers la reine évanouie, elle gronda un ordre. Les quatre autres la ramassèrent, ailes et queues entremêlées alors qu'ils s'efforçaient de se répartir son poids. Puis ils reprirent leur envol, emportant la reine des dragons des montagnes.

« J'avais raison, pensa Feuille. Les dragons du désert ont dû attaquer ceux des montagnes.

– Bah, au moins, ils vont l'achever, alors, se réjouit Mésange. C'est le moment idéal pour lancer une mission de sauvetage périlleuse, pendant que tout le monde va paniquer, genre : "Ah misère, où est passée notre reine ?"

– Oui, tu as raison. »

Feuille fonça sur le balcon, passa dans le couloir voisin puis s'engouffra dans un tunnel qui, s'il se souvenait bien, menait droit aux cuisines.

Il avait vu juste. Manque de chance, elles n'étaient pas désertes, mais l'activité frénétique de la veille avait cédé la place à une étrange ambiance de fin du monde. Plats et ingrédients gisaient sur les plans de travail, abandonnés. Un cochon rôtissait sur le feu, complètement calciné d'un côté. Les dragons discutaient en petits groupes, à voix basse.

Feuille longea le mur, caché derrière des tonneaux et des peaux d'animaux. À un moment, il croisa une souris qui lui arrivait aux genoux et qui leva le museau en poussant un couinement outré (« Hé ! T'es chez moi, là, voleur ! » traduisit la voix de Mésange), puis disparut, l'air mécontente.

Il retrouva facilement la fosse, qui n'était pas surveillée. Il n'y avait pas de corde dans le coin mais il avisa un immense sac de pommes de terre pratiquement vide. S'il tirait sur cette frange… Oui, la toile de jute se détricota, lui fournissant un fil aussi épais qu'une corde humaine. Il se pencha pour la nouer à un barreau de la grille et laissa tomber l'autre bout dans la fosse. Il ne voyait pas bien le fond, mais n'osait pas appeler Cerise de peur d'attirer l'attention des dragons des cuisines. Il fallait espérer que ses amis repéreraient la corde et y grimperaient.

Sauf qu'ils ne passeraient pas entre les barreaux de la grille… Il fallait trouver le moyen de l'ouvrir, or elle était fermée par un cadenas. Feuille le secoua en vain un moment. Avec quoi pourrait-il le crocheter ?

– *Grraouble ?*

Feuille lâcha le cadenas et fit un bond en arrière. Un tout petit dragon rouge avec un long cou et des yeux brillants le dévisageait, caché sous une des tables. Jusque-là, le garçon n'avait jamais croisé de dragon plus petit que lui.

«Celui-là, je pourrais sans doute le tuer facilement, pensa-t-il avec un pincement de culpabilité.

– Tu as promis de tuer un dragon, pas un gecko! se moqua sa sœur dans sa tête.

– Un gecko aux dents très pointues!» fit valoir Feuille.

– *Blrrirb!* pépia le dragonnet.

Il posa ses pattes avant, le derrière levé, un peu comme les chiens sauvages de Talisman quand ils voulaient jouer.

– Chut! souffla Feuille. Va-t'en!

– *Glorp glorp glorp!* s'écria le bébé dragon.

Il contourna la trappe comme s'il avait peur de marcher sur la grille.

– *Glorp! Gorble gorble blirrb!*

«Bon, j'ai déjà croisé un dragon qui voulait m'aider. Peut-être que celui-là aussi», pensa Feuille.

Il lui montra le cadenas.

– Clé? murmura-t-il en faisant mine de la tourner dans la serrure. Tu saurais où elle est, toi qui as envie de te faire des amis?

Le dragonnet s'assit, pencha la tête en arrière et se mit à chanter à pleins poumons. Enfin, c'est ce que Feuille supposa: il distinguait une vague mélodie, mais surtout beaucoup d'enthousiasme.

Un enthousiasme très bruyant. Feuille plongea derrière le sac de patates quand une nouvelle dragonne accourut pour gronder le bébé.

Celui-ci protesta avec véhémence. Ils se disputèrent un moment, puis le petit s'approcha d'un pas décidé du sac de patates.

« Oh non ! pensa Feuille, au désespoir. Bébé dragon, ne me trahis pas ! »

Le petit souleva le sac et pointa une griffe triomphante sur Feuille.

« Aaaaaaaaah, tu vas te faire manger ! » cria Mésange dans sa tête.

Mais la dragonne ne le saisit pas pour lui croquer la tête, elle ne le jeta même pas dans la fosse. Elle poussa un soupir impatient, comme n'importe quel parent ou professeur de Talisman, puis elle prit une clé pendue à un crochet.

– *Yormorble glorp !* s'écria le dragonnet tout content.

D'un bond, il s'empara de la clé et revint vers Feuille, péniblement car elle était presque aussi grande que ses ailes.

– Oh ! s'écria Feuille, stupéfait, alors qu'il la déposait entre ses mains. M-merci.

Comme la dragonne plus âgée grognait, le petit agita la patte en gazouillant pour dire au revoir à Feuille, puis ils repartirent tous les deux par où elle était venue.

« Non, mais qu'est-ce qui se passe ? s'écria Mésange dans sa tête. Tu t'es roulé dans du crottin, ou quoi ? Pourquoi personne n'a envie de te manger aujourd'hui ?

– Tu crois que ce bébé dragon me comprenait ? lui demanda Feuille. On aurait dit que oui, pas vrai ?

– Ouais, acquiesça Mésange. Bon, je ne suis pas sûre qu'il voulait réellement t'aider, on aurait plutôt dit un gamin qui pique sa crise, mais tant mieux pour toi. »

Feuille remarqua alors que la corde était tendue et qu'elle se balançait : quelqu'un était en train de grimper ! Il se précipita pour déverrouiller le cadenas. La grille était trop lourde pour qu'il puisse la soulever complètement, mais il réussit à l'entrouvrir et à la caler avec un tas de patates, ménageant un passage assez large pour que Cerise, puis Cranberry se faufilent à l'extérieur.

Thym arriva ensuite, juste derrière elles.

– Tu as survécu ! souffla Feuille, impressionné.

– Toi aussi, j'y crois pas ! répondit-il.

– On l'a échappé belle, nous aussi, renchérit Cranberry. Ils nous ont envoyées dans l'arène ce matin ! On a dû affronter un dragon bleu et un dragon noir ! J'ai presque réussi à enfoncer mon épée dans l'œil du noir. Et tu aurais dû voir Cerise, elle a été géniale !

Cette dernière étreignit longuement son frère. Pourtant, elle n'était pas du tout du genre câline. D'ailleurs, Feuille ne se rappelait pas qu'elle l'ait déjà serré comme ça contre son cœur. Bon, en même temps, il venait de lui sauver la vie, donc elle avait de quoi être contente !

– Et Cardinal ? fit-il. Arbutus ? Ils viennent ?

Cranberry secoua la tête en enroulant une de ses nattes autour de son doigt.

– Ils étaient aussi dans l'arène, mais ils n'ont pas survécu.

– C'était l'horreur, enchaîna Cerise en relâchant enfin son frère.

Elle avait l'air sous le choc, encore plus que quand les dragomanciens avaient menacé Bosquet.

– Mais on est en vie. Tous sains et saufs, Cerise. On va s'enfuir. Allez, viens. Je crois me rappeler où se trouve la trappe du vide-ordures.

– Feuille, fit-elle en le prenant par les épaules, il faut que je te dise un truc.

Son regard était aussi grave que lorsqu'elle lui avait parlé du Tueur de dragons.

– Maintenant? répondit-il. Tu ne voudrais pas qu'on sorte de ce palais rempli de dragons assoiffés de sang humain d'abord?

– Laissez-nous une minute, demanda Cerise en se tournant vers ses amis.

Elle entraîna Feuille derrière le sac de pommes de terre et se tourna face à lui, mais un peu de biais, incapable de soutenir son regard. Elle se tordait les mains comme si elle ne savait pas quoi en faire.

– Cerise? l'encouragea-t-il alors qu'elle gardait le silence.

– Hier soir, j'ai réalisé que je ne te reverrais peut-être pas. Que tu risquais de mourir, ou moi, et que tu ne saurais jamais la vérité.

– La vérité?

Les poils de Feuille se dressèrent sur ses bras.

– Quelle vérité?

– Au sujet de Mésange.

Cerise planta ses yeux dans les siens avant de les baisser. Il faisait froid dans cette pièce… bien trop froid pour une cuisine de dragons.

– Ce n'était pas un accident… quand elle s'est fait dévorer par les dragons, elle a été… sacrifiée.

«Oh misère, fit la voix de Mésange dans la tête de Feuille. Je crois que cette histoire ne va pas me plaire.»

– C'est les dragomanciens, enchaîna Cerise. Ils ont dit qu'ils avaient eu une vision et qu'il fallait la donner en offrande aux dragons pour protéger Talisman. Alors que c'était ma faute, Feuille.

– Comment ça, ta faute ?

– Tu te souviens des livres qu'elle avait volés dans la bibliothèque secrète des dragomanciens ?

Feuille acquiesça. Il revoyait Mésange les lire en douce, se vanter qu'elle serait super intelligente quand elle aurait tout fini et gémir que c'était tout de même sacrément rasoir.

– Elle les cachait sur ma mezzanine, continua Cerise, et elle les lisait quand les parents n'étaient pas là. Elle se moquait bien que je sois au courant. Mère est tombée dessus quand vous étiez à l'école, elle était furieuse, elle a cru que c'était moi qui les avais pris, alors je lui ai dit que non… et j'ai dénoncé Mésange.

Cerise enfouit son visage dans ses mains.

– Je pensais qu'elle serait simplement punie. Comme d'habitude. Enfin, je savais que c'était grave, mais je ne me doutais pas que les dragomanciens allaient… qu'ils allaient estimer qu'elle constituait un danger au point de vouloir se débarrasser d'elle.

– Parce qu'elle avait lu leurs livres ? répéta Feuille, hébété. Ils ont donné une gamine de sept ans en pâture aux dragons pour ça ?

« Quelle charmante bande de personnes hautement civilisées, commenta Mésange. Heureusement que ces gardiens de la morale sont là pour diriger notre village. »

– J'ai essayé de les en empêcher, reprit Cerise. Quand j'ai découvert leur plan… j'ai crié, tempêté, cassé des trucs à la maison, mais j'aurais dû en faire plus. Ils m'ont enfermée dans la cave pendant qu'ils l'emmenaient. J'aurais dû trouver un moyen de m'échapper pour la sauver. Je sais que toi, tu l'aurais fait.

Feuille était encore en train de comparer le châtiment au « crime » commis par sa sœur.

– Ils voulaient sûrement la faire taire, dit-il. Elle avait dû lire dans leurs bouquins une information qu'ils ne voulaient pas ébruiter.

Il se creusait la tête. Lui avait-elle confié quelque chose à ce sujet ? Il avait huit ans à l'époque, et ces vieux grimoires poussiéreux ne l'intéressaient pas du tout. Il se rappelait qu'elle avait été surprise d'y trouver beaucoup de chiffres. Bizarre… pourquoi auraient-ils voulu cacher cela ?

– Je suis désolée, Feuille, conclut Cerise.

En relevant les yeux vers elle, il réalisa soudain qu'elle lui avait menti pendant sept ans. Et Bosquet aussi. Chaque fois qu'il parlait de Mésange, Cerise l'avait laissé accuser les dragons, elle l'avait laissé construire toute sa vie autour de son projet de vengeance, sachant pourtant qui étaient les vrais coupables dans l'histoire.

« Les dragomanciens. Et nos parents, qui les ont laissés faire. »

– Mais alors… tu voulais vraiment tuer les dragons ? s'étonna-t-il. Venger Mésange ? Protéger le village ?

Il prit une profonde inspiration. Il flottait dans ces cuisines une odeur d'oignon, de cochon brûlé et de trahison.

– Ou alors, tu as passé tout ce temps à m'entraîner parce que tu voulais que je t'aide à voler le trésor ?

– Je…

Elle haussa les épaules.

– Les deux… D'une pierre deux coups, comme on dit. C'est quand même les dragons qui l'ont dévorée, après tout. On peut en vouloir aux deux, aux dragomanciens *et* aux dragons.

– Mais tu t'es servie de moi, et de mon désespoir. Tu as entretenu ma haine des dragons pour réaliser ton plan.

Son destin s'écroulait comme un château de cartes. Il avait envie de le rebâtir, de redevenir la personne qu'il avait imaginé être un jour, qui tuerait des dragons et sauverait le monde. Un projet simple et carré : les gentils humains contre les méchants pleins d'écailles et de griffes.

– Non ! se défendit Cerise. Je voulais t'aider. Je voyais comme tu étais mal, j'ai voulu te donner un moyen de lutter…

– Mais pas contre nos vrais ennemis ! protesta Feuille. J'aurais pu passer tout ce temps à essayer d'arrêter les dragomanciens, à la place. C'est eux qui mettent le village en danger !

Il recula d'un pas. Il avait l'impression que la pièce tournait autour de lui.

– C'est pour ça que tu avais peur qu'ils sacrifient Bosquet. Parce qu'il y a eu un précédent. C'était déjà arrivé avant Mésange ?

– Je crois, fit Cerise. Je me rappelle qu'ils ont sacrifié l'un de leurs apprentis quand j'étais toute petite. Sans explication. Juste une vision. Les dragons l'avaient réclamé, point.

– Et tu m'as laissé travailler pour eux ! gémit Feuille.

Il s'accroupit, la tête dans les mains. Il ne pouvait chasser de son esprit l'image de la petite Mésange, ce qu'elle avait dû ressentir. Savait-elle que leurs parents l'avaient offerte en sacrifice ? Avait-elle cru que Feuille était au courant ? Qu'il s'en moquait ? Était-elle partie en se croyant complètement abandonnée par les siens ?

« Pauvre de moi », murmura tristement la voix de Mésange.

Thym passa la tête derrière le sac de patates.

– Hé, les gars, on pourrait aller piquer un peu de trésor…

– C'est pas le moment, Thym, le coupa Cerise.

– Je disais juste qu'on est en liberté dans le palais… Si on ne fait pas de bruit et qu'on évite les dragons… Il y a des trésors partout. On doit rapporter un truc pour sauver Bosquet, non ?

Feuille sentit que Cerise se tournait vers lui, mais il ne releva pas la tête. Il ne pouvait pas penser à ça maintenant. Il ne savait pas ce qu'il allait faire. Il ne supporterait pas de se retrouver face à ses parents ou aux dragomanciens sachant ce qu'il venait d'apprendre. Mais qu'était-il censé faire de sa vie maintenant que son grand projet s'était écroulé ?

– Tu as raison, Thym, finit par répondre Cerise. Il faut qu'on vole quelque chose pour sauver Bosquet. On donnera aux dragomanciens de quoi le libérer et on gardera le reste pour nous.

Feuille se releva avec un reniflement méprisant.

– Ça ne marchera pas. Les dragomanciens sont des voleurs et des meurtriers. Prêts à tuer pour préserver leurs secrets. Si vous y retournez, ils sacrifieront quand même Bosquet et vous aussi. Personne ne tentera de les arrêter. Tout comme personne n'a essayé de sauver Mésange.

Cerise secoua la tête.

– Toi, tu les aurais arrêtés.

– Je ne retourne pas à Talisman, déclara Feuille. Vous n'avez qu'à voler ce qu'il vous plaît et vous jeter dans le piège des dragomanciens si c'est ce que vous voulez. Vous n'avez pas besoin de moi pour ça.

– Feuille ? fit Cranberry dans son dos.

– Tu ne comptes même pas nous aider à voler des trucs ? s'étonna Thym.

– Je n'ai jamais voulu voler ce trésor! protesta-t-il. Je suis venu pour tuer un dragon et j'ai découvert que c'était pratiquement impossible.

«Tu as aussi appris que les dragons pouvaient être gentils, les sœurs menteuses, et que tes projets d'avenir n'avaient aucun sens», souligna Mésange.

– Mais alors, que vas-tu faire? demanda Cranberry en lui posant la main sur le bras.

Feuille réfléchit un instant, mais la réponse lui trottait dans la tête depuis qu'il avait essayé de planter son épée dans le flanc du dragon et qu'elle avait ricoché. Quelque part vivait un véritable héros. Quelqu'un qui lui dirait la vérité et l'aiderait à trouver son destin. Un destin dont Mésange serait fière.

Il regarda Cerise dans les yeux et annonça :

– Je vais aller trouver le Tueur de dragons.

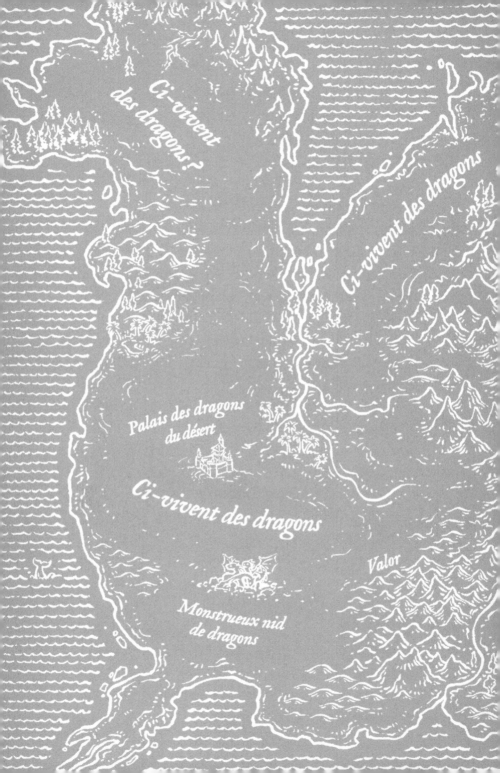

TROISIÈME PARTIE

CHAPITRE 23
MÉSANGE

C'était fou que Mésange ne se soit pas encore fait dévorer par un dragon.

Ou piquer par un scorpion. Et qu'elle ne se soit pas encore écroulée dans le sable, laissant le soleil la transformer en squelette aux os blanchis.

Elle marchait pourtant depuis tellement longtemps dans cet affreux désert brûlant que tout cela aurait fort bien pu lui arriver.

D'abord, elle avait essayé de suivre l'armée (et Céleste) qui allait se battre contre les dragons des glaces. À la sortie de la ville, ils avaient pris vers l'ouest ; elle avait donc continué dans cette direction, bien qu'elle les ait perdus de vue au bout de quelques minutes. Elle se rappelait les cartes imprécises qu'elle avait vues dans les livres ; le royaume des dragons des glaces était par là, puis vers le nord. Si elle continuait, elle finirait par l'atteindre. Et peut-être pourrait-elle libérer Céleste pendant que les autres seraient occupés à se battre.

Elle ignorait combien de jours s'étaient écoulés, mais elle venait d'atteindre une zone rocheuse, enfin dépourvue de sable, lorsqu'elle leva le nez et vit le bataillon entier repartir vers le sud.

– QUOI ? hurla-t-elle tandis qu'ils filaient dans les airs sans la remarquer. MAIS JE VIENS D'ARRIVER, MOI !

Elle crut apercevoir Céleste parmi eux et, en tout cas, elle était sûre d'avoir reconnu l'arrogant géant qui les commandait avec son gros rire imbécile et tonitruant.

Elle leur courut après aussi longtemps qu'elle le put mais, bientôt, ils obliquèrent vers l'est et s'enfoncèrent dans les nuages. Elle eut beau accélérer… ils disparurent rapidement.

– ARRRRRRRRRRRRRRRRRRRRRGH ! rugit Mésange en arrachant les touffes d'herbe épineuse qui poussaient entre les rochers.

Mais elle n'avait pas le temps de piquer sa crise. Elle devina qu'ils se dirigeaient vers la ville des dragons, elle devait donc y retourner également.

– C'est une bonne nouvelle, murmura-t-elle en traversant le désert dans la nuit glaciale. Ce sera plus facile de secourir Céleste en ville qu'au palais.

De plus, elle connaissait l'emplacement de la cité ; elle n'avait qu'à longer la côte jusqu'à la rivière. Alors qu'elle ne savait pas où se trouvait le palais. Quelque part au beau milieu du désert, sans doute.

Mais quand elle atteignit la ville, il n'y avait nulle trace de l'abominable général, ni de son armée, ni de Céleste. Mésange passa quelques nuits à fureter dans les environs, tendant l'oreille jusqu'à ce que sa plus grande crainte soit confirmée : ils avaient juste fait étape une nuit avant de poursuivre vers le palais.

Dans cette ville de dragons, elle avait l'impression d'être l'une des souris qui avaient envahi la cuisine de ses parents et disparaissaient sous les plinthes dès qu'on allumait les torches, laissant de petites empreintes dans la farine et grignotant la croûte du pain. Elle n'avait aucun mal à trouver à manger et à faire des provisions. Tout était tellement immense que les dragons ne remarquaient même pas quand elle chipait une figue ici ou un quart de biscuit là.

Mais ce qu'elle n'avait pas réussi à se procurer, c'était une carte localisant le palais de la reine ni aucune autre représentant le royaume du désert. Peut-être ne cherchait-elle pas au bon endroit, ou bien ces dragons n'avaient-ils pas pris la peine d'en établir une parce qu'ils se repéraient aisément en vol.

Valait-il mieux qu'elle reste le temps de trouver cette fameuse carte… ou qu'elle s'aventure dans le désert en espérant tomber sur le palais au bout du compte ? Les jours passaient et le pauvre Céleste avait besoin d'elle ; ça lui serrait le cœur quand elle y pensait. Mais elle ne l'aiderait pas si elle se perdait et mourait en plein désert. Elle avait beau avoir très envie de se précipiter à son secours, ce n'était sans doute pas le plan le plus astucieux.

«Si seulement j'avais des ailes… Je volerais là-bas en deux battements.»

Alors qu'elle ruminait ce regret pour la centième fois, elle eut soudain une nouvelle idée.

«Et si j'avais des ailes? Si je kidnappais un dragon?»

Elle était cachée dans le grenier d'un entrepôt, où elle dormait le jour sur un sac de grain. Elle rampa jusqu'à la fenêtre et jeta un coup d'œil aux dragons qui se pressaient dans la rue en contrebas.

«Et si j'en prenais un à part pour le convaincre de me conduire au palais?»

Comme ça, elle ferait d'une pierre deux coups : elle aurait un moyen de transport et une sorte de carte, si elle en trouvait un qui savait s'y rendre.

«Mais comment le convaincre? Avec un objet pointu et aiguisé?»

Céleste lui aurait conseillé de demander gentiment, certain que n'importe quel dragon se ferait une joie de l'aider – mais oubliant que ses congénères préféreraient vraisemblablement s'en faire un en-cas pour le déjeuner.

«Il doit bien y avoir d'autres dragons comme Céleste. Qui ont un cœur. Qui m'écouteront un instant avant de me croquer.

Il faut juste que j'en trouve un.»

Ce soir-là, elle vola une arme, au cas où. Il devait s'agir d'une épée d'entraînement ou d'un poignard pour dragonnet, car elle était trop petite pour un dragon adulte, mais parfaitement à sa taille et plutôt lourde.

Il lui fallut la moitié de la nuit pour trouver comment l'accrocher sur son dos afin de pouvoir la tirer rapidement en cas de besoin, mais sans que ça la gêne.

Puis elle entreprit de suivre les dragons.

Elle ne pouvait pas les aborder en centre-ville… Même en pleine nuit, si elle en trouvait un tout seul, il lui suffirait de rugir pour rameuter ses amis. Elle se sentait de taille à intimider un dragon isolé, pas toute une bande.

Elle s'aventura donc dans les faubourgs, à la recherche d'endroits déserts et de dragons solitaires.

Deux jours plus tard, elle avait repéré sa cible.

Le premier avantage, c'était que ce dragon évitait clairement d'attirer l'attention. Et le deuxième, c'était qu'elle l'avait vu en train de lire un parchemin – c'était bon signe. Un dragon lecteur était sûrement intelligent et prévenant, pas le genre à dévorer quelqu'un avant d'écouter ce qu'il avait à dire.

Mésange était dans une ruelle menant hors de la ville quand elle passa devant des bâtiments désaffectés ornés de petits fanions jaune et noir. Elle supposa que les dragons qui vivaient là étaient partis à la guerre pour ne jamais revenir.

La ruelle débouchait dans une cour ombragée d'arbres fruitiers qui sentait le citron. Un dragon noir était blotti au pied d'un arbre, en train de lire un parchemin.

Mésange se cacha derrière un gros pot en terre et l'observa un moment. Elle n'avait pas vu d'autre dragon noir en ville. En fait, elle n'en avait presque jamais croisé au cours de ses voyages avec Céleste. Il lui semblait avoir compris qu'ils vivaient quelque part dans un endroit secret, mais elle ignorait où.

Celui-ci avait une pochette autour du cou et des écailles argentées qui scintillaient comme des étoiles sous les ailes. De temps à autre, il levait le museau de son parchemin pour regarder le ciel, puis soupirait et se replongeait dans sa lecture.

C'était sans doute son imagination, mais Mésange avait l'impression qu'il se sentait seul. Peut-être lui aussi avait-il perdu son meilleur ami.

Entendant quelqu'un approcher dans la ruelle, Mésange se hissa dans le pot puis grimpa à l'arbre qu'il contenait pour se cacher parmi les citrons jaune vif et les feuilles vert foncé. Le dragon noir avait lui aussi entendu les pas. Il roula son parchemin et se tapit habilement dans l'ombre, repliant ses ailes pour masquer les écailles d'argent, si parfaitement immobile dans son petit coin sombre que Mésange peinait à le distinguer alors qu'elle avait les yeux rivés sur lui.

«Il est sur ses gardes. Il veut vérifier que c'est bien le dragon qu'il attend avant de se montrer.»

Une dragonne du désert s'engouffra dans la cour, jetant des coups d'œil de tous côtés comme si elle craignait qu'on lui saute dessus. Elle avait des manières furtives et plusieurs cicatrices d'engelures le long de la queue.

Le dragon noir sortit de l'ombre et inclina légèrement la tête pour la saluer.

– Tiens, dit-elle en lui remettant un petit rouleau. Une nouvelle mission.

– Bonjour à toi aussi, lança-t-il, puis il brisa le sceau du parchemin pour le lire.

– On n'est pas là pour faire la conversation, siffla-t-elle. Si tu as des questions, fais-les passer par la voie habituelle. Mais ça m'étonnerait. Ils ont dit que c'était assez basique.

Le dragon noir fixait le parchemin, l'air atterré.

– C'est… C'est sérieux comme mission. Ils sont bien certains de vouloir ça?

– Sûrement! répliqua-t-elle. Je ne suis qu'une simple messagère. Et tu es juste le… (Elle prononça un mot que Mésange n'avait jamais entendu.) On est là pour faire notre boulot sans poser de question.

– Attends! fit-il alors que son interlocutrice tournait les talons. Tu ne saurais pas où se rendent les dragonnets maintenant?

– La rumeur veut qu'ils aillent au royaume de Glace, dit-elle. Ils ont vu deux des (bidules), il leur en reste une à rencontrer. Avec un peu de chance, ils vont mourir de froid là-bas, ça t'épargnera des tracas.

Elle s'éclipsa en ricanant avant que le dragon noir puisse lui demander quoi que ce soit d'autre.

Il se rassit lentement, étudiant le message. Mésange connaissait bien cette expression: c'était la tête que faisait Céleste quand il devait faire un truc et qu'il cherchait un moyen de se défiler. Par exemple, si elle disait: «Céleste, arrête de donner toutes nos noix aux chipmunks, j'en ai besoin pour survivre cet hiver!», il faisait cette tête et elle était obligée de préciser qu'il ne pouvait pas non plus les donner aux écureuils. Et qu'en fait, il n'était censé distribuer leurs provisions à aucun des adorables animaux qui le regardaient avec de grands yeux suppliants.

Pauvre Céleste. Elle se demandait ce qu'il était en train de faire en ce moment même et s'il y avait des chipmunks ou des escargots là où il se trouvait.

« Je dois passer à l'action tout de suite. C'est le dragon qu'il me faut et il est tout seul.

Allez, un peu de courage, Mésange. Il ne va sûrement pas te dévorer immédiatement. Parle vite, sois convaincante et si ça ne marche pas, passe aux menaces ! C'est parti ! »

Elle se laissa tomber au pied de l'arbre et traversa la cour d'un pas décidé, fonçant droit sur le dragon. Celui-ci leva le museau de son parchemin et fit un bond en arrière en la voyant, mais il ne lui arracha pas la tête d'un coup de dents, c'était déjà ça.

– Écoute, gronda-t-elle en langue dragonne, j'ai besoin de ton aide.

Les yeux écarquillés, il tourna la tête pour voir s'il y avait un de ses congénères dans le coin.

– Arrête ça ! aboya-t-elle. Regarde-moi. C'est moi qui te parle !

Il concentra de nouveau son attention sur elle.

– Je suis pressée. Emmène-moi au palais du désert. S'il te plaît, ajouta-t-elle en pensant à Céleste.

Il avait mis un point d'honneur à lui enseigner cette expression.

– C'est impossible. Les charognards ne parlent pas notre langue, dit le dragon solitaire de sa voix plutôt élégante.

Il avait un accent différent de celui de Céleste, un peu plus dur à comprendre.

– Bah, faut croire que si !

– Les charognards ne poussent que de petits couinements, «*scouic scouic scouic*», et *PAF*, ils tombent raides morts, lui expliqua-t-il comme s'il avait une hallucination. D'après ce que j'ai pu voir.

– Eh bien, de nous deux, à ton avis, qui s'y connaît le mieux en «charognards»? riposta-t-elle en reprenant le mot qu'il avait employé pour désigner les humains. Écoute, je n'ai vraiment pas le temps de tomber raide morte. Mon ami a des ennuis et je veux que tu m'aides à le rejoindre.

– Si ton ami a été emmené au palais du désert, il a sans doute déjà été mangé, affirma-t-il avec une certaine empathie.

– Ça m'étonnerait, vu que MON AMI EST UN DRAGON ! cria Mésange, ce qui le fit sursauter. Alors, à moins qu'il y ait des cannibales là-bas, il est encore en vie mais prisonnier et il se demande où je suis !

Elle ignorait comment on disait «cannibale»; il était donc probable que le dragon noir n'ait pas compris cette partie de la phrase.

– C'est complètement délirant : un dragon ami avec un charognard? Je n'y crois pas.

Il ramassa le gâteau aux dattes qu'il était en train de manger et l'examina d'un œil soupçonneux.

– Il y avait quoi, là-dedans ?

– Tu peux faire comme si j'étais le fruit de ton imagination si ça t'arrange, reprit Mésange, du moment que tu m'emmènes au palais.

– Mais là, c'est toi qui te feras manger, objecta-t-il. Et ce serait dommage, si tu es la seule charognarde au monde assez intelligente pour parler dragon.

Mésange ne savait pas si elle devait acquiescer ou répliquer que ce n'était pas le cas. Dans son souvenir, aucun habitant de son village n'avait jamais essayé d'apprendre. Et Invulnérable aurait sûrement balayé la proposition d'un éclat de rire. Peut-être Feuille… Elle s'efforçait de ne pas penser trop souvent à son frère, mais parfois il s'invitait dans son esprit.

– Tu as un nom ? demanda le dragon noir, curieux. J'ai connu un dragon qui possédait un charognard ; il l'avait baptisé Vagabond, mais il n'a pas fait long feu. Ce n'était pas sa faute : ses amis avaient du mal à faire la différence entre un animal familier et une friandise. Ton dragon t'a appelée comment ?

– Non ! Je ne suis pas un animal familier. J'avais déjà un nom ! protesta la jeune fille, furieuse. Je m'appelle Mésange. Et toi ?

Il répondit quelque chose qu'elle ne comprit pas. Elle pencha la tête.

– Quoi ?

Il répéta une série de grognements qui ressemblaient à un groupe nominal, mais elle ne saisissait toujours pas.

– Faiseur… de Cadavres? traduisit-elle. Ce n'est pas possible. Porteur de Mort?

Elle réfléchit un instant, répétant les sons dans sa tête.

– Ah, je sais! L'As du Meurtre! s'écria-t-elle. Tu t'appelles vraiment l'As du Meurtre?

Elle essaya de lui répéter en dragon et il eut l'air un peu blessé.

– Non! *Grumpf ggrrr grouar graour!*

– L'As du Meurtre, ouais, c'est bien ça. OK.

Elle repassa en dragon.

– Monsieur l'As du Meurtre, pourrais-tu s'il te plaît me déposer au palais du désert au plus vite? Je te promets de ne pas t'en vouloir si je me fais dévorer.

– Oh… non, non, soupira-t-il. Je ne peux vraiment pas. Je suis très occupé en ce moment.

Il brandit le rouleau de parchemin.

– Je suis à la recherche d'une bande de dragons. Une sorte de mission. J'aurai des ennuis si je fais un détour pour rendre service à une hallucination, désolé.

Il essaya de s'éloigner d'elle.

– MAIS C'EST IMPORTANT! vociféra Mésange, si bien qu'il sursauta à nouveau. Allez! Tu en as pour quoi… une demi-journée? Alors que moi, ça me prendra QUATRE CENTS ANS d'y aller à pied, peut-être même plus, vu que je n'ai aucune idée d'où il est situé. Monsieur l'As du Meurtre! La vie d'un dragon est en jeu!

– *Oooorgh*, grommela-t-il en se frottant le crâne. Je n'aurais jamais cru que les charognards pouvaient brailler si fort !

– Parce que la vie d'un dragon, c'est moins important que ta mission ? insista-t-elle. En plus, tu n'as même pas envie de faire ce qu'on te demande, je le vois bien.

– C'est vrai, concéda-t-il, l'air affolé. Mais tu le sais sans doute parce que tu n'existes que dans mon esprit.

– Y a un mot en dragon pour désigner une voix dans la tête qui te dit quoi faire ? le questionna Mésange.

Il prononça un mot qu'elle répéta jusqu'à réussir à l'articuler parfaitement.

– Bah voilà, c'est moi, ta conscience. Et voilà ce que je te dis : n'exécute pas cette mission, suis ton instinct. À la place, emmène-moi au palais du désert libérer mon ami.

L'As du Meurtre rompit son gâteau en deux morceaux qu'il inspecta d'un œil soupçonneux.

– Et si je sors ça, ça peut achever de te convaincre ? renchérit Mésange en brandissant sa nouvelle épée d'un geste théâtral. Elle est très pointue.

Elle la dirigea vers l'une de ses griffes et piqua sans le vouloir la membrane qui les reliait.

– OUILLE ! rugit-il en faisant un bond en arrière.

Une petite goutte de sang jaillit, si bien qu'il appuya sur la plaie avec son autre patte en lui jetant un regard indigné.

– Pardon... pardon, elle est très lourde et je n'ai pas encore... Non, tout compte fait, je ne suis pas désolée !

Voilà ce qui arrive à ceux qui osent me défier, monsieur l'As du Meurtre !

Elle pointa son épée sur lui.

– Emmène-moi au palais du désert IMMÉDIATEMENT !

– C'est fou, je me suis toujours demandé ce qui était arrivé à la reine (Truc), dit-il, mais maintenant je vois que les charognards sont de petits monstres cruels et féroces, et je comprends mieux !

Il examina sa blessure.

– Tu existes vraiment, hein ? Pas seulement dans mon imagination ?

– Oui, je suis bien réelle. Et très pressée.

– Bon, d'abord, range ton arme, dit-il en désignant son épée.

Elle la glissa dans son fourreau sur son dos.

Il plissa un instant le museau puis déclara :

– D'accord, je vais te déposer au palais du désert. Mais je dois te prévenir que, là-bas, la plupart des dragons ne sont pas aussi charmants ni aussi patients que moi, loin de là !

– Je m'en fiche, répliqua Mésange. Je n'y vais pas pour prendre le thé, je veux libérer Céleste.

Le dragon tendit une patte afin qu'elle puisse monter dessus. C'était super étrange de s'accrocher à des écailles noires et non orange. L'As du Meurtre était plus grand et plus costaud que Céleste. Mésange rampa maladroitement pour trouver un endroit stable où se poser, agrippée aux pics de son cou.

Pendant ce temps, le dragon rangea ses parchemins dans sa pochette et finit son gâteau aux dattes.

Il épousseta ses pattes pleines de miettes puis se contorsionna pour lui jeter un coup d'œil.

– Bien installée ? demanda-t-il. Ça fait trop bizarre. Une fois, un singe m'est monté dessus quand j'étais en mission au royaume de la Mer, mais il était beaucoup plus léger et moins autoritaire que toi.

– Ou peut-être que tu n'as pas écouté ce qu'il te disait, suggéra-t-elle.

– Tu es sûre que tu veux aller au palais ? Je connais des dragons qui seraient ravis de t'étudier.

– Quelle horreur ! s'exclama Mésange. Non, merci. Direction le palais.

– Direction le palais, répéta-t-il.

Il s'élança dans les airs tandis que Mésange se cramponnait, regardant la cité des dragons s'éloigner en contrebas.

« Tiens bon, Céleste ! J'arrive ! »

CHAPITRE 24

LIANE

– Et si on y allait au milieu de la nuit, pendant que tous les dragons dorment? suggéra Jonquille. On laisse le butin en vrac devant la porte principale avec un petit mot disant : « DÉSOLÉS ! ON VOUS REND VOTRE TRÉSOR. MERCI D'ARRÊTER DE NOUS DÉVORER ! » Puis on rentre vite chez nous.

Liane s'allongea bien à plat sur sa branche et contempla le ciel. Bleu, clair, cerné d'or à l'horizon, où le soleil se levait sur les montagnes. Les rais de lumière à travers les feuilles, le pépiement des oiseaux et des écureuils, l'odeur verte et fraîche de la végétation… Ça changeait de la pierre glacée et des murs en terre. Elle était tellement contente de se retrouver enfin dehors.

Son père avait mis une éternité à assouplir ses règles. Elle ne comprenait pas vraiment pourquoi il avait fini par céder, mais elle pensait que c'était en partie parce que sa mère avait aidé à résoudre le problème des jardins, que les sentinelles punies avaient réparé l'un des tunnels effondrés et que les citoyens de Valor avaient donc cessé de râler. Il n'avait pas reçu de nouveau message du seigneur de la cité Indestructible. Tout le monde ne parlait plus que des quatre adorables poulains qui venaient de naître, alors le Tueur de dragons était content.

Et comme il était content, Liane et ses amies avaient à nouveau l'autorisation de sortir. De partir en mission de surveillance, tout du moins, mais c'était déjà ça.

Digitale était là aussi. Elle faisait le guet pendant que des ouvriers s'efforçaient de camoufler un peu mieux l'une des entrées de la ville souterraine.

– Jonquille, fit Violette d'un ton patient, même si Liane savait bien que cela portait sur les nerfs de leur amie. Premièrement, il y a sûrement des gardes à l'entrée du palais, même la nuit. Deuxièmement, il faudrait qu'on arrive à sortir de Valor sans se faire repérer avec trois chevaux et le trésor, ce qui n'est pas gagné. Et troisièmement, LES DRAGONS NE SAVENT PAS LIRE !

– Eh bien, on a le choix entre un, leur laisser un message, ou deux, leur expliquer face à face, fit valoir Jonquille. Moi, je ne suis pas franchement partante pour aller discuter avec les dragons. Trop risqué. Si tu as un meilleur plan, vas-y.

« Et si c'était possible ? se dit Liane, pensive. Qu'est-ce qu'ils nous diraient ? À quoi rêvent les dragons ? Que racontent leurs histoires ? Qu'est-ce qu'ils savent à notre sujet ? »

Violette la tira de sa réflexion d'une voix sévère.

– Liane ! Rassure-moi ! Tu n'envisages pas d'aller parler aux dragons ?

– Je me demandais juste… ce qu'ils nous diraient, avoua-t-elle.

Jonquille pouffa tandis que Violette soupirait, au désespoir.

– Un dragon marin pourrait nous décrire le fond des océans, enchaîna Liane. Un dragon des glaces pourrait nous dire quel goût ont les ours polaires ! Et tous nous raconteraient ce que ça fait de voler !

– Parfois, j'ai l'impression que tu n'as pas une vision claire de ce qu'est réellement un dragon. Dois-je te rappeler qu'ils crachent du feu ? Qu'ils ont des dents immenses ? Et des griffes ? Mais surtout des dents…

– Je sais, je sais, fit Liane. Je monte un peu plus haut.

Elles étaient dans l'un des plus grands arbres qui dépassaient le reste des frondaisons. Elle voulait se percher au sommet pour voir jusqu'aux montagnes, espérant distinguer des dragons au loin.

Elle entendit Jonquille et Violette monter à sa suite. C'était aussi ça qui lui avait manqué : il n'y avait rien à escalader à Valor. Selon son oncle Caillou, Rose était aussi très douée pour grimper aux arbres. Ça lui faisait plaisir… Même si elle n'était pas aussi espiègle ou courageuse que Rose, elles avaient des choses en commun, comme l'escalade et le dessin.

Elle monta jusqu'à un groupe de branches bien

camouflées par le feuillage et s'adossa d'un côté du tronc. Jonquille arriva avant Violette et s'installa de l'autre côté. Leur amie prit place sur la branche juste en dessous, le nez en l'air, comme si c'était là qu'elle avait prévu de s'asseoir de toute façon.

– Et si on laissait le trésor dans le désert? proposa Liane, réfléchissant tout haut. Juste à l'orée de la forêt, près de l'ancien village. On tracerait de grandes flèches dans le sable pour qu'ils les voient du ciel.

– Mais quelqu'un pourrait venir le voler avant que les dragons le trouvent, fit valoir Violette.

– Ou pas les bons dragons, renchérit Jonquille. C'est le trésor des dragons du désert, il doit leur revenir, non? Alors si c'est ceux des montagnes qui le prennent, j'imagine que ça va poser problème.

– Pas forcément. Peut-être que les dragons du désert s'en prendraient à ceux des montagnes plutôt qu'à nous, dit Violette en rajustant son foulard vert sur ses cheveux.

– Mais comment pourraient-ils savoir que ce sont les dragons des montagnes qui le leur ont volé? contra Liane. Non, ça ne marche pas.

Elle écarta les feuilles devant elle.

– Oh! Regardez! souffla-t-elle.

Trois magnifiques dragons descendirent des sommets, au loin, rouge et orange, telles des flammes brûlant dans le ciel bleu. Le soleil illumina leurs ailes immenses alors qu'ils s'engouffraient dans les nuages, piquant vers la forêt.

– Euh… je me sens un peu exposée, là, brusquement, marmonna Jonquille.

– Ça va aller, la rassura Liane. Ne bouge pas, c'est tout.

Une fois, au cours d'une sortie avec Digitale, alors qu'elles étaient perchées aussi haut, un dragon était passé si près que le déplacement d'air avait arraché les feuilles de leur arbre, et qu'elles les avaient prises dans la figure. Mais il ne les avait pas repérées. Si son amie restait immobile, il n'y aurait pas de problème.

Liane vit les dragons descendre paresseusement, de plus en plus près, le regard rivé au sol. «Ils doivent être en train de chasser», supposa-t-elle.

Soudain, l'un d'eux fit volte-face et plongea entre les arbres. Un instant plus tard, il rugit et ce fut comme si tous les murs de Valor s'écroulaient en même temps. Quand il surgit de la forêt, battant de la queue, Liane constata que ses serres étaient vides. Avec un nouveau rugissement, il déracina un tronc, le souleva et le jeta à travers les frondaisons. Puis il replongea.

«Qu'est-ce qu'il a trouvé? se demanda Liane. Un cerf? Un ours? Il ne se donnerait pas tant de mal pour un lapin, quand même?»

Elle risqua un œil entre les branches et repéra un garçon qui slalomait entre les arbres.

«Un humain! pensa-t-elle, le cœur battant. Mais d'où sort-il?»

Il n'arrivait pas de Valor. Était-il en train de chasser lorsqu'il avait été séparé des autres? Pourtant, il ne portait pas la tenue marron des apprentis chasseurs ni l'uniforme vert des sentinaires en formation.

Était-ce un des bannis ?

Elle se pencha en avant pour mieux voir.

– Liane ! souffla Jonquille.

– Tu as vu ?

Son amie acquiesça sans bruit, fixant la silhouette qui filait dans la forêt.

Le garçon sauta par-dessus un tronc couché et se tapit derrière, enfoui dans la végétation.

« Ça ne marchera jamais », pensa Liane.

Elle le voyait bien, désormais – mince mais musclé, la peau plus mate qu'elle, comme s'il avait passé plus de temps au soleil. Sa tignasse châtain était entremêlée de feuilles et ses vêtements tout troués. Il paraissait être de son âge, ou un peu plus vieux. Elle ne l'avait jamais vu auparavant, c'était sûr.

« Il vient d'ailleurs, se dit-elle. Peut-être de loin… Peut-être qu'il a déjà vu un dragon marin !

Et moi, je vais le voir se faire dévorer », pensa-t-elle, l'estomac retourné à cette idée.

Le dragon s'était posé et serpentait entre les arbres, tournant frénétiquement la tête à la recherche de sa proie. Ses écailles d'un rouge mordoré étincelaient comme les ailes d'une libellule. Il se rapprochait de plus en plus de la cachette du garçon.

Liane entendait la voix de Digitale dans sa tête : « Ne bouge pas. Ne quitte cet arbre pour rien au monde. Reste là jusqu'à ce qu'on vienne te chercher. Contente-toi d'observer le ciel. C'est tout ce que tu as le droit de faire. »

Mais elle ne pouvait quand même pas laisser quelqu'un mourir sous ses yeux.

Lentement, elle glissa avec précaution sa main dans son sac. Elle avait une pomme qui devait constituer leur déjeuner à toutes les trois.

Violette leva la tête et la secoua doucement, l'air de dire : « Ne tente rien de stupide ! »

Liane s'efforça de lui adresser un regard qui signifiait : « Sauver la vie de quelqu'un n'est pas stupide, Violette », mais elle n'était pas sûre que ses sourcils soient assez expressifs.

Elle attendit que le dragon détourne la tête pour lancer la pomme aussi loin que possible, à l'opposé du garçon et de l'entrée de Valor.

La créature se redressa brusquement et galopa dans cette direction.

Liane se retourna et descendit de l'arbre, se râpant les mains et les genoux contre l'écorce. Jonquille la suivait déjà, sautant de branche en branche. Violette réprima un « argh » exaspéré avant de les imiter.

Lorsque Liane toucha terre, le garçon s'était relevé. Il pivota et la fixa avec de grands yeux méfiants. Le dragon fonçait dans les broussailles quelque part sur leur droite. Par chance, le raffut qu'il faisait couvrirait le bruit de leur fuite.

– Viens, souffla Liane en faisant signe à l'inconnu.

Tous les quatre, ils zigzaguèrent entre les arbres, courbant la tête. Dans le ciel, les battements d'ailes s'éloignèrent, indiquant que les deux autres dragons étaient partis chasser ailleurs.

Le plus proche accès à Valor était celui que gardait Digitale, un trou sombre à flanc de colline. C'était risqué de passer par là – Liane ne voulait pas que le dragon les voie entrer. Mais c'était le moyen le plus rapide de se mettre à l'abri.

Dans leur dos, le dragon émit un rugissement furieux. Elle prit le garçon par la main et l'entraîna dans un sprint. À sa grande surprise, il suivit le rythme sans difficulté, alors qu'il devait courir depuis un bon moment quand elle l'avait aperçu. Il était rapide et ne semblait pas fatigué.

Jonquille les précéda pour prévenir les ouvriers, mais ils avaient entendu le dragon et déjà filé. L'accès était maintenant bien camouflé par un filet tissé de branches et de feuilles. Lorsqu'ils arrivèrent, Digitale les attendait pour les tirer à l'intérieur.

L'obscurité rassurante se referma sur eux. La sentinaile alluma l'une des lanternes, haussant les sourcils avec une moue réprobatrice.

– Un dragon des montagnes… dans les bois, haleta Liane. Qui voulait… le manger.

Elle désigna le garçon, puis posa ses mains en appui sur ses genoux pour reprendre son souffle.

Jonquille s'affala par terre avec un bruit sourd et Violette se laissa tomber sur elle, adossée à la paroi du tunnel.

– On vous a déjà dit que vous étiez incapables de suivre un ordre ? gronda Digitale. Du genre « restez dans l'arbre ». Ou « ne fuyez jamais devant un dragon ». Vous vous rappelez ? C'était la leçon numéro un !

– J'ai essayé de les en empêcher, se défendit Violette.

– Un dragon ! cria Liane, outrée. Qui a failli le dévorer. On a été… C'était…

– Héroïque, compléta Jonquille, toujours couchée par terre. Tu aurais dû voir Liane. Quel courage ! Franchement, si on t'avait dit que l'une de nous trois sauterait d'un arbre pour secourir un inconnu, tu aurais parié sur moi, pas vrai ? Mais non ! J'étais pétrifiée. C'est Liane qui est intervenue !

– Moi, je n'avais pas peur, rétorqua Violette. Je suis juste raisonnable. Et obéissante, contrairement à ces deux-là.

– Eh bien, moi, j'ai trouvé Liane géniale, insista Jonquille, toujours loyale.

– Elles m'ont vraiment sauvé la vie, confirma le garçon avant de se tourner vers Liane. Je suis désolé de t'avoir mise en danger. C'est moi qui suis censé protéger les gens.

– Tu me revaudras ça une prochaine fois, plaisanta-t-elle, et il lui sourit.

On sentait que c'était un sourire dont il se servait rarement, seulement quand il avait une bonne raison.

– Je leur suis infiniment reconnaissant, vraiment, reprit-il à l'intention de Digitale. J'ai récemment failli me faire dévorer par des dragons et c'est terrifiant.

Liane aurait bien aimé entendre son histoire, mais Jonquille se redressa pour demander :

– Comment tu t'appelles ? Qu'est-ce que tu faisais dans les bois tout seul ?

– Feuille, dit-il en soufflant pour chasser une mèche de ses yeux. Je viens de Talisman, un village dans les montagnes. Des voyageurs m'ont dit que je pourrais trouver le Tueur de dragons par ici.

– Le Tueur de dragons ? répéta Liane, la gorge serrée.

« Il espère que mon père va sauver son village ? »

Ils avaient déjà reçu plusieurs visiteurs venus de l'autre bout du continent pour supplier l'homme qui tuait les dragons de les aider.

« Un dragon terrorise ma famille, mon peuple, mon village. Je vous en prie, Tueur de dragons, venez nous en débarrasser. »

Son père avait donné l'ordre de les renvoyer en leur promettant qu'il les rejoindrait d'ici quelques semaines. Parfois, il quittait Valor en grande pompe puis revenait en annonçant triomphalement qu'il avait chassé le dragon. Mais Liane était convaincue qu'il n'avait jamais mis les pieds dans les villages assiégés.

« Ces pauvres gens qui perdent leur temps à attendre un héros qui ne viendra jamais… »

– Et qu'est-ce que tu lui veux, au Tueur de dragons ? demanda Violette.

Feuille tira une brindille de ses cheveux, l'air un peu perdu.

– C'est… compliqué. La version courte, c'est que j'ai toujours rêvé de tuer un dragon. J'espérais qu'il m'apprendrait.

Liane sentait ses amies la fixer, sachant comment elle allait réagir.

« J'ai toujours rêvé de tuer un dragon… » Non, mais tu parles d'un rêve !

Enfin… il avait peut-être une bonne raison ; il devait venir de l'un de ces villages acculés et, au lieu d'implorer le Tueur de dragons d'aller les sauver, il préférait savoir comment s'y prendre pour s'en charger lui-même.

« Ou il en a après leur trésor. Si ça se trouve, c'est un imbécile, comme mon père, prêt à mettre le monde à feu et à sang pour devenir riche. »

Elle hésita. Le garçon n'avait pas l'allure d'un meurtrier prêt à tout pour mettre la main sur un peu d'or. Son regard était trop triste. Elle avait envie de lui faire confiance, mais peut-être était-ce le contrecoup de lui avoir sauvé la vie.

– Je crois bien que personne ne lui a jamais demandé cela, dit Liane après réflexion. J'ignore ce qu'il répondra, on n'a qu'à aller lui poser la question.

CHAPITRE 25

FEUILLE

Feuille n'en revenait pas : il était à Valor, où vivait le Tueur de dragons ! Ce n'était pas un mythe, il l'avait enfin trouvé !

Bizarrement, il ne s'était jamais imaginé une ville souterraine. Le nom de Valor lui évoquait plutôt une cité perchée au sommet d'une colline, défiant sans peur les dragons. Mais les habitants vivaient en réalité comme des taupes. C'était sans doute plus sûr, certes, mais il ne s'y attendait pas.

Le cœur battant à tout rompre, il suivit ses sauveteuses dans un dédale de tunnels. Il n'avait jamais mis les pieds dans aucun autre village humain à part Talisman. Une famille de voyageurs lui avait indiqué comment se rendre à Valor et confié un message pour le Tueur de dragons, mais il n'avait passé qu'une seule soirée avec eux. Il n'avait jamais rencontré autant d'étrangers d'un coup.

« Espèce de tête de myrtille, va, fit la voix de Mésange dans sa tête. Tu t'es sorti sain et sauf d'un palais géant rempli de dragons. Je crois que tu peux te débrouiller face à une poignée d'humains inconnus. On peut supposer qu'ils ne vont pas essayer de te manger, eux, au moins. »

Si quelqu'un tentait de le mordre, ce serait sûrement Violette – la grande aux cheveux courts et au regard perçant. Elle le toisait des pieds à la tête, le jugeant et le jaugeant.

La dénommée Jonquille, elle, n'arrêtait pas de sauter pour toucher le plafond du tunnel, ce qui faisait danser sa queue-de-cheval. Elle ne quittait pas ses amies et parlait en agitant les mains.

Liane, la dernière du trio, était celle qui avait détourné l'attention du dragon et l'avait emmené à Valor. Elle avait un sourire chaleureux et de longs cheveux bruns attachés au départ, mais qui s'étaient défaits au fur et à mesure. Elle semblait veiller constamment sur les deux autres, attentive à leurs moindres gestes.

Elle resta en arrière pour marcher à ses côtés, lui désignant les différents points d'intérêt de Valor. Ils traversèrent une immense grotte où avaient lieu « les grandes annonces et les bannissements », l'avait informé Liane, mais il n'avait pas réagi sur le coup. Il était trop distrait par tous les gens qui allaient et venaient dans les tunnels comme dans les ruelles d'une ville ordinaire. En fait, la grosse différence avec Talisman, c'est qu'ici, les habitants ne surveillaient pas le ciel en permanence, tremblant de peur à chaque bruit évoquant un battement d'ailes, un rugissement ou une alarme. Les gens paraissaient calmes.

« Tu vois, c'est l'avantage de vivre sous terre », se dit-il tandis que, dans sa tête, sa sœur lâchait un reniflement méprisant.

– Pourquoi vous êtes les seules habillées en vert ? s'étonna Feuille.

– Parce qu'on fait partie des sentinaires, expliqua fièrement Liane. C'est notre uniforme. Mais nous ne sommes pas les seules. Regarde, là-bas, c'est Mite, il est des nôtres aussi, dit-elle en faisant signe à un garçon.

– Et vous faites quoi de spécial ?

Feuille remarqua qu'un rai de lumière perçait par une lucarne dans le plafond. Une autre sentinaire était postée dessous, fixant le ciel.

– On étudie les dragons, expliqua-t-elle. On les surveille quand il y a des habitants dehors et on garde les entrées pour être sûrs de ne pas se faire repérer.

La gorge de Feuille se serra.

– Alors… vous êtes des sortes de dragomanciens ?

– Je ne sais pas ce que c'est, avoua-t-elle en penchant la tête vers lui.

– Ils ont des visions et nous disent ce que veulent les dragons et ce qu'il faut leur donner pour les apaiser. Enfin, c'est ce qu'ils prétendent, parce qu'en réalité ce sont des menteurs.

Elle haussa les sourcils.

– Hum, non, alors nous, les sentinailes, on n'est pas du tout comme ça.

– Désolé, fit-il piteusement. Oui, je m'en doute.

– Pourquoi tiens-tu à ce point à tuer un dragon ? lui demanda-t-elle.

Il baissa les yeux et donna un coup de pied dans un caillou.

– Ma sœur s'est fait dévorer il y a sept ans. Je voulais la venger, mais j'ai réalisé que ce n'est pas si facile de tuer un dragon.

– Oh, fit-elle, désolée. C'est affreux.

– Ouais. Tu sais, c'est bizarre… J'ai toujours raconté l'histoire comme ça, mais j'en ai appris plus récemment. C'est encore plus horrible, en vérité, mais je ne l'ai jamais confié à personne…

Il prit une profonde inspiration avant de débiter :

– Le pire, c'est que ce n'était pas un accident. Les dragomanciens l'ont offerte en sacrifice aux dragons.

– Quoi ? s'écria Liane. Mais c'est monstrueux !

Il acquiesça.

– Du coup, je suis perdu. J'ai toujours voulu venger Mésange, mais je ne sais plus comment m'y prendre… Est-ce qu'elle préférerait que je me retourne contre les dragomanciens, plutôt ?

« Oui, évidemment ! » s'écria sa sœur dans sa tête.

– Mais comment faire ? Ils dirigent Talisman. Tout le monde les écoute. Et je ne vais pas les tuer…

« Bah, pourquoi pas ? marmonna Mésange.

– Je ne pourrais jamais faire ça, même s'ils le méritent. Je ne suis pas un meurtrier. »

– Donc pour l'instant, je m'en tiens à mon plan de départ, reprit Feuille. Je veux chasser les dragons pour protéger les enfants… enfin, si on me montre comment faire.

– Mmm, fit Liane en entortillant une mèche autour de son doigt. Tu as déjà pensé que… peut-être… t'en prendre aux dragons mettrait encore plus en danger les enfants du futur ?

Il pencha la tête, perplexe.

– Quoi ? Comment ça ? Moins de dragons, moins de danger, c'est logique, non ?

– À moins que les dragons survivants, furieux, décident à leur tour de se venger, fit valoir Liane. Ils n'apprécient pas tellement non plus qu'on décime leur famille, tu sais.

Feuille essaya de se figurer des dragons encore plus furieux et vengeurs. Un dragon comme lui, le cœur brisé que les humains lui aient arraché un proche. Les dragons pouvaient-ils avoir le cœur brisé ? Aimaient-ils leur famille ? Sûrement pas comme les humains.

Mais peut-être que certains, oui… par exemple, le dragon marron qui l'avait aidé… ou le bébé et sa nourrice dans les cuisines du palais. Et si, sans le vouloir, il tuait un dragon de ce genre ? Comment savoir ?

Le Tueur de dragons pourrait le conseiller. Il allait sûrement lui apprendre à tuer le bon dragon sans se tromper.

– Bon, on y est, annonça Liane. C'est là que vit le célèbre Tueur de dragons.

Violette et Jonquille s'étaient arrêtées devant une porte. Liane la déverrouilla et ils entrèrent tous à l'intérieur. La taille de la grotte surprit Feuille. La pièce principale était presque aussi spacieuse que celles du palais des dragons, et luxueusement meublée. «Bien sûr, se dit-il, c'est sans doute l'homme le plus riche du monde.» Il n'avait jamais pensé à cela avant : effectivement, le Tueur de dragons avait volé le trésor de la reine.

«Mais il n'est pas comme Cerise, Thym et Cranberry, se dit-il. Il s'est battu pour protéger les siens, n'est-ce pas ? Ou bien est-ce ce qu'a voulu me faire croire Cerise pour que je m'identifie à lui ? »

Pour la première fois depuis qu'il était arrivé à Valor, il se sentit mal à l'aise.

– Papa ! cria Liane. Tu as de la visite !

Feuille la regarda, les yeux écarquillés.

– Papa ?

– Eh oui, confirma Jonquille, le Tueur de dragons, c'est le père de Liane.

Sur ces mots, elle se laissa tomber sur l'un des énormes coussins vert et doré qui bordaient les murs du salon.

Feuille remarqua un objet étrange exposé dans une vitrine au milieu de la pièce, un machin hideux qui détonnait dans ce beau décor. Il aurait voulu s'approcher pour mieux voir, mais il ne fallait pas que le Tueur de dragons le surprenne en train de fouiner dans ses affaires. Il décida donc de rester où il était, les mains derrière le dos, prêt pour l'inspection.

– C'est mon nouveau chapeau? fit une voix dans la pièce voisine. Dis-leur de le laisser sur la table.

– Non, papa, ce n'est pas un chapeau! répondit Liane.

Il y eut un silence, puis ils entendirent grommeler et farfouiller. Au bout d'un moment, un homme apparut sur le seuil. Plissant les yeux, il dévisagea Feuille depuis l'autre bout de la pièce.

«C'est lui! Le Tueur de dragons! Le seul homme vivant à avoir tué un dragon! Le héros légendaire!

– Un peu plus petit que je l'imaginais», commenta Mésange dans sa tête.

Le Tueur de dragons était pieds nus; on aurait dit qu'il venait de se réveiller. Il avait une barbe noire tout emmê-lée, les yeux gonflés de sommeil et des boucles d'oreilles en or en forme d'épées. Visiblement, il mangeait encore plus que maître Truite et ne devait pas beaucoup bouger. Il n'était pas vraiment gros, mais ses membres semblaient aussi mous que de la pâte à pain pas cuite.

– Qui est-ce? demanda-t-il en se grattant le pied.

– Papa, je te présente Feuille, fit Liane. On l'a trouvé dans les bois. Il vient de très loin pour te voir.

– C'est un grand honneur de vous rencontrer, messire, dit Feuille.

Le Tueur de dragons se racla la gorge, jetant un coup d'œil aux amies de Liane.

– Les audiences officielles ont lieu dans le grand hall

une fois par mois. Il vient de rater la dernière, déclara-t-il. Liane, pourquoi l'as-tu amené ici, enfin ?

Violette et Jonquille échangèrent un regard entendu.

– Désolée, papa. Mais sa requête est assez inhabituelle, alors j'ai pensé que ça pouvait t'intéresser.

– Eh bien, tu as eu tort. Trouve où l'installer, je le recevrai le mois prochain.

– Attendez, messire ! l'arrêta Feuille qui, en jouant cette carte, espérait attirer son attention. J'ai un message pour vous en provenance de la cité Indestructible !

Il comprit instantanément que ce n'était pas la chose à dire. Liane pâlit. À l'inverse, sous ses sourcils froncés tels de noirs nuages de tempête, le visage du Tueur de dragons s'assombrit.

– Tu viens de la cité Indestructible ? gronda-t-il. Encore ! Ton seigneur est sourd, ou quoi ?

– N-non, bafouilla Feuille, je n'y suis jamais allé. J'ai juste rencontré quelqu'un qui m'a demandé de vous informer que le seigneur Invincible vous attendait avant les nouvelles lunes.

Le Tueur de dragons traversa la pièce en trois enjambées, agrippa Feuille par la chemise et le souleva au-dessus du sol.

– Tu me menaces ? rugit-il.

– Mais non, mais non !

Instinctivement, Feuille se libéra grâce à l'un des mouvements que Cerise lui avait appris et s'écarta vivement.

– Je vous répète juste ce que cette personne m'a dit. Je

ne sais pas ce que ça signifie… Je pensais qu'il s'agissait d'une invitation amicale entre seigneurs.

Le Tueur de dragons considéra un instant ses mains comme s'il voulait l'attraper à nouveau, mais hésitait de peur de se ridiculiser si Feuille lui échappait encore.

– Ce présomptueux pompeux péteux autoproclamé « invincible » seigneur n'est pas mon ami. Alors quitte ma ville immédiatement !

– Mais ce n'est pas pour ça qu'il est venu, intervint Liane. Je te jure, papa, il veut que tu lui apprennes…

Mais le Tueur de dragons s'était tourné vers Violette et Jonquille, qu'il toisait d'un œil soupçonneux.

– C'est vous qui l'avez fait entrer dans Valor ?

– On l'a trouvé, répondit Liane, s'efforçant d'attirer l'attention sur elle. Papa, ce n'est qu'un garçon à la recherche d'un héros. Il ne travaille pas pour le seigneur, promis.

– C'est ce qu'on va voir, marmonna-t-il en tirant sur sa barbe. Sortez tous de chez moi.

Et sur ces mots, il retourna dans la pièce voisine.

– Je suis désolée, Feuille, fit Liane en se passant la main sur le visage. Je m'y suis mal prise.

Il ne voyait pas ce qu'elle avait fait de mal, c'était le Tueur de dragons qui avait eu une réaction bizarre et déplaisante (« Un peu comme un dragomancien », remarqua Mésange). Et puis surtout, c'était sa faute à lui, qui s'était comporté comme un idiot.

– C'est moi qui suis désolé, dit-il. J'ignorais que le

seigneur Invincible était son ennemi. Je devrais… Je devrais aller lui présenter mes excuses…

– Non ! s'écria Liane en lui bloquant le passage. Ce n'est pas une bonne idée. Pas maintenant.

– Mais c'est un homme d'honneur et de bravoure, affirma Feuille.

Du coin de l'œil, il vit Violette faire une grimace indéchiffrable (pour lui, en tout cas) en regardant Jonquille – peut-être mettait-elle en doute sa sincérité, mais il s'en moquait.

– Il comprendra, si je…

– Fais-moi confiance, dit Liane en posant la main sur son bras pour le conduire vers la porte. Il vaut mieux qu'on s'en aille et qu'on attende un meilleur moment.

Elle avait l'air vraiment désolée que ça ait raté. Et inquiète aussi. Il s'en voulait de lui causer tant de soucis.

D'un geste, il l'arrêta dans son élan.

– Je te fais confiance. Ne sois pas triste. Je suis sûr que ça va s'arranger quand je lui aurai parlé. Dans un mois, je veux dire, s'empressa-t-il de corriger. Lors de la prochaine audience publique.

Elle lui adressa un sourire soulagé.

– Je sais où tu pourrais loger.

Il avait envie de lui demander de rester avec elle, mais il n'était clairement pas le bienvenu chez le Tueur de dragons. Alors il la suivit sans protester jusqu'à la grotte d'un homme qu'elle appelait oncle Caillou. C'était une version un peu plus grande, beaucoup plus triste, un peu moins poilue du Tueur de dragons.

– Oui, d'accord, fit Caillou d'un ton morose. J'ai de la place, s'il ne fait pas trop de bruit.

– Je crois qu'il chante dans son sommeil, mais à part ça, il est plutôt du genre silencieux, plaisanta Liane.

– Merci, monsieur, dit Feuille.

– Il faut que j'aille remettre mon rapport à Digitale sur ce qui s'est passé cet après-midi, mais je repasse te voir après, promit Liane.

Le sourire qu'elle lui adressa lui réchauffa un peu le cœur, mais lorsqu'il se retrouva seul avec Caillou, il déchanta. Ce dernier le toisa, puis désigna une paillasse et s'en fut à l'autre bout de la pièce réduire des légumes en purée.

Feuille posa son sac et détacha son arme, en se demandant dans quel pétrin il s'était fourré.

– Jolie épée, commenta Caillou.

– Inutile, hélas, soupira Feuille. Contre les dragons, en tout cas.

L'autre lui adressa un sourire contrit.

– Ah, c'est sûr, vaut mieux pas essayer.

– Trop tard, avoua Feuille. Et effectivement, ça n'a pas fonctionné. C'est pour ça que je suis là. J'espérais que le Tueur de dragons m'expliquerait comment il s'y est pris.

Caillou laissa échapper un petit rire.

– Lichen ? Il a eu un coup de bol, c'est tout. Contrairement à d'autres.

– Vous avez déjà essayé de tuer un dragon ? s'étonna Feuille, un peu surpris qu'il parle de son idole comme ça.

– J'étais là quand ça s'est passé. On ne vous raconte pas cette partie de l'histoire dans les contrées lointaines ?

Soudain, Feuille se remémora ce que son père avait dit quand Cerise avait parlé du Tueur de dragons pour la première fois. Il avait mentionné un camarade laissé sur place, abandonné à son triste sort. Pourtant, ça ne pouvait pas être Caillou, puisqu'il était là.

– Ah bon ? s'étonna-t-il. Comment ça s'est passé ? Comment il a fait ? Je veux TOUT savoir !

L'expression de Caillou se durcit.

– Eh bien, si tu veux entendre chanter les louanges du grand Tueur de dragons, tu es au bon endroit. Cette ville grouille de fanatiques qui se feront un plaisir de te raconter la légende. Mais je n'en fais pas partie.

Il posa violemment son presse-purée et se dirigea vers la porte.

– Non, attendez. Ce n'est pas pour ça que je suis là, intervint Feuille. Je vous le promets. Je veux connaître la vérité. Savoir ce qui s'est réellement passé.

Caillou s'arrêta sur le seuil et le dévisagea longuement.

– Non, je ne crois pas, dit-il avant de s'engouffrer dans les tunnels.

CHAPITRE 26

MÉSANGE

Mésange et sa monture arrivèrent au palais à la nuit tombée, comme l'avait suggéré l'As du Meurtre. S'il n'y connaissait certes pas grand-chose en humains, c'était un expert en vol furtif. Il s'approcha sans bruit, descendant des nuages en planant, évita tous les gardes et se posa dans une cour déserte.

– Super, commenta Mésange en se laissant glisser à terre. Je suis impressionnée.

– Merci, fit-il avec un sourire satisfait.

– Par mon propre talent, compléta-t-elle. J'ai choisi pile le bon dragon pour cette mission.

Il la toisa en marmonnant :

– Mmm. Merci quand même.

– Oui, tu peux me remercier de t'avoir donné de si bons conseils et de ne pas t'avoir planté ma terrible arme dans les écailles.

– Mais si ! protesta-t-il. Tu me l'as plantée dans la patte.

– Oh, je t'ai à peine éraflé. Imagine si j'avais vraiment voulu te faire mal !

Il frissonna.

– Je ne préfère pas.

Un rugissement résonna au loin dans la nuit. Il tendit la tête vers la source du bruit avant de se retourner vers elle.

– Tu es sûre que tu veux rester ici ?

– J'aurais préféré éviter, mais il faut que je retrouve Céleste. Et que je massacre les dragons qui l'ont enlevé… EN LEUR PLANTANT MON ÉPÉE DANS L'ŒIL ! Je vais leur faire regretter de m'avoir privée de mon ami et de m'avoir fait marcher des jours et des jours dans le désert ! Enfin, surtout d'avoir enlevé Céleste. (Elle brandit son arme droit devant.) Prenez garde, maléfiques yeux de dragon !

– Par les trois lunes, je n'avais jamais fait un cauchemar aussi violent que toi ! Et vu mon boulot, c'est beaucoup dire !

– T'inquiète, je ne m'en prendrai pas à tes yeux, lança-t-elle en lui tapotant la patte d'un geste rassurant.

Mais son épée lui échappa des mains et égratigna à nouveau la membrane entre ses serres à un endroit différent.

Il sursauta avec un sifflement de douleur, agitant la patte où perlait une goutte de sang.

– Bon, j'avoue, je ne suis pas douée, s'excusa Mésange en rangeant son arme. Je suis vraiment désolée, cette fois.

Il laissa échapper un petit rire incrédule.

– Personne n'a réussi à me tirer une seule goutte de

sang depuis des années! Et voilà qu'une minuscule cha-rognarde me blesse deux fois dans la même journée. Je te propose de garder ça pour toi et de ne le répéter à per-sonne, jamais au grand jamais.

«Bonne idée!» pensa Mésange. Elle n'avait pas envie d'ébruiter qu'elle allait récupérer un gentil dragon sans feu chez la reine du désert.

– D'accord. Mais ne parle de moi à personne non plus, alors.

– On ne me croirait pas, de toute façon, remarqua-t-il. J'espère que tu vas retrouver ton ami, que vous sortirez tous les deux sains et saufs de là, et que je ne te croiserai plus jamais dans une ruelle sombre.

– Merci, dit-elle. J'espère que tu vas décider de ne pas tuer celui ou celle que tu dois tuer.

– Comment… Non, laisse, je préfère ne pas savoir, lâcha-t-il.

Elle le regarda déployer ses ailes, regrettant qu'il ne puisse pas rester avec elle, même si elle ne l'aurait avoué pour rien au monde. C'était sa deuxième personne pré-férée. Il avait aisément surpassé Invulnérable.

– Je suis sincère, insista-t-elle, un peu mal à l'aise. Merci, l'As du Meurtre.

– L'As du Meurtre, répéta-t-il en secouant la tête.

Il lui adressa un sourire exaspéré avant de prendre son envol, aussi silencieusement qu'il avait atterri.

«Bon, il ne me reste plus qu'à trouver Céleste, se dit Mésange. Dans un immense palais de dragons. Facile!»

Elle fit comme chaque fois qu'elle arrivait dans un nouvel endroit : d'abord essayer de s'orienter, de prendre des repères.

L'édifice était entouré d'un mur assez haut pour qu'aucun humain ne puisse l'escalader, elle ne pourrait donc sortir d'ici que sur le dos de Céleste. Puis, à l'aube, elle découvrit qu'il était aussi hérissé de piques... où on avait embroché des têtes de dragon.

Un peu particulier comme déco. Malgré tout ce qu'elle avait lu sur les dragons, elle était toujours convaincue qu'ils n'étaient pas aussi affreux que les humains, aussi n'appréciait-elle pas de découvrir un indice du contraire. Elle se força à vérifier, cherchant des écailles orange pâle, mais la tête de Céleste n'y était pas.

Le palais était constitué pour la plus grande partie d'un dédale de couloirs ornés de tapisseries, qui s'ouvraient sur des cours intérieures et sur d'immenses salles de bal ou de banquet. Il était également très facile d'y trouver de la nourriture et d'y survivre en mangeant les restes et les miettes des dragons. Le plus difficile, en réalité, c'était de parvenir à se servir avant que les souris et les fourmis géantes se les accaparent.

À deux reprises, elle se retrouva coincée sans endroit où se cacher au moment où un dragon entrait dans la pièce. Mais bizarrement, les deux fois, celui-ci lui accorda à peine un regard, marmonnant entre ses dents qu'on avait trop arrosé les plantes (enfin, c'est ce que Mésange crut comprendre), prit ce qu'il était venu

chercher et s'en fut sans réagir alors qu'elle était persuadée qu'il l'avait vue.

« En fait, à leurs yeux, je ne suis rien de plus qu'un
petit rongeur qu'ils ne se donnent même pas la peine de
manger ni d'écraser. »

Alors qu'elle explorait le palais, elle entendait sans
arrêt la même dragonne hurler furieusement. Ses cris la
menèrent jusqu'à une tour vraiment sinistre. Celle qui
était enfermée là-dedans ne se gênait pas pour faire savoir
que ça ne lui plaisait pas. Parfois, Mésange en distinguait
des bribes :

– JE VAIS TOUS VOUS TUER ! VOUS ALLEZ LE REGRET-
TER ! JE VOUS ARRACHERAI LA LANGUE AVANT DE
VOUS DÉVORER VIVANTS !

Parfois, la prisonnière se contentait de rugir.

Au début, Mésange eut pitié d'elle, mais les menaces
étaient d'une telle violence que, finalement, elle se dit que
le monde se portait peut-être mieux sans elle. Tous les
détenus étaient-ils dans cette tour ? Céleste s'y trouvait-il
aussi ? Enfermé avec cette dragonne furieuse ? Si c'était le
cas, il devait avoir les pattes plaquées sur les oreilles et les
ailes repliées sur la tête, en rêvant d'être un escargot qui
se cache dans sa coquille.

Il n'y avait aucune fenêtre, aucun moyen d'entrer, mais
Mésange trouva un endroit parfait pour observer la tour
jour après jour, guettant les repas apportés aux prisonniers. On ne servait pratiquement que de la viande et les
plats ressortaient parfaitement propres. La quantité ne

semblait pas suffisante pour nourrir plus d'un dragon : il n'y avait toujours qu'un bol ou qu'une assiette de sauterelles grillées, par exemple.

Donc si Céleste n'était pas là-dedans, où pouvait-il bien être ?

Elle arpenta le palais et finit par découvrir où dormaient la plupart des soldats : dans des baraquements bas adossés au mur d'enceinte intérieur, dans la cour d'entrée principale. Des dragons en armure allaient et venaient toute la journée pour effectuer leur entraînement sous le soleil brûlant.

Cherchant un endroit d'où les espionner en sûreté, Mésange dénicha un placard plein de linge poussiéreux avec un trou dans le fond, qui donnait directement sur la cour. En son centre se dressait un étrange monument : un grand obélisque noir gravé de mots dorés et entouré d'un cercle de sable, alors que le reste de la cour était pavé de pierres blanches qui réverbéraient la lumière du soleil.

Ce placard était l'endroit idéal pour dormir et se cacher dans la journée, en attendant de trouver ce que les soldats avaient fait de Céleste.

Deux jours plus tard, le général braillard débarqua à la porte de la cour telle une tempête qui s'abat soudain sur les montagnes. Dans sa tête, Mésange l'appelait le général, mais elle ignorait si ce genre de titre existait au sein de l'armée des dragons. Il s'ébroua, projetant quantité de sable en tous sens, et beugla un nom. Ses soldats arrivèrent bientôt derrière lui et il leur fit signe de filer dans les baraquements avant de répéter ce nom. Ça avait un rapport avec le feu… « Brasier ? supposa Mésange. Va pour Brasier. »

Un dragon finit par sortir du palais et traverser lentement la cour. Il avait des motifs de losanges noirs sur le dos, à la manière d'un serpent, et de nombreuses clés et pochettes pendaient d'un anneau passé autour de son cou. Mésange remarqua qu'il contournait le cercle de sable pour rejoindre le dragon qui avait enlevé Céleste.

– Prince Brasier, fit le général en inclinant la tête dans une marque de respect démentie par son attitude infiniment méprisante.

– Tempête, répondit le prince d'un ton similaire, en constatant les dégâts que les soldats avaient causés en débarquant dans la cour, quelque chose à signaler ?

– Non, répondit l'autre.

Il bomba le torse et battit de la queue, puis ajouta :

– Des nouvelles de la reine Fournaise ?

– Non, fit Brasier en soupirant. Mais ne vous inquiétez pas, je suis sûr qu'elle sera bientôt de retour. Vous pourrez lui offrir votre cadeau à son arrivée.

– PARRRFAIT ! s'écria Tempête avec un sourire satisfait. Toujours en vie, hein ? Je pense qu'il lui plaira plus comme ça. Enfin, pour le moment. HA HA HA !

Brasier pinça les lèvres.

– Oui, il va bien. Demandez donc à vos dragons de me nettoyer ce bazar pendant que je leur commande à dîner.

– Je veux un lait à la cannelle ! lança le général dans

son dos. La nouvelle invention du cuisinier, comme la semaine dernière. Dites-lui de m'en faire un !

Mésange se demandait lequel des deux avait le pouvoir. Elle aurait penché pour le prince, pourtant le général n'hésitait pas à lui donner des ordres. Brasier s'éloigna avec une expression indiquant clairement ce qu'il pensait de tout ça. Tempête ne sembla pas le remarquer, ou peut-être s'en moquait-il. Il s'en fut aboyer après les soldats des baraquements.

Allez savoir pourquoi, Mésange était convaincue qu'ils parlaient de Céleste lorsqu'ils avaient mentionné un « cadeau » pour la reine. En tout cas, il était vivant et il était là. Et en attendant l'arrivée de Fournaise, il semblait appartenir au général. Celui-ci allait sûrement vouloir lui rendre visite…

Elle réfléchit un moment, puis se glissa hors du placard et se rua dans la cour. Le temps qu'elle le rejoigne, le général avait fini de donner ses ordres et s'engouffrait par une petite porte dans un couloir menant sans doute aux cuisines.

Mésange le suivit, prudemment, aussi vite qu'elle le put. Par chance, la plupart des portes du palais étaient ouvertes, simplement tendues de longs voilages blancs pour laisser passer la brise. Parfois même, elle parvenait à se faufiler en dessous, mais certaines étaient bizarrement munies de pics antihumains.

Tempête traversa les cuisines à grands pas, lançant aux dragons qu'il croisait des blagues peu subtiles ponctuées de son rire gras. Mésange crut en voir lever les yeux au ciel – ils le trouvaient pénible aussi, elle en était sûre. Il ordonna à quelqu'un de lui monter sa boisson dans sa chambre puis grimpa en soufflant au premier étage.

Les escaliers taille dragon étaient un vrai défi pour Mésange, mais c'était tout de même plus pratique d'accès que les parties du palais où les dragons volaient de balcon en balcon sans que les humains puissent suivre. Chaque marche lui arrivait à peu près au niveau des épaules, il fallait donc qu'elle se hisse dessus puis qu'elle coure jusqu'à la prochaine, et ainsi de suite.

Lorsqu'elle arriva en haut, Tempête avait disparu mais elle entendait sa voix horripilante résonner dans une des chambres. Elle s'approcha sur la pointe des pieds. La porte était entrouverte. Elle jeta un coup d'œil à l'intérieur.

Céleste était assis dans un coin de la pièce, enchaîné, les ailes basses. Il écoutait Tempête parler avec un air plein d'espoir, sans doute convaincu de pouvoir charmer ce vieux grizzli à force de sourires.

– Il n'y en a plus pour longtemps ! disait le général.

Il détacha une partie de son armure qui tomba avec fracas, ébranlant le carrelage sous les pieds de Mésange.

– Ça va être formidable ! Je ne lui ai encore jamais rien rapporté pour sa (un mot qui échappa à la jeune fille). Je parie que ça va me valoir une promotion.

– Je croyais pourtant que nous étions alliés, intervint Céleste. Mon clan et votre reine ?

– Pour l'instant, plus ou moins, concéda Tempête en

reniflant. Mais tu ne fais partie d'aucune armée. Je parie que tu ne t'es jamais battu de toute ta vie. Donc j'imagine que tu ne manqueras pas trop à ta reine, enfin, à celle qui est sur le trône maintenant…

Des pas dans l'escalier avertirent Mésange que quelqu'un arrivait. Elle se faufila discrètement dans la pièce en se cachant derrière les meubles, puis se glissa sous l'une des couvertures en tas sur le sol.

Un dragon de cuisine entra, posa un gobelet sur la table, s'inclina devant le général et s'en fut. Tempête le vida goulûment, puis sortit à son tour d'un pas nonchalant.

Mésange attendit qu'il n'y ait plus un bruit dans le couloir et que le rire tonitruant de Tempête se soit tu. Puis elle rejeta la couverture et se rua sur Céleste.

– Mésange! s'écria-t-il, les yeux aussi écarquillés que le jour où il avait trouvé la tortue.

Elle enjamba ses chaînes, grimpa sur sa patte et le prit par le cou. Il l'enveloppa de ses ailes et ils restèrent ainsi un long moment, l'un contre l'autre, enfin réunis, eux qui n'auraient jamais dû être séparés.

– Je suis désolé, Mésange, fit-il d'une voix étranglée par les larmes. Tu avais raison pour la cité des dragons.

– Mais non, ce n'est pas ta faute, le rassura-t-elle. Ce sont ces horribles dragons qui t'ont kidnappé qui devraient avoir honte. Et ils vont le regretter quand j'en aurai fini avec eux.

Elle le lâcha et sauta à terre pour examiner ses entraves.

– Comment m'as-tu retrouvé?

– Je suis extrêmement intelligente, affirma-t-elle. Et tu es mon meilleur ami, donc il fallait bien que je te retrouve, non ? Comment faire pour t'enlever ces chaînes ?

Il leva la patte pour montrer l'anneau en métal qui l'enserrait et la laissa retomber.

– Il faut une clé, mais le général Tempête l'a toujours sur lui.

– Qu'est-ce que ce poisson-globe te veut, d'abord ? demanda Mésange en donnant un coup de pied dans l'un des maillons.

Hélas, il ne céda pas sous le poids de sa colère, comme elle l'espérait.

– La reine collectionne les choses bizarres, lui apprit Céleste d'un ton peiné. Et apparemment, je suis une curiosité, parce que aucun autre dragon n'a cette couleur d'écailles et que les Ailes du Ciel sont censés cracher du feu.

– Tu n'es pas bizarre ! protesta Mésange. Enfin si, mais tu es parfaitement bizarre et bizarrement parfait. Comme moi.

Elle lui sourit et il lui rendit son sourire.

– Tu crois que je pourrais m'emparer de la clé pendant que Tempête dort ?

– Je ne pense pas. Elle est pendue à son cou. J'aurais trop peur qu'il se réveille… et qu'il te tue.

Mésange croisa les bras, étudiant les chaînes, sourcils froncés. La reine avait probablement installé sa collection de curiosités, ou au moins une partie, dans la tour sans fenêtre où hurlait la dragonne furieuse. Elle risquait donc d'y mettre Céleste, et cela serait encore plus dur de le libérer. Mieux valait qu'elle récupère la clé et qu'elle le détache maintenant, dès que possible, avant le retour de la reine.

– Eh bien, il va falloir que je le tue avant, alors, déclara-t-elle en levant le nez vers Céleste.

CHAPITRE 27

LIANE

Les arrestations débutèrent alors que Liane dormait encore.

Ce fut Jonquille qui la réveilla, la tirant d'un rêve où des dragons s'entre-tuaient à coups de jets de flamme.

– Liane, chuchota-t-elle. Liane, réveille-toi, je t'en prie. À l'aide !

Elle s'assit sur son lit et la secoua plus fort.

– Je sais que je dis ça à chaque fois, mais là, c'est vrai. Il y a urgence !

– Jonquille ?

Liane se redressa en se frottant les yeux.

– Qu'est-ce qui se passe ?

– Ton père a ordonné l'arrestation des sentinailes, lui annonça son amie. Digitale, Écureuil… et même Violette !

Elle se mit à pleurer.

– J'étais dans la pièce d'à côté. J'ai dormi chez elle, mais ils n'étaient pas au courant, j'imagine. Ils ont fait irruption et ils l'ont emmenée, Liane! Je n'ai rien pu faire. Je n'ai pas crié, je ne me suis pas jetée sur eux, rien.

– Tant mieux, affirma Liane en lui prenant les mains.

Les siennes tremblaient mais elle s'efforça de garder une voix posée.

– Tu ne t'es pas fait arrêter et tu es venue me prévenir pour qu'on puisse agir ensemble.

Elle sortit du lit et entreprit de s'habiller. Elle allait mettre son uniforme de sentinaile, comme d'habitude, mais se ravisa. Mieux valait éviter si elle ne voulait pas se faire repérer par les gardes de son père. Elle enfila une tunique en lainage gris à la place.

– Qu'est-ce qu'on va faire? gémit Jonquille en se tordant les mains.

Sa queue-de-cheval était à moitié défaite, ses cheveux emmêlés tombaient sur ses épaules et elle était encore en pyjama – dernier vêtement que sa mère avait choisi pour elle, couvert de pois jaune vif. Son amie lui jeta une longue cape marron.

– Pourquoi il fait ça, Liane? Tu as une idée?

– À mon avis, il craint de perdre son pouvoir. Il a dû entendre les mêmes rumeurs que Violette sur les sentinailes, ou peut-être qu'il s'imagine qu'elles… que nous sommes de mèche avec le seigneur de la cité Indestructible.

Elle avait senti la pression monter à la maison depuis que Feuille était arrivé et lui avait transmis son funeste message. Cela avait réveillé les tendances paranoïaques de son père. Il ne se déplaçait pas sans sa bande de brutes et, plus d'une fois, Liane l'avait surpris en train de fixer le piédestal où était caché son trésor, comme s'il envisageait de tout prendre et de s'enfuir avec.

Liane attendait qu'il se calme pour lui parler de Feuille… sauf qu'il ne s'était pas calmé. Au contraire, la situation avait empiré : il était de plus en plus à cran, sur les nerfs, prêt à en découdre avec tout le monde, surtout sa femme. La veille, il avait cassé plusieurs assiettes en piquant sa crise dans la cuisine, tandis que Liane et sa mère s'étaient réfugiées dans sa chambre.

– Il y a peut-être autre chose, déclara Jonquille. J'ai entendu l'un des gardes dire qu'ils commenceraient les recherches dès qu'ils auraient arrêté tout le monde.

Liane lui jeta un regard surpris en se frictionnant les bras, car elle avait la chair de poule.

– Tu crois qu'il a découvert que le saphir avait disparu ? chuchota-t-elle.

Elle n'aurait jamais cru qu'il retournerait là-bas vérifier. Comme il avait déplacé tout le reste de son trésor, elle supposait qu'il n'avait pas pris la pierre précieuse parce qu'il ne voulait même pas la voir.

Jonquille écarquilla les yeux.

– Peu importe ce qu'ils cherchent, ils vont découvrir le saphir caché dans la grotte de Digitale ! souffla-t-elle.

Liane ignorait quel châtiment le Tueur de dragons réservait à celui ou celle qui lui volerait sa pierre, mais vu ce qu'il avait fait à Pin alors qu'il s'en était simplement approché, elle craignait que ce soit pire que le bannissement.

– Il faut qu'on passe le reprendre avant eux, décida-t-elle en se dirigeant vers la porte.

Elle fut surprise de constater que sa mère était réveillée et qu'elle faisait les cent pas dans le salon. Elle n'avait pas réalisé que c'était sûrement elle qui avait fait entrer Jonquille.

– Maman ? Ça va ?

– Je m'inquiète pour ton père, avoua-t-elle en tortillant l'écharpe de Lichen entre ses mains. Je ne l'ai jamais vu dans cet état. Je ne sais pas quoi faire pour qu'il redescende sur terre.

– Il finit toujours par se calmer, affirma Liane d'un ton qu'elle espérait plus assuré qu'elle ne l'était réellement.

– C'est vrai, d'habitude, mais…

Iris s'arrêta et frotta l'écharpe contre sa joue.

– Je me demande s'il…

Elle s'interrompit à nouveau.

« S'il irait jusqu'à te faire arrêter, également. » Oui, Liane se posait la même question. Il n'avait pas hésité à appréhender sa meilleure amie… et il savait qu'elle passait tout son temps avec Digitale… et il se méfiait de toutes les sentinailes…

– On va voir si nos amis vont bien, annonça Liane en prenant Jonquille par la main.

– Évite de croiser ton père, lui conseilla brusquement

sa mère en lui nouant son écharpe autour du cou et en arrangeant ses cheveux d'une main légère. Si tu dois… partir ailleurs pour quelque temps… je comprendrai.

Liane la serra fort dans ses bras avant d'entraîner Jonquille dans les tunnels. Elles coururent jusque chez Digitale. Apercevant un groupe de gardes posté à un croisement, Liane tira son amie dans l'autre sens pour prendre un chemin différent. Elles étaient presque arrivées lorsqu'elles virent trois sbires de son père venir dans leur direction. Elles poussèrent la porte la plus proche et attendirent dans un entrepôt de fruits secs qu'ils soient partis.

«Combien d'hommes a-t-il à sa botte?» se demanda Liane. Elle savait qu'il ne sortait jamais seul et qu'il en avait recruté de plus en plus au fil des ans. Elle l'avait même surpris en train de donner des pièces d'argent aux responsables. C'était la seule fois qu'elle l'avait vu payer quelque chose en monnaie sonnante et trébuchante. Mais elle n'avait alors pas compris qu'il était en train de se constituer une armée qui ne serait fidèle qu'à lui seul.

– Je ne trouve pas ça très juste que tu sois à la fois la plus gentille de nous trois et la plus efficace en cas de crise, chuchota Jonquille. Tu pourrais me laisser quelques qualités, quand même.

– Tu es la plus drôle, affirma Liane. Et c'est toi qui danses le mieux et dont tout le monde est amoureux.

– Ha! Non, répliqua son amie, un peu rassérénée. Pas tout le monde… Feuille n'a d'yeux que pour toi.

«J'espère qu'il va bien, justement, pensa Liane. Si papa

fait toute cette histoire à cause du saphir, il n'a aucune raison de le soupçonner. Il ne fait pas partie des sentinailes et il est chez oncle Caillou… Ils vont veiller l'un sur l'autre. »

En approchant de la grotte de Digitale, elles découvrirent deux hommes de main de Lichen postés devant, l'air agacés. C'était ennuyeux mais, avec un peu de chance, ça signifiait que les lieux n'avaient pas encore été fouillés.

– Reste cachée, souffla Liane à Jonquille. Je reviens.

– Mais…

– Chut, s'ils ne sont pas venus me chercher en premier, c'est sans doute parce que je n'étais pas sur leur liste. Mais toi, si, alors ne bouge pas.

Jonquille hocha la tête et se rencogna dans l'ombre.

– Sois prudente, lui recommanda-t-elle dans un murmure.

Liane prit une profonde inspiration et vint se planter devant le garde le plus grand, comme si elle possédait toute l'assurance de Digitale.

– B'jour. J'ai ordre de fouiller cette grotte, lança-t-elle en désignant la porte.

– Personne n'a le droit d'entrer avant l'inspection générale, grogna le garde. Pas même la fille du Tueur de dragons, jeune demoiselle.

– Très bien, mais c'est justement le problème. Il semblerait qu'il y ait déjà quelqu'un à l'intérieur. Un fugitif ou un complice. Si on le laisse là, il pourrait détruire… hum… les preuves que nous sommes censés trouver.

Les gardes échangèrent un regard perplexe.

– J'sais pas, fit le plus petit. On ne veut pas s'attirer d'ennuis.

– J'en prends la responsabilité, affirma Liane. Je sais que vous suivez les ordres, c'est tout. Vous pouvez rester dehors ou venir m'aider, comme vous voulez.

– Je viens avec toi, décida le grand en rengainant son épée. Toi, reste dehors pour surveiller les environs.

Elle le suivit dans la petite grotte que Digitale partageait avec une autre sentinaile. On voyait qu'elle s'était débattue : il y avait une chaise à terre et une casserole de porridge renversée sur la table, gouttant encore par terre. Les gardes avaient dû emmener les deux colocataires. Vu les bottines qui gisaient devant la porte, ils ne leur avaient même pas laissé le temps de se chausser. Liane en avait la nausée.

Le garde jeta un coup d'œil autour de lui, sourcils froncés.

– Je ne vois pas comment quelqu'un se cacherait ici, déclara-t-il.

– Je vais voir par là, fit Liane en désignant la chambre de la colocataire. Vous, allez voir là-bas, ajouta-t-elle en montrant celle de Digitale.

– Non, on va plutôt faire le contraire, décida-t-il.

Liane haussa les épaules et obéit. Dès qu'elle l'entendit s'éloigner, elle plongea la main sous le matelas de Digitale, fouilla dans la paille, trouva le trou et en tira le saphir. Elle le glissa dans sa manche et s'empressa de ressortir. Elle était donc déjà dans la pièce à vivre quand le garde revint.

– Y a pas un chat, grogna-t-il.

– Super ! s'exclama Liane. Je n'ai trouvé personne, moi non plus. Quel soulagement. Je l'avais pourtant dit à papa, j'étais sûre que vous aviez tout vérifié avec soin. Mais il ne peut pas s'empêcher de s'inquiéter, vous voyez…

– Ouais, la coupa-t-il. On y va, alors.

Elle acquiesça et sortit la première, remerciant poliment l'autre garde au passage. Elle avait le saphir coincé sous le bras, ce qui était très inconfortable. Tandis qu'elle s'éloignait, elle s'attendait presque à ce que l'un d'eux remarque la bosse et l'interpelle, mais ils étaient en train de discuter à voix basse. Liane tourna au bout du tunnel et recommença à respirer librement.

– Bon, qu'est-ce qu'on en fait maintenant ? la questionna Jonquille.

– Il faut le sortir de Valor, décréta Liane.

Elle aurait aimé avoir le temps de passer chercher Feuille mais, si elles étaient prises avec le saphir en leur possession, elles risquaient les plus gros ennuis de leur vie. Et elle n'avait pas envie d'entraîner Feuille là-dedans. Elle ne pouvait qu'espérer que tout allait bien pour lui…

Elle glissa la pierre précieuse dans sa ceinture, prit Jonquille par la main et fila vers la sortie la plus proche.

CHAPITRE 28

FEUILLE

Bizarrement, quelque chose réveilla Feuille juste avant qu'on frappe à la porte.

Peut-être une sorte de pressentiment, un instinct l'avertissant du danger développé par son expérience des dragomanciens et sa visite au palais des dragons. En tout cas, ses yeux s'ouvrirent brusquement et tous ses muscles se raidirent avant que résonnent les coups contre le battant.

Caillou débarqua dans la pièce d'un pas traînant, étouffant un bâillement. Voyant Feuille se lever furtivement, tous les sens en alerte, il se figea. Le garçon montra la porte du menton, inclinant la tête comme pour dire : « C'est normal ? Au milieu de la nuit ? On devrait s'inquiéter, non ? »

Une profonde ride apparut sur le front de Caillou. Il désigna un grand placard dans la cuisine. Feuille s'approcha sans bruit, sortit le sac de céréales et se tapit dans le meuble aussi vite que possible. Caillou attendit qu'il soit bien caché pour ouvrir la porte.

– Qu'est-ce qu'il y a ? grogna-t-il.

Feuille ne voyait rien, mais il entendit des pas précipités dans le tunnel et des cris résonnant au loin.

– On cherche l'étranger, aboya l'homme sur le seuil.

– Pourquoi ? fit Caillou d'un ton aussi peu amène.

– Afin de l'arrêter, répondit une autre voix, pour conspiration en vue d'assassinat sur la personne du Tueur de dragons.

Feuille réussit à ne pas crier, mais il avait l'impression que son cœur exécutait des sauts périlleux dans sa poitrine. « Assassiner le Tueur de dragons ! Mais pourquoi je ferais ça ? Je suis venu lui demander son aide. C'est mon héros depuis toujours ! »

Il y eut un bruit étouffé, comme si le premier homme avait flanqué un coup de coude au second.

– On sait qu'il est ici, reprit-il. Livrez-le-nous et on s'en ira tranquillement.

– Oui, il est bien là, confirma Caillou, et le cœur de Feuille manqua de se décrocher à nouveau. Mais je l'ai envoyé chercher de l'eau. Il va revenir d'ici une minute.

– De l'eau ? À cette heure-ci ? s'étonna la deuxième voix.

– Oui, il a vidé ma réserve, grommela Caillou. Quel parasite… Je suis bien content que vous m'en débarrassiez.

– On n'a qu'à aller le cueillir au lac, proposa un autre garde.

– Non, attendez-le ici. Il va revenir bientôt.

– Tous les trois, allez au lac, ordonna la première voix. Nous, on l'attend ici.

– Parfait, commenta Caillou d'un ton blasé. Je retourne me coucher.

– S'il ne se pointe pas rapidement, on t'arrête à la place, le vieux, menaça la deuxième voix.

– Super, j'ai hâte de voir ça, répliqua Caillou avant de leur claquer la porte au nez.

Un instant plus tard, il ouvrit le placard et fit signe à Feuille de sortir. Le garçon s'extirpa de sa cachette, prit sans bruit son sac, son épée, et suivit Caillou dans la chambre du fond. Il n'y avait jamais mis les pieds alors qu'il vivait là depuis un moment désormais, mais il ne voulait pas paraître trop curieux ni embêter son hôte. La pièce était meublée de façon spartiate, comme le salon, mais les murs étaient recouverts de grandes tapisseries, toutes vert foncé avec un motif de roses roses, blanches et rouges. Caillou s'approcha de l'une d'elles et l'écarta, révélant l'entrée d'un passage secret.

Feuille haussa les sourcils, mais Caillou eut un geste impatient, le poussant à s'y engouffrer. Il l'entendit prendre un objet qui cliqueta doucement, avant de lui emboîter le pas.

Le garçon filait dans le tunnel à toute vitesse. Ça grimpait et il n'était pas très large. La terre tout autour de lui l'oppressait, sombre et étouffante. Il s'était toujours cru destiné à mourir dans la gueule d'un dragon ; il n'avait jamais imaginé qu'il serait enterré vivant.

Il atteignit le bout du tunnel bien avant Caillou. Dans l'obscurité, il ne sentait que de la terre tout autour de lui, friable et tendre.

– Tiens, haleta l'homme en lui tapotant le dos avec un objet.

Comme Feuille se retournait, il lui mit une cuillère à soupe dans la main.

– Creuse, vite !

Le garçon obéit. Il se répétait que c'était pire d'escalader la falaise au-dessus d'une fête de dragons. C'était pire de se retrouver entre les griffes d'un de ces monstres. C'était pire d'être prisonnier au fond d'une fosse à attendre d'être dévoré. La terre s'effritait sur ses cheveux et il sentait des vers glisser entre ses doigts tandis qu'il replantait sa cuillère, encore et encore.

L'espace d'un instant, il crut qu'ils allaient mourir là, ensevelis, quand soudain la cuillère délogea un morceau plus dur en ouvrant un courant d'air. Feuille accéléra, agrandissant le trou jusqu'à ce qu'il soit assez large pour qu'il s'extirpe du tunnel.

Il déboucha à flanc de colline, juste au-dessus d'une forêt. Il voyait la masse verte des arbres s'étendre à perte de vue vers les montagnes, sous le clair argenté des lunes.

Caillou grogna dans son dos, aussi Feuille se retourna-t-il pour élargir le trou. Quelques minutes plus tard, il y plongea les mains et hissa l'homme à l'air libre.

– Merci, dit Feuille en serrant les mains de son bienfaiteur dans les siennes.

– Bah, fit Caillou en se dégageant, c'était aussi pour sauver ma peau. Ils commencent par arrêter les étrangers, ensuite ce sera tous ceux par qui Lichen se sent menacé. Je creuse ce tunnel depuis que je suis revenu à Valor, il y a un an.

Il désigna le passage dans son dos en levant le pouce.

– Je m'étais dit que j'en aurais peut-être besoin un jour, tout en espérant ne jamais devoir m'en servir.

À grands coups de pied, il reboucha le trou en toute hâte, puis dévala la colline en direction des arbres.

– Vous aviez prévu ça pour échapper au Tueur de dragons ? s'étonna Feuille, qui sautait de pierre en pierre derrière lui. Votre propre frère ?

– Il est devenu complètement paranoïaque depuis qu'on a volé le trésor, expliqua Caillou. Il s'imagine sans arrêt qu'on veut le lui prendre. Il voit des ennemis partout. Il a assis son pouvoir sur sa légende de héros sans peur et sans reproche. Normal qu'à un moment, il pense à éliminer la seule personne capable de dénoncer l'imposture.

– Vous ? Mais pourquoi ? Qu'est-ce que vous raconteriez ?

Caillou soupira et demeura un long moment silencieux. Finalement, il reprit :

– Je pourrais révéler qu'en réalité c'est moi qui ai tué la dragonne. En plantant ma lance dans son œil… Je ne l'ai compris que des années plus tard.

Il se massa la nuque tandis que Feuille le dévisageait, incrédule.

– Je pourrais parler de Rose. Certains sont déjà au courant, mais la plupart, non. Lichen l'a carrément effacée de l'histoire.

– Rose, répéta Feuille en entendant à nouveau la voix de son père. C'est… elle qui a été abandonnée à son triste sort ?

– Ah, mais alors, tu sais ? fit Caillou, surpris. Oui, notre sœur. Morte. Bien plus courageuse que nous deux.

Il se tut. Feuille sentit bien qu'il ne fallait pas insister pour l'instant.

Ils progressaient rapidement à travers la forêt, en tendant l'oreille et en surveillant le ciel du coin de l'œil.

– Où on va ? finit par demander Feuille.

Une drôle d'odeur flottait dans l'air, un mélange de feu de bois et de compote caramélisée.

– À l'ancien village, répondit Caillou. Il paraît que c'est là qu'il faut se rendre quand on a été banni par le Tueur de dragons.

Feuille se rappelait que Liane avait parlé de bannissement, en effet. C'était fou que le Tueur de dragons chasse les villageois qui avaient désobéi dans les bois, sans protection. Tout le contraire de ce que Feuille s'était toujours figuré à son sujet. L'intérêt de tuer des dragons, c'était d'aider les gens, de les sauver, d'affronter seul le feu et les dents pour que personne ne soit blessé.

C'était comme ça qu'il voyait les choses, en tout cas.

– Mais pourquoi êtes-vous allés affronter les dragons, tous les trois ? s'enquit-il. Lichen, Rose et vous ?

– C'est Lichen qui a eu l'idée. Pour voler le trésor, bien

entendu. Le plan était de pénétrer dans le palais, de se servir et de ressortir sans croiser de dragons.

« En fait, le Tueur de dragons n'est pas un héros. »

La vision que Feuille avait du monde s'effondra soudain comme un château de cartes.

« Il n'a pas fait ça pour protéger les gens. Il est comme les dragomanciens et tous les autres… C'est un menteur et un voleur avide de trésors.

– Qui, ne l'oublions pas, fait arrêter des étrangers au hasard sous de faux prétextes, fit valoir la voix de Mésange dans sa tête. Et qui a obligé son frère à prendre la fuite. Hé ! Je crois bien qu'il est horrible ! Ça t'a traversé l'esprit, ça ? Qu'il soit horrible ?

– Oui, Mésange, acquiesça Feuille. Juste à l'instant. »

– Chut ! souffla soudain Caillou en lui prenant le bras.

Le garçon se figea, assailli par le souvenir de Cerise faisant le même geste durant l'entraînement, alors qu'ils tendaient l'oreille pour guetter les dragons.

« Elle m'a certes menti, mais n'empêche, elle a toujours bien pris soin de moi », pensa-t-il.

– Voilà quelqu'un.

Caillou le tira vers le sol et ils se couchèrent dans les feuilles mortes, de petits insectes leur chatouillant le nez. Des pas légers se pressaient dans la forêt. Les pas légers et discrets de quelqu'un qui s'efforçait de ne pas faire de bruit. Des gardes déjà lancés à leur poursuite ?

Une silhouette apparut à la faveur d'un rayon de lune et Feuille reconnut instantanément sa façon de se mouvoir.

– C'est Liane, chuchota-t-il avant de se relever.

– Attends, fit Caillou en tentant de le retenir. C'est la fille de Lichen. On ne sait pas si…

Mais elle les avait déjà repérés. Elle s'arrêta net puis courut à leur rencontre, Jonquille sur les talons. À la grande surprise de Feuille, Liane se jeta à son cou. Il repensa à nouveau à Cerise et à la seule fois où elle l'avait serré dans ses bras.

« En fait… c'était déjà arrivé avant, se souvint-il. La nuit où nous avons appris la disparition de Mésange. Je ne pouvais pas fermer l'œil et elle m'a rejoint dehors où je contemplais les étoiles. Là, elle m'a pris dans ses bras. »

Personne d'autre n'avait jamais eu de geste affectueux envers lui, même en ce jour funeste. On n'était pas très câlin dans sa famille. Il rendit son étreinte à Liane et sentit l'odeur de pêche de ses cheveux, qui effleuraient ses bras. Il avait l'impression d'être en sécurité pour une fois, et paisible. Il aurait voulu que ça dure éternellement.

– Qu'est-ce que vous faites ici ? voulut savoir la jeune fille.

– Lichen a envoyé ses hommes pour l'arrêter, expliqua Caillou.

– Feuille ? fit-elle en s'écartant de lui. Mais pourquoi ? Je croyais qu'il en avait seulement après les sentinailes.

– Les sentinailes ? s'étonna Caillou. Qu'est-ce que c'est que cette histoire ?

– Une prétendue conspiration, intervint Jonquille. Sûrement celle sur laquelle Violette enquêtait, puisqu'ils l'ont emmenée aussi.

– Je pensais que c'était à cause du trésor. Que papa s'était aperçu de la disparition du saphir. Mais il ne peut pas croire que c'est toi qui l'as, dit-elle à Feuille, dont elle n'avait pas lâché les mains.

– Un saphir ? répéta-t-il.

– S'il craint un complot, alors tout le monde est suspect à ses yeux. Même toi, Liane. Même moi, affirma Caillou.

Elle se tourna dans la direction de Valor.

– J'essaierai d'en savoir plus en rentrant. Mais d'abord, il faut trouver une cachette pour le saphir... et pour vous trois.

– Tu ne peux pas y retourner, protesta Feuille alors qu'ils repartaient à travers bois. Caillou vient de dire que tu risquais de te faire arrêter aussi.

– Complètement totalement parfaitement d'accord, acquiesça Jonquille. Tu ne peux absolument pas retourner à Valor.

– Mais... comment va-t-on faire pour libérer Digitale, Violette et les autres si on n'en sait pas plus ? contesta Liane.

– Pour commencer, en évitant d'avoir à te libérer, toi aussi, répliqua son amie.

Ils débouchèrent soudain sur un véritable chemin bordé de formes qui n'étaient clairement pas des arbres. Feuille était tellement perdu dans ses pensées sur les dangers de Valor qu'il fut surpris de découvrir qu'ils n'étaient plus dans la forêt, mais devant les ruines de bâtiments calcinés.

– Waouh, souffla-t-il. Qu'est-ce qui s'est passé ? Enfin, les dragons, j'imagine. Désolé, question idiote.

– Non, pas du tout, le rassura Liane.

Elle lui raconta toute l'histoire, la vengeance des dragons quand Lichen et Caillou étaient revenus avec le trésor. Tandis qu'ils arpentaient les ruines, Feuille imaginait si ce drame était arrivé chez lui, tout son village en flammes.

Les dragons auraient-ils incendié Talisman s'il avait tué l'un des leurs ?

Cela lui glaça le sang. Pourquoi personne ne lui avait jamais raconté cet épisode de l'histoire ? Il avait toujours pensé que, la dragonne menaçant le village, le Tueur avait dû la massacrer pour protéger les siens.

Ça changeait tout de savoir que c'était le Tueur qui avait attaqué la dragonne en premier, et qu'ensuite ses proches à elle étaient venus se venger.

– Je l'ignorais, lâcha Feuille en s'arrêtant devant la cloche, au centre du village.

Jonquille et Caillou étaient partis retrouver un certain Pin, qui les aiderait à se cacher.

– Je m'en doutais, à la manière dont tu parlais de mon père, avoua Liane. J'avais le pressentiment que tu ne connaissais qu'une partie de l'histoire. Surtout après ce que tu m'avais raconté au sujet ta sœur.

– Elle serait furieuse si elle savait !

Il baissa les yeux en souriant, puis reprit :

– Mésange avait horreur des histoires incomplètes. Parfois, je m'amusais à lui raconter le début… et je m'arrêtais en plein milieu, juste pour l'énerver. Elle détestait les menteurs, les vantards et les adultes qui font comme s'ils savaient tout sur tout.

Liane se mit à rire.

– Elle avait l'air géniale… et un peu intimidante.

Elle s'assit sur le tas de pierres écroulées du clocher et il s'installa à côté d'elle. C'était presque le matin, le soleil se levait derrière les montagnes.

– Oui, confirma Feuille en fourrant les mains dans ses poches. Je me demande ce qu'elle voudrait que je fasse maintenant.

Dans sa tête, la voix de Mésange ne répondit rien. Il avait l'impression que son plan B de destin venait d'être déchiré en petits morceaux éparpillés au vent. Le Tueur de dragons n'était qu'un menteur, un imposteur et un voleur. Tout ce en quoi Feuille avait toujours cru s'était révélé faux.

– Tu pourrais nous aider, suggéra Liane. On a une sorte de plan pour ramener la paix dans le monde.

– C'est vrai ?

– On pense qu'il y a un moyen pour que les dragons cessent d'attaquer les humains. Enfin, j'espère. Pas sûr que ça fonctionne, mais… Violette, Jonquille et moi, on pense que si on leur rend leur trésor, il y a une chance pour que les dragons nous pardonnent. Si ça se trouve, ils en ont besoin pour une raison précise, tu vois.

« Espérer se faire pardonner par d'énormes requins volants, pensa Feuille, vraiment ? »

Lui vint alors à l'esprit l'image du dragon marron qui l'avait aidé.

– Je sais, continuait Liane, c'est idiot… Ils nous auront dévorés avant même qu'on ait pu crier : « SALUT, PITIÉ, NE NOUS MANGEZ PAS ! »

– Peut-être pas, affirma-t-il. Si on trouve le bon dragon.

Il lui raconta ce qui lui était arrivé au palais. Le temps qu'il finisse, le soleil brillait au-dessus d'eux.

– Eh ben, souffla Liane.

Elle n'avait pas dit un mot durant toute son histoire. Elle ferma les yeux et prit une profonde inspiration.

– Je n'y crois pas ! Tu es entré dans leur palais ! Je me demande si on peut retrouver ce dragon marron. Il doit vivre dans les marais, non ? Il pourrait nous aider. En tout cas, on pourrait essayer de communiquer avec lui. Tu imagines, communiquer avec les dragons ?

– Je ne sais pas si je suis prêt, avoua Feuille, méfiant.

Il hésita.

– Hum… Au fait, tu sais que ton père n'est pas vraiment un tueur de dragons ?

Liane pencha la tête sur le côté.

– Qu'est-ce que tu veux dire ?

– Ce n'est pas lui qui a tué la dragonne, lui révéla Feuille. C'est Caillou. Il vient de me l'apprendre.

Liane écarquilla les yeux.

– Mon oncle ? C'est Caillou qui a tué la reine des dragons du désert ?

– Pas exprès. Ils étaient venus leur voler le trésor, pas se battre contre eux.

– Mais alors, pourquoi laisse-t-il mon père raconter à tout le monde qu'il est le Tueur de dragons ?

– Je suppose qu'il ne veut pas être au centre de l'attention… alors que Lichen adore ça, hasarda Feuille. Mais tu devrais l'interroger toi-même.

– Tu as raison. Par toutes les lunes ! Ça colle bien mieux avec ce que j'ai pu voir de mon père. Je me suis toujours demandé comment il avait pu faire ça alors que, dans la vie de tous les jours, il est tout le contraire de courageux. Mais si ce n'est même pas lui… je comprends mieux.

Elle posa son menton dans ses mains, les coudes en appui sur ses genoux.

– Donc la fondation même de Valor est basée sur un mensonge. Ça se tient.

Feuille vit Jonquille leur faire signe depuis l'une des maisons en ruine.

– Jonquille nous appelle.

– On va lui raconter tout ça, dit Liane. J'ai environ un million de questions à te poser… et à oncle Caillou aussi.

Alors qu'ils serpentaient entre les pierres, Feuille repéra du mouvement dans les arbres. Il attira Liane derrière un mur et ils s'accroupirent, jetant un œil par les fissures.

Ils virent une dragonne sortir de la forêt.

Feuille sentit Liane frissonner à ses côtés mais, quand il voulut poser sa cape sur ses épaules, il s'aperçut qu'elle n'avait pas peur ; elle tremblait d'excitation.

– Oh, waouh… je n'avais jamais vu de dragon de cette couleur, lui glissa-t-elle. C'est peut-être une nouvelle espèce qui n'est même pas dans le *Guide* !

Elle agita les doigts comme si elle avait des fourmis.

– Dommage que je n'aie rien pour la dessiner.

Feuille observa la dragonne. Elle était petite, plus petite que le marron qui l'avait sauvé. Avec des écailles jaune doré et les yeux verts. Elle balayait les environs d'un regard plein de curiosité.

– Je crois que j'en ai déjà vu une pareille. Dans une cage, suspendue au-dessus du banquet des dragons.

– Oh… dans une cage ? s'étonna Liane. Alors ce sont des ennemis des dragons des montagnes ?

La dragonne fit quelques pas dans le village puis prit son envol et tourna en rond dans le ciel, comme si elle examinait les ruines d'en haut.

Feuille tira sa cape au-dessus d'eux et ils se tapirent contre le mur, s'efforçant de passer pour un tas de pierres sans intérêt.

Au bout d'un moment, ils entendirent la dragonne se poser à nouveau près de la vieille cloche. Liane baissa la cape et se pencha pour mieux la voir. Elle se promenait sur la place du village, farfouillant dans les cendres en poussant de petits « mmm ».

– Elle est trop chou, chuchota Liane. J'ai déjà vu pas mal de dragons, mais jamais aucun que j'aie envie de qualifier de « mignon ».

– Hum, non, les chipmunks, c'est mignon. Toi, tu es

géniale et un peu zinzin. Les dragons, ce n'est ni mignon ni génial, c'est terrifiant.

Elle sourit mais garda les yeux rivés sur la dragonne jusqu'à ce qu'elle finisse par s'en aller.

– Une nouvelle espèce de dragon et des infos sur l'intérieur du palais des montagnes, récapitula-t-elle. Quelle journée incroyable, pas vrai, Feuille ?

– Euh oui, sauf quand ton père a fait arrêter tous tes amis, lui rappela-t-il, mais en voyant son visage se décomposer, il regretta immédiatement. Désolé.

– Non, c'est vrai. Mais… c'est sans doute un malentendu, je vais arranger ça. Je vais lui parler et régler le problème quand il aura retrouvé son calme.

Alors qu'ils rejoignaient Jonquille sous le soleil du matin, Feuille se demanda si elle avait raison. Réussirait-elle à sortir le Tueur de dragons de sa paranoïa ? À le convaincre de tous les relâcher ?

Il avait bien peur que non… et qu'ils ne revoient jamais Violette, Digitale ou même Valor.

CHAPITRE 29

MÉSANGE

Il y avait plusieurs manières de tuer un dragon. La méthode classique – avec épée, cris, sang et tripes – semblait un peu trop vulgaire et répugnante, et surtout beaucoup trop compliquée pour Mésange.

– Il faudrait que je dégotte une meilleure épée, plus longue, dit-elle, puis que j'attende qu'il dorme et que je la lui enfonce dans l'œil. Mais il aurait quand même le temps de se réveiller en hurlant, peut-être même de nous tuer tous les deux, et sans aucun doute de rameuter le palais entier. Pas moyen de voler la clé et de filer s'il y a quatre-vingts dragons qui débarquent et pataugent dans son sang en criant que les humains attaquent !

– Surtout après ce qui leur est arrivé, renchérit Céleste. C'est un humain qui a tué la dernière reine des Ailes de Sable, alors ils sont super paranoïaques dès qu'ils en voient un.

– C'est vrai ? s'étonna Mésange. Et comment il s'y est pris ?

– Je ne sais pas trop, reconnut Céleste. Avec la méthode sanglante, je suppose.

– Hum…

Mésange réfléchit un instant. Ça ne collait pas avec ce qu'elle avait constaté en errant dans le palais. Les deux dragons qui l'avaient aperçue n'avaient pas réagi comme s'ils se sentaient menacés. Ils avaient continué à vaquer à leurs activités comme si ça n'avait rien d'étonnant de tomber sur une humaine au fond d'un placard.

Elle se demandait également pour quelle raison un humain se serait embêté à tuer une reine dragonne. Peut-être qu'elle avait menacé son village ? Mésange n'aurait sûrement pas tué une dragonne pour sauver Talisman ni aucun de ses affreux habitants. Néanmoins, au fond d'elle, elle espérait qu'en éliminant le général Tempête elle l'empêcherait d'attaquer la cité Indestructible.

Pas pour protéger Invulnérable. Invulnérable était stupide. Mais il y avait des tas d'autres gens qui vivaient dans cette ville – ou essayaient d'y entrer –, et sûrement que, parmi eux, il y en avait un ou deux qui n'étaient pas odieux. Les enfants qu'elle avait cachés dans la faille avec Invulnérable, par exemple.

– Si je veux faire ça discrètement, qu'est-ce que tu me conseilles ? reprit-elle.

– De faire tomber le plafond sur sa tête ? suggéra Céleste.

Mésange lui lança un regard interloqué.

– Tu m'expliques en quoi ce serait discret ?

– Je ne sais pas. Brique par brique ?

Elle pouffa.

– Franchement, c'est dommage que tu n'aies pas une armée d'escargots. Ils nous auraient donné un coup de main, enfin, façon de parler.

Elle jeta un coup d'œil par la fenêtre. Le général dirigeait un escadron qui exécutait des figures dans le ciel.

– Tu pourrais demander de l'aide à d'autres dragons, non ? fit Céleste. Par exemple à celui qui t'a déposée ici. Ou alors te présenter à ceux que tu croises dans le palais en leur proposant de t'aider à assassiner Tempête. Oooh… je sais, tu pourrais demander au prince. Il a l'air moins agressif que les autres.

– C'est un plan très audacieux. Mais même si je suis sûre que de nombreux dragons seraient ravis de le voir mort, je doute de trouver un complice aussi serviable que l'As du Meurtre.

– Je crois que tu n'as pas bien compris son nom, lui fit une nouvelle fois remarquer Céleste. Ce ne serait pas plutôt Mort Assurée ? Mort Mortelle ? Mort Assassine ?

– Non, répondit Mésange. Et de toute façon, l'As du Meurtre lui va très bien. Je me demande comment il fait pour assassiner les autres dragons. Il est super discret et furtif…

– Moi aussi, je peux être très discret, affirma Céleste, un peu jaloux (alors que c'était complètement faux).

– Bien sûr, mon cœur, mentit Mésange en lui tapotant

la patte. Je pense que la méthode la plus discrète serait l'empoisonnement. Alors je vais creuser cette piste. Je reviens bientôt.

– Le poison ! s'écria Céleste. Attends, où tu vas ? Ne me laisse pas.

– Je ne peux pas rester ici, dit Mésange à regret. Il a fini ses manœuvres dehors, il ne va sûrement pas tarder à rentrer. Mais j'espère que, la prochaine fois qu'on se verra, je serai prête à l'assassiner.

– Sois prudente, souffla Céleste en frottant son museau contre sa hanche.

Elle lui donna une petite tape affectueuse et se dirigea vers la porte. Les ailes basses, il soupira :

– Je n'aime pas du tout cet endroit, Mésange.

– Moi non plus, Céleste. Dès qu'on t'aura libéré de ces chaînes, on filera dans les montagnes, d'accord ?

Il hocha la tête et elle lui adressa un petit signe de la main avant de se faufiler sous la porte.

Elle avait vu des centaines de souris aller et venir dans le palais. Les dragons essayaient donc sûrement de s'en débarrasser. Et comme elle n'avait pas croisé de chats, il y avait forcément du poison quelque part… sans doute dans les cuisines.

– Ne mange pas ça !

Mésange faillit tomber du plan de travail. « Une voix humaine ? » Elle pivota et se retrouva nez à nez avec une véritable personne humaine, effectivement. Une femme, les poings sur les hanches, qui se tenait sur le comptoir de la cuisine, l'air aussi à sa place qu'une salière.

La jeune fille la dévisagea. « C'est pas vrai, j'ai des hallucinations maintenant ! »

La femme était juste un peu plus grande qu'elle, avec de longs cheveux bruns emmêlés et un air de défi. Sa tenue semblait avoir été taillée dans un morceau de rideau et attachée avec un bout de ficelle. Mésange voyait bien qu'elle était adulte, mais elle n'aurait pas su lui donner un âge.

– Nom d'une écaille de dragon ! s'exclama-t-elle. Tu es qui, toi ?

– Je m'appelle Rose. Tu viens voler le trésor ? Parce que, crois-en mon expérience, c'est fortement déconseillé. Et puis ce truc, ce n'est pas du trésor, c'est de la mort-aux-rats.

Son regard tomba sur le filet que Mésange avait pris dans un tas d'oranges et qui contenait les deux premiers granulés de poison qu'elle avait trouvés. Rose fronça les sourcils, perplexe.

– Je ne cherche pas de trésor, répondit Mésange. Et toi, qu'est-ce que tu fais là ?

– Je vis ici, répondit Rose comme si c'était évident, qu'il s'agissait de son propre palais et qu'il était parfaitement normal qu'une humaine vive parmi les dragons.

– Ah oui ? s'étonna Mésange.

Cette humaine lui parut soudain beaucoup plus intéressante que les autres.

– Et personne ne t'a mangée ?

– Pas jusqu'ici.

Un sourire illumina brusquement le visage de Rose, comme un éclair dans la tempête.

– OK, je la joue cool alors que je meurs de curiosité. Qu'est-ce que tu fais là, toi ?

– Ne le répète à personne, fit Mésange.

Rose partit d'un éclat de rire incontrôlable. Quand elle finit par reprendre son souffle, elle hoqueta :

– Je n'ai littéralement pas adressé la parole à un autre humain depuis des dizaines d'années. Je n'ai personne à qui le répéter, t'inquiète.

– Tu pourrais en parler aux dragons, souligna Mésange, et il ne faut pas.

– Ils ne me prêtent pas la moindre attention, expliqua Rose. À part mon dragon, les autres se contentent d'éviter de me manger (bien à contrecœur, d'ailleurs), sinon ils m'ignorent royalement.

– Ooooh ! C'est pour ça que les deux que j'ai croisés n'ont pas paniqué et ne m'ont pas tuée. Ils ont aperçu une humaine et ont cru que c'était toi.

Les plantes trop arrosées… Ils prenaient sûrement Rose pour un animal de compagnie trop gâté qui faisait des bêtises.

La femme toisa Mésange.

– Et pourtant, on ne se ressemble pas du tout. Ça te montre à quel point je les intéresse ! Alors dis-moi ce que tu fabriques, dis-moi, dis-moi !

– D'accord… J'ai un dragon à tuer… donc je me suis dit que j'allais l'empoisonner avec ça.

Elle agita le sac de granulés, en ramassa un nouveau et le fourra à l'intérieur.

– C'est pas bête comme plan, mais il va t'en falloir beaucoup plus.

– T'as raison. Bon, faut que je continue à chercher. Ravie d'avoir fait ta connaissance. Salut !

– Attends, fit Rose en la suivant derrière la corbeille de fruits puis sur les caisses empilées au pied du comptoir, je peux te donner un coup de main. J'en ai vu beaucoup vers le cachot.

Mésange sauta à terre et se tourna vers elle. Demander de l'aide à un dragon, ce n'était déjà pas cool, mais à un humain, c'était encore plus risqué. Au moins, un dragon, c'était franc ; il la mangerait direct et voilà. Mais un humain pouvait faire mine de l'aider puis la trahir en la jetant dans la gueule d'un dragon, un truc du genre.

– Ça va aller, affirma-t-elle. Je peux me débrouiller seule.

Elle se dirigea vers la cheminée.

– Oh, mais je vais t'aider quand même, répliqua Rose. Désolée, je n'aurais pas dû présenter la chose comme une proposition. Il me semble pourtant t'avoir dit que je n'avais pas parlé à un humain depuis des années, non ? Je suis surexcitée à l'idée d'avoir une vraie conversation. Hé, regarde, en voilà un !

Elle plongea derrière un panier de coquillages et en

émergea en brandissant triomphalement un nouveau granulé.

– Tu vois ? Je t'aide !

Mésange accepta le granulé avec méfiance. Rose était sans doute une personne correcte. La preuve, elle semblait préférer la compagnie des dragons à celle des humains, comme elle. C'était sûrement une expérience super intéressante de vivre dans un palais de dragons.

Et elle n'avait qu'à rester sur ses gardes et détaler au cas où Rose essaierait de la jeter en pâture à quiconque.

En faisant le tour des cuisines et des salles de banquet adjacentes, elles récoltèrent neuf granulés en tout. Le filet commençait à être un peu lourd pour Mésange, mais elle s'abstint de le montrer à Rose.

Cette dernière bavardait gaiement, lui posait des questions sur le monde extérieur, mais sans être trop curieuse, ce que Mésange apprécia.

– Tu es prisonnière ? demanda la jeune fille.

« Dois-je proposer de t'aider à t'échapper ? »

Rose haussa les épaules.

– Pas vraiment… Tout est une question de point de vue, n'est-ce pas ? Ils pensent peut-être me retenir prisonnière, mais je me plais bien ici. J'aime beaucoup mon dragon. Il est adorable.

Mésange faillit lui avouer qu'elle aussi avait un dragon trop mignon, mais elle n'était pas encore prête à lui faire confiance à ce point. C'était quand même super d'avoir trouvé une humaine qui lui ressemblait autant.

«Quelqu'un qui comprend que les dragons sont comme nous... mais en mieux. »

– J'espère que ça suffira, dit-elle en soupesant le sac.

– Je pense que oui, confirma Rose. Attends. Pourquoi tu dois tuer ce dragon, déjà ? Ne me dis pas que c'est pour lui voler son trésor.

– Pas du tout ! Je ne tuerai jamais un dragon pour une raison aussi futile.

Rose pouffa.

– Dommage que je n'aie pas été aussi sage que toi à ton âge. Bon, tout compte fait, je ne m'en suis pas si mal tirée. Mais à l'époque, ce trésor me faisait rêver... ou peut-être que je voulais simplement faire plaisir à mon frère, qui lui rêvait vraiment d'être riche.

Mésange pensa à Feuille et aux aventures dans lesquelles elle l'avait entraîné. Au bout de combien de temps l'avait-il oubliée ? Une semaine ? un mois ? un an ? Ou bien pensait-il toujours à elle ?

«Sûrement pas. Et tant mieux. Ils n'ont pas besoin de moi, je n'ai pas besoin d'eux. »

– Enfin bref, j'ai réussi à entrer dans la salle du trésor et à ressortir du palais... deux fois ! reprit Rose avec l'émotion de quelqu'un qui a fait un truc extraordinaire mais n'a eu personne à qui le raconter pendant vingt ans. Mais c'est là que la reine dragonne nous est tombée dessus. Manque de chance.

– La reine dragonne ? Attends, celle qui a été tuée par un humain ? C'était toi ? s'écria Mésange.

– Non, c'était mon autre frère. Sans le vouloir, en fait. Mais bon, ils ont filé, et comme je m'étais tordu la cheville, j'ai dû me cacher dans les dunes. C'est là que mon dragon m'a trouvée. J'ai tout de suite su qu'il n'allait pas me manger. Il avait un regard doux.

Elle réfléchit un instant.

– Enfin, ce n'est pas tout à fait vrai. Pendant au moins deux ans, j'ai eu peur qu'il change d'avis ou qu'il me mange dans son sommeil, un truc comme ça !

Mésange gloussa.

– Tempête n'a pas un regard doux, affirma-t-elle. Il veut attaquer la cité Indestructible. Alors pour la protéger, j'ai décidé de l'éliminer.

C'était vrai, et ça lui évitait de parler de Céleste.

– C'est lequel, Tempête ? demanda Rose. Comment as-tu appris son nom ? Ou alors c'est toi qui l'as baptisé comme ça ?

– J'ai entendu le prince l'appeler ainsi, répondit Mésange. C'est le militaire braillard et lourdingue avec un rire insupportable. Il n'arrête pas de se vanter qu'il a un super cadeau pour la reine.

Rose fronça les sourcils, complètement perdue. Elle dévisagea longuement la jeune fille.

– Mésange, reprit-elle finalement, tu me racontes tout ça comme si tu comprenais ce que les dragons disent.

Mésange avait supposé que, si Rose vivait ici, elle devait également parler dragon. Elle ne pouvait pas lui avouer qu'elle avait appris la langue sans mentionner Céleste.

– Oh… hum… non, j'ai simplement deviné, s'empressa-t-elle de répondre. Bon, il faut que j'y aille. J'ai un dragon à tuer, tu sais. Merci de ton aide.

Elle jeta le filet sur la première marche et se hissa dessus.

– Je vais t'accompagner, décida Rose. Comme ça, tu pourras m'expliquer comment tu as appris.

Elle grimpa à sa suite et lança les granulés sur la marche suivante.

– Mais non, je ne parle pas dragon, se défendit Mésange, ce serait trop bizarre. Non, non. Laisse, je suis sûre que tu as mieux à faire.

– Je pourrais aller voler du fromage, répondit Rose. Ou dessiner sur le mur de mon dragon mais, mmm… Non, je peux faire ça n'importe quand, alors que discuter avec une fille qui parle dragon, ça n'arrive pas tous les jours !

– Mais NON, JE NE PARLE PAS DRAGON ! protesta Mésange, les mains sur les hanches.

– Au moins, je peux t'être utile. Je ferai le guet pendant que tu empoisonnes ton dragon fort en gueule.

– Il est sorti patrouiller. Je dois attendre qu'il rentre demain matin pour l'empoisonner, donc tu ne peux pas m'aider pour le moment.

Rose fronça à nouveau les sourcils.

– Tu vas me dire que ça aussi, tu l'as deviné ? Les horaires des patrouilles ?

– Évidemment.

Une clochette sonna non loin de là, un petit tintement argentin.

– Oh… laisse tomber. On m'appelle, dit Rose. Je vais sûrement retourner un moment dans la tour.

– La tour ? s'étonna Mésange. Où la reine expose ses curiosités ? Tu es une de ses curiosités ?

– Non, non, pas du tout, j'évite la reine tant que je le peux. Mon dragon veille sur moi et, parfois, il préfère que je reste en sécurité dans la tour, par exemple quand il y a beaucoup de visiteurs qui risqueraient de me manger ou que la reine pique sa crise…

La clochette tinta à nouveau, plus proche. Rose s'éloigna à regret de Mésange.

– Bonne chance pour ton assassinat, alors.

– Merci. Bonne chance dans la tour.

Rose descendit l'escalier en sautant d'une marche à l'autre puis s'en fut à travers les salles de réception. Mésange fut surprise de sentir sa gorge se serrer. Au fond, elle aurait bien aimé que Rose reste pour continuer à discuter. Une humaine qui la faisait rire, qui avait compris que les dragons étaient aussi compliqués que les humains et qui avait une histoire aussi mouvementée que la sienne… Elle n'aurait jamais cru que ça existait.

Elle savait que la patrouille de Tempête ne reviendrait que le lendemain à l'aube. En attendant, il fallait donc qu'elle trouve une bonne cachette dans sa chambre. Puis elle n'aurait qu'à attendre qu'on lui apporte son lait à la cannelle, en espérant avoir le temps d'y verser le poison avant que le général débarque.

Trouver une cachette ne fut pas trop difficile : Tempête

avait une table de nuit rustique, munie d'un tiroir qui fermait mal. Elle put s'y glisser et s'y installer avec son sac de granulés, car le compartiment était à moitié vide. C'était très inconfortable et elle préférait ignorer quels trucs bizarres traînaient dans le fond et lui piquaient les fesses dans le noir. Mais la cachette ferait l'affaire pour un petit moment…

Elle laissa là le filet et passa la journée à essayer de remonter le moral de Céleste. Ce plan l'inquiétait au plus haut point; il craignait que ça tourne mal pour Mésange. Ils somnolèrent à tour de rôle durant la nuit, guettant le retour du général.

C'est Mésange qui était à la fenêtre lorsque la patrouille revint. Elle sauta sur la table de chevet et se faufila dans le tiroir avant même que Céleste ait ouvert un œil.

Un instant plus tard, un serviteur dragon monta des cuisines et déposa un gobelet sur la table où Mésange était cachée. Dès qu'il fut parti, celle-ci s'extirpa du tiroir, traînant son filet de granulés derrière elle. Le verre de lait à la cannelle était presque aussi grand qu'elle, mais en se mettant sur la pointe des pieds, elle put y jeter le poison.

Plouf! fit le premier granulé.

«Dissous-toi vite!» supplia Mésange en remuant légèrement le gobelet. Elle regarda la poudre blanche dessiner des volutes à l'intérieur – en un instant, elle se fondit dans la boisson couleur cannelle.

Elle hissa un autre granulé dans le verre. *Splash*, remue remue, fond. Encore et encore, sept fois de suite. Cela risquait-il de changer le goût ? Il fallait espérer que Tempête ne le remarquerait pas avant d'avoir tout bu.

– Le voilà, je crois, souffla Céleste, paniqué.

Mésange reprit son filet, agita une dernière fois le verre, puis se faufila dans le tiroir. Elle se cala au fond, derrière le bric-à-brac, le sable et tous les petits bidules que le dragon avait accumulés là-dedans.

Des pas lourds pénétrèrent dans la pièce.

– HÉ ! LE PRISONNIER ! BONNE NOUVELLE ! brailla Tempête. Fournaise devrait rentrer aujourd'hui. HA HA ! Génial, hein ? J'ai tellement HÂTE qu'elle te voie ! Ensuite, elle te mettra dans sa tour des bizarreries, et je récupérerai ma chambre pour moi tout seul.

– Je ne suis pas si bizarre que ça, se défendit Céleste. Je suis un dragon ordinaire, comme vous ou vos soldats. Vous ne voudriez pas me relâcher, s'il vous plaît ?

– Ridicule ! s'esclaffa le général. Tu n'es pas du tout comme nous. Tu n'es même pas un dragon digne de ce nom. Tu es une fascinante bestiole. Fournaise va adorer te tripoter pour voir ce qui cloche chez toi, puis elle te tuera, te fera empailler et t'exposera dans sa collection.

Mésange n'osait même pas imaginer la tête de Céleste. Elle se sentit d'autant moins coupable d'avoir prévu de tuer le général – déjà qu'elle ne culpabilisait pas beaucoup avant. Ce dragon était abject.

– Ah ! Parfait !

Tempête fondit sur la table pour prendre son lait à la cannelle.

– Juste ce dont j'avais besoin.

Il gloussa avant de vider bruyamment le verre avec de gros *slurp*.

« Ouais ! se réjouit Mésange. Maintenant, couche-toi… pour ne plus jamais te réveiller ! »

Le général bâilla si fort qu'il fit trembler la table de chevet.

– Quelle journée, lézard ! La reine compte sur moi, je suis un de ses meilleurs dragons. Et attends que je retrouve son trésor dans cette petite cité humaine toute fortifiée. Elle m'offrira sûrement un palais ! HA HA HA ! Je vais réduire tous ces humains en cendres. Ce sera GÉNIAL !

Mésange entendit un grincement alors qu'il s'asseyait sur son lit. Il laissa échapper un soupir ensommeillé tandis qu'un gargouillis sonore montait de son estomac.

– Mmm… Il y avait trop de sucre aujourd'hui…

Un dragon fit irruption dans la pièce en hurlant :

– Général Tempête ! Au secours ! Au secours ! On nous attaque ! C'est la fin du monde !

– Argh ! Du calme, Chameau !

Le général peina à se relever comme son ventre émettait un nouveau gargouillis sinistre.

– Qui nous attaque ?

– Aucune idée, mon général. Des Ailes de Sable, mais je ne les connais pas. Ils ont surgi du désert comme par magie !

– Il y a des Ailes de Mer avec eux ? Ou de Glace ?

– Non, mon général. Je ne pense pas, mon général !

Mais ils sont nombreux et ils ont l'air très très énervés, mon général !

Tempête eut un reniflement méprisant.

– Alors allons les tuer ! HA HA HAaaaa…

Il vacilla et se rattrapa à la table.

« Meurs, meurs, meurs, pensa Mésange. Pour une fois, fais les choses bien. Meurs ici et maintenant. »

Mais le général se releva tant bien que mal et partit en titubant sur les pas de Chameau. Mésange roula vers la façade du tiroir, s'extirpa par l'interstice et courut à la fenêtre. De là, elle vit Tempête décoller de la cour voisine, les ailes déployées, suivi par une poignée de soldats. Avec un rugissement, il amorça un virage et fila vers le désert.

La jeune humaine sortit sur le rebord de la fenêtre.

– Mésange ! Où tu vas comme ça ? C'est trop dangereux ! protesta Céleste.

– Je reviens tout de suite, promit-elle. Ne t'inquiète pas, tout va bien !

C'était on ne peut plus faux : rien ne se passait comme prévu. Glissant ses doigts et ses orteils dans les fentes entre les pierres, elle se hissa sur le toit. De là-haut, elle avait une vue dégagée sur la bataille des dragons.

Une vue parfaitement claire du général qui se posait au beau milieu du champ de bataille. Il gronda, agitant en tous sens sa queue venimeuse. Les autres s'écartèrent, effrayés. Il se retourna et attrapa un petit dragon du désert par le cou. Avec un sourire ravi, il serra les griffes pour l'étrangler… mais soudain, il porta la patte à son ventre et s'écroula dans le sable.

Le dragon que Tempête venait de lâcher chancela un instant avant de reprendre ses esprits et de s'approcher de lui. Il le poussa du bout de la griffe, une fois, deux fois. Puis, l'air un peu perplexe mais content de lui, il s'éloigna en bombant le torse pour affronter un autre ennemi.

Avec un cri d'horreur, le dénommé Chameau revint à toute vitesse au palais, sans doute pour chercher des renforts.

Mésange se laissa tomber à genoux sur le toit.

Elle avait réussi. Elle avait tué un dragon. Et pourtant son plan avait échoué.

Le général Tempête gisait raide mort dans le sable, au milieu du champ de bataille.

Hors des hauts murs d'enceinte du palais, avec la clé dont Mésange avait besoin autour du cou.

CHAPITRE 30

LIANE

Les gardes de Lichen débarquèrent dans l'ancien village le lendemain des arrestations. Ils sondèrent le moindre tas de feuilles avec leurs longues lances, scrutèrent chaque cheminée et renversèrent quelques murs instables.

Si son père les avait accompagnés, Liane aurait peut-être tenté de lui parler. C'était son père – même s'il se méfiait d'elle, même s'il lui en voulait, il l'écouterait, non ?

Mais il n'était pas avec ses hommes, qui avaient tous l'air très remontés. Jonquille lui déconseilla de les aborder. Elle se ferait arrêter pour rien et, en la voyant, ils s'acharneraient à essayer de trouver les autres. Elle avait raison.

Par chance, ils n'étaient pas dans le village même. Pin les avait emmenés là où la plupart des bannis venaient d'abord se réfugier, une sorte de temple un peu plus loin dans les bois. Il manquait deux murs sur les côtés, où le toit reposait seulement sur des colonnes de marbre… Mais au moins, il y avait un toit, un coin en grande partie couvert où se cacher et une fenêtre pour s'enfuir au cas où.

Liane aurait aimé en savoir plus sur ce temple. Il était tout orné de sculptures de dragons – qui volaient, rugissaient, se prélassaient dans les nuages, rôdaient entre les arbres, montraient les dents. Elle aurait voulu les dessiner.

Quand les gardes finirent par repartir, il était midi passé et Liane n'était plus très sûre d'avoir envie de rentrer chez elle. Elle s'était absentée si longtemps que le doute n'était plus permis : son père savait qu'elle était avec les fugitifs, d'autant qu'elle avait menti aux gardes postés devant chez Digitale. Elle se demandait ce que sa mère lui avait raconté. Est-ce qu'il cherchait Jonquille aussi ?

Serait-elle seulement capable de lui faire face sans lui avouer qu'elle était au courant que toute son histoire de Tueur de dragons était basée sur un mensonge ?

Peut-être était-il préférable d'attendre quelques jours qu'il se calme… mais elle était tellement inquiète pour Violette, Digitale et les autres. Allait-il les punir tout de suite ? Quel châtiment leur réservait-il ?

Cependant, le lendemain, un visiteur inattendu fit son apparition dans les ruines du village. Liane et Jonquille étaient perchées dans un arbre, guettant gardes et dragons, lorsqu'elles virent un garçon en uniforme vert se frayer un chemin parmi les décombres.

– Forêt ! s'écria Jonquille, surprise.

Effectivement, c'était leur collègue sentinaile, l'ancien clown de la classe qui avait un faible pour elle. Liane ne lui avait jamais vu l'air aussi grave. Il s'arrêta au centre de la place, fourra ses mains dans ses poches et jeta un regard abattu autour de lui.

– Il pourra peut-être nous dire ce qui se passe, chuchota Jonquille, pleine d'espoir.

– À moins qu'il travaille pour mon père, répliqua Liane à contrecœur.

Jonquille l'observa un moment.

– Je ne pense pas qu'il nous trahirait. Et toi ?

Le moment était bien choisi pour devenir soupçonneux : surveiller tout le monde, à l'affût du moindre signe de trahison, et protéger férocement ses secrets. Violette leur aurait sûrement conseillé de ne se fier à personne.

Mais n'était-ce pas ainsi que son père s'était retrouvé dans cette situation ? Liane ne voulait pas devenir paranoïaque et méfiante. Son instinct lui dictait de faire confiance à Forêt. Et elle resterait fidèle à elle-même.

– Allons-y, décida-t-elle en sautant de l'arbre.

Le visage de Forêt s'éclaira lorsqu'elles lui firent signe depuis un bâtiment en ruine. Il les rejoignit en vitesse et s'accroupit derrière le mur avec elles.

– Oh, par toutes les lunes ! Je suis tellement content que vous alliez bien…

– Nous aussi, dit Jonquille en le serrant dans ses bras. Je pensais qu'ils avaient arrêté toutes les sentinailes !

– Non, mais la plupart. Y compris ma mère, leur confia-t-il.

Liane étouffa un cri.

– La commandante Rivière ? Mais pourquoi ?

– Le Tueur de dragons a convoqué une grande assemblée obligatoire aujourd'hui, expliqua Forêt. Il a affirmé que sa tête était mise à prix et que les sentinailes complotaient contre lui depuis des années.

– Quoi ? s'écria Jonquille.

– Qu'est-ce qu'il entend par « sa tête est mise à prix » ? s'étonna Liane.

– Il prétend que le seigneur de la cité Indestructible veut sa mort.

– Mais c'est faux, répliqua-t-elle, stupéfaite. Le seigneur lui a proposé de travailler pour lui. Il veut un tueur de dragons à son service. Il lui a envoyé plein de messages. S'il voulait sa mort, il ne se donnerait pas la peine de l'attirer là-bas.

Forêt écarta les mains.

– Je n'en sais rien, mais c'est ce qu'il a raconté. Selon lui, après avoir essayé de le faire tuer depuis des années sans succès, le seigneur Invincible aurait comploté avec les sentinailes et envoyé un assassin pour l'éliminer. Après quoi les sentinailes auraient pris le pouvoir.

– Mais c'est n'importe quoi ! s'indigna Jonquille. Les membres des sentinailes ne sont ni des traîtres ni des meurtriers ! Leur conspiration, ce n'est pas pour l'assassiner...

Voyant l'air éberlué de son amie, elle se reprit :

– Enfin, je veux dire, s'il y avait une conspiration, ce qui n'est pas du tout prouvé…

– JONQUILLE ! protesta Liane en lui donnant une tape sur l'épaule. Dis-moi tout ce que tu sais !

– Eh bien… j'ai plus ou moins forcé Violette à me donner quelques infos, avoua Jonquille à contrecœur. Et j'ai promis de ne pas te les répéter. Parce que tu préfères ne pas savoir ! C'est trop de stress, je t'assure.

– Quoi, comme info ? insista Liane.

Jonquille se tortilla, mal à l'aise, puis elle enfouit son visage dans ses mains et lâcha :

– Bon, d'accord ! Les sentinailes veulent organiser un vote. Pour voir si les Valoriens aimeraient avoir un autre chef. Quelqu'un qui s'occupe vraiment d'eux, qui trouve des solutions, paie ses dettes et ne bannisse pas les gens dès qu'ils le contredisent. Voilà, c'est tout ! Pas de projet d'assassinat ni de complot avec un seigneur à l'autre bout du monde !

– Vous auriez pu me le dire. Je vous aurais aidés, affirma Liane. Je ne trouve pas non plus que mon père soit un bon dirigeant. Qu'il prenne tranquillement sa retraite, ce serait génial. En parlant de stress, il serait sans doute beaucoup plus heureux sans toutes ces responsabilités.

– Je ne devrais pas vous écouter, intervint Forêt. Ma mère m'a toujours tenu à l'écart de tout ça.

– Où sont Violette et les autres ? s'enquit Liane. Ils vont bien ?

– Pour l'instant, oui. Le Tueur de dragons veut capturer l'assassin pour tous les faire exécuter ensemble.

Jonquille laissa échapper un cri et tituba.

– Les faire exécuter ? répéta Liane d'une voix étranglée.

« C'est pas vrai, il ne ferait pas exécuter mes amis... Les Valoriens ne le laisseraient pas faire, hein ? »

– Quel assassin ? demanda Jonquille. De qui veut-il parler ?

– Le nouveau, expliqua Forêt. Celui qui se balade dans Valor en posant plein de questions sur le Tueur de dragons.

– Oh non ! gémit Liane. Mais Feuille n'est pas un assassin ! Il n'a jamais mis les pieds à la cité Indestructible !

Forêt leva à nouveau les mains en signe d'impuissance.

– Il faudrait qu'il revienne s'expliquer, si tu sais où il se trouve. Mais ils l'exécuteront peut-être sans même l'écouter.

– Enfin... papa n'a jamais condamné personne à mort ! s'écria Liane. Qu'est-ce qui se passe ? Pourquoi personne n'essaie de l'arrêter ?

– Comment ? répliqua Forêt, découragé. Il a toute une armée à son service et il présente ses arguments de façon logique. Du genre : il doit se défendre contre ses ennemis pour protéger Valor, et blablabla. À mon avis, la moitié des gens sont d'accord et les autres n'osent pas protester de crainte d'être aussi accusés de conspiration.

Il jeta un regard autour de lui.

– Moi, en tout cas, j'ai peur. Je ne vois pas ce que je peux faire tout seul.

Il passa ses mains sur sa tunique comme s'il espérait lui faire prendre une teinte moins dangereuse.

– On va trouver un moyen, promit Liane. Je vais lui parler.

Jonquille secoua la tête.

– Non, Liane. Il ne t'écoutera pas.

– Il faut que j'y aille, annonça Forêt. J'essaierai de revenir si j'ai d'autres nouvelles.

– Merci, dit Jonquille en serrant sa main dans la sienne. Tu sais, tu en fais déjà beaucoup. Venir nous avertir comme ça, ce n'est pas rien!

Il lui adressa un faible sourire avant de filer.

Liane envisagea de retourner à Valor en douce pendant la nuit, hélas il se mit à pleuvoir, et elle aurait risqué de laisser des traces permettant de remonter aux autres fugitifs. Il plut toute la nuit tandis qu'elle réfléchissait à ce qu'elle dirait à son père, et le lendemain aussi. Le soir, un vent violent se leva. Le petit toit du temple ne suffisait plus à les protéger des bourrasques.

Feuille, Jonquille et Liane se blottirent les uns contre les autres, sous leurs capes, essayant de trouver une solution, puisqu'il leur était impossible de fermer l'œil de toute façon – enfin, visiblement pas pour Caillou, qui ronflait sous sa couverture. Liane avait froid aux pieds malgré ses bottes et la pluie s'infiltrait sous sa cape, lui giflant le visage, dégoulinant dans son dos, ce qui n'améliorait pas son humeur. Peut-être que Forêt avait raison, finalement. Peut-être qu'ils n'y pouvaient rien…

– Et si on allait à la cité Indestructible ? suggéra Jonquille. Demander au seigneur d'écrire une lettre disant qu'il ne connaît pas Feuille et qu'il ne complote avec personne.

– Ce serait trop long de faire l'aller-retour, avança Feuille. Et je ne suis pas sûr qu'on puisse faire confiance à ce seigneur-là non plus. Si on lui demande de l'aide, il risque d'en profiter pour prendre le contrôle de Valor, ou pire encore…

– Et si on tentait de négocier avec mon père ? proposa Liane.

Elle tira le saphir de la poche de sa cape et le regarda scintiller dans la pénombre.

– On lui donne le saphir s'il libère tout le monde. Mais je ne suis pas sûre qu'il y tienne assez…

– Et moi, je pense que tu avais raison : il faut qu'on rende TOUT leur trésor aux dragons, intervint Feuille.

– Je ne crois même pas que ça lui plaise d'être le seigneur de Valor. Il serait plus heureux à passer ses journées à boire avec ses amis en racontant de vieilles histoires de dragons.

Elle soupira.

– Dommage que les sentinailes n'aient pas eu le temps de mettre leur projet à exécution. Maintenant, en imaginant qu'il les relâche, il ne leur fera jamais assez confiance pour les écouter.

Plus tard dans la nuit, la pluie finit par s'arrêter. Feuille et Jonquille s'endormirent, adossés au mur. Mais Liane n'arrivait toujours pas à trouver le sommeil. Elle se leva et retourna aux ruines.

« Pourquoi mon père fait-il tant de mal autour de lui ? se demandait-elle en passant la main sur les murs noirs de suie. Avec son frère, ils ont vécu le même traumatisme : ils ont tué la dragonne et perdu Rose. Mais Caillou s'est renfermé, englué dans sa tristesse, alors que papa a voulu accumuler toujours plus de pouvoir, toujours plus de richesses pour faire le mal. »

Elle s'assit sur un perron et sortit le saphir. Il étincela au clair des lunes, comme si un esprit bleu était prisonnier de la pierre. Elle le prit dans ses deux mains, ferma les yeux et posa son front contre sa surface fraîche.

« Qu'est-ce que je dois faire ? l'interrogea Liane. Comment sauver mes amis ? Comment arrêter les dragons ? Comment faire pour que tout le monde cesse de se battre ? »

Elle se demandait si la petite dragonne dorée était aussi gentille que le dragon marron qui avait aidé Feuille.

« J'aimerais l'approcher pour mieux la voir. »

Elle l'imagina dans sa tête, avec ses écailles ensoleillées et ses griffes incurvées…

Et soudain, elle se retrouva au milieu du désert avec la dragonnette juste devant elle.

– Ouh là ! s'écria Liane en faisant un bond en arrière.

Elle chancela dans le sable tandis que la dragonne criait et reculait également. Elles se toisèrent un long moment.

« Je rêve, ou quoi ? pensa Liane. Pourtant, je ne dormais pas… »

Quelque chose bougea sur le dos de la dragonnette. Une petite tête apparut dans son cou.

Une humaine. Il y avait une humaine sur le dos de la dragonne et elle la regardait. Elle avait à peu près le même âge que sa mère. Mais sous ses longs cheveux emmêlés, ses traits lui étaient familiers. Elle se pencha en avant pour la dévisager, puis sourit.

Liane étouffa un cri.

« C'est tante Rose ! »

Mais pas la tante Rose du dessin. Celle-ci avait vingt ans de plus.

La dragonne dorée fit un pas vers elle et Liane s'avança également. Elle tendit le doigt vers sa tante et demanda :

– Tu es bien réelle ? Tu es Rose, n'est-ce pas ? Tu es toujours en vie ?

Mais Rose ne répondit pas. Elle tapota l'encolure de la dragonne qui grogna quelque chose, pointant la queue sur le saphir.

Le saphir… Et s'il était magique ? Et s'il lui montrait la dragonnette là où elle se trouvait en ce moment ?

Une minute… Dans ce cas, il montrait peut-être à la dragonne là où Liane se trouvait également… avec une partie de leur trésor à la main !

Liane serra le saphir contre sa poitrine en poussant un cri paniqué et rouvrit les yeux.

Elle se retrouva dans les ruines, seule. Une aube grise et humide se levait lentement autour d'elle. Plus de désert, plus de dragonnette dorée, plus de tante Rose.

Pourtant, Liane était convaincue que tout ça était bien réel. Elle baissa les yeux vers le saphir et le retourna pour voir s'il portait une inscription magique. Non, rien. Alors elle le rangea dans sa ceinture et rentra au temple.

– Oncle Caillou ! cria-t-elle en montant les marches quatre à quatre, s'engouffrant entre les colonnes de marbre.

Elle tomba à genoux devant lui.

– Oncle Caillou, réveille-toi ! Je crois que tante Rose est en vie !

CHAPITRE 31

FEUILLE

– Alors voilà le programme, annonça Liane. Voler des chevaux, rejoindre le palais du désert, sauver tante Rose, la ramener à Valor, montrer à toute la ville qu'elle est en vie. Tout le monde est content ! Papa est tellement soulagé de voir que sa sœur n'est pas morte, finalement, que ça lui remet les idées en place. Je lui dis : « Hé, papa, t'as plus vraiment envie d'être le seigneur de Valor, pas vrai ? » Et il est de tellement bonne humeur qu'il me répond : « Ouais, t'as raison, on va libérer les sentinailes et organiser une élection. » Et on vit heureux tous ensemble pour toujours et à jamais. Tout est bien qui finit bien. Super plan, non ?

– On dirait une idée à moi, remarqua Jonquille. Le genre dont Violette se moquerait à coup sûr.

Feuille n'avait pas envie de briser les rêves de Liane. Son visage s'était éclairé pour la première fois depuis qu'ils avaient vu la dragonne dorée, et elle était pleine d'espoir. Mais il ne voyait vraiment pas comment ça marcherait.

– Liane, intervint Caillou en versant du thé froid dans une tasse, je sais ce que tu ressens. Je suis passé par là, crois-moi. J'ai rêvé d'elle, moi aussi, je t'en ai parlé. Et suite à ça, je suis parti pour une quête inutile pendant un an. Mais ce n'est pas possible. Elle est morte.

– Ce n'était pas un rêve ! protesta Liane. C'était magique. Dans ton rêve, c'était toujours l'adolescente de tes souvenirs, non ?

– Oui, répondit-il lentement.

– Dans le mien, qui était en fait une vision, elle avait vingt ans de plus. L'âge qu'elle a vraiment maintenant. Et elle était dans le désert avec la dragonne dorée. Je pense qu'elle vit là-bas, avec eux !

Caillou lui tendit le thé et prit le saphir pour l'examiner comme un champignon possiblement vénéneux.

– Si elle est chez les dragons, alors pourquoi ils ne l'ont pas mangée ?

– Je ne sais pas. Elle était sur ses épaules, comme si elle avait l'habitude de se balader ainsi. Ils ont pu la garder comme… comme la perruche qu'avaient les pères de Violette à un moment, vous vous rappelez ? Ou le lapin de Jonquille ! Les dragons la trouvent peut-être mignonne.

– Les dragons n'ont pas d'animaux de compagnie, affirma Caillou. Les humains sont la seule espèce à faire ça.

Feuille essaya de se remémorer s'il avait vu des animaux

familiers au palais des montagnes. Il aurait bien imaginé le bébé dragon rouge avec un compagnon, mais certainement pas les gros affreux qui écrasaient les chèvres d'un coup de patte.

– Il faut qu'on aille vérifier, supplia Liane. S'il y a une chance qu'elle soit encore au palais, en vie, on doit aller voir, non ?

– Arrrrrrgh, grogna Caillou en enfouissant son visage dans ses mains. Oui.

– Quoi ? s'écria Jonquille. Mais je croyais que vous deviez la dissuader ! Je serais intervenue si j'avais su qu'elle allait vous convaincre ! Liane, et si les dragons ne te trouvent pas mignonne et qu'ils te mangent ? Bon, d'accord, tu es vraiment trop mignonne, mais ils n'ont peut-être pas les mêmes critères de mignonitude que nous.

– Sans compter tous les autres défauts de ce plan, souligna Feuille. Un, retourner à Valor voler des chevaux ; deux, s'introduire dans le palais des dragons ; trois, revenir à Valor en espérant que le Tueur de dragons sera ravi de nous voir… Tout ça, c'est pas très réaliste, Liane.

– Je vais chercher des chevaux, décida Caillou en arrêtant d'un geste Liane qui se levait aussi. Tout seul.

– Mais tu ne peux pas aller au palais sans moi. Je veux venir. Promets-moi de ne pas y aller sans moi.

– Ni sans moi, intervint Feuille. Je suis le seul à avoir réussi à m'échapper d'un palais de dragons, je peux vous être utile.

– Et sans moi non plus ! renchérit Jonquille. Je ne vous

servirai sûrement à rien, mais je ne veux pas rester ici à me morfondre en me demandant si vous êtes tous morts.

Caillou balaya leurs remarques d'un revers de main.

– On va voir ce que je trouve, grogna-t-il avant de s'enfoncer dans la forêt à pas lourds.

– Et le trésor ? On l'emporte ? suggéra Liane. On l'échangerait contre Rose.

– Je ne vois pas comment on pourrait le récupérer sans risque, répondit Jonquille.

C'était sans doute vrai. Ils en débattirent encore un peu, mais Liane dut admettre que c'était bien trop dangereux.

– On peut au moins leur rapporter le saphir, dit-elle. Ça suffira peut-être.

Le soir, Caillou n'était toujours pas revenu et Liane avait presque creusé un fossé autour du temple à force de faire les cent pas.

– On n'a qu'à aller au palais à pied, fit-elle valoir. Pas besoin de chevaux. Je n'aurais pas dû le laisser partir. Il n'y en a que pour quelques jours de marche, non ?

– À travers un désert brûlant, précisa Jonquille, étendue sur une couverture, le bras replié sur les yeux. Sans eau. Technique idéale pour mourir.

– Retournons dans les ruines, suggéra Feuille. Si ça se trouve, votre ami Forêt est revenu… ou on croisera peut-être Caillou en chemin.

– Oui, bonne idée ! s'écria Jonquille. Allez-y. Quand Liane m'épuise, c'est que l'univers ne tourne pas rond.

Feuille alluma la petite lanterne que Pin leur avait laissée, puis se dirigea vers l'ancien village en compagnie de Liane.

– Tu penses qu'on peut aller au palais à pied, toi? lui demanda-t-elle.

– Laissons le temps à Caillou de revenir avec les chevaux. Je crois qu'il fait vraiment très chaud dans le désert.

– Je me sens tellement impuissante, fit Liane en agitant les mains. Je ne sais pas comment m'y prendre pour que mon père arrête son délire. Je ne sais pas comment faire pour rendre le trésor aux dragons. Je ne sais pas comment procéder pour que tout le monde cesse d'en vouloir à tout le monde… J'ai l'impression que la seule chose que je puisse réussir, c'est aller sauver tante Rose. Tu crois que ça arrangerait la situation?

«Elle me plaît! s'écria soudain la Mésange imaginaire après des jours de silence. Elle est un peu fofolle et ça, j'adore. Je t'autorise à l'apprécier.

– Je ne t'ai pas demandé la permission», répliqua Feuille dans sa tête.

Liane traversa le village jusqu'à un escalier en pierre à moitié écroulé. Elle s'assit sur une des marches tandis qu'il s'installait sur celle du dessous, posant la lanterne à côté d'eux.

– Si tante Rose était encore là, je parie que papa ne serait pas comme ça, reprit Liane. Elle ne l'aurait pas laissé devenir aussi horrible, j'en suis sûre. Elle était peut-être plus douée que moi, non?

«Je me demande si on peut empêcher les gens de

devenir horribles, si c'est ce qu'ils veulent, pensa Feuille. À mon avis, on peut juste s'efforcer d'être soi-même tout le contraire d'horrible pour équilibrer les choses. »

– Je me posais la même question au sujet de Mésange, répondit-il. Est-ce que Talisman serait un endroit différent si elle avait survécu ? Aurait-elle révélé les secrets des dragomanciens à tout le monde ? Peut-être qu'elle leur aurait tenu tête et qu'ils ne seraient plus au pouvoir…

– *Grooar groar gargleup*, fit le dragon qui surgit de l'ombre juste sous leur nez.

Feuille et Liane se levèrent d'un bond en hurlant. Instinctivement, Feuille se mit à courir mais, en jetant un coup d'œil par-dessus son épaule, il vit que le dragon avait coincé Liane.

– *GROAR groar GROAR !* rugit-il. *GROAR GROAARF !*

Liane essaya de l'esquiver, mais la créature tendit la queue pour lui faire un croche-patte.

– *GROGOUILLE GARGOUILLORG !*

Le dragon bondit et prit Liane entre ses griffes comme un chat une souris.

Feuille revint à toutes jambes, saisit la lanterne et la jeta sur lui de toutes ses forces.

– Laisse-la tranquille !

La lampe rebondit contre le flanc du dragon qui rugit à nouveau, clairement plus en colère, cette fois. Les jambes fauchées, Feuille atterrit sur le dos. Le dragon ramassa Liane et fit un bond en arrière. Il grogna sur le garçon, puis sur sa proie qui gigotait entre ses griffes.

« Bas les pattes ! Je vais me battre. Je ne vais pas le laisser manger Liane ! » se dit Feuille en peinant à se relever, le souffle coupé.

Le dragon émit un grognement exaspéré, s'approcha d'un mur en ruine et y déposa Liane. Feuille était en train de ramasser une pierre pour la lui lancer quand il le saisit également entre ses griffes. Le garçon sentit un courant d'air sur son visage puis se retrouva brusquement au sommet du mur à côté de son amie. Il était très haut ; impossible de sauter à terre sans se casser la jambe… et être des proies faciles pour le dragon. Feuille se redressa et prit Liane dans ses bras.

– Ça fait beaucoup plus peur que je me l'imaginais ! s'exclama-t-elle en lui rendant son étreinte. Tout mon corps s'est raidi, genre « la mort descend du ciel », je n'ai pas pu m'empêcher de crier et de fuir alors même qu'une petite partie de mon cerveau se réjouissait : « Oh, dingue, un dragon ! » Mais c'est la partie flippée qui a gagné. Et qui est toujours aux commandes. À ton avis, pourquoi il nous a posés là ?

– *Orglup groagle grouarfy grrrr*, répondit l'intéressé resté tout près, d'une voix étrangement plaisante pour un dragon. *Roarble grouarf ?*

Liane regarda Feuille, puis le dragon à nouveau.

– On aurait dit une question, non ? chuchota-t-elle.

– Peut-être qu'il veut simplement discuter, hasarda-t-il, conscient que c'était une interprétation exagérément optimiste de la situation.

Le dragon cassa une branche d'arbre, y mit le feu en soufflant dessus puis la planta dans le sol en guise de torche géante.

– Oh! s'exclama Liane en découvrant la couleur de ses écailles à la lueur des flammes. Feuille, regarde, c'est la dragonne dorée! Celle qu'on a vue l'autre jour! Celle de ma vision!

La dragonne joignit ses pattes avant en forme de coupe et baragouina une phrase selon une intonation ascendante à nouveau – une autre question, ou la même.

– Elle est au courant que j'ai le saphir! s'écria Liane. Je pense que c'est ce qu'elle me demande, non?

– Mais comment elle le saurait?

– Parce qu'elle m'a vue avec. Dans ma vision! Je vous avais bien dit que c'était de la vraie magie.

– Tu ne crois pas plutôt qu'elle est venue ici en espérant croiser un humain qui aurait un trésor? rétorqua Feuille. Ou alors elle a faim. Elle mime peut-être un bol de nourriture.

– Je doute qu'un dragon ait besoin de notre aide pour trouver à manger, répliqua Liane, sceptique.

– Je dis juste que, si ce n'est pas ce qu'elle te demande, comment va-t-elle réagir quand tu vas le lui donner? Et si elle s'énerve pour de bon et nous carbonise, en pensant qu'on est des voleurs?

– Ou alors elle va nous aider à retrouver Rose et à dissuader les dragons d'incendier les villages humains, répondit Liane.

– Le trésor n'était pas à elle, cependant, fit valoir Feuille. Si on le lui donne, on ne pourra pas le rendre aux dragons du désert.

Liane hésita.

– Elle était dans le désert quand je l'ai vue… peut-être qu'elle est alliée avec eux ?

– *GROUARBLUP grouarggr argh ARF!* intervint la dragonne.

Elle se hissa sur la pointe des griffes et tendit la patte vers eux, paume vers le ciel, comme si elle attendait quelque chose.

– *Graou ? Orglup ? Grrrop ?*

Liane regarda Feuille puis glissa la main dans sa ceinture et en tira le saphir. Elle le déposa au creux de la patte de la dragonne, où il parut brusquement beaucoup plus petit.

Elle émit une sorte de gargouillis ravi puis le leva pour l'inspecter à la lueur de la torche.

– Regarde, elle est satisfaite, glissa Liane à Feuille.

– *Boraf*, reprit la dragonne. *Graou graou ?*

Ils la fixèrent, perplexes.

– Qu'est-ce qu'elle nous demande maintenant ? murmura Feuille. Ce n'est pas ce qu'elle voulait ?

La dragonne laissa échapper un petit bourdonnement impatient. Elle posa le saphir par terre, prit un autre bâton et traça un grand cercle tout autour. Elle en fit le tour, y ajoutant des cailloux et faisant mine de cueillir des choses dans les airs pour les mettre à l'intérieur. Puis elle s'assit et désigna le cercle d'un revers d'aile.

– *Graou graou*, répéta-t-elle. *GRAOUA* !

Elle reprit le saphir et le brandit dans leur direction.

– Tu vois, je t'avais bien dit que ça allait l'énerver. Maintenant, elle pense qu'on a plein de pierres précieuses et elle les veut toutes.

Liane se posta face à la dragonne.

– On t'a donné le saphir, alors dis-nous où est tante Rose. On veut la récupérer !

La dragonne se tapota le menton d'un air songeur en les toisant. Feuille ne savait pas quoi penser de ce regard. Il pouvait signifier : « Oh, une pierre, ça me suffit, je ferais bien d'y aller. » Ou bien : « Il va me falloir du sel pour assaisonner ces deux-là. »

« Je pourrais sauver Liane, pensa Feuille. En faisant un truc un peu dingue. C'est mon but dans la vie, non ? Sauver les gens. C'est ce que j'ai toujours voulu faire, sauf qu'avant je ne savais pas comment m'y prendre. »

– Je peux aller te chercher le trésor, annonça-t-il à la dragonne.

Liane lui posa la main sur l'épaule.

– Feuille… mais qu'est-ce que tu racontes ?

– Je vais aller le chercher !

Il pointa du doigt le cercle tracé sur le sol puis lui-même et la dragonne, qui semblait fort intriguée par tous ces mimes.

– Relâche-nous et je te le rapporterai.

Liane tapa du pied.

– Mais Feuille, c'est impossible ! On était bien d'accord qu'il n'y avait pas moyen de retourner chez moi.

– Je peux toujours essayer, non ? Et si elle accepte, au moins, tu seras saine et sauve.

La dragonne grogna dans ce que Feuille commençait à considérer comme sa voix « amicale ». Elle tendit la patte et le prit délicatement entre ses griffes.

– Aaaah ! cria-t-il, surpris. Attends ! Et Liane ?

Elle le posa par terre en marmonnant d'un ton satisfait, puis tapota la tête de Liane.

Mais elle ne la fit pas descendre du mur.

– Il faut que tu la relâches ! hurla Feuille.

Il indiqua la jeune fille puis la forêt.

– Relâche Liane, et ensuite j'irai te chercher le trésor.

– *Graou graou graou*, répliqua la dragonne.

Elle désigna la forêt puis agita le saphir et montra Liane.

– Oh, arrête ! la coupa-t-il. Je ne peux pas la laisser avec toi !

– *Graou graou graou, grorg gargou*, argumenta la dragonne en pointant à nouveau la griffe, comme s'il était un peu lent à la comprenette.

– Je SAIS ce que tu veux, mais moi, je te dis que tu dois la relâcher d'abord.

– Ça ne va pas fonctionner, intervint Liane. Va chercher le trésor… à moins que tu puisses la convaincre d'échanger les rôles.

– Non… j'y vais. C'est juste que ça ne me plaît pas beaucoup de te laisser entre les griffes d'une dragonne.

– T'en fais pas. Je suis plus en sécurité ici avec elle que toi à fouiner dans Valor. On va sympathiser. Je vais essayer de négocier pour récupérer tante Rose. Écoute, le trésor est caché dans le piédestal, sous la vitrine de la queue de dragon. La combinaison c'est «A-M-O-I». Fais bien attention, Feuille. Je t'en prie, ne te fais pas prendre et exécuter, d'accord?

– D'accord, acquiesça-t-il en reculant en direction de la forêt. Toi aussi, sois prudente.

Elle agita la main et, contre toute attente, la dragonne l'imita, levant la patte pour lui adresser un petit signe – trop drôle. Feuille tourna les talons et s'engouffra dans les bois.

« Trouve le trésor, trouve le trésor, cognait son cœur. Ne te fais pas prendre. Reviens libérer Liane. »

Il se demandait comment réagirait la dragonne s'il se faisait capturer et ne revenait pas. Finirait-elle par dévorer Liane, furieuse?

Il accéléra.

Il lui fallut un peu de temps pour se repérer et retrouver Valor, mais il finit par reconnaître la colline d'où il était sorti avec Caillou quelques jours plus tôt. Il la gravit, se hissant de rocher en rocher, jusqu'à l'entrée du tunnel secret.

Le trou était tel qu'ils l'avaient laissé, à demi rebouché. Les gardes ne l'avaient donc pas découvert? Avaient-ils fouillé la grotte de Caillou ou supposé que Feuille s'était enfui d'une autre façon?

Aucun moyen de le savoir. Le garçon creusa dans la terre à la main pour élargir le trou, puis se faufila dans le tunnel et refit le chemin en sens inverse. C'était un peu moins effrayant, maintenant qu'il avait déjà réussi une fois sans mourir asphyxié.

Lorsqu'il atteignit la tapisserie, il tendit l'oreille, mais il n'y avait pas un bruit de l'autre côté. Il la souleva et jeta un coup d'œil pour plus de sûreté. Il n'y avait personne dans la chambre de Caillou. Dans la pièce voisine non plus, constata-t-il. Et aucun garde devant la porte, vit-il en risquant un regard dehors.

Feuille s'enveloppa dans l'une des capes de Caillou, le capuchon rabattu sur la tête afin de pouvoir filer dans les tunnels incognito. Personne ne lui adressa la parole ; tout le monde se pressait, tête baissée, de peur d'attirer l'attention.

En approchant de la voie où se trouvait la grotte de Liane, il hésita. Et si le Tueur de dragons était là ? Il ne pouvait pas frapper à la porte, et il n'y avait pas d'entrée secrète, sinon Liane lui en aurait parlé. Feuille s'arrêta juste au coin et dénicha un grand panier abandonné. Il se pencha pour faire mine de farfouiller à l'intérieur – quelques cailloux ramassés çà et là et des noix trouvées au fond de sa poche, juste pour se donner une contenance au cas où quelqu'un passerait par là.

Il dut attendre une éternité. Il pensait à Liane, qui l'attendait en grelottant sur son mur. « Le Tueur de dragons doit dormir à cette heure, pensa-t-il. Il ne va sans doute pas ressortir avant demain matin et je ne peux pas rôder dans les parages toute la nuit. Mais je ne peux pas non plus faire irruption chez lui comme ça… »

Oui, il y avait décidément des failles dans son plan.

Au désespoir, il finit par s'approcher de la porte, frapper vite fait et retourner se cacher au coin.

Il entendit la porte s'ouvrir.

– Bonsoir ? fit la voix de la mère de Liane. Il y a quelqu'un ?

– QUI EST-CE ? beugla son père du fond de la grotte.

– Il n'y a personne, répondit-elle. Bizarre.

Elle rentra et referma derrière elle.

« Donc il est là. Et il ne dort pas, résuma Feuille en joignant ses mains tremblantes. Qu'est-ce que je fais alors ? Qu'est-ce que je fais ? »

Il se demandait si la mère de Liane le reconnaîtrait. Il ne l'avait croisée qu'une fois, brièvement au marché, alors qu'il venait d'arriver à Valor. Elle faisait les courses avec Liane, qui les avait présentés, mais sa mère semblait plus intéressée par le choix de ses légumes et ils n'avaient échangé que quelques mots. À la lueur des torches. Peut-être qu'elle ne le remettrait pas…

Il n'avait pas de quoi écrire et le temps pressait ; de toute façon, il n'avait pas le choix.

Feuille prit une profonde inspiration, remonta son capuchon, retourna à la porte et frappa à nouveau. Cette fois, il resta sur le seuil tandis que des pas approchaient.

– C'EST QUI ENCORE ? gronda la voix du Tueur de dragons dans le fond, alors que la porte s'ouvrait.

La mère de Liane se tenait sur le seuil et le dévisagea, surprise.

« Oh non, peut-être qu'elle m'a reconnu, finalement. »

Il résista à l'envie de détaler, baissa la tête et dit de la voix la plus grave qu'il put :

– Y a du grabuge près du lac, m'dame. Ils demandent au Tueur de dragons de venir le plus vite possible. Peut-être… Peut-être même que vous feriez mieux d'y aller tous les deux, tout compte fait.

Elle haussa les sourcils et l'observa un moment en silence.

« Elle va me dénoncer, j'aurai échoué lamentablement et Liane… »

– D'accord. Je vais *m'assurer* qu'il y aille. Tout de suite.

Elle regarda Feuille dans les yeux avant de fermer la porte.

Il relâcha son souffle et retourna se cacher, penché sur son panier. Des cris montèrent de la grotte (« Pourquoi MOI ? », *crac boum vlan*, « Tu n'as pas posé la question ? »), et il regretta d'avoir mis la mère de Liane dans cette situation.

Mais au bout d'un moment, la porte s'ouvrit et se referma violemment. Il entendit le Tueur de dragons s'éloigner en marmonnant dans sa barbe.

Sa femme l'accompagnait-elle ? Ou était-elle restée à l'intérieur ?

– Viens, souffla une voix douce qui le fit sursauter.

La mère de Liane se tenait sur le seuil et lui faisait signe d'approcher.

– Euh… je…, bafouilla-t-il.

– Ça doit être important, pour que tu prennes le risque de revenir ici.

Il hocha la tête et la suivit. Elle referma la porte de la grotte et se tourna face à lui.

– Tu n'as pas beaucoup de temps. Il est rapide quand il est en colère. Et il sera furieux qu'on lui ait menti. Liane va bien ?

– Oui, madame, confirma-t-il en s'approchant de la vitrine du dard de dragon.

Il souleva la tapisserie couvrant le piédestal et vit le placard dont Liane lui avait parlé.

– Elle va bien, mais je dois lui apporter le trésor pour sa sécurité… Enfin, c'est une longue histoire.

Il s'accroupit et entra la combinaison « A-M-O-I ». Le coffre s'ouvrit sous le regard stupéfait de la mère de Liane.

Il y avait tant de choses à l'intérieur… Comment Feuille allait-il tout transporter ? C'était tout ce qu'ils avaient volé au palais ? Non, le Tueur de dragons avait dû en dépenser un peu au fil du temps.

Iris lui tendit un sac en toile. Puis elle s'agenouilla et l'aida à vider le trésor dedans.

– Comme c'est beau ! souffla-t-elle. Je lui ai souvent demandé de me le montrer, mais il prétendait qu'il était caché ailleurs, loin d'ici. Pendant tout ce temps, j'ignorais qu'il se trouvait là…

Elle contempla une statuette de dragon en pierre bleue.

– Je voulais juste le voir, son trésor, rien qu'une fois. Mais il faut croire qu'il n'avait pas confiance, même en moi.

Feuille ne savait que répondre à cela, et elle ne dit plus rien jusqu'à ce qu'ils aient vidé le coffre. Elle referma la porte, la verrouilla puis laissa retomber la tapisserie dessus.

– File vite ! Dis à Liane que je l'aime mais qu'elle ne peut pas rentrer, c'est trop dangereux.

Il aurait aimé savoir ce qu'étaient devenues les sentinailes et si elle avait une idée pour arrêter le Tueur de dragons, mais le temps lui manquait. Chargeant son lourd butin sur son épaule, il jeta un coup d'œil par l'entrebâillement de la porte. Le tunnel était désert.

– Merci, dit-il.

– Soyez prudents, répondit Iris en refermant la porte derrière lui.

Il cacha le gros sac sous sa cape, filant aussi vite que possible dans les tunnels. Par chance, il arriva chez Caillou sans avoir croisé personne. Il courut dans la chambre et s'engouffra dans le passage secret avec le sac sur son dos.

« Me voilà, dragonne dorée. Je t'en prie, ne dévore pas Liane avant que j'arrive. »

CHAPITRE 32

LIANE

Liane et la dragonne dorée s'observèrent. Au bout d'un long moment, cette dernière dit quelque chose qui semblait tout à fait poli, pour autant qu'une suite de grognements et de rugissements puisse être polie.

– Moi aussi, je te trouve très intéressante, affirma Liane. J'aimerais tellement comprendre ce que tu racontes… Et que tu puisses me dire où est tante Rose.

– *Grouarf graou gorg gorg*, répondit la dragonne sur le même ton badin.

Liane essaya alors de crier :

– Tante ROSE !

Il fallait peut-être parler fort et rugir, comme les dragons.

– Où est L'HUMAINE qui se trouvait sur ton ÉPAULE dans ma VISION ?

En prononçant ces mots, elle désigna l'endroit où Rose était assise.

– ROOOOOOOOOSE ! Où est-elle ?

La dragonne pencha la tête, comme si elle venait soudain de comprendre.

– *Grouar grog grouf ?*

– Oui, confirma Liane, je cherche ma tante Rose !

– *Grouar grouar,* répondit la dragonne en haussant les ailes, et soudain elle tendit la patte pour la prendre entre ses griffes.

La jeune fille ne put s'empêcher de crier, ce qui fit sursauter la dragonne… qui faillit la lâcher et lui jeta un regard fâché.

À la plus grande surprise de Liane, elle la posa sur son épaule. Il y avait un creux entre sa colonne vertébrale et ses ailes, juste de la bonne taille pour qu'un humain s'y agenouille avec les bras autour de son cou.

– Qu'est-ce qui se PAAAAAAASSE ? hurla Liane lorsque la dragonne s'élança dans les airs.

Elles volaient ! Liane volait À DOS DE DRAGON !

Elle serra le cou de sa monture, époustouflée. Elles étaient tellement haut dans le ciel, au milieu des étoiles ! Les montagnes s'étendaient à perte de vue et, là-bas à l'ouest, c'était le désert qui se déployait à l'infini également. Le monde était tellement, tellement plus grand qu'elle ne le pensait…

Le vent de la nuit était glacial, lui plaquant les cheveux sur la figure, mais les écailles de la dragonne dégageaient une douce chaleur, comme des galets baignés de soleil sur la plage en été.

– Je crois que je t'aime bien, lui dit Liane en posant sa joue contre son cou.

Elles survolèrent la forêt, la colline qui camouflait les différents accès à Valor.

La dragonne décrivit un large cercle comme si ce n'était qu'une simple promenade du soir pour elle. Comme Liane lorsqu'elle faisait un saut chez Violette… sauf que cette fois, on l'emmenait plus loin qu'elle n'était jamais allée.

« Valor n'est qu'une toute petite ville dans ce monde immense. Nous ne sommes qu'un tout petit groupe. »

Tous leurs énormes, insurmontables problèmes ne semblaient pas peser plus lourd qu'une graine de pissenlit, vus d'ici. Liane avait la sensation qu'elle pouvait les chasser en soufflant dessus.

Elle avait perdu la notion du temps – c'était comme dans un rêve. Mais à un moment, la dragonne vira de l'aile et fonça vers un point noir au milieu de la forêt. Les ruines se rapprochèrent, encore et encore, elle se posa délicatement… et elles retrouvèrent Feuille.

Il fit un bond en arrière, effrayé.

– Liane, je croyais qu'elle t'avait emportée et dévorée, et… LIANE ! TU ES SUR LE DOS DE LA DRAGONNE ! ET JE CROIS QU'ELLE A REMARQUÉ !

– C'est elle qui m'a mise là, expliqua-t-elle en glissant sur son aile pour regagner la terre.

Elle quitta à regret la chaleur de ses écailles. Chancelant légèrement, elle ajouta :

– C'est elle qui a eu l'idée. Feuille, elle m'a emmenée voler ! Je ne sais pas pourquoi !

– Mais c'est extrêmement dangereux ! protesta-t-il. Je ne sais pas pourquoi je crie… J'ai paniqué en voyant que tu n'étais plus là quand je suis revenu. Je n'y crois pas, tu as chevauché un dragon !

– C'était complètement dingue, Feuille ! Je veux recommencer ! Tous les jours ! Toute la vie !

La dragonne toussota, la contourna et saisit le sac de Feuille.

– Oh, waouh ! fit Liane tandis qu'elle s'approchait de la torche. Tu as réussi à le récupérer !

– Ta mère m'a aidé. Elle te fait dire qu'elle t'aime et qu'il vaut mieux que tu ne reviennes pas tout de suite.

« Pas tout de suite, nota Liane, soulagée. Ça signifie qu'elle a espoir que ce sera possible un jour. Et elle a aidé Feuille, je n'aurais jamais cru. Oh, maman, je t'aime aussi. »

La dragonne vida le contenu du sac pour former un gros tas scintillant d'or et de pierres précieuses grosses comme le poing, dont chacune aurait suffi à faire la fortune d'une famille. Liane se rappela quand son père parlait de son trésor, combien il l'aimait. Mais il n'avait pas besoin de tout ça. Ça le rendait puissant, mais également paranoïaque, soupçonneux et grincheux en permanence.

Elle regarda la dragonne trier les pierres précieuses, lentement au début, puis de plus en plus vite, avec sur le museau une expression que Liane aurait qualifiée d'affolement croissant si elle avait été humaine.

«Elle cherche quelque chose, réalisa-t-elle. Un objet dont elle a besoin.

Peut-être que tous les dragons sont à sa recherche et que c'est pour cela qu'ils incendient les villages, pas pour se venger, mais parce qu'ils ont absolument besoin de le récupérer.»

La dragonne dorée se retourna vers eux en rugissant.

– C'est tout ce qu'il y avait. Tout ce que j'ai trouvé, se justifia Feuille. Promis.

Elle rugit à nouveau en donnant un coup de queue dans les airs, de la fumée sortant de ses naseaux.

– *GROUARG grrraoua GRAOUGRAOUA! GRAOU?*

– Désolée, fit Liane. Peut-être… que quelqu'un d'autre a ce que tu cherches?

– *GRUMPFFF*, souffla la dragonne en s'asseyant par terre, les yeux toujours fixés sur le trésor.

– Elle n'a pas l'air si contente que ça finalement, soupira Feuille.

– Oui, j'avais remarqué.

La dragonne se mit à marmonner entre ses dents à coups de grognements et de gargouillis, comme si elle listait tous les problèmes que leur avaient causés ces voleurs de trésor d'humains idiots. Ou alors, elle réfléchissait à un autre endroit où elle aurait pu chercher… Ou bien ils l'avaient tellement déçue qu'elle hésitait à les dévorer… Difficile à dire.

Liane se rapprocha lentement jusqu'à se retrouver juste à côté d'elle. Elle tendit la main et tapota ses chaudes écailles dorées.

– Ça va aller, grosse bête terrifiante. Ne panique pas.

La dragonne la fixa de ses grands yeux verts comme si elle la comprenait.

« On peut communiquer avec les dragons, constata Liane. Si on le veut vraiment. Ce ne sont pas tous des monstres assoiffés de sang. Enfin, tout du moins certains. Si des dragons comme celle-ci peuvent convaincre les autres d'arrêter de nous manger… peut-être qu'un jour, on pourra vivre en paix et en sécurité. »

La dragonne marmonna autre chose, sans doute pour elle-même.

– J'aimerais quand même savoir… pour tante Rose, reprit Liane.

Elle désigna l'épaule du dragon.

– Qu'est-il arrivé à l'humaine ? Où est-elle ? On aimerait qu'elle revienne parmi nous.

– *Graouamorgrouglup*, répondit la dragonne.

Elle se retourna pour ranger tout le trésor dans le sac, y compris le saphir. Puis elle adressa un signe de la tête à Liane et à Feuille, déploya les ailes et ajouta un gargouillis.

– Ne t'en va pas, la retint Liane. C'est une énorme avancée dans les relations humains-dragons ! Et tu dois m'aider à retrouver Rose !

La dragonne leur tapota la tête puis prit son envol et s'en fut, emportant le sac de butin dans ses griffes.

– Attends ! protesta Liane en agitant les bras. Reviens !

Le ciel sombre engloutit la petite dragonne dorée. Quelques instants plus tard, elle avait disparu.

Liane regarda Feuille. Feuille regarda Liane.

– Donc… euh… cette dragonne vient de filer avec tout notre trésor ? résuma-t-il.

– Hum… oui, mais… peut-être qu'elle va le rendre aux dragons du désert ?

– Elle est partie par là, fit remarquer Feuille en tendant le doigt vers l'est. Le désert, c'est de l'autre côté.

– T'as raison, reconnut Liane. C'est embêtant, j'avoue.

– Tu crois qu'on peut espérer qu'elle revienne avec ta tante ?

Liane leva les yeux vers le ciel vide.

– Peut-être…

Mais la dragonne ne revint pas. Ni cette nuit-là, ni la suivante. La nouvelle amie de Liane, leur plus grand espoir d'établir des relations apaisées entre humains et dragons, n'avait visiblement pas compris un traître mot de ce qu'elle lui avait dit et avait filé à jamais.

– Peu importe. On n'a pas besoin d'elle, assura Liane à Jonquille. On va trouver un autre dragon pour nous aider à changer le monde. Pas de problème.

– Au moins, toi, tu as fait un tour dans le ciel ! C'est trop injuste ! s'indigna son amie. Moi aussi, j'avais envie de voler dans les airs !

Caillou apparut soudain devant le temple – littéralement.

Il surgit de nulle part à quelques centimètres seulement de Feuille.

– AAAAAAH! hurla celui-ci, paniqué. Qu'est-ce… Comment… ?

– Oh, ta chaîne d'invisibilité! s'écria Liane. J'avais oublié. Tu t'en es servi pour te déplacer dans Valor?

– Vous avez vu quelqu'un? le questionna Jonquille. Violette? Digitale?

Il secoua la tête.

– J'ai les chevaux. On y va?

Liane se releva tant bien que mal.

– Maintenant? Oui, d'accord. OK, je suis partante. Waouh! On va au palais des dragons! Oncle Caillou, tu ne devineras jamais ce qui nous est arrivé hier!

Caillou arrêta Jonquille alors qu'elle se levait également.

– Je n'en ai trouvé que trois, désolé. Mais de toute façon, une foule d'humains qui débarquent à la porte du palais, ça ne passerait pas.

– Je ne suis pas une «foule», protesta Jonquille. Liane est ma meilleure amie! Où qu'elle aille, je la suis.

Liane lui prit la main.

– Violette est ta meilleure amie aussi, intervint-elle. Mieux vaut que quelqu'un reste ici au cas où ça tournerait mal à Valor. Forêt et toi, vous serez peut-être amenés à devoir la libérer.

– Oui! s'écria Jonquille, les yeux étincelants. Un plan de sauvetage héroïque. Et elle me devra une reconnaissance éternelle. Trop bien!

Liane la serra contre son cœur.

– On revient vite. Avec tante Rose, j'espère. Sois prudente.

– Hum… vous aussi. C'est vous qui allez vous jeter dans la gueule des dragons.

Mais en galopant à travers le désert en compagnie de Feuille et de Caillou, Liane repensa à la dragonne dorée et ça la rassura un peu.

« Ce ne sont pas tous des monstres, se répétait-elle. Ça signifie qu'on a peut-être une chance. Une chance de retrouver Rose, de la ramener à Valor et de sauver nos amis. Peut-être même une chance de communiquer avec les dragons. »

Elle se sentait prête à affronter ce qui les attendait au palais de la reine du désert.

« Après tout, désormais, je suis la fille qui a chevauché un dragon ! »

CHAPITRE 33
MÉSANGE

Le palais était sens dessus dessous et, pour une fois, Mésange ne savait vraiment pas quoi faire.

Les dragons qui se battaient dans le désert avaient fini par y pénétrer, il y avait eu beaucoup de remue-ménage, encore des bagarres, et pour finir certains étaient repartis. Mais peu de temps après, d'autres étaient arrivés, dont apparemment la fameuse reine tant attendue, ce qui semblait faire paniquer tout le monde.

L'avantage, c'est qu'au milieu du chaos, personne ne pensait plus à Céleste, qui était toujours enchaîné dans la chambre du général Tempête. Comme ce dernier tenait à l'offrir personnellement à la reine, les autres l'avaient visiblement oublié.

Pour le moment... mais Mésange se doutait que quelqu'un se le rappellerait. Le prince, par exemple, ou l'un des dragons de cuisine qui étaient chargés de le nourrir. Du genre : « Oh, mais on avait bien un cadeau pour la reine quelque part, non ? », et : « Je pourrais le lui offrir et me faire bien voir… » Et il viendrait chercher Céleste, et Mésange aurait laissé passer sa chance.

– Son corps est là, juste devant ! s'agaçait-elle en faisant les cent pas sur l'appui de fenêtre.

– Ils vont bien finir par le ramener au palais, non ? fit Céleste.

– Oui, mais quand ?

Elle prit l'une des pierres brillantes de la collection du général et la jeta de toutes ses forces dans le sable.

– Et si en allant chercher son corps, ils voient la clé, se rappellent ton existence et rappliquent ici ? Ou bien s'ils décident de brûler tous les cadavres et que la clé fond avec le reste ?

– Arrrrgh, marmonna Céleste en frissonnant.

– J'ignore ce que ce clan fait de ses morts, soupira Mésange.

Elle posa les poings sur ses hanches.

– Il faut que j'aille la récupérer. En escaladant la muraille ou en me faufilant sous la porte d'entrée.

Mais ça l'ennuyait de laisser Céleste tout seul si longtemps. Si quelqu'un se souvenait de lui pendant qu'elle n'était pas là, il risquait de finir dans la tour ou enfermé ailleurs dans le palais.

Ou pire ! Le général avait bien parlé de le tuer et de l'empailler ! Non, non, il ne fallait pas penser à ça.

– Dommage que je ne crache pas de feu, se désola Céleste. J'aurais peut-être pu faire fondre les chaînes.

Mésange sauta du rebord de la fenêtre pour le serrer dans ses bras. Si elle avait eu en face d'elle celui qui lui avait rappelé qu'il n'avait pas de feu, elle lui aurait arraché la tête ! (Sauf qu'il était déjà mort.)

– Ils ne t'auraient pas enchaîné si tu avais pu les faire fondre, objecta-t-elle. Alors inutile de ruminer !

– Et si on les cassait autrement ?

Céleste cogna l'anneau en métal contre le mur de pierre et grimaça.

Ils essayèrent avec tout ce qui leur tombait sous la main. Mésange dénicha un grand couteau dans les affaires du général… et faillit s'empaler dessus en tentant d'ouvrir un maillon de la chaîne. Elle enfonça plusieurs objets pointus dans le trou de la serrure pour essayer de la crocheter, en vain.

La nuit tombait, Céleste était toujours enchaîné et le corps du général toujours dans le désert.

– Peut-être que l'humaine pourrait t'aider, suggéra Céleste. Celle qui vit ici.

Mésange réfléchit en se massant les tempes. L'idée de demander de l'aide à un humain ne lui plaisait pas du tout – sauf que Rose n'était pas comme les autres. Mésange allait devoir lui parler de Céleste… mais si quelqu'un pouvait comprendre l'amitié humain-dragon, c'était bien elle.

– Je vais voir si je peux la trouver, décida-t-elle. Bonne idée, Céleste.

Il avait l'air si content de lui qu'elle ne put s'empêcher de le serrer à nouveau dans ses bras.

Bien sûr, ce n'était pas évident de trouver une autre petite humaine dans un palais de cette taille. Mésange passa une bonne partie de la nuit à la chercher, puis décida d'essayer d'escalader l'immense muraille depuis l'une des cours désertes.

– Aïe!

Elle fit un bond en arrière. Des tessons de verre coupants hérissaient le mur jusqu'au sommet. Sa hauteur n'était donc pas le seul dispositif antihumains.

– Désolée, j'aurais dû te prévenir, dit Rose en sortant de l'ombre. C'est horrible, hein? La nouvelle reine – qui a succédé à celle que mon frère a tuée – déteste vraiment les humains. Je ne peux même pas escalader ces murs, et pourtant la grimpe, ça a toujours été mon truc.

Elle déchira une bande de tissu du bas de son pantalon et s'en servit pour bander la main de Mésange, assez maladroitement.

«Elle n'a pas pris soin d'un autre humain depuis longtemps, remarqua celle-ci. Un nouveau point commun entre nous.»

– Ça va, affirma-t-elle en ôtant sa main pour rajuster elle-même le pansement. Pourquoi tous ces dragons se sont-ils battus tout à l'heure?

– C'était fou, pas vrai? s'exclama Rose. Bon, j'ai raté la moitié de la bataille parce que mon dragon m'a mise à l'abri, mais j'ai finalement trouvé un endroit pour regarder une partie de l'action.

– Et ? insista Mésange. C'était qui, l'attaquant ?

Rose leva les mains en signe d'ignorance.

– Aucune idée. D'autres dragons du désert, va savoir pourquoi. Je pense qu'ils venaient chercher la prisonnière, parce qu'ils sont repartis avec elle.

– Celle de la tour ? Qui menace en permanence de tuer tout le monde ?

– Non, la détrompa Rose en la dévisageant, les yeux plissés. Celle qui était là depuis deux jours seulement, toute petite et mignonne, pour une dragonne je veux dire. Elle avait des écailles jaune soleil, un peu dorées. Elle ressemblait à un dragon du désert, mais sans dard caudal. J'ai passé une nuit dans la tour avec elle. La pauvre, elle était terrorisée. Je suis bien contente qu'elle s'en soit sortie.

– Je ne crois pas l'avoir vue, dit Mésange.

Elle s'aperçut qu'elle était en train de retourner auprès de Céleste sans même y penser.

Ça la stressait de le laisser seul aussi longtemps.

– Mais l'autre prisonnière n'est plus là non plus, reprit Rose en lui emboîtant le pas. Peut-être que les dragons qui ont attaqué voulaient les récupérer toutes les deux ? Pourtant, elles ne sont pas parties dans la même direction. Je n'ai rien compris. En tout cas, la reine était absolument FURIEUSE.

– Qu'est-ce qu'elle a dit ? demanda Mésange.

Rose lui jeta un regard en biais.

– Hum… *GRRRRRRRRR*, et aussi *GRRRRR*, et puis… attends, *GRRR GRRR GRRR*, en fait.

Mésange ne put s'empêcher de rire. Elle avait du mal à croire que Rose ait vécu autant de temps parmi les dragons sans parvenir à enregistrer un ou deux mots au moins, mais c'était quand même hilarant.

– Alors, qu'est-ce que tu bricoles ? la questionna-t-elle. Tu l'as tué, ton dragon ? Et maintenant tu vas filer ?

– Plus ou moins.

Elles marchèrent un moment et Mésange s'aperçut que Rose attendait une réponse plus explicite, vu sa tête.

– Oui, il est mort, précisa-t-elle. Mais j'ai besoin de la clé qu'il avait autour du cou… or son corps est dans le désert.

– Oh, tu aurais dû me le dire tout de suite ! s'écria Rose. Je sais où la trouver. Mon dragon porte un double de chacune des clés du palais en pendentif.

Mésange pila net et se tourna face à elle.

– C'est vrai ?

Son esprit s'emballa ; elle devait parler du prince Brasier. Effectivement, tout un trousseau cliquetait autour de son cou.

– Oui !

Rose rejeta ses cheveux en arrière avant de demander :

– Elle est comment, cette clé ?

– Je peux la récupérer si tu me dis où trouver ton dragon, dit Mésange.

– Mais moi, je l'obtiendrai plus facilement, affirma

Rose. Allez, ça fait si longtemps que je ne me suis pas lancée dans une grande aventure… Je peux t'aider !

Mésange fut surprise de constater qu'elle la croyait. Rose allait l'aider.

« Qu'est-ce que c'est que ce nouveau sentiment ? s'interrogea-t-elle. L'impression de… pouvoir compter sur une personne ? Faire confiance ? À quelqu'un d'autre que Céleste ?

D'abord l'As du Meurtre, et maintenant Rose ? Serais-je en train de me faire… des amis ? »

Elle avait envie de se moquer d'elle-même, de se ratatiner dans une coquille d'escargot pour se protéger.

– Oui, d'accord, mais tu n'es pas obligée, répondit Mésange. Tu penses que Brasier est un dragon plutôt raisonnable ?

Elles entrèrent dans les cuisines, où il ne restait plus que deux vieux dragons dans le fond, en train de préparer le petit déjeuner du lendemain matin. Ils ne levèrent même pas le museau en entendant leurs pas légers filer le long des murs.

Selon Céleste, le prince était moins agressif que les autres habitants du palais. Mésange trouvait également que Brasier n'avait rien de commun avec Tempête – et il ne semblait pas apprécier cette grande gueule non plus. Peut-être pourrait-elle discuter avec lui ? Ou le menacer avec son épée en cas d'échec des négociations ?

– Qui ça ? s'étonna Rose.

– Le prince Brasier, ton dragon ! s'impatienta Mésange.

À moins qu'il y en ait un autre qui se balade avec des tas de clés autour du cou.

Rose s'arrêta net et l'attira derrière l'un des paniers de citrons.

– Tu n'as pas dit un nom au hasard, comme ça ! s'écria-t-elle. C'est vrai ? Il s'appelle le prince Brasier ?

– C'est ton dragon et tu ne connais même pas son nom ? s'étonna Mésange.

– Je l'appelle Charbon depuis notre rencontre ! avoua Rose. On a échangé nos noms au début. Il a désigné des charbons ardents dans un feu… Il devait vouloir dire « brasier », mais j'ai compris « charbon ».

– C'est Brasier, confirma Mésange.

Elle avait vérifié auprès de Céleste, et avait également appris de nouveaux mots comme « curiosités » et « général ».

Céleste avait acquis beaucoup de vocabulaire avec les soldats, même s'il s'agissait pour la plupart d'expressions dont Mésange n'avait pas franchement l'utilité.

– Alors tu comprends ce que disent les dragons ! s'exclama Rose. Comment est-ce possible ? Ça fait vingt ans que je vis parmi eux et je n'ai retenu que quelques mots. Tu as quel âge ? Quatorze ans ? Comment as-tu appris ?

« Puis-je vraiment lui faire confiance ou pas ? » se demanda Mésange. Elle n'avait jamais parlé de Céleste à personne – mais si elle voulait que Rose l'aide, c'était un risque à prendre.

– Moi aussi, j'ai un dragon, lui avoua-t-elle. Il s'appelle

Céleste et il est enchaîné dans la chambre du général. Je voudrais le libérer avant que quelqu'un l'offre à la reine. Tempête a dit qu'elle voudrait sûrement le tuer et le faire empailler pour sa collection.

– Oh! s'écria Rose en plaquant ses mains sur sa bouche. Le pauvre petit dragon! Elle en serait bien capable, elle est tellement cruelle! Mais on va le libérer, Mésange. Ne t'en fais pas. Je suis là.

– Tu pourrais m'emmener voir Brasier? Tu penses qu'il me donnera la clé si je lui demande gentiment?

– Lui demander? fit Rose en se prenant la tête entre les mains. Parce que tu *parles* aux dragons aussi?

– Pas très bien, j'ai tendance à confondre les *graougrr* et les *grouarrg.*

– Bon sang, on croirait les entendre. Brasier risque de faire une crise cardiaque si tu surgis en l'interpellant dans sa langue. Il n'aime pas trop les surprises. Ni le changement. Écoute, je vais aller te chercher ta clé tout de suite, promis. Mais tu pourrais rester pour m'apprendre à parler dragon, s'il te plaît?

– Non, impossible! s'affola Mésange. Ça prendrait une éternité. Il faut qu'on file au plus vite. Céleste est en danger permanent dans ce palais.

– Juste quelques mots, supplia Rose. Je vous cacherai un jour de plus. Rien qu'une journée, ça m'aiderait tellement! Apprends-moi à dire: «Brasier, arrête de me cacher dans des endroits dont je ne peux plus sortir ensuite!», ou: «Brasier, aujourd'hui, j'aimerais une mandarine, pas encore du poisson bouilli. » Oh ! Et : « Brasier, ce n'est pas possible de ronfler aussi fort que toi ! »

– Je pourrais essayer, fit Mésange en se massant le front, mais seulement si je suis sûre que Céleste est en sécurité.

– Je vais chercher la clé, promit Rose. Décris-la-moi et je file la récupérer. Ensuite, on se cachera et tu pourras me donner un cours le temps que tu veux avant de repartir.

Mésange aurait préféré aller chercher la clé toute seule. Mais si Rose pouvait l'obtenir plus vite, elle libérerait Céleste plus rapidement… En plus, en attendant, Mésange resterait avec lui.

« Je pourrais donner une leçon à Rose. Il faut juste que j'arrive à faire confiance à un humain. »

– Très bien, soupira-t-elle, allons-y.

CHAPITRE 34

LIANE

Liane n'avait jamais rien vu d'aussi immense que ce palais. Il était plus grand que l'ancien village, plus grand que toutes les grottes et tous les tunnels de Valor mis bout à bout...

Il se dressait au milieu du désert, surgissant des sables, étincelant au clair des lunes, avec ses hauts murs menaçants, prêt à broyer entre ses griffes le moindre humain qui oserait s'approcher.

– Ça a changé, commenta Caillou.

Ils avaient stoppé leurs chevaux au sommet d'une colline, assez loin pour espérer se fondre parmi les cactus, au cas où un dragon surveillerait les environs du haut des tours.

De toute façon, les chevaux auraient refusé d'aller plus loin. Même Liane sentait l'odeur du feu, et celle métallique du sang dans l'air. Nerveuses, leurs montures grattaient le sable du sabot. Elle sauta à terre et aida son oncle à les attacher aux bras de l'un des immenses cactus.

– Comment ça, changé ? s'enquit Feuille.

– Par rapport à la dernière fois que je suis venu, dit Caillou en désignant le palais du menton. Il y a un mur d'enceinte en plus, maintenant, plus épais et plus haut. J'imagine qu'ils l'ont construit exprès pour ça : pour nous empêcher d'entrer si jamais on tentait de revenir.

– Normal, commenta Liane. Nous aussi, on met en place des systèmes de défense contre eux sans arrêt… et puis, tu as quand même tué leur reine.

« Toi, pas mon père. » Ça lui faisait toujours bizarre. Son cerveau avait du mal à associer un nouveau visage au nom du Tueur de dragons.

C'était tellement dommage qu'ils n'aient plus le trésor en leur possession. Ils avaient prévu de se faufiler à l'intérieur du palais sans se faire voir mais, si jamais ils se faisaient prendre, elle aurait aimé avoir quelque chose à offrir aux dragons. Quelque chose pour détourner leur attention, afin qu'ils évitent de les dévorer.

– Bon, alors comment on va faire pour entrer ? demanda Feuille.

Il regardait Liane, mais ce fut Caillou qui lui répondit :

– J'y vais seul, décréta-t-il en tirant de sa poche sa longue chaîne en argent noirci. Grâce à ça.

Il la passa autour de son cou et disparut aussitôt.

– Pas question ! intervint Liane en se jetant à l'endroit où il se trouvait un instant plus tôt.

Elle percuta une masse lourde et chaude et se jeta par terre en étouffant un petit cri, cramponnée à ses chevilles.

– Liane, lâche-moi! rugit Caillou.

– Enlève d'abord ta chaîne, qu'on soit sûrs que tu ne t'enfuis pas.

– D'accord, d'accord, maugréa-t-il.

Il réapparut, le collier magique dans son poing.

Liane se releva mais resta postée près de lui.

– Tu ne peux pas y aller seul, affirma-t-elle.

– Et pourquoi ça?

– Parce qu'on veut t'accompagner!

Elle n'allait pas s'arrêter sur le seuil d'un repaire de dragons sans y entrer, tout de même!

– Et parce qu'on veut vous aider, ajouta Feuille.

« Ouais, aussi. »

– En plus, on repérera Rose plus facilement, alors que tu risques de la rater, de ne pas voir les indices.

– Je peux fouiller ce palais aussi bien que vous, assura-t-il. Encore mieux même, parce que je suis seul, silencieux, contrairement à vous, et surtout invisible!

– Mais si tu y vas tout seul et invisible, on va te suivre, tous les deux et bien visibles, rétorqua Liane.

Caillou réfléchit un instant puis déclara:

– Non.

Il se pencha pour passer la chaîne autour du cou de Liane. Elle baissa les yeux, surprise, et constata qu'elle avait disparu. Elle distinguait le sable à travers ses pieds.

– Attends, non, dit-elle. Je ne voulais pas te la prendre. Garde-la.

Elle allait enlever la chaîne mais il l'en empêcha.

– Si tu insistes pour venir, alors je tiens à ce que tu l'aies. Je ne peux pas perdre un autre proche ici.

Elle lâcha le collier en soupirant. Il était têtu, c'était de famille. Ils pouvaient rester plantés là à discuter toute la nuit ou faire chacun un effort pour avancer.

– Bon, alors je passe la première, décida-t-elle.

Elle enroula la chaîne autour de ses épaules plusieurs fois.

– On s'approche au maximum et, ensuite, j'irai vérifier si la voie est libre à la porte.

Ils dévalèrent les dunes au petit trot, se rapprochant de ce palais étrangement silencieux. Liane paniqua quand elle vit les yeux de dizaines de dragons fixés sur elle. Elle faillit faire une crise cardiaque avant de s'apercevoir qu'ils n'étaient pas vivants. Il s'agissait seulement des têtes des ennemis de la reine, embrochées sur des piques surplombant la muraille.

« Enregistre ça pour Jonquille », pensa-t-elle. C'était le genre de détail horrible qu'elle adorait.

Elle aurait aimé que Violette soit là aussi. Son amie aurait sûrement trouvé une astuce pour entrer dans le palais sans encombre.

Caillou et Feuille s'arrêtèrent non loin du mur d'enceinte, couchés derrière une dune. Liane courut jusqu'à la porte, qui était aussi haute et épaisse que les murs, flanquée de deux énormes statues de dragons rugissants.

Deux gardes étaient postés devant, un mâle et une femelle allant et venant à pas lourds, visiblement sur les nerfs. Ils jetaient des regards inquiets au palais comme s'ils craignaient plus ce qui pourrait en surgir que ce qui aurait pu débarquer du désert.

Liane s'accroupit derrière l'une des statues pour les observer attentivement. Elle remarqua qu'ils avaient les ailes tendues et ne s'adressaient pas un mot. Ils avaient l'air fâchés, ou sur le point de s'écharper. Ils présentaient tous les signes annonciateurs d'une dispute sérieuse qu'elle connaissait chez son père, ou chez Violette et Jonquille : cette façon de plisser les yeux, ce tremblement mal maîtrisé de la queue, cette raideur dans les épaules et ce frisson de rage chez l'une lorsque son collègue toussa.

Pouvait-elle utiliser la situation à son avantage ? Par exemple en se servant de son talent de pacificatrice... pour au contraire les brouiller davantage ?

Sans un bruit, elle se pencha et remplit les poches de sa cape de sable et de cailloux. Elle grimpa le plus haut possible sur la statue, puis prit une poignée de sable et la souffla au museau de la garde la plus éloignée.

– *GROUATCHOUM!* éternua-t-elle en secouant la tête.

Elle lança quelques gargouillis grincheux à son collègue, qui grogna en retour. Ils se tournèrent le dos, fixant le désert.

Liane prit une autre poignée de sable et la jeta cette fois sur le garde le plus proche. Alors qu'il se retournait pour gronder sa partenaire, Liane lança un caillou dans l'oreille de cette dernière.

Ils commencèrent à échanger des rugissements furieux. Chaque fois que l'un d'eux se détournait, Liane lui lançait un caillou pour entretenir la dispute. Bientôt, les dragons se retrouvèrent face à face, sifflant et battant de la queue. L'un d'eux rugit quelque chose, se tourna pour déverrouiller la porte, l'ouvrit brusquement et s'engouffra dans la cour.

« Sans doute pour qu'un autre garde vienne prendre la relève », devina Liane. Et il avait laissé la porte entrouverte en attendant…

Elle sauta à bas de la statue et courut prévenir Feuille et Caillou.

– Je sais comment faire, murmura-t-elle.

Sa voix surgie de nulle part les fit sursauter.

– Venez vite !

Elle déroula la chaîne, puis en glissa une extrémité autour des épaules de Feuille et l'autre autour de celles de Caillou, avec elle au milieu. Le collier était suffisamment long pour les rendre tous les trois invisibles.

Bras dessus bras dessous, ils coururent vers la porte. Elle était encore entrouverte, mais on entendait des pas et des murmures dans la cour. Un nouveau garde dragon allait arriver.

Liane poussa Feuille devant elle pour franchir le seuil et ils passèrent de l'autre côté. Un soldat s'avançait vers eux d'un pas lourd, les obligeant à s'écarter en toute hâte. Heureusement, il était trop ensommeillé et grincheux pour remarquer leurs empreintes dans le sable.

Liane aurait aimé s'arrêter un instant pour examiner de

plus près l'obélisque qui se dressait au milieu de la cour. Mais Caillou se dirigeait déjà vers les portes du palais. Comme ils étaient toujours reliés par la chaîne, ils durent se dépêcher de le suivre.

Alors qu'ils traversaient le hall en marbre où ondoyaient de grands rideaux blancs gonflés par le vent, Liane leva les yeux vers la coupole, là-haut, tout là-haut. Une mosaïque de pierres précieuses scintillait à la lueur des lunes et des lanternes d'opale. Dans la pièce déserte, Caillou s'arrêta pour rajuster la chaîne autour de Liane uniquement.

– Comme ça, tu pourras fuir si besoin, murmura-t-il.

Ils se faufilèrent dans des salles où des dragons dormaient entre des tables dévastées, au milieu d'antilopes à moitié mangées et de carafes de nectar d'agave renversées. Ils évitaient les petites pièces où ils entendaient deux ou trois dragons jouer avec de minuscules os ou échanger des secrets dans la nuit. Ils gravirent d'interminables escaliers, sentant dans leur dos les yeux des dragons des tapisseries, et ils passèrent sur la pointe des pieds devant une vaste salle du trône où une dragonne contemplait toute seule une carte géante.

Le palais était tellement grand que Liane envisagea de chercher une cachette où rester plusieurs jours afin d'en fouiller le moindre recoin. Chaque fois qu'ils rencontraient une fenêtre, elle voyait les lunes évoluer dans le ciel. L'aube approchait.

Ils s'engouffrèrent dans un tunnel et débouchèrent soudain dans d'immenses cuisines. Des casseroles et des poêles en cuivre pendaient du plafond et des bocaux à l'aspect peu ragoûtant étaient alignés sur les étagères couvrant l'un des murs. Liane crut reconnaître des poires juste à côté de ce qui ressemblait à des globes oculaires.

« Mouais… Je plains le cuisinier qui confond les deux. »

La pièce paraissait déserte, aussi filèrent-ils vers la porte du fond – sauf qu'ils n'étaient pas seuls. Penchée sur le plan de travail, une dragonne prenait des notes sur un parchemin, si concentrée qu'ils ne la remarquèrent que trop tard, lorsqu'elle leva soudain la tête en soupirant.

Liane se jeta sur Feuille pour passer la chaîne autour de son cou. Il disparut alors que la dragonne se ruait sur eux ; hélas, ses serres se refermèrent sur Caillou avant que Liane ait pu le cacher.

– Oh non, souffla-t-elle en prenant le bras de Feuille.

– *GRRRRROUAR !* vociféra la dragonne.

Elle secoua Caillou en battant des ailes avec moult rugissements.

Liane s'attendait à moitié à ce qu'elle le mette en conserve dans l'un des bocaux ou qu'elle le carbonise sous leurs yeux. Mais au lieu de cela, elle le fourra dans un filet, le jeta sur son épaule et sortit en trombe de la cuisine.

– Vite, murmura Liane en donnant un coup de coude à Feuille.

Ils se lancèrent à la poursuite de la dragonne, qui marmonnait et grognait tout en avançant au pas de charge. Après avoir tourné et viré dans un dédale de couloirs, traversé une cour et monté quelques marches menant à une terrasse couverte au sol en mosaïque miroitante, elle s'arrêta devant une porte encadrée de petits carreaux aux couleurs de joyaux et frappa furieusement.

Liane et Feuille la rattrapèrent alors qu'elle attendait une réponse. Ils se rapprochèrent suffisamment pour voir Caillou, la tête en bas dans le filet, s'efforçant d'élargir l'un des trous.

La dragonne frappa de nouveau à la porte, et celle-ci s'ouvrit brusquement.

– *GROUAR GRAOUAR GRROUARF!* cria-t-elle en montrant Caillou à celui qui venait d'ouvrir.

C'était un dragon élégant, couleur sable avec des motifs de losanges noirs, portant un anneau chargé de clés autour du cou. Il cligna des yeux, encore à moitié assoupi.

En grognant, l'autre le poussa dans la pièce. Liane et Feuille s'empressèrent de se faufiler à l'intérieur, découvrant des appartements somptueusement meublés où tout avait l'air précieux. Des tapisseries en soie couvraient les murs ; la plupart étaient des portraits ou représentaient des dragons en vol au-dessus du désert. Des coussins vert émeraude étaient éparpillés sur les tapis et les sofas. Une lueur chaleureuse baignait la pièce grâce aux appliques murales serties de joyaux.

La dragonne brandit le filet contenant Caillou sous le museau du dragon au porte-clés.

– *GRRR GROUAR GAROUF!* cria-t-elle en désignant son malheureux prisonnier humain.

– Mmm ? fit le dragon endormi. *Rouar graff?*

Il haussa les ailes, perplexe, et désigna un gros tas de coussins, entouré de parchemins couverts de dessins.

Le coin était tellement encombré que Liane mit un moment à voir ce qu'il montrait du doigt. C'est alors qu'une silhouette humaine remua, se redressa sur les oreillers et inclina la tête.

C'était Rose, sans aucun doute possible. La Rose du croquis avec vingt ans de plus, les cheveux plus longs, mais la même étincelle de défi dans les yeux. Elle ressemblait exactement à celle que Liane avait vue dans sa vision. Elle n'en revenait pas. Alors, c'était vrai. Elle avait raison : Rose était en réalité bien vivante.

En la voyant, la dragonne de la cuisine sursauta. Elle jeta le filet par terre comme s'il contenait une araignée venimeuse. Caillou s'écrasa sur les oreillers, le souffle coupé.

Les deux dragons commencèrent à se disputer, mais Rose sauta de son oreiller et courut vers lui. Elle l'aida à sortir du filet et le retourna pour voir son visage.

– C'est pas vrai ! s'exclama-t-elle, les yeux brillants.

– Rose ! s'écria Caillou en tendant le bras vers elle. Rose, c'est... ce n'est pas possible. Rose.

Il fondit en larmes, la tête entre les mains. Elle s'agenouilla pour l'enlacer.

C'est seulement à ce moment-là que les dragons remarquèrent ce que faisaient les humains. Celle des cuisines émit une sorte de grognement menaçant avant de quitter la pièce. L'autre ferma la porte et se tourna vers Rose, perplexe.

Elle leva les yeux vers lui et grogna quelque chose,

semble-t-il dans sa langue à lui. Le dragon émit une sorte de petit rire.

Liane étouffa un cri. Mais alors, Rose parlait dragon ?

Comme celle-ci jetait un regard autour d'elle, surprise, Liane se souvint qu'elle était invisible. Elle fit un pas vers son oncle et sa tante. Elle sentait le bras chaud de Feuille frôler le sien, mais il ne disait rien et elle ne voyait pas la tête qu'il faisait.

– Pourquoi ce dragon ne nous mange pas ? s'étonna Caillou en prenant les mains de Rose. Tu es en danger ?

– Pas du tout, répondit-elle avec un petit rire. Je te présente mon dragon, le prince Brasier.

– Ton dragon ? répéta Caillou.

– Eh bien, lui te dirait que je suis son humaine, tempéra-t-elle. Mais au final, ça revient au même.

– Pourquoi l'autre ne m'a pas mangé ? insista Caillou.

Sa sœur rit encore.

– Je crois qu'elle t'a pris pour moi. Elle m'a chassée de ses cuisines plus d'une fois. Du coup, elle râle contre Brasier parce qu'elle ne veut pas que je m'approche de la nourriture. En gros, elle s'imagine que je suis un genre de souris qui va laisser des trous dans tous ses fromages. Et, c'est vrai, ça m'arrive parfois. Enfin bref, elle t'a vu, elle a cru que c'était moi. Elle t'a amené ici pour disputer Brasier, mais elle s'est aperçue que j'étais déjà là. Et que donc elle avait ramassé un humain sauvage, ce qui l'a complètement paniquée.

Liane n'y tenait plus. Elle entraîna Feuille pour s'asseoir à côté d'eux.

– Qu'est-ce que tu lui as dit? demanda-t-elle. Tu parles dragon?

Rose sursauta et balaya la pièce du regard.

– Euh… Caillou? Toi aussi, tu as entendu une autre voix humaine?

– Nous sommes trois, l'informa-t-il. Tu peux éloigner ce dragon?

Rose se leva, les mains sur les hanches, et donna un ordre au dragon d'un petit ton autoritaire. Il s'esclaffa en désignant Caillou. Elle secoua la tête, tapa du pied et répéta ce qu'elle avait dit.

Riant toujours et secouant la tête, le prince Brasier sortit et referma la porte derrière lui.

Liane ôta aussitôt la chaîne.

– C'est pas vrai! Tu parles dragon!

– Pas vraiment, avoua Rose à regret. Je ne connais que quelques phrases et, apparemment, j'ai un accent «abominable». Et puis Brasier pense que je ne fais que répéter sans comprendre. Dès que j'ouvre la bouche, ça le fait rire. Je crois que je lui ai réclamé des abricots secs, mais on verra ce qu'il rapportera en vrai. Au fait, qui es-tu?

– Je suis ta nièce, Liane.

– Pas ma fille, précisa Caillou en se tournant vers elle, beaucoup plus détendu maintenant que le dragon avait quitté la pièce. Celle de Lichen.

Rose haussa les sourcils et pouffa :

– Sérieux? Lichen a eu des enfants? Qui a été assez bête pour l'épouser?

– Tu te souviens d'Iris? reprit Caillou. C'est leur fille unique.

– Oh, Iris! soupira Rose. Elle aurait pu trouver tellement mieux.

– Lichen est désormais le seigneur de la ville, objecta Caillou en haussant les épaules. Et c'est le célèbre Tueur de dragons. On ne peut pas trouver beaucoup mieux, tu sais!

Rose renifla.

– Non, mais tu vois ce que je veux dire. Alors… waouh! J'ai une nièce! Enchantée de faire ta connaissance, Liane. Et lui, qui est-ce?

– Je m'appelle Feuille, répondit-il en lui tendant la main.

– C'est fou! s'écria Rose, ravie. Je n'ai vu aucun être humain pendant vingt ans et, tout d'un coup, c'est comme si le palais en était rempli.

– Nous sommes là pour te libérer, précisa Liane.

– C'est vrai, acquiesça Caillou en prenant la main de sa sœur entre les siennes. Je serais venu il y a des années si j'avais su que tu étais encore en vie, Rose. Je pensais que tu étais morte cette nuit-là. Je ne sais pas comment tu as survécu si longtemps dans ce palais, mais maintenant on peut te ramener à la maison.

Rose regarda Caillou et Liane tour à tour.

– Mais je n'ai pas besoin de votre aide, déclara-t-elle. Je ne veux pas partir.

– C'est ridicule, contesta son frère. Bien sûr que tu veux t'échapper de cet endroit. Bien sûr que tu veux rentrer à la maison.

– Eh bien, non, dit Rose en dégageant sa main des siennes. Précisément à cause de ce ton que tu viens de prendre, Caillou. Pourquoi voudrais-je retourner chez des gens qui passent leur temps à me dire quoi faire, qui être et ce qui ne va pas chez moi ? Papa m'avait choisi un mari – quelqu'un qui pourrait enfin « me calmer », selon ses propres mots. Quelqu'un qui me piégerait, me ferait mener une vie ennuyeuse dans un petit village ennuyeux –tout ce que je refusais.

– Tu préfères ça à la place ? s'étonna Caillou en désignant d'un geste circulaire la chambre du dragon.

– Oui ! confirma Rose. Vivre dans un palais de dragons, Caillou ! On ne s'ennuie jamais ici. Qui d'autre peut se vanter d'avoir vécu en leur compagnie ?

Liane comprenait – elle aurait aimé rester, explorer les lieux et rencontrer tous les amis dragons de Rose. Et peut-être même apprendre à parler leur langue, elle aussi !

Mais elle devait retourner à Valor aider Violette, Digitale, la commandante Rivière et tous les autres…

– Tante Rose, tu dois rentrer à la maison avec nous, supplia-t-elle. J'ai besoin de toi pour faire revenir la paix entre mon père et les sentinailes. Je pense que, s'il te voit… s'il apprend que tu es en vie, il cessera de se sentir si coupable et mal en permanence. Il pourra entendre raison, il ne sera plus en colère, et ensuite nous pourrons réparer tout le mal qu'il a fait. (Elle se frotta la nuque.) Bon… Pas tout. Mais au moins les trucs les plus récents.

– Lichen se sent mal ? Coupable ? s'étonna Rose, sceptique. À cause de moi ?

– Euh…, fit Liane.

Elle repensa à la combinaison protégeant le trésor de son père et au fait qu'il ne lui avait jamais parlé de sa sœur.

« Pourtant, il doit y songer… Il doit culpabiliser de l'avoir abandonnée à son triste sort, non ? »

– Je pense que oui…

Rose secoua la tête.

– Tu peux lui dire que je suis en vie, mais je ne reviendrai pas. Quoi qu'il lui arrive, ça ne me concerne pas, ma puce. Lichen n'a jamais voulu écouter personne et il s'énervait déjà pour un rien à l'époque. Ma présence ne le changera pas. Pas question que je me retrouve sous ses ordres, comme si c'était mon nouveau patron à la place de mon père.

– Mais, Rose ! insista Caillou, impuissant. C'est trop dangereux pour toi de rester ici. On ne peut pas faire confiance aux dragons.

– Qu'est-ce qui te fait penser qu'on peut se fier aux humains ? répliqua-t-elle. Les dragons ne sont pas pires que nous. Brasier s'occupe de moi depuis vingt ans et je suis heureuse ici.

– Ces dragons ont détruit notre village ! s'emporta Caillou. Ils l'ont incendié, Rose. Nous vivons sous terre à présent. Les dragons brûlent tous les lieux où les humains s'installent, à travers tout le continent. Ils nous détestent. Je ne sais pas pourquoi ils ne t'ont pas encore tuée, mais je suis sûr qu'ils le feront à un moment ou à un autre.

– Ils brûlent des villages ? répéta Rose.

Elle regarda Liane, qui confirma d'un signe de tête.

– Je pense qu'ils cherchent quelque chose, dit-elle. Nous en avons rencontré une qui voulait récupérer un trésor, mais lorsque nous lui avons donné celui de papa, elle n'a clairement pas trouvé ce qu'elle voulait. Elle avait besoin d'un objet précis qui ne faisait pas partie du butin…

– Oh, fit Rose.

Elle leva les yeux vers l'une des hautes fenêtres, par laquelle se glissait un rayon de lune.

– Peut-être que c'était dans l'un des sacs que tu as laissés derrière toi, Caillou.

– Comment ça ?

– Vous avez laissé deux sacs entiers ! lui rappela Rose. Je m'étais donné tant de mal, et tu n'as emporté que la moitié de ce que j'avais volé !

Elle lui sourit, mais il avait l'air trop triste pour en rire.

– Qu'est-ce qui t'est arrivé ? demanda-t-il. Après qu'on t'a abandonnée ?

– La reine m'a jetée dans les dunes. Je me suis mal réceptionnée et j'ai dû me fouler la cheville. Il y avait tellement de feu, de fumée et de sable partout… tu te souviens ? On n'y voyait rien. Le temps que je me rapproche, la reine était morte et vous couriez vers les collines. Je ne pouvais pas transporter le reste du trésor pour vous suivre. Je ne me pensais même pas capable vous rattraper, d'autant plus qu'un millier de dragons étaient sortis du palais pour voir de quoi il retournait. Alors j'ai caché le trésor – dans une excellente cachette, j'avoue – et je me suis enterrée dans le sable, en espérant qu'ils ne me trouveraient pas.

– Mais ils t'ont trouvée, dit Caillou d'une voix blanche, la tête entre les mains.

– Pas tout de suite. Et heureusement, c'est Brasier qui m'a déterrée. Je n'avais même pas réalisé qu'il était prince jusqu'à il y a quelques jours. Je pensais juste qu'il travaillait pour la nouvelle reine, mais il s'avère que c'est son frère. Dingue, non ? Mon dragon est de sang royal !

– Tu pourrais récupérer le trésor que tu as caché ? la questionna Liane. Et le rendre aux dragons ?

– Pas facile, répondit Rose.

En voyant l'expression de Liane, elle s'empressa d'ajouter :

– Mais je peux essayer. Je vais essayer.

Elle lui adressa un petit sourire.

– Mais du coup, il faut que je reste ici. C'est ce que je veux faire de toute façon, grand frère. Brasier est mon ami et je ne veux pas le quitter. Surtout maintenant que je parle un peu sa langue, grâce à Mésange.

À côté de Liane, Feuille sursauta et fixa Rose d'un regard perçant.

– Qui ça ? souffla-t-il.

– La fille qui parle vraiment dragon, expliqua Rose. Elle était venue pour sauver son dragon, et elle m'a appris quelques mots parce que je l'ai suppliée.

– Il y a une autre fille avec un dragon ? s'étonna Liane.

Qui peut leur parler ?! Et pendant ce temps, je vivais ma petite vie rasoir à Valor !

– Et elle s'appelle… ? reprit Feuille.

– Mésange, compléta Rose.

Il porta les mains à sa tête et se tira les cheveux un instant, comme s'il avait besoin de se convaincre que tout cela était bien réel.

– Il n'y a sûrement pas qu'une seule Mésange, hein ? Ce n'est pas un nom rare.

– Oh, ta sœur ! s'écria Liane. Elle s'appelait Mésange !

– Mais ce n'est pas elle, ce n'est pas possible, continua-t-il.

– Maintenant que tu le dis, elle te ressemblait un peu, remarqua Rose, pensive. Elle n'a pas dit d'où elle venait. Environ quatorze ans ? Les cheveux bouclés, super féroce ?

Feuille était livide, comme s'il avait vu un fantôme. Il était incapable d'articuler un mot.

– Où est-elle ? s'enquit Liane.

– Elle est partie un peu plus tôt dans la soirée, déclara Rose. Sur son dragon. Ils ont filé en direction de l'est, vers les montagnes. Je suis désolée, je n'en sais pas plus que ça.

Feuille prit la main de son amie.

– Je dois la rattraper, Liane. Si c'est vraiment ma sœur, après tout ce temps… Je dois vite me lancer à sa poursuite !

CHAPITRE 35
FEUILLE

Feuille voyait soudain le monde sous un nouveau jour, plus lumineux, moins flou, comme s'il s'était trouvé sous l'eau jusqu'à ce que Rose prononce le nom de Mésange et lui révèle cette réalité alternative. Peut-être même comme s'il s'était trouvé sous l'eau depuis ses huit ans.

Il essayait cependant de tempérer son enthousiasme : « Ce n'est sans doute pas elle. Ne t'emballe pas. Comment veux-tu que ce soit possible ?

– Justement parce que c'est MOI ! hurlait Mésange dans sa tête. Évidemment que je ne me suis pas laissé dévorer par les dragons ! C'est plutôt moi qui ai failli LES MORDRE ! »

Mais si c'était elle et qu'elle était vraiment en vie, que devait-il faire ? Que pouvait-il faire ? Il avait envie de se lancer à sa poursuite, mais où et comment ?

« C'est ça, mon vrai destin, pensa-t-il. Retrouver Mésange. C'est ce que j'aurais dû faire toute ma vie. J'aurais dû savoir qu'elle avait survécu. J'aurais dû quitter la maison le soir même pour essayer de la retrouver. C'était ma mission. C'est ma mission. Sauf que je l'ignorais. »

Il se tourna vers Rose.

– Tu as dit vers l'est ? Elle est partie il y a combien de temps ?

– Assez pour que tu ne puisses pas la rattraper à pied.

– Et à cheval ? suggéra Liane. Nos chevaux sont fatigués, mais…

Elle laissa sa phrase en suspens tandis que Rose secouait la tête.

– Non, s'empressa-t-elle de dire, ce qu'il te faut, c'est un autre dragon. Plus rapide que Céleste, ce qui ne devrait pas être bien difficile à mon avis. Il est très mignon, d'accord, mais beaucoup plus petit que Brasier.

– Oui ! s'écria Liane. Il faut que tu te lances à sa poursuite à dos de dragon !

Les jambes de Feuille décidèrent à cet instant de ne plus fonctionner et il tomba lourdement sur les beaux coussins verts.

– Toutes les deux, vous vivez dans un monde imaginaire, affirma Caillou en désignant Liane et Rose. Un monde où les dragons sont mignons, adorables et gentils. Dans la réalité, ce sont des monstres assoiffés de sang. Si tu essaies de faire monter ce pauvre garçon sur le dos d'un dragon, il va finir dans son estomac !

– Ce ne sont pas des monstres ! protesta Rose, outrée.

– En plus, tu l'as déjà fait, oncle Caillou, intervint Liane. Tu as chevauché un dragon pour rentrer à Valor, tu te souviens ? Avec ta chaîne d'invisibilité autour du cou. Pourquoi Feuille ne ferait pas pareil ?

Il la dévisagea, sourcils froncés, mâchoires serrées.

– J'ai aussi enfoncé une lance dans l'œil d'une reine dragonne. Je ne suis pas un exemple à suivre.

– Mais ça prouve bien qu'on peut y arriver ! insista Liane. Feuille, tu es prêt à tout pour retrouver Mésange, non ? Même à monter sur le dos d'un dragon ?

– Oui, dit-il.

Il se releva et répéta, cette fois d'une voix plus assurée :

– Oui, je suis prêt à tout.

– Alors j'ai la dragonne qu'il te faut, annonça Rose en se levant d'un bond. Je l'ai surnommée Jolimuseau. Elle est dans la patrouille de nuit et je crois qu'elle aime bien les humains. Alors si elle s'aperçoit que tu es sur son dos, avec un peu de chance, elle ne te mangera pas.

– « Elle aime bien les humains », marmonna Caillou en suivant Rose par une petite trappe à sa taille aménagée dans la porte. Au petit déjeuner, peut-être.

Rose l'ignora, préférant s'adresser à Feuille d'un ton d'excuse :

– Je t'aurais bien proposé Brasier, mais il est extrêmement têtu et un peu paresseux. Il ne voudra jamais survoler le désert au beau milieu de la nuit.

Elle sortit sur la terrasse carrelée et sauta dans la cour.

– Qu'est-ce qui te fait penser que cette dragonne aime les humains ? s'enquit Liane.

Au clair des trois lunes, ils traversèrent d'autres cours intérieures afin de rejoindre la muraille d'enceinte du palais.

– Moi, en tout cas, elle m'adore ! déclara Rose en riant. Elle fait de petits bruits trop chou dès qu'elle me voit, comme si j'étais un petit bébé lapin, ou un truc comme ça. Parfois, elle me donne des friandises alors que Brasier a dû le lui interdire.

– Donc, en résumé, tu es un animal de compagnie, grommela Caillou.

Rose haussa les épaules.

– Je ne le vois pas comme ça. Et même si c'est le cas, je suis un animal de compagnie qui vole à dos de dragon, ce qui est quand même super cool ! Feuille te le confirmera quand il reviendra.

– S'il revient un jour, bougonna son frère d'un ton sinistre.

Feuille avait du mal à se concentrer sur la conversation, entre l'angoisse de chevaucher un dragon et l'exaltation de peut-être retrouver Mésange.

Il se tourna vers Caillou.

– Vous avez un conseil à me donner ? Une astuce pour tenir sur la dragonne ?

– Premier conseil, ne fais pas ça, répondit Caillou, comme c'était à prévoir. Deuxième conseil, si tu es assez bête pour grimper sur son dos, accroche-toi bien.

Feuille vit Liane et Rose lever les yeux au ciel.

– Oh, Caillou! Je te trouvais déjà grincheux à vingt ans… mais je ne pensais pas que ça empirerait autant avec le temps! remarqua sa sœur en lui donnant un coup de coude.

– Ah bon? Il était déjà comme ça à l'époque? s'étonna Liane.

– Comme quoi? grogna Caillou.

– Râleur… trop protecteur, avec une petite tendance à juger les autres. Oui, clairement.

Liane pouffa tandis qu'il jetait un regard noir à sa sœur, vexé.

– Pardon, mais comment veux-tu que je sois une figure d'autorité intimidante aux yeux de ma nièce si tu te moques sans arrêt de moi?

Feuille avait beau être stressé, il nota qu'en présence de Rose Caillou se montrait tout de même plus bavard et expressif.

« Liane pensait que retrouver Rose guérirait son père… mais je crois que ça va surtout aider son oncle, le vrai Tueur de dragons. »

Ils arrivèrent enfin à une tour proche du mur d'enceinte et tout le monde se tut pour gravir l'escalier en spirale. Les marches étaient couvertes de sable déposé par le vent à travers les étroites fenêtres. Elles ne devaient pas servir souvent car la plupart des dragons rejoignaient sûrement le sommet d'un coup d'ailes. Feuille se demanda pourquoi il avait été construit à la base.

C'était une ascension épuisante car chaque marche faisait presque leur taille. À la fin, il dut aider Liane tandis que Rose tendait la main à Caillou. En haut, ils débouchèrent sur une plateforme circulaire dominant tout le palais.

Comme il n'y avait pas de balustrade, rien pour les empêcher de tomber, Feuille fut pris d'un léger vertige. Pour le contrer, il leva la tête vers les astres qui brillaient dans le ciel. Au milieu de la traînée étoilée étincelait une comète, aussi lumineuse que les lunes et presque aussi grosse.

Le vent les giflait, glacé, chassant la puanteur poisseuse du palais.

– Il n'y a personne, constata Liane.

– Elle va bientôt arriver, promit Rose. Elle fait plusieurs rondes au-dessus du désert chaque nuit. Cachez-vous, Caillou et toi. Je vais la distraire pendant que Feuille montera sur son dos.

Elle désigna la chaîne d'invisibilité.

Liane la passa autour du cou de son ami, l'enroulant plusieurs fois. Puis elle posa les mains sur ses épaules et le serra contre elle.

– Ça fait trop bizarre de serrer dans ses bras quelqu'un que tu ne vois pas ! chuchota-t-elle.

– Merci de m'aider.

Il sentit son souffle chaud sur sa nuque tandis qu'elle ajoutait :

– J'espère que tu vas retrouver Mésange. J'ai trop envie

de les rencontrer, elle et son dragon. Je veux dire, j'espère que tu vas la retrouver pour toi, pas juste pour que je voie son dragon, bien sûr. Enfin, ce serait génial, mais… Bref, t'as compris.

Il pouffa puis posa la main de Liane sur la chaîne.

– Je préférerais que tu la gardes. Tu vas en avoir besoin pour sortir du palais.

– Tu en as plus besoin que moi. Apparemment, on est amis avec le prince des dragons du désert, on ne devrait pas avoir de problème.

Elle hésita puis, à tâtons, prit son visage entre ses mains.

– J'espère que tu reviendras. Enfin, je comprendrai si tu décides de suivre sa trace… mais si tu ne la trouves pas cette nuit et que tu reviens avec Jolimuseau, je te promets que je t'aiderai, Feuille. On retrouvera ta sœur.

– Je reviendrai, promit-il. Et je t'aiderai à libérer tes amis.

Elle sourit.

– Hé, arrête, c'est moi qui fais de beaux discours !

– Non, c'est mon truc à moi, les grands discours héroïques ! affirma-t-il en souriant.

Elle approcha son visage du sien pour l'embrasser, mais ses lèvres se posèrent sur son nez et elle s'écarta en riant.

– Bon, c'est encore plus bizarre d'embrasser quelqu'un d'invi…, commença-t-elle avant qu'il l'interrompe en lui rendant son baiser.

– Elle arrive ! souffla Rose. Vite, Liane et Caillou, cachez-vous.

– Bonne chance, murmura la jeune fille tout contre les lèvres de Feuille.

Puis il se retrouva les bras vides tandis qu'elle dévalait l'escalier en compagnie de Caillou.

Il regarda à travers ses mains, parcouru par un millier d'émotions, puis releva la tête et vit des écailles jaune pâle et de longues griffes incurvées venir vers lui. Il recula alors que la dragonne se posait dans un courant d'air chaud. Elle observa Rose, la tête penchée sur le côté.

« Allez, s'encouragea-t-il, tu es un spécialiste maintenant, Feuille. Combien d'humains peuvent se vanter d'avoir été transportés par quatre dragons différents et d'être toujours en vie ? Si Rose a vu juste, celle-ci est comme le marron. Tu n'as pas à avoir peur. »

Ce n'était cependant pas complètement convaincant, surtout face à l'énorme dragonne qui se dressait devant lui, brandissant son aiguillon venimeux tel un scorpion.

Rose sautilla sur place en agitant la main.

La dragonne du désert sourit de toutes ses dents et baissa la tête pour se mettre au niveau de l'humaine.

– *Ourble graourrrrg !* gargouilla-t-elle d'un ton ravi.

« C'est le moment ! » se dit Feuille.

Rose lui fit discrètement signe et il s'approcha de la patte de la dragonne couchée sur la plateforme. Il s'agrippa à ses écailles lisses pour grimper sur son épaule.

– *GROUARG ?* fit Jolimuseau en agitant la patte comme si elle sentait un insecte.

Cramponné à son aile, Feuille se hissa sur son dos.

C'est alors que Rose entonna une chanson et se mit à danser sous le museau de la dragonne. Celle-ci la regarda un moment, fascinée, avant de jeter un coup d'œil par-dessus son épaule.

Feuille resta plaqué contre ses écailles, logé entre son épine dorsale et l'articulation de l'aile. Jolimuseau s'ébroua et tordit le cou dans l'autre sens, perplexe. Elle sentait bien qu'elle avait quelque chose sur le dos, mais elle ne voyait rien.

Rose arrêta de danser et lui tapota la patte. La dragonne se retourna vers elle et lui sourit à nouveau. Puis elle leva la tête en entendant un autre dragon du désert franchir la muraille du palais. Ils échangèrent quelques grognements.

Soudain, Jolimuseau se redressa, s'élança dans les airs et déploya ses ailes. Surpris par la secousse, Feuille faillit glisser, mais parvint à se rattraper à sa crête au dernier moment. Il se cramponna tant bien que mal tandis qu'elle franchissait le mur d'enceinte pour filer dans le ciel au-dessus du désert.

«Je vole, pensa-t-il, terrifié. Je vole! Mésange! JE SUIS SUR LE DOS D'UN DRAGON !

– Moi aussi, l'imagina-t-il répondre en haussant les épaules, mais le mien est plus mignon !»

Les dunes défilaient sous ses yeux. Au clair des lunes, les écailles de la dragonne étaient aussi pâles que le sable, sur lequel ses ailes jetaient une ombre mouvante à chaque battement.

«C'est une très très mauvaise idée. Par où est partie

Mésange ? Même si je le savais, je ne pourrais pas diriger cette dragonne. On va vers l'est ? On dirait bien… »

Oui, quand il osa relever la tête, il aperçut une chaîne de montagnes sombres à l'horizon.

Jolimuseau s'ébroua, jetant un nouveau coup d'œil par-dessus son épaule. Feuille s'imaginait à sa place : c'était sans doute comme avoir un écureuil sur le dos pour un humain. Sûrement très déstabilisant… Mais là où il se trouvait, elle ne pouvait pas l'atteindre avec sa patte. Il espérait que ses écailles étaient moins sensibles que la peau humaine et qu'elle finirait par s'habituer.

Elle fila en direction des montagnes un long moment, scrutant le désert et le ciel en tournant vivement la tête en tous sens. Feuille regardait aussi autour de lui, tentant de repérer un autre dragon. Il n'entendait rien à part le souffle du vent, le battement régulier des ailes de la dragonne… et, plus faiblement, celui de son cœur.

Qu'est-ce que c'était que ça ? Du mouvement au loin, au-dessus du ruban argenté de la rivière.

Jolimuseau l'avait repéré également. Elle tendit la tête dans cette direction et inclina les ailes pour s'approcher.

Feuille retint son souffle. C'était bien un autre dragon, aussi pâle qu'elle au clair des lunes, battant des ailes lentement, concentré. Il crut distinguer une forme sombre sur son dos.

Ils étaient tout près. Assez près pour rejoindre le dragon en quelques secondes quand, finalement, Jolimuseau laissa échapper un petit grognement et obliqua vers le palais.

«Attends! Non! s'affola Feuille. On était si près du but!»

Il enfonça ses talons dans l'aile de la dragonne pour tenter de la faire tourner. Elle poussa un cri et se cabra, tentant d'atteindre son dos avec ses pattes. Il esquiva ses griffes et passa ses bras autour de son cou. Avec un cri encore plus paniqué, elle agita les ailes et s'ébroua vigoureusement. Elle était aussi décidée à ne pas faire volte-face qu'il l'était à la faire tourner… sauf qu'elle était cent fois plus lourde que lui.

– MÉSANGE! hurla Feuille, au désespoir. MÉSANGE! PAR ICI!

Il ne vit pas la queue de Jolimuseau fendre les airs derrière lui. Elle le faucha violemment, le chassant de son dos.

Sa dernière pensée cohérente fut d'ôter la chaîne d'invisibilité en tombant.

CHAPITRE 36

MÉSANGE

Mésange n'aurait sans doute pas remarqué ce qui se passait dans son dos. Elle était trop heureuse sur son dragon, le vent dans les cheveux, filant loin de ce désert et de sa sinistre reine.

Mais Céleste avait l'ouïe plus fine qu'elle, surtout quand il volait, et il jeta un coup d'œil en arrière.

– Qu'est-ce qui se passe ? s'inquiéta-t-elle.

– J'ai cru entendre crier ton nom.

Mésange éclata de rire.

– C'est parfaitement impo… Oh, non, attends ! J'ai une autre amie désormais. Tu crois que c'est Rose ?

Elle se redressa et tourna la tête.

Une dragonne du désert s'agitait dans les airs juste derrière eux. Elle se contorsionnait et se donnait des coups de queue comme si elle avait complètement perdu la tête.

– Ouh là, souffla Mésange. Je vote pour garder nos distances.

– Attends, fit Céleste en tendant la griffe. Regarde, elle a laissé tomber quelque chose.

Mésange plissa les yeux. Effectivement, la dragonne avait lâché un truc. Un truc plutôt gros, en fait.

– Et si tu avais raison ? Céleste, tu crois que ça pourrait être Rose ?

Il fonçait déjà vers la forme aussi vite que ses ailes pouvaient le porter.

– Mais ce n'est pas Brasier ! cria Mésange pour couvrir le mugissement du vent. Pourquoi chevaucherait-elle un dragon différent ?

Elle n'attendait pas de réponse car Céleste concentrait toute son énergie dans ses battements d'ailes.

« On ne va pas arriver à temps », pensa Mésange, paniquée. Ils étaient trop loin, la silhouette tombait trop vite. « Oh… pourvu qu'on se trompe et que ce ne soit pas Rose. »

Mésange n'avait passé qu'une journée en sa compagnie, mais Rose avait trouvé la clé pour libérer Céleste, et elle la comprenait comme Mésange n'aurait jamais cru qu'un autre humain puisse la comprendre.

La dragonne inconnue s'ébroua une dernière fois et arrêta de gigoter. Baissant les yeux, elle vit Céleste arriver, tendant les griffes vers la silhouette qui tombait comme une pierre.

Elle poussa un cri horrifié et plongea pour la rattraper.

Mésange se pencha en avant en étouffant un cri. Ils

étaient assez près maintenant pour avoir l'assurance qu'il s'agissait d'un humain, agitant bras et jambes dans sa chute.

La dragonne le saisit juste avant qu'il s'écrase. Céleste atterrit à côté d'elle un instant plus tard, alors qu'elle le posait délicatement sur ses pieds.

Mésange glissa du dos de Céleste et courut dans le sable.

– Rose ? cria-t-elle.

L'humain se tourna vers elle. Ce n'était pas Rose.

C'était un garçon d'à peu près son âge, avec des cheveux courts et bruns, une épée sanglée sur le dos et une expression ahurie étrangement familière.

– Mésange ? fit-il.

Elle se figea net et le dévisagea.

– Mésange, répéta-t-il. Mésange, c'est bien toi, n'est-ce pas ?

Ça n'avait aucun sens, parce que personne ne la connaissait. Or ce garçon prononçait son nom comme s'il l'avait cherchée, comme s'il avait pensé à elle, comme si elle lui avait manqué pendant toutes ces années.

Il s'approcha d'elle en titubant dans le sable – normal après un premier vol à dos de dragon. Il avait les larmes aux yeux.

– C'est moi. Ton frère. Feuille.

Mésange regarda le sable, puis les dragons pour vérifier qu'ils étaient toujours là. Oui, oui, elle n'était pas brusquement de retour à Talisman. Elle ne rêvait pas.

– Oh… ça alors, c'est surprenant, dit-elle.

Il rit, un rire rauque de soulagement, puis il la serra dans ses bras et – par les trois lunes –, un câlin d'humain, ça n'a rien à voir avec un câlin de dragon. Mésange ne se souvenait même pas d'avoir déjà fait un câlin. Ses parents l'avaient-ils seulement serrée dans leurs bras une fois avant de la jeter en pâture aux dragons ? Ou peut-être une de ses sœurs ?

« Non, seulement Feuille, quand j'étais petite et que j'avais perdu l'escargot qu'il m'avait sculpté. »

– Mésange, dit-il, j'ai volé à dos de dragon ! Je suis tombé… et j'ai failli mourir ! J'ai besoin de m'asseoir.

Il s'affala dans le sable, fourra quelque chose dans sa poche et se passa la main sur le visage.

– T'es pas très doué ! commenta Mésange. Moi, je me balade en permanence sur le dos de mon dragon et je ne suis pas encore tombée une seule fois.

Elle s'assit à côté de lui. À côté de son frère. Son frère qui se souvenait de son nom, qui avait chevauché un dragon pour la retrouver.

– Je t'ai crue morte, dit-il. Pendant toutes ces années… Père et Mère ont dit que tu avais désobéi aux dragomanciens et que, du coup, les dragons t'avaient attrapée…

– Je le savais ! J'étais sûre qu'ils allaient inventer un truc pareil. Je te l'avais dit, pas vrai ?

Elle se tourna vers Céleste, qui hocha la tête avec empathie.

– N'importe quoi ! Non, mais les sales menteurs !

– Je n'arrive pas à croire que j'aie tout avalé, soupira

Feuille. Cerise a fini par me dire la vérité récemment. Quand je pense à tous les gens qui m'ont menti, qui savaient exactement ce que les dragomanciens t'avaient fait mais qui n'ont rien tenté pour te sauver ! Ça me met tellement en colère, Mésange.

– Bienvenue dans ma vie, dit-elle. C'est drôle que ce soit Cerise qui t'en ait parlé. Elle n'était même pas là. Je me suis toujours demandé si une de nos sœurs connaissait la vérité.

– Elle a même essayé de les en empêcher, lui apprit Feuille. Ils ont fini par l'enfermer dans la cave le temps de t'emmener.

– *Cerise* a essayé de les en empêcher ?

Mésange s'efforça d'imaginer la scène. Sa sœur ne lui avait jamais accordé la moindre attention. Certains jours, Mésange avait même l'impression qu'elle ne savait pas comment elle s'appelait. D'autres fois, elle sentait qu'elle l'énervait tellement que Cerise elle-même l'aurait volontiers jetée en pâture aux dragons. Mésange n'aurait jamais au grand jamais imaginé qu'elle la défendrait.

Feuille inspira profondément. Il prit une poignée de sable et le regarda s'écouler entre ses doigts.

– En fait, elle pense que c'est à cause d'elle que tu as été sacrifiée. Mère a trouvé l'un des livres que tu avais volés aux dragomanciens et Cerise t'a dénoncée.

– Oh, ça ne m'étonne pas ! s'écria Mésange. Enfin, elle a eu raison puisque c'était vrai.

– Tu te rappelles ce qu'ils contenaient ? la questionna

Feuille. J'imagine que tu avais dû découvrir d'affreux secrets les concernant… c'est pour ça qu'ils ont décidé de se débarrasser de toi.

Mésange se remémora ces gros livres entre ses mains de petite fille de sept ans, leur poids, leur odeur, leur allure sérieuse et importante. Cependant, elle se souvenait à peine de leur contenu. Des tas et des tas de colonnes de chiffres, lui semblait-il.

– Tu crois que c'est pour ça ?

Elle ramena ses jambes contre sa poitrine, les bras autour des genoux.

– Je pensais juste qu'ils me trouvaient agaçante, pénible et odieuse et qu'ils ne voulaient plus me voir. Et je me suis dit que… tout le monde était sans doute d'accord avec eux.

– Oh, Mésange !

Feuille la prit à nouveau dans ses bras. Ce n'était pas comme être sous l'aile de Céleste, mais c'était tout de même réconfortant. Elle posa sa tête sur son épaule.

– Pas moi, en tout cas, dit-il. Tu m'as tellement manqué, tu n'as pas idée ! Je n'arrêtais pas de penser à toi.

– Vraiment ? s'étonna-t-elle. Non, ce n'est pas possible. Tu n'avais que huit ans.

– Ouais, mais tu étais ma sœur préférée, lui avoua-t-il. Et ma meilleure amie. Je… Je ne savais pas quoi faire sans toi. Je ne savais plus qui j'étais, ce que je voulais, à qui faire confiance, ce qui était vrai ou faux…

– Moi, je peux te le dire, affirma-t-elle. Je suis assez au clair là-dessus.

– Je sais ! Et ça m'a manqué. C'était affreux sans toi. J'ai décidé de devenir tueur de dragons, tu imagines ?

Non, elle n'imaginait pas comment c'était possible ! Dans son souvenir, Feuille avait toujours été un enfant silencieux et obéissant, qui suivait les règles et ne faisait aucune bêtise. Elle ne l'aurait jamais imaginé une épée à la main, pourchassant les dragons.

– Pourquoi tueur de dragons ? dit-elle. Le seul dont j'aie entendu parler a l'air d'un sacré crétin, je dois dire.

– À cause de toi, répondit-il simplement. J'avais un plan pour te venger. Cerise m'a entraîné… J'étais déterminé à tuer le dragon qui t'avait mangée. On s'est rendus au palais des montagnes exprès. Mais devine quoi ? Ce n'est pas si facile de planter son épée dans un dragon !

Elle haussa les épaules.

– Euh… j'ai déjà réussi plusieurs fois.

– Par toutes les lunes, s'esclaffa-t-il. Ça ne m'étonne pas de toi ! Tu en as tué un aussi ?

– Oui, figure-toi, mais il l'avait bien cherché.

– Sérieux ?

Il se recula pour la dévisager.

– C'est une longue histoire. Revenons plutôt à la tienne.

Il lui raconta l'épisode du palais des montagnes, les dragons qui avaient failli le manger et ceux qui l'avaient aidé, Cerise et ses amis qui en réalité convoitaient le trésor, puis sa quête pour trouver le Tueur de dragons – effectivement un crétin, elle avait bien raison –, et sa visite à Valor, et Liane (Liane Liane Liane), et leurs recherches pour retrouver Rose (qui n'avait pas voulu quitter son dragon – ce que Mésange comprenait parfaitement), et comment il avait fini sur le dos d'une dragonne inconnue à survoler le désert en pleine nuit.

– Waouh, souffla-t-elle quand il eut fini. C'est presque aussi excitant que ma vie à moi ! Pas tout à fait, mais presque.

Il lui sourit, et elle se revit à sept ans quand son objectif au quotidien était de prouver qu'elle était aussi futée, courageuse et forte que son grand frère.

– Je n'en reviens pas que tu aies chevauché un dragon pour me rejoindre.

Elle n'aurait jamais cru qu'il existait un humain au monde capable de faire ça pour elle.

– J'aurais chevauché un dragon sauvage différent chaque jour pour te rejoindre, si seulement j'avais su que tu étais en vie, dit-il. Mais j'aurais dû m'en douter. Ma première pensée quand ils m'ont annoncé la nouvelle, c'était : « Mésange ne tiendrait jamais en place assez longtemps pour se faire dévorer. Et puis, quel dragon serait assez bête pour la manger ? »

Mésange pouffa.

– Alors… comment as-tu survécu ? l'interrogea-t-il. Raconte-moi ta vie. Tout ce que j'ai manqué.

« J'ai envie de lui raconter, c'est fou », se dit-elle. Elle avait toujours gardé le secret sur sa vie avec Céleste. C'était étrange d'envisager d'en parler avec quelqu'un d'autre. D'abord Rose et maintenant Feuille. Qu'est-ce qui lui arrivait ?

– Bon, alors je vais te présenter la plus importante partie de ma vie.

Dans leur dos, les deux dragons bavardaient tranquillement. D'après les bribes de conversation qu'elle avait surprises, Mésange comprit que cette dragonne du désert demandait à Céleste où il avait trouvé son humaine de compagnie et combien de fois par jour il devait la nourrir. Elle décida de ne pas s'en offusquer, vu que cette Jolimuseau avait tout de même sauvé Feuille d'une mort certaine.

– Céleste, viens, je vais te présenter mon frère.

– Frère ? répéta Céleste en humain en les rejoignant d'un bond. Salut, frère !

Feuille ouvrit des yeux grands comme des soucoupes et sa mâchoire manqua de se décrocher.

– Ce dragon vient de parler ? Il PARLE ?!

– Ils parlent tous, gros bêta, dit Mésange, mais c'est le seul à parler notre langue parce qu'il est absolument génial. Il s'appelle Céleste.

Elle glissa une main sur son museau. Il se frotta contre sa paume et elle sentit sous ses doigts ses écailles froides comme des cailloux au fond d'une rivière. Il glissa l'une de ses ailes sur son dos, pour la protéger du vent glacé du désert.

– C'est mon meilleur ami. Céleste, je te présente Feuille, mon frère.

– Feuille, répéta le dragon.

Il prononçait le nom un peu bizarrement, mais c'était mignon. Mésange voyait qu'il tentait de faire bonne impression pour confirmer le qualificatif « absolument génial ». S'appliquant à construire une phrase en humain, il dit :

– Je suis merveilleusement charmé de faire ta connaissance.

– Je suis merveilleusement charmé de faire ta connaissance également, répondit Feuille.

Céleste lui tendit la patte et le garçon posa sa main dessus d'un air solennel.

– Merci d'avoir pris soin de ma petite sœur.

– Oh mais NON, PAS DU TOUT ! C'est le contraire ! C'est MOI qui prends soin de lui, le détrompa Mésange.

– C'est une mission assez délicate, expliqua très sérieusement Céleste à Feuille. Elle n'arrête pas de s'attirer des ennuis. Elle a vraiment de la chance que…

Il explosa de rire et se roula dans le sable.

– Tête de tortue trop bête ! le gronda gentiment Mésange dans leur mélange de langues.

– Dommage que Liane ne soit pas là pour voir ça, dit Feuille. Elle est convaincue que les humains et les dragons pourraient s'entendre au lieu de se battre.

– Je crois que c'est vrai pour la plupart des dragons, confirma Mésange. Et quelques humains. Peut-être.

– Je peux t'emmener la voir ? proposa-t-il.

Le ciel avait pris la couleur orange pâle des écailles de Céleste alors que le soleil se levait derrière les montagnes.

– Je dois lui rapporter ça, pour qu'elle puisse sortir du palais.

Il tira de sa poche la chaîne d'invisibilité qui étincela au soleil. Le jeune dragon étouffa un «oooh!» et l'effleura du bout de la griffe.

– Je n'ai pas envie que Céleste remette les pattes au palais du désert, lança Mésange. Leur fameuse reine ne me dit rien qui vaille… On l'a évitée l'autre fois; je ne veux pas tenter le sort. Mais peut-être que cette dragonne peut te ramener là-bas pour récupérer Liane, et on se retrouverait dans un endroit plus sûr.

Elle se tourna vers la soldate pour demander en dragon :

– Hé, mon amie, tu pourrais nous faire une faveur?

La dragonne eut l'air ravie. Elle complimenta Céleste :

– Elle fait de jolis bruits de dragon! Tu l'as bien dressée! Elle est vraiment trop mignonne.

– Je ne me contente pas de «faire des bruits de dragon», s'emporta Mésange. Je parle dragon!

– Comme c'est impressionnant! s'extasia-t-elle en s'adressant toujours à Céleste. Waouh! Je ne savais pas qu'ils pouvaient faire ça! Brasier n'a pas aussi bien éduqué la sienne. Qu'est-ce qu'elle sait dire d'autre?

– Je sais dire : « HÉ, ARRÊTE TON CIRQUE ET ÉCOUTE-MOI! » hurla Mésange.

– Oooooh! s'exclama Jolimuseau. TROP CHOU! J'ai envie de la câliner et de lui mettre un petit chapeau!

Mésange leva les bras, exaspérée.

– Céleste, tu peux dire à cette idiote de ramener Feuille au palais, s'il te plaît? Puis de les prendre, lui, Liane et Caillou, sur son dos pour leur faire franchir le mur et les déposer près de leurs chevaux qu'on les attrape ?

Céleste transmit les instructions avec un sourire moqueur aux lèvres. Mésange avait l'affreux pressentiment qu'elle n'avait pas fini d'entendre parler de « petits chapeaux ».

Jolimuseau – qui s'appelait en réalité Cereus, mais Mésange trouvait que ce surnom lui allait mieux – était ravie d'aider les « adorables charognards » et de prendre à nouveau Feuille sur son dos.

– Mais en toute sécurité, cette fois, pouffa-t-elle. Le petit écureuil futé ! Invisible ! Et trop mignon !

– On se retrouve dans la forêt, au pied des montagnes, dit Feuille.

Il décrivit le village incendié à Mésange, lui indiqua où il se situait par rapport aux pics jumeaux, au sud du massif montagneux, et lui expliqua qui elle risquait de croiser une fois là-bas.

– On est allés dans le coin il y a quelques années, dit Mésange. On n'est pas restés longtemps, mais on a dû passer au-dessus de Valor sans se douter qu'il y avait une cité sous nos pieds. Oooh ! Je vais pouvoir ajouter ça sur ma CARTE ! Qui, soit dit en passant, est bien plus grande et bien plus détaillée que ton petit plan du palais des montagnes.

– Sûrement ! s'esclaffa-t-il. Donc… on se retrouve là-bas d'ici quelques jours. Tu promets que tu y seras ?

Il lui tenait la main comme s'il avait peur qu'elle disparaisse s'il la lâchait.

– Si je n'y suis pas, saute sur le dos d'un dragon et

sillonne le ciel jusqu'à ce que tu me repères, lui conseilla Mésange.

– J'en serais bien capable. Tu as intérêt à être au rendez-vous, sinon je remuerai ciel et terre pour te rejoindre.

Elle lui donna une bourrade dans l'épaule.

– Ça marche.

Il remonta sur le dos de Jolimuseau, qui s'efforça inutilement de l'aider en le poussant et en gazouillant comme si elle parlait à un bébé.

Une fois qu'ils furent partis, Mésange se tourna vers Céleste.

– Elle était un peu gnangnan, cette dragonne ! Je n'aurais jamais imaginé qu'il y avait des dragons aussi lourds que ma sœur Jacinthe.

Elle n'avait pas pensé à Jacinthe depuis des années, ni à Cerise, ni à personne d'autre de Talisman. Seulement à Feuille, quand elle ne pouvait pas s'en empêcher, et aux dragomanciens qui peuplaient ses cauchemars.

– Moi, je n'aurais jamais imaginé qu'il y avait d'autres humains aussi merveilleux que toi, dit Céleste.

– Presque aussi merveilleux, corrigea Mésange. Je lui ai manqué, tu as entendu ? Feuille était triste que j'aie disparu, en fait.

Elle avait l'impression que son cœur faisait comme les ailes de Céleste quand il prenait un courant ascendant, montant vers le soleil.

– Bah, forcément, répliqua Céleste. Tu es Mésange, tu es adorable.

Il lui glissa un regard en biais.

– Évidemment, tu serais encore plus adorable avec un petit chapeau…

– C'est toi qui vas te réveiller avec un petit chapeau sur la tête un jour ! promit-elle en grimpant sur sa patte tendue. Attends de voir. Je vais t'en faire un en forme d'escargot et tu ne pourras pas résister !

– En forme d'ESCARGOT ! souffla-t-il, les yeux brillants.

Mésange s'assit sur son dos et leva les yeux vers la comète, qui était encore légèrement visible. Feuille était un peu comme cette comète, débarquant dans sa vie comme une nouvelle lune surgie de nulle part.

– Mésange, dit Céleste avant de décoller, je suis vraiment content que tu aies trouvé des humains presque aussi merveilleux que toi.

– Moi aussi, répondit-elle, se surprenant elle-même. Moi aussi.

CHAPITRE 37

LIANE

Quand Liane fit la connaissance de Mésange et de Céleste dans les ruines de l'ancien temple, au milieu de la forêt scintillante de gouttes de pluie laissées par la tempête, sa première pensée fut : « Ça va changer ma vie et celle de tout le monde, pour toujours. »

Céleste était un dragon des montagnes ; elle le vit immédiatement à son ossature et à la taille de ses ailes, même si ses écailles étaient beaucoup plus proches du pêche que du rouge ou de l'orangé et que ses yeux étaient bleu très clair. Il était paisiblement allongé dans l'herbe au pied du temple, les ailes repliées, observant une chenille qui grimpait sur un pissenlit.

Sur les marches, Jonquille était assise avec une adolescente aux boucles brunes et au visage constellé de taches de rousseur. Elles étaient en train de rire lorsque Liane, Feuille et Caillou étaient sortis du bois à cheval.

– LIANE ! s'écria Jonquille en faisant sursauter Céleste, qui déploya ses ailes, paniqué.

Elle se leva d'un bond et courut à leur rencontre pour enlacer son amie qui descendait de selle.

– Devinez quoi ? cria-t-elle avant que Liane ait ouvert la bouche. J'ai chevauché un dragon ! MOI AUSSI ! Tu te souviens, Violette avait dit que ça ne m'arriverait jamais ? EH BIEN, SI ! HA HA, ELLE AVAIT TORT ! C'est lui, le meilleur dragon du monde ! Il est beau, hein ?

Elle tendit le bras vers Céleste, qui roula sur le dos et leur sourit.

– Et voici Mésange, dit Feuille en souriant à sa sœur.

– Ah, oui, acquiesça Caillou. L'autre folle qui fait ami-ami avec les dragons. Ravi de faire ta connaissance.

Il lui adressa un petit signe de tête, puis rassembla les rênes des chevaux dans une main et les conduisit jusqu'au ruisseau le plus proche.

Céleste les regarda s'éloigner, l'air ravi – partagé entre : « Oh, des chevaux ! T'as vu leur crinière somptueuse ! Trop cool ! », et : « J'ai parcouru la même distance que vous et je ne suis pas fatigué, idiots de bestiaux. »

– Salut, Mésange, lança Liane (« J'espère qu'elle va m'apprécier ! »). Feuille parle tout le temps de toi.

– Salut. Tu dois être la fameuse Liane magique.

– Je n'ai jamais dit qu'elle était magique, objecta Feuille, tout gêné.

– Hum… si, et c'est le moins embarrassant des compliments que tu aies faits à son sujet.

– MÉSANGE !

– Oh, waouh, souffla Jonquille en lui lançant un regard émerveillé. Tu as raté pas mal d'années en tant que petite sœur, mais tu es naturellement douée ! Viens, je vais t'apprendre toutes mes astuces pour terroriser tes frères et sœurs.

– Alors là, tu es fichu, Feuille, prédit Liane en souriant.

Il se prit la tête entre les mains, mimant un désespoir exagéré.

La jeune fille se rembrunit tandis qu'elle se tournait vers Jonquille.

– Des nouvelles de Valor ? Mon père a… commis d'autres exactions ?

Elle se sentait affreusement coupable d'être partie si longtemps, d'avoir vécu une incroyable aventure à dos de dragon mais de ne rien rapporter pour aider ses amis.

Rose avait probablement raison à propos de son père. Et elle comprenait son choix d'être restée au palais mieux que quiconque, à part Mésange, évidemment.

Mais maintenant, comment Liane allait-elle sauver Violette, Digitale et tout Valor ?

Elle avait bien une idée… mais cela impliquait de demander énormément à quelqu'un qu'elle connaissait à peine.

Jonquille secoua la tête et s'accroupit à côté de Céleste pour lui grattouiller le menton.

– Forêt est passé hier. Rien de neuf, si ce n'est que les gens commencent à s'agacer que le Tueur de dragons passe tout son temps à chercher Feuille. Les sentinailes protégeaient déjà le village avant la naissance de Lichen, avant qu'on s'installe sous terre... Les Valoriens ont du mal à les considérer comme des ennemis, d'après Forêt. Mais du coup, ça risque de pousser ton père à passer à l'action. S'il pense qu'il perd le contrôle de la ville, il pourrait décider de faire exécuter ses prisonniers, même s'il n'a pas «l'assassin de la cité Indestructible» sous la main.

– Il faut donc qu'on intervienne au plus vite, déclara Liane.

– Mésange m'a dit que Rose avait refusé de venir nous aider, lança Jonquille.

Liane soupira.

– Oui... Ce n'était peut-être pas le meilleur plan du monde, de toute façon.

– Un peu comme donner tout le trésor à une étrange dragonnette juste parce que, selon toi, elle est adorable, fit remarquer Feuille.

– Je la retrouverai un jour, affirma Liane, et il s'avérera qu'on a bien fait de lui donner le trésor, je vous le parie. Vous verrez.

– Bon, donc il faut faire en sorte de stopper le Tueur de dragons. Pas vrai ? résuma Mésange.

– Oui, on veut qu'il libère tous ceux qu'il a fait arrêter et, dans l'idéal, qu'il quitte le pouvoir afin que quelqu'un d'autre puisse diriger Valor. Mais je ne vois vraiment pas comment le convaincre...

– Eh bien, je ne suis pas fan des humains qui poignardent

les dragons pour leur voler leur trésor. En le faisant, le Tueur de dragons a en plus attiré des ennuis à tout le continent. Si je peux faire quoi que ce soit pour vous aider à le faire tomber, dites-le-moi.

Liane entortilla une mèche de cheveux autour de son doigt et jeta un coup d'œil à Jonquille.

– J'ai bien une idée, avoua-t-elle lentement. Mais c'est un peu risqué.

Mésange regarda son frère et lui prit la main.

– Si Feuille a confiance en toi, alors moi aussi, déclara-t-elle. Vas-y, expose-moi ton idée.

– C'EST QUOI DÉJÀ, LE PLAN ? demanda Céleste alors qu'il se dirigeait vers Valor avec Liane et Mésange.

Il faillit se cogner la tête contre une branche basse et fit une grimace hilarante.

Liane était sous le charme : ce dragonnet était vraiment craquant.

– Explique-moi encore une fois.

– On va terroriser la ville ! résuma Mésange. On va semer la panique parmi les habitants ! Comme tous les petits dragons rêvent de le faire !

– Qui ça, «on» ? Tu veux dire nous ? Nous, on va leur faire peur ?

– Surtout toi, dit-elle en repoussant une grosse fougère avec un bâton. *Mwa ha ha !* Tremblez, espèces de lâches qui envoyez vos ennemis dans la gueule des dragons !

– Surtout moi ? s'étonna Céleste. Non, mais tu m'as bien

regardé ? Je ne suis pas sûr de pouvoir effrayer qui que ce soit. Faut que je fasse la grimace ?

– Non, non, surtout pas, le détrompa Mésange. Sois naturel, fronce juste un peu les sourcils. Oui, comme ça, mais faut que tu sois un peu plus sûr de toi. Tout ce que tu as à faire, c'est avoir l'air terrifiant.

– C'est moi qui parlerai, promit Liane.

– J'ai pas tout compris.

Céleste déploya ses ailes et les inclina pour capter le soleil sur ses écailles.

– La principale chose à retenir, déclara Mésange, c'est de ne pas parler humain devant eux. Seulement dragon. Je traduirai pour Liane si tu as besoin de lui dire quelque chose. Et ne souris à personne. Tu ne ramasses pas d'escargots et tu ne caresses pas les chatons.

– Y aura des chatons, là-bas ? s'écria Céleste, les yeux brillants.

– Non, non, ne fais surtout PAS cette tête-là ! protesta Mésange.

Elle repoussa ses ailes qui la gênaient pour avancer.

– Au contraire ! Prends l'air fâché.

Céleste fronça légèrement les sourcils et Mésange soupira.

– J'espère que ça va marcher. Je crois bien que c'est le pire dragon qu'on pouvait trouver pour cette mission.

– Hé ! J'ai entendu, s'indigna-t-il.

– Bah, tu sais bien que tu es un gentil dragon.

– Oui, mais les Valoriens l'ignorent ! fit valoir Liane. Tous les dragons leur font peur.

Elle les conduisit vers la plus grande entrée de la cité souterraine, celle empruntée par les chevaux, cachée sous un maillage de branches.

Liane remarqua qu'elle n'était pas surveillée. Elle s'attendait pourtant à trouver l'un des hommes de son père, mais cela ne la surprenait pas qu'il préfère garder ses sbires auprès de lui. La plupart des sentinailes et la commandante Rivière étant enfermées, qui protégeait la ville ?

– Il faut agrandir le trou, décida Mésange en l'étudiant.

L'entrée n'était bien évidemment pas destinée à laisser passer un dragon, même petit.

– Je sais. Ça me fait un peu culpabiliser. Les habitants ont travaillé dur pour creuser ces tunnels. Mais bon… vas-y, fais ce que tu as à faire.

Céleste s'avança et élargit le passage à coups de griffes. La terre, les vers et les insectes pleuvaient à mesure qu'il s'activait, jusqu'à ouvrir un trou béant dans le flanc de la montagne. À l'intérieur, les tunnels étaient assez larges pour qu'il puisse s'y faufiler, les ailes repliées. Liane passa devant, Mésange suivant juste derrière Céleste.

« Je suis chez moi », pensa-t-elle. Seulement, après avoir chevauché la dragonne dorée, exploré le palais du désert et vécu dans le temple en pleine forêt, elle ne se sentait plus chez elle à Valor. Tous les tunnels et grottes pourtant familiers lui donnaient l'impression d'une tunique inconfortable qui ne lui allait plus ; à mesure qu'elle s'y enfonçait, elle avait l'impression de revenir dans une prison après s'en être enfin évadée.

Les premiers habitants qui les aperçurent hurlèrent et s'enfuirent en courant, laissant tomber leurs paniers. Cela fit sortir d'autres personnes de leurs grottes, déclenchant une réaction en chaîne de chaos et de panique.

– Tous dans le grand hall ! ordonna Liane. Ce dragon a un message pour nous ! Si nous l'écoutons, il repartira en paix !

Elle faillit percuter Forêt, qui se tenait figé au milieu du tunnel, bouche bée devant Céleste. Celui-ci esquissa un sourire, puis, se rappelant ses instructions, prit un air renfrogné.

– Liane, mais… qu'est-ce que tu fais ? articula le jeune homme d'une voix rauque.

– J'essaie d'arranger la situation, enfin, j'espère. C'est délicat. Demande à tout le monde de se rassembler dans le hall principal.

Il tourna les talons et fila. Elle fit alors signe à Céleste d'avancer.

Le tunnel débouchait sur le grand hall, une immense grotte naturelle dont les gros rochers étaient parsemés de cristaux blancs, rouge grenade et vert citron mélangés. Le plafond était suffisamment haut pour que Céleste puisse se tenir sur ses pattes arrière et déployer ses ailes. Liane vit Mésange se hisser sur sa queue et grimper le long de sa colonne vertébrale pour s'installer sur son épaule.

Environ les trois quarts des Valoriens étaient entassés dans le fond de la grotte, blottis les uns contre les autres, fixant le dragon, terrorisés.

Céleste laissa échapper un grognement sympathique. Ils hurlèrent tous et se bousculèrent, tentant désespérément de reculer.

– Ne vous inquiétez pas, cria un homme sur le devant. Le Tueur de dragons arrive ! Il va nous sauver !

– Dites-lui de se dépêcher, fit Liane en l'attrapant par le bras pour le pousser dans les tunnels. Dites-lui qu'un dragon me retient en otage et que les citoyens de Valor ont besoin de lui.

Elle réfléchit un instant avant d'ajouter :

– Si ça ne marche pas, dites-lui que le dragon possède un énorme rubis.

– Mais… il n'a pas de…, bredouilla l'homme en repérant les serres vides de Céleste.

– Peu importe, répliqua Liane.

Il détala en hurlant :

– Lichen ! Lichen ! Tueur de dragons ! À l'aide !

– Il y a quelqu'un sur le dos du dragon, murmura une femme, et ils levèrent tous les yeux vers Mésange.

Liane se doutait que celle-ci ne devait pas apprécier que tout le monde la regarde ; elle se contenta donc de croiser les bras, debout, adossée au cou de son dragon, comme si elle avait toute la journée devant elle.

Finalement, ils entendirent du vacarme dans le couloir et, au bout d'un long moment, une bande de mercenaires armés entra, poussant le père de Liane devant eux.

« Ça alors, on dirait qu'il a rapetissé », nota-t-elle. Elle avait beau être furieuse après lui, elle ressentit néanmoins un pincement de pitié. Il avait l'air terrifié. Lichen avait son épée à la main, mais elle tremblait comme une branche en pleine tempête, et ses jambes ne semblaient plus le porter. Le garde derrière lui devait le soutenir.

Liane jeta un regard à Mésange et désigna son père. Sa complice acquiesça et donna un coup de coude à son dragon.

« À toi de jouer, Céleste ! »

– GROUAAAAAR ! gronda-t-il.

Son rugissement résonna si fort dans la grotte que certains habitants se bouchèrent les oreilles. Même Liane, qui s'y attendait et qui savait que Céleste ne leur ferait aucun mal, sentit un frisson de terreur parcourir sa colonne vertébrale. C'était un rugissement parfait.

Le Tueur de dragons poussa un cri, lâcha son épée et s'écroula.

– Pardon, pardon ! hurla-t-il.

Les mercenaires les regardèrent tour à tour, lui et Céleste, qui faisait son museau méchant. Enfin, qui essayait. Mais comme c'était la première fois que ces hommes se retrouvaient face à un dragon, ils ne savaient pas déchiffrer son expression.

– GRAAAAAOURRR ! rugit Céleste.

Il jeta un coup d'œil à Mésange, recherchant son approbation, et elle lui tapota le cou pour le rassurer.

Liane éleva alors la voix pour que tout le monde puisse l'entendre :

– Citoyens de Valor ! Ce dragon est venu chercher l'homme qui a tué sa reine !

Elle savait que seules les sentinailes risquaient de remarquer qu'il ne s'agissait pas d'un dragon du désert, or la plupart étaient sous les verrous.

– Mais c'est pas moi, sanglota Lichen. Je ne suis pas le vrai Tueur de dragons. C'est Caillou ! C'est Caillou qui l'a tuée ! C'est lui que vous cherchez !

Un cri étouffé monta de la foule, suivi de murmures outrés. Les mercenaires s'écartèrent de Lichen, certains avec une expression dégoûtée.

« Et voilà, pensa Liane. Il vient de se saborder. Plus jamais ils ne le suivront. »

Mais il fallait qu'elle s'en assure.

– Son clan réclame justice ! s'écria-t-elle. Son clan réclame vengeance !

– Prenez-le ! dit l'un des gardes en jetant son épée avant de désigner son père. Le voilà, vous pouvez l'emmener, mais épargnez-nous, par pitié !

– Oui ! Oui ! renchérirent les autres en jetant également leurs armes.

C'était exactement la réaction que Liane avait espérée – ils n'étaient pas d'une loyauté à toute épreuve, il fallait s'y attendre. Et puis, son père avait menti, volé un trésor, banni des innocents, les condamnant à errer dans une nature dangereuse, et avait fait enfermer tous ceux qu'il considérait comme une menace. Il n'avait pas vraiment mérité leur loyauté.

« Ne te laisse pas émouvoir, se rappela Liane. Pas maintenant. Reste concentrée. »

– Ça ne suffit pas, reprit-elle. Les dragons qui m'ont capturée ont été très clairs. Ils détruiront Valor, à moins que…

– Quoi ? cria quelqu'un.

– Tout ce qu'ils voudront ! enchaîna la femme qui avait repéré Mésange la première.

– À moins qu'on leur rende le trésor qu'il a volé, acheva Liane en désignant son père.

Le Tueur de dragons laissa échapper un soupir de désespoir.

– Et qu'on choisisse un nouveau seigneur pour diriger la cité.

Tous les habitants se mirent à parler en même temps.

– Où est passé le trésor, Lichen ? le questionnèrent ses hommes de main.

– Non, non, il est à moi, à moi, gémit-il.

– Je sais où il est.

La mère de Liane s'interposa entre Lichen et ses sbires déchaînés. Elle posa la main sur son épaule, puis redressa la tête et regarda sa fille dans les yeux.

– Je peux aller le chercher.

– Iris, non ! cria-t-il.

Il voulut se lever, mais il suffit que Céleste grogne légèrement pour qu'il se roule à nouveau en boule.

– Alors vas-y, Iris ! lui dit le garde. Cours le chercher !

– Seulement si vous libérez les sentinaires, intervint Liane. Faites-les venir ici.

L'homme fit signe à deux autres, qui filèrent dans les tunnels.

Mésange donna un petit coup à Céleste, qui rugit à nouveau, mais avec un peu moins de brio cette fois. Il avait vraisemblablement pitié de ces pauvres humains terrorisés.

Iris revint très vite, chargée d'un gros sac mystérieux. Liane le lui prit des mains et l'ouvrit. Sa mère l'avait rempli de bibelots que Lichen avait accumulés au fil des ans, surtout ceux qu'elle n'aimait pas – en particulier une collection d'assiettes peintes vraiment hideuses. Mais de l'extérieur, le sac pouvait aisément passer pour un butin volé aux dragons.

– Voilà le trésor ! cria Liane à l'intention de Céleste en le déposant avec précaution devant lui.

Le dragon émit un petit « ooooh ! », jeta un coup d'œil à l'intérieur et parut déçu. Par chance, la foule fut distraite par le retour des gardes encadrant une bande de prisonniers en uniforme vert, un peu hébétés.

– Je savais que tu ne le laisserais pas faire, glissa Violette à Liane lorsqu'elle la serra dans ses bras. Je te l'avais bien dit, hein, Digitale ?

– Oui, mais tu n'avais pas prévu qu'elle ramènerait un dragon à Valor, répliqua l'intéressée. Liane, qu'est-ce qui se passe ?

– Je vous raconterai plus tard, promis, chuchota leur amie.

Elle passa derrière Violette pour prendre la main de la commandante Rivière et la tirer face à la foule. Tendue, cette dernière ne quittait pas des yeux les dents et les griffes du dragon.

– Faites-moi confiance, commandante, dit Liane en serrant sa main dans la sienne.

Elle la leva bien haut face aux Valoriens.

– Et voici notre nouvelle cheffe ! annonça-t-elle.

– Quoi ? Moi ? Il ne vaudrait pas mieux organiser des élections ? s'étonna Rivière.

Mais sa voix fut couverte par l'ovation de Violette :

– Hourra pour la commandante Rivière !

Aussitôt reprise par les sentinaires puis par l'ensemble de la grotte :

– Commandante Rivière ! Commandante Rivière !

Céleste hocha la tête en signe d'approbation, ramassa le sac et fit volte-face pour repartir dans le tunnel avec Mésange.

Les habitants acclamèrent la commandante et se pressèrent autour d'elle. Rivière leva les bras, un grand sourire aux lèvres, tentant de calmer le brouhaha pour s'adresser à la foule.

Liane s'éclipsa discrètement. Son père s'était recroquevillé près de la sortie la plus proche, la tête dans les mains. Elle se fraya un chemin à travers la foule et s'agenouilla près de lui.

– Ça va aller, le rassura-t-elle. Ce sera même beaucoup mieux qu'avant, tu verras.

– Mais je ne suis plus rien maintenant, fit-il d'une voix brisée. Je ne suis plus personne.

– Tu es toujours mon père, lui rappela-t-elle. Enfin, si tu veux bien.

Sans relever la tête, il tendit la main vers elle et elle la prit dans la sienne. Elle sentit dans son dos sa mère qui la serrait dans ses bras.

– Merci du coup de main, lui chuchota-t-elle.

– Tu as été extraordinaire, la félicita Iris. Lichen, ne panique pas. Tu seras bien plus heureux comme ça. Ça ne t'a jamais convenu d'être le seigneur de Valor.

– Mais mon trésor…, objecta-t-il d'une voix boudeuse.

– Si être privé de ton trésor est le pire châtiment qu'on t'inflige pour tout ce que tu as fait de mal, alors estime-toi heureux. Rentrons à la maison.

Elle hésita avant de demander :

– Et toi, Liane ?

Celle-ci secoua la tête.

– Je suis désolée de vous quitter, mais je ne peux pas rester. Pas après tout ce que j'ai vu… On va changer le monde, maman !

Désormais, elle savait que c'était possible. Les dragons pouvaient apprendre à parler humain ; les humains à parler dragon. Mésange et Céleste le lui avaient prouvé, et ce n'était que le début. Il y avait de gentils dragons partout, des dragons intelligents, qui aimaient les humains. Des dragons prêts à faire la paix.

Il suffisait juste de les chercher. Avec Mésange, Feuille, Céleste et tous ceux qui voudraient se joindre à eux, elle allait les trouver.

CHAPITRE 38

FEUILLE

C'était une heureuse coïncidence qu'ils arrivent à Talisman le jour de la cérémonie d'hommage aux dragomanciens. La ville entière était rassemblée pour boire du cidre en s'extasiant bien fort sur les merveilles accomplies par les dragomanciens, comme la tradition l'exigeait chaque année.

Le soleil brillait dans un ciel sans nuages lorsque Mésange débarqua sur son dragon au beau milieu de la place centrale.

– Bonjour ! lança-t-elle en glissant le long de sa patte. Me revoilà !

Les gens ne crièrent pas, ne détalèrent pas comme à Valor. Non, les habitants de Talisman restèrent pétrifiés, leur beignet aux pommes en suspens dans l'air. Ils se tournèrent vers les dragomanciens, attendant qu'ils les sauvent.

Maître Truite se tenait devant le buffet, la bouche pleine

de fromage de chèvre. Il fixait le dragon, les yeux écarquillés d'horreur, lorsque Mésange se dirigea vers lui.

– Bonjour, odieux personnage, dit-elle. C'est ta dernière cérémonie d'hommage aux dragomanciens, j'en ai bien peur. Tu te souviens de moi ?

– Non, fit-il d'une voix étranglée.

– Mais si, insista-t-elle.

Elle fit signe à Pie et à Gorge, qui essayaient de se cacher au milieu des habitants.

– Approchez, approchez, ne soyez pas timides, les héla-t-elle.

Sous le couvert des arbres, Feuille et Liane s'affairaient aux abords de Talisman. Ils avaient trouvé Cranberry et Thym deux jours plus tôt, cachés dans l'une des grottes où Feuille avait l'habitude de s'entraîner avec Cerise. Ils leur avaient appris qu'elle était retournée au village pour tenter de négocier et que les dragomanciens l'avaient jetée en prison. Elle refusait de leur donner le trésor du palais des montagnes tant qu'ils n'auraient pas libéré Bosquet, et eux refusaient de les laisser partir tant qu'ils ne l'auraient pas récupéré.

– Parce qu'ils n'ont aucune intention de les libérer, avait affirmé Mésange. Ils l'offriront en sacrifice aux dragons dès qu'ils auront leur précieux butin.

Elle s'était frotté les mains.

– Mais nous allons les arrêter.

– Tu es sûre d'être prête ? s'était inquiété Feuille.

– Je suis prête depuis sept ans. Mais je pensais que ça

n'en valait pas la peine, jusqu'à ce qu'on se retrouve. Et je n'avais pas conscience de tout ce que je savais… En entendant parler de ce trésor, j'ai compris ce que signifiait ce que j'avais lu dans les livres à l'époque. Maintenant, je ne peux pas ne pas agir.

Feuille grimpa sur le toit de la prison, attenante au grand conseil de dragomancie. De là, il voyait Mésange faire face à maître Truite. Celui-ci avait beau être vieux et livide, il irradiait toujours le mal.

Il dévisagea Mésange en plissant les yeux.

– Oh… mais tu…, articula-t-il lentement.

– Devrais être morte ? compléta-t-elle. Mon dragon et moi, nous ne sommes pas d'accord. Nous pensons que le monde a besoin de moi.

Feuille sourit. C'était ce qu'il lui répétait tous les jours.

– Comment se fait-il…, commença maître Truite, et une fois de plus Mésange termina sa phrase :

– Que j'aie survécu ? Grâce au tempérament et au mauvais caractère dont tu n'arrêtais pas de te plaindre. Écoute, cette conversation va durer une éternité si on attend que tu prononces une phrase entière. Passons à la partie la plus intéressante. Hé, braves gens de Talisman, saviez-vous que vos dragomanciens étaient des trafiquants de trésors ? Ils ont pillé celui du palais des montagnes, probablement plus d'une fois. Mais ils n'étaient pas trois à l'époque. Ils étaient quatre.

Elle leva quatre doigts et pivota sur elle-même, s'assurant que tous les yeux étaient rivés sur elle.

– Devinez ce qui est arrivé au quatrième, demanda Mésange. Non, pas toi, Truite ; on sait que tu ne fais que mentir. Le quatrième contrebandier, mesdames et messieurs, était le tout premier habitant que nos excellents dragomanciens décidèrent de « sacrifier aux dragons ». Pourquoi ? Il y a deux bonnes raisons à cela. Premièrement, c'était très dramatique. Ainsi les dragomanciens passaient pour des voyants mystiques qui recevaient des messages des dragons ; des messages du genre : « Tue ton ami pour nous, on a faim aujourd'hui ! » Pure invention de leur part, au cas où vous vous poseriez la question. Mais la deuxième raison était plus pragmatique. La deuxième raison, c'était que le quatrième étant mort, ces trois-là n'avaient à partager le trésor qu'en trois parts. Plus de richesses pour chacun ! Avec en bonus une ville pleine d'idiots crédules qui se prosterneraient à leurs pieds. Deux excellents avantages, pour juste un tout petit meurtre.

– Mensonges ! siffla Pie. Tu n'as rien compris, sale mioche.

Céleste grogna et la dragomancienne recula en titubant, terrorisée.

« Il se débrouille bien mieux pour faire peur désormais, remarqua Feuille, qui n'avait jamais vu ce doux dragon lancer un regard aussi féroce. Parce qu'il est vraiment en colère contre ces gens. Il sait ce qu'ils ont fait à Mésange. »

– Et puis, au fil du temps, poursuivit cette dernière en ignorant Pie, ils voulurent toujours plus de richesses, mais ils étaient trop paresseux pour aller les chercher eux-mêmes. Nouvelle idée géniale : recrutons des apprentis, formons-les, utilisons-les comme serviteurs gratuits pendant un certain temps, puis envoyons-les au palais à notre place. Si l'apprenti meurt là-bas, ce n'est pas grave, on en recrutera un autre. Mais s'il réussit, s'il revient avec un butin… eh bien, c'est génial, mais on sera à nouveau obligés de partager le trésor en quatre. On n'aura qu'à faire un autre sacrifice, ça fera plus de richesses dans la poche des dragomanciens et plus de peur dans le cœur des villageois.

– C'est vrai ? s'écria l'ancienne professeure de Feuille. Vous avez envoyé mon neveu au palais des dragons, c'est comme ça qu'il est mort ?

– Et ma fille ? s'écria un autre. C'est ce qui lui est arrivé ?

– Du calme, du calme…

Maître Truite leva les mains avec une expression supérieure et condescendante.

– Sérieusement, allez-vous écouter les divagations d'une jeune folle revancharde ? Tout le monde sait bien que les adolescents sont mélodramatiques et hystériques. Surtout les filles.

– Céleste, dévore ce répugnant personnage, ordonna Mésange.

Le dragon fit un pas vers lui, menaçant, et Truite se mit à hurler en cachant sa tête sous ses bras. Mésange leva la main pour arrêter Céleste.

– Je rigole. En tout cas, pour l'instant.

Mésange jeta un coup d'œil autour d'elle.

– Je serais ravie d'apporter la preuve de ce que j'avance. Vérifions dans vos livres. Vous savez, ceux que j'ai lus quand j'avais sept ans et qui vous ont poussés à décider qu'une petite fille était trop dangereuse pour qu'elle vive. Gorge, les clés du grand conseil de dragomancie, s'il te plaît.

– Ne les lui donne pas! s'affola Truite.

Mais Céleste n'eut qu'à se pencher en grognant tout bas, et Gorge s'empressa de les sortir de sa robe et de les tendre à Mésange. Celle-ci les lança à Cranberry, qui était déjà devant la porte. Elle la déverrouilla, puis jeta le trousseau de clés à Feuille, toujours posté sur le toit de la prison.

– Hé! protesta Gorge tandis que le garçon sautait de son perchoir. Vous n'aviez pas dit que vous vouliez également ouvrir la prison!

– Surprise! s'exclama Mésange. Considérons cela comme un retour de politesse, pour la fois où vous avez omis de me prévenir que vous alliez me jeter en pâture aux dragons.

Feuille trouva la bonne clé et ouvrit la cellule humide et moisie. Cerise était agenouillée sur l'unique lit de camp, l'œil collé à une fissure du mur pour tenter de voir ce qui se passait sur la place. Ses cheveux étaient emmêlés et elle avait maigri, mais son visage s'illumina comme un ciel plein d'éclairs lorsqu'elle vit son frère.

– C'est bien toi! s'écria-t-elle. J'ai cru que j'avais des hallucinations… Je rêve, ou quoi?

– Non, je suis vraiment là, affirma Feuille.

Il s'accroupit près de Bosquet, qui gisait sur le sol de terre battue, très affaibli. Le jeune homme lui adressa un faible sourire.

– Mais là-bas… C'est… Ça ne peut pas être…

– Si, c'est Mésange.

Feuille aida Bosquet à se relever. Cerise passa un bras autour de ses épaules, et ils sortirent tous au soleil en chancelant.

– Je n'arrive pas à y croire, murmura Cerise en regardant Mésange.

Ses yeux dérivèrent vers le dragon, puis revinrent se poser sur sa sœur perdue depuis si longtemps.

Cranberry sortit du grand conseil avec trois gros livres dans les bras et les apporta à Mésange. D'une voix calme et sonore, cette dernière les brandit tour à tour face à la foule, expliquant leur contenu avant d'en lire quelques passages : listes des richesses accumulées ; brouillons de discours et de cérémonies liés aux « visions » ; notes sur les apprentis et comment ils avaient trouvé la mort.

Un silence de plomb tomba sur la place, comme si elle faisait la lecture à une foule de statues de cire.

Refermant le dernier livre, elle jeta un regard circulaire autour d'elle.

– Je me fiche de ce que vous en ferez, dit-elle. C'est à vous de voir. Mais si j'apprends que d'autres enfants disparaissent à Talisman, nous reviendrons, nous brûlerons toutes vos maisons et nous emmènerons les plus jeunes dans un endroit sûr.

Ses yeux s'arrêtèrent sur un petit garçon. C'était Papillon, réalisa Feuille, à peine plus grand que lorsqu'ils s'étaient cachés ensemble dans l'abri sous terre six ans auparavant.

– Je te les confie, dit Mésange en lui mettant les gros volumes dans les bras. Moi, j'ai fait mon grand retour victorieux, ça me suffit.

Cranberry et Thym s'approchèrent avec des chevaux et aidèrent Cerise et Bosquet à monter en selle. Ils en avaient également un pour Liane et un pour Feuille.

Quelqu'un bougea enfin dans la foule pétrifiée. Le père de Feuille s'avança, tendant la main vers ses enfants.

– Attendez… Mésange…

– Non, lui dit-elle bien en face. Non à toi et non à elle. Elle désigna du menton leur mère, juste derrière lui.

– Un non définitif.

Elle leur tourna le dos et grimpa sur Céleste. Le dragon les regarda en sifflant puis déploya ses ailes et prit son envol.

– Feuille ? lança leur mère. Cerise ?

Aucun d'eux ne répondit. Ils firent demi-tour et partirent au galop, suivant le dragon qui volait au-dessus de leurs têtes.

Bien plus tard, Céleste descendit finalement en spirale pour se poser au bord de la rivière. Mésange sourit à Feuille et à Liane qui la rejoignaient, suivis non loin par Bosquet, Cranberry, Thym et Cerise.

– Par tous les dragons, Mésange! s'écria Liane. Tu peux être sacrément flippante quand tu veux!

– Ouais, c'était pas mal, commenta Feuille. J'en aurais peut-être rajouté un peu dans le mélo…

– La ferme, le coupa sa sœur. Céleste, arrose cet impertinent personnage de ma part.

Le dragon donna un grand coup de queue enthousiaste dans la rivière, les trempant tous jusqu'aux os, même Mésange.

– Argh! protesta-t-elle en essorant ses manches. Céleste! Vilain dragon!

Il gloussa de plaisir et battit des ailes. Mésange remarqua que Cerise la regardait, stupéfaite, comme si elle avait deux dragons sous les yeux. Feuille vit la première hésiter avant de lancer :

– Ça va, Cerise?

– Mésange, je suis vraiment désolée, explosa brusquement sa sœur.

Elle tendit la main pour lui effleurer le pied, mais la retira bien vite.

– Je suis tellement, tellement, tellement désolée de t'avoir dénoncée pour les livres. Je n'aurais jamais imaginé ce qui allait se passer.

– Oh, ça, fit Mésange.

Elle réfléchit un instant.

– Mmm… non, je ne te pardonne pas. Céleste, mange ma sœur.

Le dragon tourna la tête et répliqua d'un ton sévère dans

leur mélange de langues; le seul mot que Feuille saisit était «taquiner».

– D'accord, d'accord!

Mésange se pencha et serra la main de Cerise.

– Je te pardonne. Pour ça, en tout cas. Mais pas d'avoir voulu faire de Feuille un guerrier, en revanche. Il est insupportable maintenant.

– Il m'a forcé la main! protesta Cerise. Il me rendait dingue à répéter qu'il voulait devenir tueur de dragons! Euh, sans vouloir t'offenser, ajouta-t-elle précipitamment à l'adresse de Céleste.

– Merci de ne pas être devenu tueur de dragons, Feuille, lui dit Céleste en humain.

Liane se mit à rire en voyant l'air surpris des autres.

– Ce serait très déroutant d'être ton ami si tel était ton travail, poursuivit Céleste.

– Je pensais qu'il fallait tuer des dragons pour protéger les gens, se justifia Feuille. Je n'aurais jamais imaginé que, pour y arriver, je ferais équipe avec l'un d'eux au contraire!

– Nous vous en sommes infiniment reconnaissants, déclara Cerise, et Bosquet acquiesça.

– Qu'est-ce qu'on va faire, maintenant? s'enquit-il.

– Eh bien, vous pourriez prendre le trésor que vous avez volé au palais des montagnes et en faire quelque chose de bien, suggéra Feuille. Comme construire une ville où les gens vivraient vraiment en sécurité.

– Des gens comme les réfugiés qui essaient d'accéder

à la cité Indestructible, renchérit Mésange. Ceux dont le village a été incendié, qui n'ont nulle part où aller.

– Et il faudrait leur dire la vérité au sujet des dragons, ajouta Liane. Qu'on peut communiquer avec eux. Qu'on peut faire la paix.

– Bonne idée, approuva Cranberry. Prem's pour être maire !

– Mais… et vous trois ? demanda Cerise. Vous ne voulez pas nous aider à construire cette ville ?

– Peut-être quand on reviendra, dit Mésange.

– On a une nouvelle mission, leur confia Feuille.

Il regarda Liane, qui lui rendit son sourire.

– Oui, on doit retrouver une certaine dragonnette dorée, confirma-t-elle.

ÉPILOGUE

INVULNÉRABLE

Par la fenêtre de la salle du trône, Invulnérable apercevait la moitié du monde, qu'il trouvait exaspérant.

Au sud et au nord s'étendait la ligne dentelée des montagnes, pleines de dragons qui risquaient de dévorer Mésange. Puis la rivière bleu-vert qui serpentait jusqu'à la mer, et que Mésange avait suivie en partant. Et la forêt dont elle était censée surgir comme par magie à un moment ou à un autre, sauf que pour l'instant, il n'avait aucune nouvelle et qu'elle n'était toujours pas là…

Cela faisait cinquante-neuf jours qu'il l'avait demandée en mariage et qu'elle avait pris la fuite. Si elle attendait qu'un an se soit écoulé pour revenir le voir, il devrait patienter encore des centaines de jours, longs, moroses et sans Mésange.

« Mais non, se dit-il. Elle a besoin de fournitures. De livres à lire. Elle sera bien obligée de revenir plus tôt. »

Ça ne lui faisait pas plaisir qu'elle soit plus motivée par les livres que par lui, mais au moins ça impliquait qu'elle reviendrait à la cité Indestructible.

«Et peut-être que la prochaine fois, elle restera.»

Son casque à pointes le serrait et lui tenait chaud, et la veste encore pire; elle le piquait au moindre mouvement. Il sentait la sueur couler dans son dos et s'accumuler au creux de ses aisselles. Mais on ne le laissait s'asseoir à la fenêtre que s'il portait son armure. Or il voulait rester là pour la voir arriver.

Parfois, Invulnérable se demandait ce qui se passerait s'il décidait un jour de partir avec elle. S'il faussait compagnie à ses gardes pour la suivre. Il ignorait où elle se rendait. Il s'était toujours imaginé un petit village au bord de la rivière, mais parfois elle disait des trucs ou achetait des choses qui lui laissaient supposer qu'elle vivait seule et voyageait en permanence.

Comment ce serait? De découvrir un nouvel endroit chaque jour au lieu de voir encore et toujours les mêmes murs?

Ce serait terrifiant. Sans les murs, on était à la merci des dragons. Sans les catapultes, les piques, les gardes et les armes, on était une proie vulnérable, dont les dragons ne feraient qu'une bouchée. La cité Indestructible était le seul endroit sûr. Invulnérable le savait. Il avait constamment peur pour Mésange. Chaque fois qu'un dragon passait, il se demandait s'il avait son amie entre les griffes. C'était fou qu'elle ait survécu toutes ces années sans protection.

C'était encore plus fou qu'elle ait choisi cette vie plutôt que de demeurer ici, bien en sécurité avec lui.

Il entendit du bruit dans son dos. Son père venait d'entrer dans la salle du trône avec son habituelle cour de conseillers et de flagorneurs. Le seigneur Invincible aperçut son fils et lui fit signe d'approcher.

Invulnérable soupira et ôta son casque. Il devait être tout ébouriffé et débraillé ; il sentait bien que son père le jugeait. Ce dernier était parfait en tout point comme d'habitude : sa majestueuse crinière bien peignée, des bagues à chacun de ses longs doigts fins, sa robe rouge rubis impeccablement repassée.

Ils atteignirent le trône au centre de la pièce en même temps. Invulnérable fit une révérence polie.

– Père…

– Assieds-toi près de moi, mon garçon, dit le seigneur Invincible en lui indiquant un tabouret au pied du trône. Apparemment, nous avons un visiteur qui vaut la peine d'être reçu.

Invulnérable détacha tant bien que mal sa veste à pointes, se retenant de prendre une grande bouffée d'air frais en l'ôtant, puis la tendit avec son casque à l'un des domestiques. Sa robe orange pâle était toute froissée et trempée, mais il s'efforça de la lisser du plat de la main en s'asseyant.

« Même si je ne suis pas parfait, j'ai quelque chose que nul autre ne peut se vanter de posséder », pensa-t-il. Personne dans toute la cité Indestructible ne portait d'écailles de dragon comme celles qu'il avait fait sertir dans sa boucle d'oreille, ses bagues et son collier. Les écailles de Mésange étaient tout à fait uniques. Elles le rendaient spécial, même s'il se sentait seul, mal à l'aise, pas à sa place, et était persuadé que tout le monde le détestait.

Le seigneur s'assit sur le trône dans un tourbillon de tissu écarlate et fit signe aux gardes postés à la porte.

Invulnérable scruta l'homme qui pénétra dans la pièce, les épaules carrées, les dents de travers et couvert de boue. C'était le genre d'homme qui n'hésiterait pas à vous démolir la façade pour un peu d'argent. Un mercenaire, supposa Invulnérable.

– Votre majesté Invincible, commença-t-il d'un ton obséquieux, en s'inclinant jusqu'à ce que son front touche le sol.

– Sanglier, fit le souverain, et Invulnérable mit un instant à comprendre qu'il s'agissait de son nom et non d'une insulte. Heureux que tu sois de retour. Alors, cette visite à Valor?

– Captivante, mais rien à voir avec votre grandiose cité, messire. Je n'ai eu aucun mal à approcher le Tueur de dragons. Il était prêt à embaucher quiconque promettait de le protéger de vous.

Le père d'Invulnérable se caressa le menton en fronçant les sourcils.

– Et qu'as-tu appris? As-tu fait courir des rumeurs comme je te l'avais demandé? Va-t-il enfin venir?

– J'ai des nouvelles bien plus intéressantes, messire, annonça Sanglier.

Comme le seigneur Invincible fronçait encore les sourcils, il s'empressa d'ajouter :

– Il s'est produit un incident à Valor, messire. Le Tueur de dragons ne dirige plus la ville. En fait, il a avoué devant son peuple qu'il n'avait jamais tué de dragon !

– Quoi ?

Invulnérable sentait la rage bouillir dans les veines de son père.

– Pourtant, cette dragonne est bien morte. Les deux derniers espions ont affirmé qu'il avait gardé sa queue.

– Tout à fait mais, en réalité, c'est son frère qui l'a tuée, expliqua Sanglier. Hélas, cet homme est une cause perdue, votre majestueuse seigneurie. Et le Tueur de dragons est en disgrâce. Aucun des deux n'est le héros que vous recherchez.

– Et tu viens me dire que ce héros, c'est toi ? fit le seigneur Invincible d'un ton chargé de mépris.

– Non, non…

Sanglier leva les mains dans un geste d'apaisement.

– Ce n'est pas le plus intéressant dans l'histoire, messire. Le plus intéressant, c'est que si le Tueur de dragons a avoué avoir menti, c'est parce qu'un dragon a débarqué à Valor pour réclamer qu'on lui rende son trésor.

– Réclamer… quoi ? gronda le seigneur. Comment un dragon pourrait-il réclamer quoi que ce soit ?

– Il n'a rien dit, évidemment, mais il était accompagné…

Sanglier s'interrompit pour ménager ses effets. Un

silence de mort régnait dans la salle du trône ; l'assistance était tout ouïe, les yeux écarquillés, fascinée.

– Accompagné d'une fille.

– Une fille ? fit Invincible avec une moue dégoûtée. Impossible.

– Cette fille était juchée sur son dos, insista Sanglier. Je l'ai vue de mes propres yeux. Elle se tenait debout sur son épaule et n'a pas dit un mot, mais on voyait qu'elle comprenait le dragon. C'est elle qui a fait passer le message. Elle le faisait rugir à volonté. Elle lui a ordonné de partir quand elle l'a décidé – et avec le trésor, attention. C'est une fille qui contrôle les dragons, messire.

Le seigneur Invincible le toisa un long moment. Invulnérable étudiait le visage de son père du coin de l'œil. Il voyait pour ainsi dire les rouages tourner à l'intérieur de son crâne, le plan s'échafauder. Il était déjà en train de chercher comment tirer profit de la situation.

– Et où est passée cette fille ? demanda-t-il d'une voix sirupeuse.

– Elle est repartie avec le dragon, répondit Sanglier. Mais elle est dans les parages, messire. C'est elle qu'il vous faut. Et elle ne doit pas être trop dure à repérer avec son dragon. Je n'en avais jamais vu de cette couleur : orange clair, comme un dragon des montagnes, mais délavé.

Invulnérable se raidit, comme frappé par la foudre.

« Des écailles orange clair… Une fille qui chevauche un dragon… »

S'il y avait quelqu'un dans ce monde qu'il imaginait

facilement sur le dos d'un dragon, c'était bien Mésange. Mais alors… elle lui avait donné des écailles de son propre dragon ? Pourtant… elle avait à peine neuf ans quand ils s'étaient rencontrés, non ? Ça signifiait qu'elle avait déjà son propre dragon à *neuf ans* ?

Et qu'elle arrivait à le faire obéir ?

Invulnérable s'aperçut soudain que son père le fixait.

– Tout le monde dehors, ordonna le seigneur Invincible. Sanglier, beau travail, ne t'éloigne pas. Je veux que tu me racontes tout en détail.

Le garçon se leva, espérant s'échapper avec les autres, mais son père lui prit le bras.

– Toi, tu restes.

Invulnérable sentait son cœur battre comme celui d'un lapin paniqué. Il craignait que le seigneur le perçoive également, car il palpitait sous ses doigts enserrant son poignet.

« Je ne peux pas lui parler d'elle. Je ne veux pas qu'il m'arrache Mésange.

Mais… il serait content de moi, non ? Ravi que je lui sois enfin utile à quelque chose ? Après toutes ces années à ne rien faire, si je pouvais lui amener la personne qu'il recherche… »

Il soutint le regard froid de prédateur de son père.

« Je serais enfin le fils dont il a toujours rêvé. »

Et pourtant, quand il imagina ce qu'il adviendrait de Mésange entre les griffes d'Invincible, son cœur se serra pour n'être plus qu'une petite bille de métal.

« Mésange ne supporterait pas d'être la marionnette de Père. Elle détesterait être enfermée ici, travailler sous ses ordres. Elle m'en voudrait éternellement de l'avoir livrée à lui.

Et il la détruirait. »

Mésange, c'était le soleil, le vent, les horizons lointains ; les griffes, les ailes, les gerbes de flammes. Tout le contraire de la cité Indestructible. « Et c'est pour ça que je l'aime », réalisa-t-il alors.

– Invulnérable, fit son père de sa voix glaciale.

Ils étaient désormais seuls dans la pièce.

– Cet homme a décrit un dragon aux écailles similaires à celles que tu portes en bijoux. Il est temps que tu me révèles comment tu les as obtenues.

Ses doigts se resserrèrent comme un étau autour de son bras, lui coupant la circulation au point de lui engourdir la main.

– Une vieille femme, balbutia Invulnérable. Je l'ai croisée au marché il y a fort longtemps. Elle avait une petite bourse remplie d'écailles. Je les lui ai toutes achetées pour que personne d'autre ne puisse en avoir. Je les ai fait sertir dans mes bijoux au fur et à mesure parce… parce que tu m'as dit que le style était une question de représentation et…

– Arrête de finasser, le coupa son père.

Invulnérable se tut.

Le seigneur le dévisagea un interminable moment.

– Tu mens, déclara-t-il enfin. Et tu ne sais pas mentir.

Invulnérable trouvait pourtant qu'il ne s'en était pas mal sorti alors qu'il avait dû improviser en vitesse.

« Désolé, Mésange. Je m'efforcerai de te protéger aussi longtemps que possible. »

– Je vais retrouver cette fille, siffla le seigneur Invincible.

Le cœur d'Invulnérable se serra d'angoisse.

– Je vais les retrouver, elle et son dragon. Ou ses dragons, si Sanglier a vu juste. Tu peux m'être utile ou rester un poids mort, comme d'habitude. Quoi qu'il en soit, un jour, je contrôlerai cette fille qui contrôle les dragons, et alors… alors le monde sera enfin à moi.

TABLE

— L'AUTRICE —

Tui T. Sutherland a écrit une trentaine de romans pour tous les âges, sous différents noms de plume. Elle a aussi participé à la conception de la série best-seller *La Guerre des clans* en tant qu'éditrice et coautrice, et fait ainsi partie des six auteurs qui signent sous le pseudonyme Erin Hunter. Ces dernières années, Tui T. Sutherland s'est investie, seule, dans la création des *Royaumes de Feu*, un univers de fantasy original et merveilleux, qui renouvelle le genre. Cette série est également adaptée en bande dessinée. Avec sa sœur, Kari, elle a imaginé pour les plus jeunes une trilogie pleine de magie, d'humour et de mystère, *SOS Créatures fantastiques*.

Retrouvez Tui T. Sutherland sur son site Internet :
www.tuibooks.com

LES ROYAUMES DE FEU

Le papier de cet ouvrage est composé de fibres naturelles,
renouvelables, recyclables et fabriquées à partir de bois
provenant de forêts gérées durablement.

Mise en pages : Maryline Gatepaille

Loi n° 49-956 du 16 juillet 1949
sur les publications destinées à la jeunesse
ISBN : 978-2-07-517435-0
Numéro d'édition : 543654
Dépôt légal : février 2024

Imprimé en Italie par ❧ Grafica Veneta